चीनी कम

डॉ. वी.के. गुजराल

ग्लिटरिंग इंक पब्लिशिंग हाउस

इस पुस्तक का उद्देश्य आपको डाइबिटीज़ सम्बन्धी विषय की जानकारी देना मात्र है। पुस्तक में समाहित समस्त सामग्री (जानकारी, उपचार व उपचार विधि) पाठकों को केवल विषय से परिचित कराने के उद्देश्य से ही दी गई है। किसी भी चिकित्सा विधि को अपनाने से पूर्व विशेषज्ञों की सलाह अवश्य ही ले लें।

प्रकाशक
ग्लिटरिंग इंक पब्लिशिंग हाउस
जी-19, लक्ष्मी टावर कॉमर्शियल कॉम्पलेक्स,
आज़ादपुर, दिल्ली-110033
फ़ोन : 9818645221

ISBN : 978-81-929565-0-3

डिजाइन : संजय एंथॉनी दास

मुद्रक :
ग्लोरी ग्रॉफ़िक्स प्राइवेट लिमिटेड
जेड-32, ओखला इंडस्ट्रियल एरिया, फेज़-II
नई दिल्ली-110020

मूल्य : पेपरबेक संस्करण : रु. 199/–

आभार ...

मैं आभारी हूँ परमात्मा परमेश्वर का, और अपने समस्त पाठकों का जिन्होंने 1999 से मेरी पुस्तकों को पढ़ा, सराहा और उनसे स्वास्थ्य-लाभ लिया। "जीवन मधुमेह के संग", "होप फॉर डाइबिटीज़ इन 21st सैंचुरी", "आर यू गुड एट हार्ट" और "विन ओवर डाइबिटीज़", इन सभी किताबों के पश्चात् हिन्दी में डाइबिटीज़ पर आधुनिक और व्यावहारिक सहायक लेखन की आवश्यकता के चलते इस गुलदस्ते को आपको समर्पित करता हूँ !

सर्वे भवन्तु सुखिनः
सर्वे सन्तु निरामयाः।।

अब डाइबिटीज़ से घबराना कैसा !!

बनती-बिगड़ती जीवन-शैली के बीच इनसानी जीवन पिस-सा गया है। टेंशन, तनाव, बीमारियों का घर बना मानव आज हर समय किसी न किसी चिंता में घुला जा रहा है। किसी को काम की चिंता है, तो कोई खाली बैठे-बैठे परेशान हो गया है। कोई अपने कॅरियर को लेकर परेशान है, तो कोई अपने घर की समस्याओं की वजह से तनाव में है। यही कारण है कि आजकल डॉक्टरों के पास भी मरीजों की लंबी-लंबी कतारें लगी रहती हैं। बिगड़ती जीवन-शैली की वजह से तनाव और मधुमेह जैसी बीमारियां बड़ी कॉमन हो गई हैं, जिन्हें उम्र या लिंग का अंतर भी प्रभावित नहीं कर पा रहा। हालात इतने बिगड़ते जा रहे हैं कि माता-पिता के गलत खान-पान और जीवन-शैली की वजह से पैदा होते बच्चे भी मधुमेह की चपेट में आने लगे हैं। इतना ही नहीं, फास्ट फूड के शौकीन बच्चे भी न जाने कब मधुमेह जैसी गंभीर बीमारी की जकड़न में फंस जाते हैं, पता तक नहीं चलता। हालांकि मधुमेह आजकल की एक सामान्य समस्या बन गई है, लेकिन इस बीमारी से जुड़े कुछ ऐसे भ्रामक तथ्य भी हैं, जिन्हें जानना बेहद ज़रूरी है !

इसी प्रयास में एक कदम,

प्रस्तुत है ...

चीनी कम !

... डॉ विनोद गुजराल

drgujral19@gmail.com

9811077671

विषय–सूची

मधुमेह के बारे में कई मिथक हैं

मधुमेह के बारे में कई मिथक हैं और इस बीमारी से ग्रसित लोगों के खान-पान के बारे में भी कई मिथक हैं। मधुमेह की बीमारी में मरीज को अपना विशेष ध्यान हमेशा रखना पड़ता है, जिसके कारण लोग कई बातों पर गौर करने लगते हैं। क्या आप जानते हैं कि भारत में 6 करोड़ से अधिक लोग और अमेरिका में 2.5 करोड़ लोग मधुमेह से ग्रसित हैं, ऐसा हाल ही में हुई एक रिसर्च से पता चला है। इतनी भारी संख्या में लोग इस बीमारी से घिरे हुए हैं, लेकिन इसके बावजूद इस बीमारी के बारे में कई मिथक व्याप्त हैं। पढ़े-लिखे लोग भी इस प्रकार के मिथकों को मानते हैं। निःसंदेह, मधुमेह के रोगी को कार्बोहाइड्रेट के सेवन से बचना चाहिए और संतुलित खुराक का सेवन करना चाहिए। मधुमेह-रोगियों के लिये संतुलित आहार और नियमित रूप से शुगर के स्तर की जांच करवाना जरूरी है और समस्या बढ़ने पर डॉक्टर से सम्पर्क करना चाहिए।

मधुमेह के बारे में कुछ मिथक

1) **फल न खाएं** : डायबिटीज़ होने पर खान-पान के बारे में सबसे ज्यादा मिथक फैलते हैं। इसी तरह कई लोग मानते हैं कि फलों में कार्बोहाइड्रेट होता है, जिससे ब्लड-शुगर का स्तर बढ़ जाता है। ऐसा सिर्फ फल के जीआई इंडेक्स पर निर्भर करता है। सामान्यतः फलों में कम जीआई इंडेक्स होता है, इसलिए डाइबिटीज़ की बीमारी में फलों का सेवन आराम से किया जा सकता है।

2) **ज्यादा वजन अर्थात मधुमेह** : कई लोगों का ऐसा मानना होता है कि मोटापा बढ़ने के कारण डाइबिटीज़ हो जाती है। वैसे यह बात ठीक है कि मोटे लोगों में इंस्युलिन-प्रतिरोध की मात्रा ज्यादा बढ़ जाती है, लेकिन इसका मतलब यह बिलकुल नहीं है कि मोटापा ही डाइबिटीज़ की वजह है। कई बार दुबले-पतले लोगों को भी मधुमेह का रोग हो जाता है।

3) **एक्सरसाइज़ न करें** : डायबिटीज़ के बारे में एक मिथक यह भी है कि डाइबिटीज़-मरीज़ को एक्सरसाइज़ नहीं करनी चाहिए। ऐसा कतई नहीं है,

आपको एक्सरसाइज करनी चाहिए और नियमित रूप से करनी चाहिए। इससे आपका वज़न संतुलित रहेगा और ब्लड-शुगर स्तर कंट्रोल में रहेगा।

4) **शुगर-फ्री लाइफ** : जब आपको डाइबिटीज़ हो, तो आप शुगर-फ्री बिस्किट, और मिठाइयां आसानी से खा सकते हैं। लेकिन अगर उन प्रोडक्ट्स में शुगर न हो पर कार्बोहाइड्रेट भरपूर मात्रा में हो, तो कोई फर्क नहीं पड़ेगा क्योंकि इससे भी ब्लड-शुगर का स्तर बढ़ेगा ही।

5) **ज्यादा काम करें** : ऐसा माना जाता है कि डाइबिटीज़ की बीमारी में ज्यादा से ज्यादा काम करना चाहिए, ताकि शरीर से ज्यादा कैलारी बर्न हो, ब्लड-शुगर का स्तर कम हो। इसलिए हमेशा अपने दिल की धड़कन को मॉनिटर करें और आवश्यक मात्रा में ही वर्कआउट करें।

6) **डाइबिटीज़ कोई गंभीर बीमारी नहीं है** : डाइबिटीज़ यानी मधुमेह को हलके में नहीं लेना चाहिए, यह एक गंभीर बीमारी होती है। यह सबसे बड़ी समस्या है कि लोग इसे गम्भीरता से नहीं लेते हैं और आम बीमारी समझते हैं। वास्तव में, डाइबिटीज़ होने पर शरीर के इम्यून-सिस्टम पर प्रभाव पड़ता है। कई बार इस बीमारी से किडनी और अन्य अंगों के फेल और खराब होने का डर रहता है।

7) **इंस्युलिन इंजेक्शन जरूरी होते हैं** : ऐसा लगभग सभी लोग मानते हैं कि डाइबिटीज़ होने पर इंस्युलिन इंजेक्शन का उपयोग जरूरी होता है। यह सच है उन लोगों में, जिनको टाइप-1 प्रकार की डाइबिटीज़ होती है और दवाइयों से जिनका उपचार नहीं किया जा सकता, ऐसे लोगों को इंस्युलिन इंजेक्शन देना जरूरी होता है। टाइप-2 डाइबिटीज़ में गोलियां ही असरदार होती हैं।

8) **दवाइयां पर्याप्त हैं** : यह मिथक सबसे ज्यादा व्याप्त है, लोग समझते हैं कि डाइबिटीज़ होने पर दवाइयों का सेवन पर्याप्त है। ऐसा कतई नहीं है, डाइबिटीज़ होने पर आपको परहेज भी रखना पड़ता है। इलाज से ज्यादा परहेज रखने से बीमारी के दुष्प्रभावों से आराम मिलता है।

9) **इंस्युलिन से समस्याएं होती हैं** : डाइबिटीज़ के इलाज में इंस्युलिन का इस्तेमाल किया जाता है, जिसके बारे में लोगों का मानना है कि यह बेहद नुकसानदायक इंजेक्शन होता है। हालांकि, ऐसा नहीं है, इंस्युलिन का इंजेक्शन शरीर में ब्लड-शुगर स्तर को नियंत्रित करता है।

10) टाइप-1, टाइप-2 के मुकाबले जानलेवा होती है : डाइबिटीज़ के बारे में लोग समझते हैं कि टाइप-1, टाइप-2 से ज्यादा खतरनाक होती है, लेकिन सच्चाई यह है कि डाइबिटीज़ दोनों ही प्रकार की खतरनाक होती है। टाइप-2 में इलाज दवाइयों से होता है और टाइप-1 में इंस्युलिन इंजेक्शन लगाना पड़ता है।

मधुमेह रोग के लिए जागरूकता

हमारा जीवन बहुमूल्य है। इससे भी अधिक हमारी आने वाली संतानें, हमारे बच्चे अमूल्य हैं। मधुमेह का ज्ञान हमें, हमारे बच्चों को, हमारे समाज को, हमारे देश के भविष्य को बचा रहा है।

क्या है मधुमेह (डाइबिटीज़) ?

मधुमेह (डाइबिटीज़) अग्न्याशय (पैंक्रियास) का विकार है। यह मैटाबॉलिज्म की सबसे घातक बीमारियों में से एक है और यदि इसे बिना निदान और इलाज किए छोड़ दिया जाए, तो तेजी से दुर्बलता को जन्म दे सकती है और अंततः मृत्यु।

मधुमेह एक जटिल रोग है। यह कमोबेश पूरे शरीर पर प्रभाव डालता है। जब पैंक्रियास की बीटा कोशिकाओ द्वारा इंस्युलिन की संतोषजनक उत्पत्ति नहीं होती, तब रक्त के अंदर ग्लूकोज़ की मात्रा बढ़ जाती है, इसलिए ऐसे रोग को हाइपरग्लाइसिमिया भी कहते हैं। अंग्रेजी में इस रोग को डाइबिटीज़ मेलिटस भी कहा जाता है, जिसमें डाइबिटीज़ का अर्थ प्रवाह और मेलिटस का अर्थ मधु से मीठा किया हुआ है। दरअसल इस रोग में इंस्युलिन की उत्त्पति कम हो जाने के कारण कार्बोहाइड्रेट का परिपाचन ठीक से नहीं हो पाता, जिसके परिणामस्वरूप रक्त में ग्लूकोज़ का स्तर सामान्य से अधिक हो जाता है, फिर मूत्र में भी ग्लूकोज़ आने लगता है।

आधुनिक युग में मधुमेह का रोग बड़ी तेजी से बढ़ रहा है। थायराइड को छोड़कर अंतःस्रावी ग्रंथियों में यह सबसे अधिक होने वाला रोग है।

जब रक्त में ग्लूकोज़ (शर्करा) की मात्रा निर्धारित सीमा से अधिक होती है, तो उसे मधुमेह रोग कहते हैं। खाली पेट होने पर रक्त में सामान्य तौर पर शर्करा का स्तर 110 मि.ग्रा. % से कम और 75 ग्राम ग्लूकोज़ पीने या भोजन के दो घंटे बाद 140 मि.ग्रा. % से कम हो तो यह सामान्य होता है। लेकिन मधुमेह की स्थिति में खाली पेट रक्त शर्करा का स्तर 126 और 75 मि.ग्रा. % ग्लूकोज़ पीने या भोजन के 2 घंटे बाद 200 मि.ग्रा. % से अधिक होता है।

नियंत्रण क्यों ?

उच्च रक्त-ग्लूकोज़ अधिक समय के बाद विषैला हो जाता है।

अधिक समय के बाद उच्च ग्लूकोज़ रक्त-नलिकाओं, गुर्दे, आंखों और नसों को खराब कर देता है, जिससे जटिलताएं पैदा होती हैं और शरीर के प्रमुख अंगों में स्थायी खराबी आ जाती है।

नसों की समस्याओं से पैरों अथवा शरीर के अन्य भागों की संवेदना चली जा सकती है। रक्त-नलिकाओं की बीमारी से दिल का दौरा पड़ सकता है, पक्षाघात (लकवा) और संचरण की समस्याएं पैदा हो सकती हैं।

आंखों की समस्याओं में आंखों की रक्त-नलिकाओं की खराबी (रेटिनोपैथी), आंखों पर दबाव (ग्लूकोमा) और आंखों के लेंस पर बदली छाना (मोतियाबिंद) हो सकते हैं।

गुर्दे की बीमारी (नैफ्रोपैथी) के कारण, गुर्दे रक्त में से अपशिष्ट पदार्थ की सफाई करना बंद कर देते हैं। उच्च रक्तचाप (हाइपरटेंशन) से हृदय को रक्त पंप करने में कठिनाई होती है।

कारण

मधुमेह रोग होने का प्रमुख कारण अग्नाशय में किसी प्रकार की विकृति हो जाना है, जैसे अग्नाशय में किसी प्रकार का संक्रमण, अग्नाशय की सूजन या अग्नाशय के किसी प्रकार से क्षतिग्रस्त हो जाने से अग्नाशय की बीटा सेल्स प्रभावित होती हैं, जिस कारण इंस्युलिन की उत्पत्ति कम हो जाती है और रक्त में ग्लूकोज़ का स्तर बढ़ जाता है।

यह रोग वंशानुगत भी होता है। मधुमेह से पीड़ित माता-पिता की संतानों में इसके होने की सम्भावना बहुत अधिक बढ़ जाती है।

बहुत अधिक स्थूलता (मोटापा) भी इस रोग को जन्म देती है।

मानसिक परिश्रम अधिक व शारीरिक परिश्रम कम करने वाले और अधिक मानसिक तनाव से ग्रस्त रहने वाले व्यक्तियों में भी यह रोग पाया जाया है।

प्रमुख लक्षण

मधुमेह रोग धीरे-धीरे सारे शरीर को प्रभावित करना शुरू कर देता है, इसलिए निम्नलिखित लक्षणों के मिलते ही सावधान हो जायें और अपने चिकित्सक से मिलकर इसको नियंत्रण में रखने का प्रयास करें, जिससे इसके दुष्परिणाम से बचा जा सके। इसके लक्षण इस प्रकार हैं :

- बार-बार पेशाब लगना, विशेषकर रात को; अधिक मूत्र के साथ शरीर के लवण का निकल जाना, जिससे कमजोरी का अनुभव होता है।
- शरीर में जल की कमी हो जाने के कारण प्यास अधिक लगना और होंठों का सूखना।
- पेशाब द्वारा ग्लूकोज़ निकल जाने से मधुमेह के रोगियों की भूख एकाएक बढ़ जाती है।
- फोड़े-फुंसिया अधिक निकलना एवं चोट लग जाने पर जख्म जल्दी ठीक ना होना।
- त्वचा एवं जननांगों के आसपास खुजली। महिलाओं की योनि में बार बार फंगस-संक्रमण होना।
- हाथ-पैरों में जलन एवं ऐंठन होना।
- रक्तचाप बढ़ जाना।
- अधिक बेचैनी एवं दुर्बलता के कारण चक्कर आना।
- जल की कमी के कारण शरीर शुष्क रहना।
- सहवास में रुचि न होना एवं पुरुषों में नपुंसकता उत्पन्न हो जाना।
- चश्मे का नंबर बार-बार बदलना।
- पीठ पर कई मुखों वाला फोड़ा (कारबंकल) होना।
- त्वचा की बीमारियां, जैसे खाज-खुजली, एक्ज़िमा, भागकंडू एवं पुरुषों में मुंड-शोथ का प्रायः पाया जाना।

प्रयोगशाला-परीक्षण

सामान्य स्थिति में एक स्वस्थ व्यक्ति के सौ मिलीग्राम % रक्त में ग्लूकोज़ की मात्रा 80 से लेकर 120 मिलीग्राम % तक होती है। भोजन के बाद यद्यपि यह 140 से 150 मिलीग्राम % तक पहुँच जाती है, पर कुछ ही समय के बाद फिर इसका स्तर समान्य हो जाता है।

यदि प्रयोगशाला-परीक्षण में भोजन से पहले लिए गए रक्त में 140 मि.ग्रा. % से अधिक एवं खाने के 2 घंटे के बाद 200 मि.ग्रा. % से अधिक ग्लूकोज़ की मात्रा पाई जाती है, तो उसे मधुमेह का रोगी माना जाता है। मूत्र में ग्लूकोज़ की मात्रा का आकलन करके भी रोग की स्थिति का पता लगाया जा सकता है। किंतु रक्त में ग्लूकोज़ का परीक्षण अधिक विश्वसनीय माना जाता है।

चिकित्सा

वर्तमान में ऐसी कोई भी औषधि उपलब्ध नहीं है, जिससे मधुमेह का रोगी पूर्णतः ठीक हो जाये। रोग को नियन्त्रण में रखना ही इसका एकमात्र उपचार है, जिससे इसके उपद्रव आगे न बढ़ सकें। प्रायः मधुमेह को निम्नलिखित उपायों से नियंत्रित किया जा सकता है:

- आहार-विहार में संयम रखकर रोग पर नियन्त्रण।
- औषधि से रोग पर नियन्त्रण।
- इंस्युलिन के इंजेक्शन से रोग पर नियन्त्रण।

यदि रोग बहुत अधिक नहीं बढ़ा है, तो प्रायः इसे आहार-विहार में सयंम रखकर नियन्त्रण में रखने का प्रयत्न करना चाहिए। इसके लिये कार्बोहाइड्रेट-प्रधान वस्तुएं, जैसे आलू, शकरकंद, चीनी, गुड़, मिठाई आदि का सेवन बिलकुल कम या बंद कर देना चाहिए, अधिक तले हुए भोजन से परहेज रखना चाहिए, खाने में रोटी कम एवं सलाद व हरी सब्जियों का सेवन अधिक मात्रा में करना चाहिए, तनाव से बचना चाहिए और नियमित व्यायाम करना चाहिए। यदि शरीर आवश्यकता से अधिक मोटा है, तो मोटापा कम करने का प्रयास करना चाहिए। योग के कुछ आसनों को सीखकर नियमित रूप से करना चाहिए। रोग यदि बहुत अधिक बढ़ गया है या आहार-विहार एवं व्यायाम से भी नियन्त्रण में नहीं आ रहा, तो किसी चिकित्सक से परामर्श करके शीघ्र ही नियमित रूप से दवाइयों का सेवन शुरू कर देना चाहिए।

मधुमेह के लक्षण

मानसिक परिश्रम अधिक व शारीरिक परिश्रम कम करने वाले और अधिक मानसिक तनाव से ग्रस्त रहने वाले व्यक्तियों में भी यह रोग पाया जाया है।

इंस्युलिन हॉर्मोन उदर की एक बड़ी ग्रंथि, जिसे अग्न्याशय कहा जाता है, द्वारा उत्पादित होता है। हालांकि व्यक्ति आहार के रूप में सेवन जारी रखता है, खाने के रूप में ग्लूकोज़ की एक ताजा आपूर्ति जुड़ती रहती है, जो पहले से ही इंस्युलिन की कार्रवाई के अभाव की वजह से अप्रयुक्त ग्लूकोज़ से संतृप्त होती है, शरीर ऊर्जा की कमी से पीड़ित होने लगता है, जबकि ग्लूकोज़ शरीर की रक्त-कोशिकाओं में प्रवेश करने की प्रतीक्षा में रहता है। परिणामस्वरूप, रक्त में ग्लूकोज़ का स्तर बढ़ने लगता है और अधिक होकर मूत्र के रूप में बाहर उत्सर्जन होने लगता है।

प्रकार

कारण और प्रस्तुति के आधार पर मधुमेह के प्रकार निर्भर करते हैं। इसे तीन प्रकारों में वर्गीकृत किया जा सकता है :

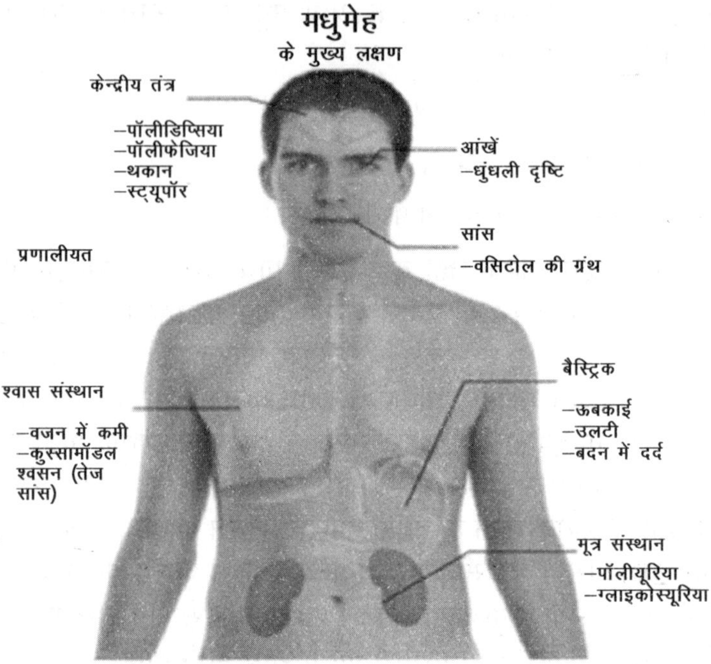

- **प्रकार-1** – इसे जुवेनाइल (किशोर, तरुण) मधुमेह या इंस्युलिन-आधारित मधुमेह कहा जाता है।
- **प्रकार-2** – इसे देर से शुरू होने वाला या गैर-इन्सुलिन-आधारित मधुमेह कहा जाता है।
- **जेस्टेशनल मधुमेह** – गर्भावस्था के दौरान शुरू मधुमेह।

इंस्युलिन-आधारित मधुमेह

इसे जुवेनाइल (किशोर, तरुण) मधुमेह या इंस्युलिन-आधारित मधुमेह कहा जाता है। यह अब एक ऑटोइम्यून विकार का परिणाम होना सिद्ध हो गया है, जिसमें प्रतिरक्षा-कोशिकायें अग्न्याशय पर हमला कर उसकी कोशिकाओं को पूरी तरह से नष्ट कर देती हैं, जिसके एक परिणाम के रूप में शरीर में इंस्युलिन का उत्पादन नहीं हो पाता। मधुमेह के साथ जीने के लिए इस प्रकार के रोगियों को बाहर से जीवनभर इंस्युलिन लेने की जरूरत होती है।

प्रकार-1 मधुमेह के लक्षण बचपन में या युवा-किशोर वयस्कों में शुरू होते हैं और वे तेजी से विकसित होते हैं। प्रतिदिन करीब 200 बच्चों में प्रकार-1 मधुमेह के लक्षणों का निदान चिकित्सकों द्वारा किया जाता है। इन बच्चों को प्रतिदिन इंस्युलिन के इंजेक्शन लगाने पड़ते हैं, ताकि उनके रक्त में शर्करा की मात्रा को नियंत्रित किया जा सके। मधुमेह से ग्रसित बच्चों की संख्या में **3%** की वार्षिक वृद्धि हो रही है और बहुत ही छोटे बच्चों में यह वृद्धि **5%** है। 15 वर्ष से कम आयु वाले लगभग 70,000 बच्चे प्रतिवर्ष इस रोग से ग्रस्त हो रहे हैं।

प्रकार-1 के महत्त्वपूर्ण लक्षण हैं:

- लगातार भूख लगना।
- अचानक और लगातार वजन घटना।
- प्यास और लघुशंका में वृद्धि।
- थकान और सहनशक्ति की कमी।
- दृष्टि का धुँधलापन, आदि।

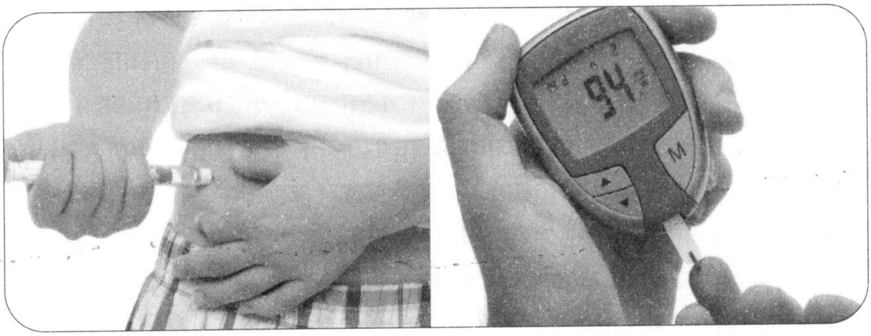

यदि शीघ्र निदान और इंस्युलिन के साथ इलाज नहीं किया जाता, तो प्रकार-1 मधुमेह का रोगी जीवनघातक डाइबिटिक कोमा, जिसे **'डाइबिटिक किटोएसिडोसिस'** भी कहा जाता है, में चला जा सकता है।

प्रौढ़ावस्था में शुरू होने वाली मधुमेह

प्रौढ़ावस्था में शुरू होने वाली मधुमेह वयस्कों में देखे जाने वाले मधुमेह का सबसे आम रूप है, और मोटे व्यक्तियों, आरामदायक जीवन-शैली जीने वाले व्यक्तियों, वृद्ध व्यक्तियों, और मधुमेह के पारिवारिक इतिहास वाले व्यक्तियों में

होता है। इस मामले में अग्न्याशय शुरू में इंस्युलिन की सामान्य मात्रा बना रहा होता है। शरीर में कोशिकाओं में इंस्युलिन-प्रतिरोध विकसित होने पर वे क्रमशः रक्त-शर्करा का उपयोग करने के लिए इंस्युलिन का उपयोग नहीं कर पाती। इस प्रकार समय के साथ अग्न्याशय इंस्युलिन का उत्पादन कम कर देता है। इसके भी प्रकार-1 के समान ही लक्षण होते हैं, लेकिन वे और अधिक धीरे-धीरे विकसित होते हैं और शुरू में कई रोगियों द्वारा अनदेखे किये जा सकते हैं।

जेस्टेशनल मधुमेह

इस मामले में स्त्री में उसकी गर्भावस्था के बाद के कुछ महीनों में मधुमेह विकसित होता है, ज्यादातर मामलों में, बच्चे के जन्म के साथ मधुमेह समाप्त हो जाता है, लेकिन कुछ में यह प्रकार-2 मधुमेह के रूप में जारी रह सकता है। जेस्टेशनल मधुमेह गर्भावस्था के दौरान कुछ हॉर्मोंस की गड़बड़ी होने के कारण घटित होता है। मधुमेह के इस प्रकार के रोगी में किन्हीं स्पष्ट लक्षणों के अभाव में निदान केवल असामान्य रक्त शर्करा रिपोर्टों के आधार पर ही हो सकता है।

प्रभाव

मधुमेह-रोगियों में करीब चार फीसदी रोगियों को प्रतिवर्ष पैर में घाव हो जाता है। पैरों में एक तो रक्त का प्रवाह कम होता है, दूसरा इसकी धमनियों में प्लेक तेजी से जमता है, लोग पैर की देखभाल के प्रति भी लापरवाह होते हैं, जिससे पैरों में घाव हो जाता है। यह घाव भरता नहीं, बल्कि बढ़ता चला जाता है। भारत में प्रतिवर्ष एक करोड़ मधुमेह-रोगियों को पैरों में तकलीफ होती है। इनमें से करीब 40 हजार लोगों की ज़िन्दगी बचाने के लिए उनके पैरों को काट देना पड़ता है। यह किसी भी तरह की दुर्घटना के बाद पैरों को काटने की सबसे बड़ी वजह है। इसके अलावा शरीर के निचले हिस्से के संवेदनशील अंगों में भी घाव की शिकायत हो जाती है।

विकृतियाँ

मधुमेह शरीर के हर अंग को प्रभावित करता है, कई बार विकृति हो जाने पर ही रोग का निदान हो पाता है। इस प्रकार यह रोग वर्षों से चुपचाप शरीर में पनप रहा होता है। इससे शरीर के कई अंग प्रभावित हो जाते हैं।

प्रभावित अंग व लक्षण :

- **नेत्र** में मोतियाबिन्द बनना, कालापानी, आँख के पर्दे की खराबी व अधिक खराबी होने पर अंधापन।

- **हृदय** एवं धमनियों का हृदयाघात (हार्ट अटैक), हृदयशूल (एंजाइना)।
- **गुर्दा** मूत्र में अधिक प्रोटींस जाना, चेहरे या पैरों पर या पूरे शरीर पर सूजन और अन्त में गुर्दों की कार्यहीनता।
- **मस्तिष्क** व स्नायु-तंत्र उच्च मानसिक क्रियाओं की विकृति, जैसे स्मरणशक्ति घटना, संवेदनाओं की कमी, चक्कर आना, नपुंसकता (न्यूरोपैथी), लकवा।

भारत में मधुमेह

भारत को मधुमेह की राजधानी कहा जाता है। खानपान की खराबी और शारीरिक श्रम की कमी के कारण पिछले दशक में मधुमेह होने की दर दुनिया के हर देश में बढ़ी है। भारत में इसका सबसे विकृत स्वरूप उभरा है, जो बहुत भयावह है। जीवन-शैली में अनियमितता मधुमेह का बड़ा कारण है। एक दशक पहले भारत में मधुमेह होने की औसत उम्र 40 साल थी, जो अब घटकर 25 से 30 साल हो चुकी है। 15 साल के बाद ही बड़ी संख्या में लोगों को मधुमेह का रोग होने लगा है। कम उम्र में इस बीमारी के होने का सीधा मतलब है कि 40 की उम्र आते-आते ही बीमारी के दुष्परिणामों को झेलना पड़ता है।

भारत में 1995 में मधुमेह-रोगियों की संख्या 1 करोड़ 90 लाख थी, जो 2008 में बढ़कर 4 करोड़ हो गई है। अनुमान है कि 2030 में मधुमेह-रोगियों की संख्या 8 करोड़ के आसपास हो जाएगी। भारत सरीखे देशों में करीब 340 से 350 लाख व्यक्ति इस व्याधि के शिकार हैं, जो एक विश्व-रिकार्ड है। 17% नगरवासी एवं 2. 5% ग्रामवासी इस बीमारी से पीड़ित हैं। दिल्ली मधुमेह अनुसंधान केन्द्र के

अध्यक्ष डॉ ए० के० झिंगन के अनुसार, सभी तरह के निचले अंग विच्छेदन के मामले में 45 से 75 फीसदी मधुमेह-रोगी होते हैं। 2030 में मधुमेह-रोगियों की अनुमानित संख्या करीब आठ करोड़ है, जिसमें एक करोड़ लोगों को डाइबिटिक पैरों का खतरा होगा। यह मधुमेह-रोगियों में सर्वाधिक गम्भीर, जटिल व खर्चीली बीमारी है। इस रोग के परिणामस्वरूप शरीर के निचले हिस्से के अंगों में विच्छेदन की संख्या बढ़ी है। मधुमेह (डाइबिटीज़) के कारण ही गुर्दे की खराबी, हृदय-आघात, पैरों का गैंग्रीन और आंखों का अन्धापन अब भारत की मुख्य स्वास्थ्य-समस्या बन चुकी है।

मधुमेह का नियंत्रण

- मधुमेह होने के कारण पैदा होने वाली जटिलताओं की रोकथाम के लिए नियमित आहार, व्यायाम, व्यक्तिगत स्वास्थ्य, सफाई और संभावित इंस्युलिन इंजेक्शन अथवा खाने वाली दवाइयों (डॉक्टर के सुझाव के अनुसार) का सेवन आदि कुछ तरीके हैं।
- व्यायाम से रक्त शर्करा स्तर कम होता है तथा ग्लूकोज़ का उपयोग करने के लिए शारीरिक क्षमता पैदा होती है।
- मधुमेह के मरीजों को त्वचा की देखभाल करना अत्यावश्यक है। भारी मात्रा में ग्लूकोज़ से उनमें कीटाणु और फफूंदी लगने की संभावना बढ़ जाती है। चूंकि रक्त-संचार बहुत कम होता है, इसलिये शरीर में हानिकारक कीटाणुओं से बचने की क्षमता न के बराबर होती है। शरीर की सुरक्षात्मक कोशिकाएँ हानिकारक कीटाणुओं को खत्म करने में असमर्थ होती हैं। उच्च ग्लूकोज़ की मात्रा से निर्जलीकरण (डी-हाइड्रेशन) होता है, जिससे त्वचा सूखी हो जाती है तथा खुजली होने लगती है।

निदान

रक्त में ग्लूकोज़ की जाँच आसानी से की जा सकती है। सामान्यतः ग्लूकोज़ का घोल पीकर जाँच करवाने की आवश्यकता नहीं होती। प्रारंभिक जाँच में मूत्र में ऐलबूमिन व रक्त-वसा का अनुमान भी करवाना चाहिए।

- नमक, चीनी, गुड, घी, तेल, दूध व दूध से निर्मित वस्तुयें, परांठे, मेवे, आइसक्रीम, मिठाई, मांस, अंडा, चॉकलेट, सूखा नारियल आदि खाद्य पदार्थों का प्रयोग कम करना चाहिए।

- हरी सब्जियाँ, खीरा, ककड़ी, टमाटर, प्याज, लहसुन, नीबू व सामान्य मिर्च-मसालों का उपयोग किया जा सकता है। आलू, चावल व फलों का सेवन किया जा सकता है। ज्वार, चने व गेहूँ के आटे की रोटी (मिस्सी रोटी) काफी उपयोगी है। सरसों का तेल अन्य तेलों (सोयाबीन, मूँगफली, सूर्यमुखी) के साथ प्रयोग में लेना चाहिए। भोजन का समय जहाँ तक संभव हो, निश्चित होना चाहिए और लम्बे समय तक भूखा नहीं रहना चाहिये।

सावधानियाँ

- नियमित रक्त-ग्लूकोज़, रक्त-वसा व रक्त-चाप की जाँच करायें।
- निर्देशानुसार भोजन व व्यायाम से संतुलित वजन रखें।
- पैरों का उतना ही ध्यान रखें, जितना अपने चेहरे का रखते हैं, क्योंकि पैरों पर मामूली से दिखने वाले घाव तेजी से गंभीर रूप ले लेते हैं ओर गैंग्रीन में परिवर्तित हो जाते हैं, जिसके परिणामस्वरूप पैर कटवाना पड़ सकता है।
- धूम्रपान व मदिरापान का त्याग करें।
- अनावश्यक दवाओं का उपयोग न करें व अचानक दवा कभी बन्द न करें।

चिकित्सा

वर्तमान में ऐसी कोई भी औषधि उपलब्ध नहीं है, जिससे मधुमेह का रोगी पूर्णतः ठीक हो जाये। रोग को नियन्त्रण में रखना ही इसका एकमात्र उपचार है, जिससे इसके उपद्रव आगे न बढ़ सकें। प्रायः मधुमेह को निम्नलिखित उपायों से नियंत्रित किया जा सकता है।

- आहार-विहार में संयम रखकर रोग पर नियन्त्रण।
- औषधि से रोग पर नियन्त्रण।
- इंस्युलिन के इंजेक्शन से रोग पर नियन्त्रण।

यदि रोग बहुत अधिक नहीं बढ़ा है, तो प्रायः इसे आहार-विहार में संयम रखकर नियन्त्रण में रखने का प्रयत्न करना चाहिए। इसके लिये कार्बोहाइड्रेट-प्रधान वस्तुएं, जैसे आलू, शकरकंद, चीनी, गुड़, मिठाई आदि का सेवन बिलकुल बंद कर देना चाहिए, अधिक तले हुए भोजन से परहेज रखना चाहिए, खाने में रोटी कम एवं सलाद व हरी सब्जियों का सेवन अधिक मात्रा में करना चाहिए, मानसिक परिश्रम कम करना चाहिए, तनाव से बचना चाहिए और नियमित व्यायाम करना चाहिए। यदि शरीर आवश्यकता से अधिक मोटा है, तो मोटापा कम करने का प्रयास करना चाहिए। योग के कुछ आसनों को सीखकर नियमित

रूप से करना चाहिए। रोग यदि बहुत अधिक बढ़ गया है और आहार-विहार एवं व्यायाम से भी नियन्त्रण में नहीं आ रहा, तो किसी चिकित्सक से परामर्श करके शीघ्र ही नियमित रूप से दवाइयों का सेवेन शुरू कर देना चाहिए।

विश्व मधुमेह दिवस

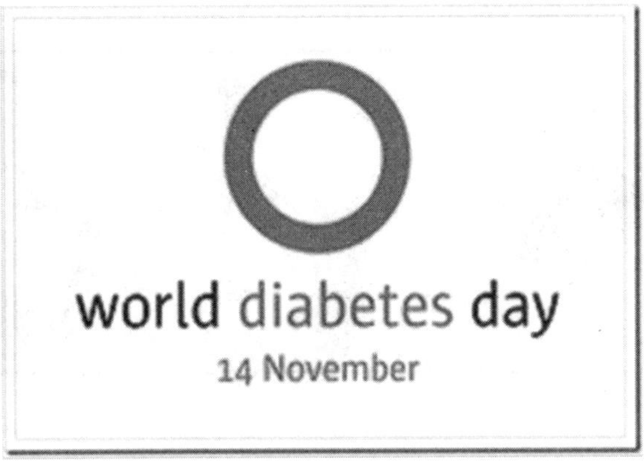

विश्व मधुमेह दिवस का प्रतीक-चिह्न

विश्व मधुमेह दिवस हर साल **14 नवंबर** को मनाया जाता है। 14 नवंबर को डॉ. फ्रेडरिक बैंटिंग का जन्मदिन है, जिन्होंने कनाडा के टोरंटो शहर में डॉ. चार्ल्स बेस्ट के साथ मिलकर सन् 1921 में इन्सुलिन की खोज की थी। इतिहास की इस महान खोज को अक्षुण्ण रखने के लिए इंटरनेशनल मधुमेह फेडरेशन (आई.डी.एफ.) द्वारा पिछले दो दशकों से 14 नवंबर को विश्व मधुमेह दिवस की तरह हर साल मनाया जाता है। इस दिन मधुमेह की खतरनाक दस्तक के बारे में लोगों को समझाया जाता है। डॉ. फ्रेडरिक बैंटिंग के योगदान को याद रखने के लिए इंटरनेशनल डाइबिटिक फेडरेशन द्वारा 14 नवंबर को दुनिया के 140 देशों में मधुमेह दिवस मनाया जाता है। हर साल एक नई थीम चयन की जाती है और जनता को जागरूक बनाने की पहल की जाती है। सन् 2006 से यह **संयुक्त राष्ट्र विश्व मधुमेह दिवस** हो गया है।

मधुमेह और उसका प्रबंधन

मधुमेह हमारे समय की भीषण पुरानी बीमारियों में से एक है और हालत यह है कि इस महारोग की आबादी पूरी दुनिया में बढ़ रही है। रोग से उत्पन्न जटिलताएँ रुग्णता और मृत्यु के कारण महत्त्वपूर्ण हैं और इस तरह आँखों, गुर्दों

और नसों के रूप में विभिन्न अंगों की विफलता का कारण है। मधुमेह में कोरोनरी धमनी (दिल) की बीमारी के लिए काफी अधिक खतरा होता है, परिधीय रोग और ब्रेन-स्ट्रोक भी होने का खतरा बना रहता है। उच्च रक्तचाप, अधिक कोलेस्ट्रॉल और मोटापा भी होने से इन जानलेवा हमलों का खतरा कई गुना बढ़ जाता है।

जागरूकता ही मधुमेह का इलाज है

जीवनशैली-रोग मधुमेह

खतरा क्या है खाना नियमित अंतराल पर न खाने में ?

खून में शक्कर का स्तर यकायक गिर जाने से आपको मिचली आ घेरेगी, कम्पन पैदा होगा, कमज़ोरी के अलावा सिर-दर्द और दूसरे लक्षण भी प्रगट हो सकते हैं। पसीना छूटने के साथ हाथ-पैर ठंडे पड़ सकते हैं। आपको किंकर्तव्यविमूढ़ता, भ्रम की स्थिति घेरे रह सकती है।

हल क्या है इस स्थिति का ?

थोड़ा-थोड़ा करके हरेक दो से तीन घंटे बाद खाइए, ताकि खून में शक्कर का स्तर मान्य स्तरों पर कायम रहे। यह रणनीति इलाज का हिस्सा है, जो डॉक्टर के नहीं, आपके हाथ में है। स्वास्थ्यकर नाश्ता अपने साथ हरदम रखिए, ताकि जब जरूरत हो खाया, जा सके।

सरल कार्बोहाईड्रेट (सफेद चीनी, चावल, मैदा, पेप्सी, कोक, फैंटा आदि, कैंडी, आइसक्रीम आदि)

क्या समस्या खड़ी कर सकता है सिंपिल कार्बोहाईड्रेट ?

सीधे जल्दी से पचकर खून में शक्कर झोंक देते हैं ये सरल काबर्स। एक तरफ शक्कर में यकायक उछाला और उसके बाद तेज गिरावट खून में तैरती शक्कर में ला देते हैं ये काबर्स। नतीजा होता है बेतहाशा भूख और बेतहाशा, बेहिसाब खाना, बिंज ईटिंग और मोटापा। फँस गए न कुचक्र में। भूख, खाना, मोटापा।

क्या हल है इस परिस्थिति का ?

मधुमेह संघ की सिफारिशें मानिए। 55-65% खुराकी कैलोरीज़ की आपूर्ति रेशा-बहुल चीजों, कॉम्प्लेक्स काबर्स, फल-तरकारियाँ, दालों और ब्राउन राइस से करें। जौ (बार्ले, गेहूँ के साथ जौ का आटा), जई (ओट्स) का आटा आदि मिला लें, सूखी फलियों का इस्तेमाल करें।

संतृप्त वसा (कमरे के तापमान पर जमने वाली चिकनाई) तथा कोलेस्ट्राल-बहुल खाद्यों के इस्तेमाल का मतलब क्या है ?

बासा/तुरता भोजन/फास्ट फूड, केंटुकी फ्राइड फूड (बेहद तला-भुना), बकरे, भेड़, गाय, सूअर आदि का मांस (रेड मीट) का सेवन आपके लिए ब्लड-वेसेल्स (रक्त-वाहिनियों) के रोग के साथ दिल की बीमारियों के खतरे को बढ़ा देंगे। जबकि अन्यों की तुलना में कार्डियोवैस्कुलर डिज़ीज़ का खतरा मधुमेह-रोगी के लिए पहले से ही बढा हुआ रहता है।

मधुमेह के साथ क्या खतरा है मोटापे में वज़न बढ़ाते चले जाने में ?

मोटे बदन पे चढ़ती हुई चर्बी के साथ टाइप-2 डाइबिटीज़ बद से बदत्तर हो सकती है।

उदर की चर्बी (आमाशयीय फैट) हारमोन छोडती है। अन्य रसायन भी स्रावित होते हैं एब्डोमिनल फैट से, ये दोनों मिलकर इंस्युलिन के प्रति शरीर के रवैये, प्रतिक्रिया करने के ढंग को ही बदल देते हैं। नतीजतन खून में भी ज्यादा चर्बी तैरने लगती है।

बेहद मीठा खाना, हर चीज में शक्कर लेना, वह भी चिकनाई सनी चीजों के साथ (डोनट, बालूशाही, सोहन हलुवा आदि, वह भी देशी घी का) ओबीसिटी की ओर ले जा सकता है। बस, ऐसे में आप एक ऐसे कुचक्र में फँस जाते हैं, जिसकी परिणिति होती है इंस्युलिन-प्रतिरोध में यानी आपका शरीर या तो इंस्युलिन बनाना ही कम कर देता है या फिर उसका ठीक से इस्तेमाल ही नहीं कर पाता।

समाधान क्या है ?

बदलिए अपना रहना-सहना, खान-पान। तब्दील कीजिए जीवन-शैली, जीवन के प्रति रवैया। कम कीजिये मोटापे को। एक बार में जितना खाते आये हैं, उससे कम खाइए। थोड़ा-थोड़ा करके 4-6 मर्तबा या और भी ज्यादा बार खाइए। ताकि अपचयन (मेटाबोलिज्म) एक-सा रहे। रोज़ाना व्यायाम कीजिए, भले लम्बी सैर या कुछ भी और।

बैठे-ठाले/बैठे-बैठे काम करना/शारीरिक रूप से निष्क्रिय जीवन- शैली और सारे दिन आगे-पीछे टूँगना ? क्या खतरा है इस अंदाज़े- ज़िन्दगी में मधुमेह के साथ ?

शारीरिक रूप से निष्क्रिय बने रहना मोटापे की तरफ ठेलता है। शरीर की इंस्युलिन को बरतने की क्षमता बाधित करता है। खलल पैदा करता है शरीर द्वारा इंस्युलिन के इस्तेमाल में। दिल के लिए खतरा बढ़ाता है, रक्तचाप में इज़ाफ़ा करता है। हाइपरटेंशन के खतरे को बढ़ा देता है।

समाधान

चलते-फिरते रहिये। अमेरिकी मधुमेह संघ ज्यादा नहीं, तो कम से कम आधा घंटा नियमित व्यायाम की सिफारिश करता है, वह भी रोजाना, बिना नागा। आप सैर कर सकते हैं, साइकिल चला सकते हैं (घर में स्टेशनरी साइकिल भी रख सकते हैं), अपने किचन-गार्डन में काम कर सकते हैं, कुत्ता पाल सकतें है, उसके साथ खुद भी अपनी सुबह-शाम की एक नियमित चर्या बना सकते हैं। आपकी शारीरिक सक्रियता खून में शक्कर और खून में घुली चर्बी (कोलेस्ट्राल) को भी कम कर सकती है और रक्तचाप को भी। खासकर आपके कुत्ते का साथ आपका ब्लड-प्रेशर कम कर सकता है, इंस्युलिन के प्रति संवेदनशीलता को सुधार सकता है, अब आपका शरीर ठीक से प्रतिक्रिया करने लगेगा।

जीवनशैली-रोग मधुमेह : बुनियादी बातें

यह वही जीवनशैली-रोग है, जिससे दो करोड़ अट्ठावन लाख अमेरिकी ग्रस्त हैं और भारत जिसकी मान्यताप्राप्त राजधानी बना हुआ है और जिसमें आपके रक्त-प्रवाह में ब्लड-ग्लूकोस या ब्लड-शुगर, आम भाषा में कहें तो शक्कर बहुत बढ़ जाती है। इस रोगात्मक स्थिति में या तो आपका अग्नाशय पर्याप्त मात्रा में इंस्युलिन-हारमोन बना ही नहीं पाता या फिर उसका इस्तेमाल नहीं कर पाता।

पैन्क्रिअस या अग्नाशय उदर के पास स्थित एक शारीरिक अंग है। यह एक ऐसा तत्त्व (हार्मोन) उत्पन्न करता है, जो रक्त में शर्करा को नियंत्रित करता है और खाए हुए आहार के पाचन में सहायक होता है। मधुमेह एक मेटाबोलिक विकार है अपचयन सम्बन्धी गड़बड़ी है, ऑटोइम्यून डिज़ीज़ है।

फिर दोहरा दें, इंस्युलिन एक हार्मोन है जो शर्करा (शक्कर) और स्टार्च (आलू, चावल, डबलरोटी जैसे खाद्यों में पाया जाने वाला श्वेत पदार्थ) को ग्लूकोज़ में तब्दील कर देता है। यही ग्लूकोज़ ईंधन हैं, हरेक कोशिका का भोजन है, जो संचरण के जरिये उस तक पहुंचता रहता है।

घरेलू इलाज से सहायता

अगर आपको डाइबिटीज़ को कंट्रोल करना है, तो अच्छा पौष्टिक आहार और अपने लाइफस्टाइल में परिवर्तन लाना होगा। इस बीमारी को घरेलू इलाज से काफी हद तक कम किया जा सकता है। आइए जानते हैं, मधुमेह को घरेलू इलाज से कैसे कंट्रोल कर सकते हैं।

मधूमेह के नियन्त्रण में सहायक कुछ घरेलू इलाज:

1 करेला – डाइबिटीज़ में करेला काफी फायदेमंद होता है। करेले में कैरेटिन नामक रसायन होता है, इसलिए यह प्राकृतिक स्टेरॉयड के रूप में इस्तेमाल होता है, जिससे खून में शुगर-लेवल नहीं बढ़ पाता। करेले के 100 मि.ली. रस में इतना ही पानी मिलाकर दिन में तीन बार लेने से लाभ होता है।

2 मेथी – मधुमेह के रोगियों के लिए मेथी बहुत फायदेमंद होती है। अगर आप रोज 50 ग्राम मेथी नियमित रूप से खाएंगे, तो निश्चित ही आपका ग्लूकोज़-लेवल नीचे चला जाएगा और आपको मधुमेह से राहत मिलेगी।

3 जामुन – जामुन का रस, पत्ती और बीज मधुमेह की बीमारी को कंट्रोल कर सकते हैं। जामुन के सूखे बीजों को पाउडर बनाकर एक चम्मच दिन में दो बार पानी या दूध के साथ लेने से राहत मिलती है।

4 आमला – एक चम्मच आमले का रस करेले के रस में मिलाकर रोज़ पीएं, यह मधुमेह की अच्छी दवा है।

5 आम की पत्ती – आम के 15 ग्राम ताजे पत्तों को 250 मि.ली. पानी में रात भर भिगोकर रख दें। इसके बाद सुबह इस पानी को छानकर पी लें। इसके अलावा आम के सूखे पत्तों को पीसकर पाउडर के रूप में खाने से भी मधुमेह में लाभ होता है।

इसके अलावा इनका सेवन करने से भी मधुमेह में आराम मिलता है:

1 एक खीरा, एक करेला और एक टमाटर, तीनों का जूस निकालकर सुबह खाली पेट पीने से मधुमेह नियंत्रित होता है।

2 नीम के सात पत्ते सुबह खाली पेट चबाकर या पीसकर पानी के साथ लेने से मधुमेह में आराम मिलता है।

3 सदाबहार के सात फूल खाली पेट पानी के साथ चबाकर पीने से मधुमेह में आराम मिलता है।

4 जामुन, गिलोय, कुटकी, नीम के पत्ते, चिरायता, कालमेघ, सूखा करेला, काली जीरी, मेथी इन सब को समान मात्रा में मिलाकर चूर्ण बना लें। यह

चूर्ण सुबह-शाम खाली पेट पानी के साथ लें, इससे मधुमेह में आराम मिलता है।

गर्भवती ? मधुमेह के प्रति रहें सतर्क!

गर्भावस्था के दौरान प्रत्येक गर्भवती को मधुमेह की जांच जरूर करानी चाहिए। इस दौरान संयमित दिनचर्या और पौष्टिक खान-पान पर विशेष ध्यान देने की जरूरत है। ऐसा कर जच्चा और बच्चा दोनों को स्वस्थ रखा जा सकता है।

मधुमेह को सही खान-पान और संयमित दिनचर्या अपनाकर नियंत्रित किया जा सकता है। लापरवाही होने से भविष्य में मां और बच्चे दोनों के मधुमेह की चपेट में आने का खतरा बना रहता है।

मधुमेह – समस्या की प्रबलता

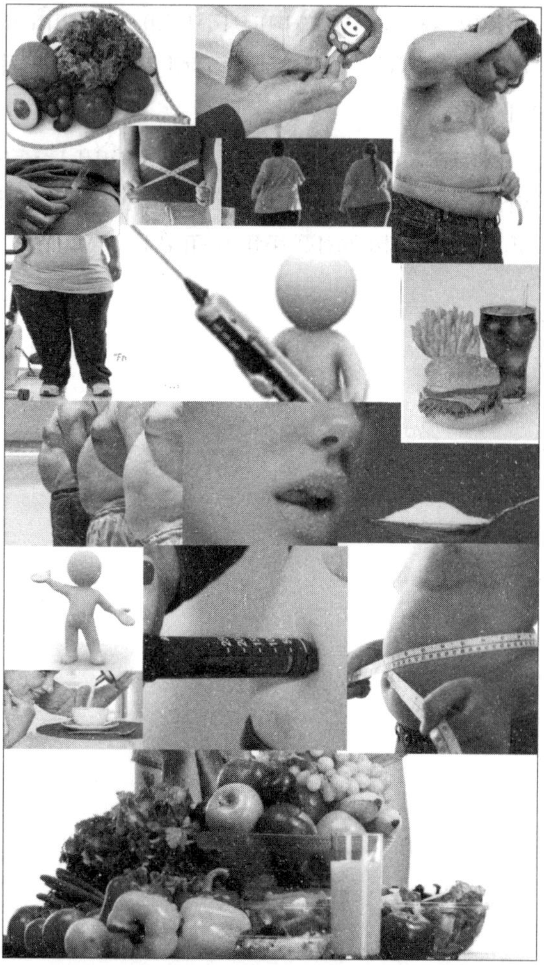

मधुमेह रोग आज सबसे व्यापक रोग के रूप में उभर कर सामने आ रहा है। शायद ही कोई होगा जो 'डाइबिटिज़', 'मधुमेह', 'शुगर' की बीमारी से अपरिचित हो। ऐसा भी नहीं कि यह बीमारी प्राचीन युग में नहीं थी !

मधुमेह – समस्या की प्रबलता

दीर्घकालिक रोगों में, जो समय के साथ शरीर के विभिन्न अंगों को क्षति पहुचाते है, मधुमेह प्रमुख है। यह ऐसा रोग है, जिसका तात्कालिक प्रभाव अधिकतर रोगियों में देखने को नहीं मिलता, और लम्बे समय तक पीड़ित व्यक्ति को इस बात का आभास नहीं होता कि वह इससे ग्रसित है और किसी शारीरिक अंग–यथा गुर्दे, आँख, हृदय आदि के प्रभावित होने के फलस्वरुप होने वाले लक्षण आने के पश्चात् ही इस रोग का संज्ञान हो पाता है। संक्रामक रोगों पर नियंत्रण के पश्चात् मधुमेह एक वैश्विक महामारी के रूप में उभरकर सामने आया है, जो तत्काल क्षति पहुचाने के बजाय एक दीमक की तरह आने वाले समय में हमारे मनुष्य-जगत को खोखला करने वाला है।

इसमें भी टाइप-2 मधुमेह-रोगियों की संख्या में सर्वाधिक इज़ाफ़ा होने वाला है, जो 30 वर्ष से ऊपर की आयु के लोगों को अपने चपेट में लेता है। यद्यपि पिछले कुछ वर्षों से अब 30 वर्ष से कम आयु के लोगों में भी टाइप-2 रोगी मिलने लगे हैं और समस्या की प्रबलता घटने के बजाय बढ़ती जा रही है, जो यह अत्यन्त चिन्ता का विषय है। यही आयु मनुष्य का सर्वाधिक क्रियाशील रहते और विभिन्न सामाजिक-पारिवारिक जिम्मेदारियों का निर्वहन करने वाला काल होता है, निश्चय ही यह न केवल व्यक्ति की अपनी कार्यक्षमता को क्षति पहुंचायेगा, वरन् सरकार और देश की बहुमूल्य स्वास्थ्य सेवाओं और आर्थिक संसाधनों को भी निचोड़ेगा। बेहतर होती चिकित्सीय सुविधाओं से लोगों की औसत आयु पिछले 40 वर्षों में 59 वर्ष से बढ़कर 64 वर्ष हो गई है। मधुमेह के सन्दर्भ में इसका अर्थ होगा मधुमेह-जनित जटिलताओं से पीड़ित जनसंख्या में वृद्धि और अपेक्षित संसाधनों में तुलनात्मक कमी।

इण्टरनेशनल डाइबिटीज़ फेडरेशन द्वारा प्रकाशित पुस्तक 'डाइबिटीज़ एटलस' के तृतीय संस्करण के माध्यम से आइये देखते हैं कि इस समस्या की प्रबलता कितनी है। ये सभी आंकड़े 20 से 79 वर्ष की आयु के हैं। सन् 2013 के आंकड़े बताते हैं कि विश्व-स्तर पर 30 करोड़ लोग (आबादी का 5.1%) मधुमेह से पीड़ित थे, जिनकी संख्या 2025 में बढ़कर 38 करोड़ (आबादी का 7%) हो जायेगी। करीब-करीब 55% की बढ़ोतरी होगी।

सन् 1994 में अनुमान लगाया गया था कि 2010 में मधुमेह-रोगियों की संख्या 23.9 करोड़ हो जायेगी, जबकि 2007 में ही यह संख्या 24.6 करोड़ हो चुकी थी, यानी कि हम तीन वर्ष पहले ही अनुमानित आंकड़े को पार कर चुके थे। यह अत्यन्त चिन्तनीय है। भारत के सन्दर्भ में यदि हम देखें तो सन् 2007 में मधुमेह-रोगियों की संख्या 4.65 करोड़ थी, जो 2025 तक बढ़कर 8.83 करोड़ हो जायेगी। यह करीब-करीब 73% की बढ़ोतरी होगी। गौरतलब यह है कि जितने मधुमेह-रोगी ज्ञात रूप में सामने होते हैं, लगभग उतने ही लोग मधुमेह के कगार पर खड़े होते हैं, जिन्हें हम 'प्री-डाइबीटीज़' (Pre-Diabetes) की अवस्था कहते हैं। "प्री-डायबेटिक" हम आज की तारीख में मधुमेह के घोषित मानक के तत्काल पहले की अवस्था को कहते हैं। सामान्य तौर पर किसी स्वस्थ व्यक्ति की रक्त-शर्करा खाली पेट जांच कराने पर 110 मि.ग्रा. से कम होनी चाहिए और 75 ग्राम ग्लूकोज़ पीने के दो घंटे बाद 140 से कम होनी चाहिए। यदि यह खाली पेट 126 या उससे अधिक और ग्लूकोज़ पीने के 2 घंटे बाद 200 या उससे अधिक हो, तो उस व्यक्ति को मधुमेह रोग है। यदि यह खाली पेट 110 से अधिक और 126 के नीचे हो और ग्लूकोज़ के बाद 140 से 200 के बीच हो, तो उसे हम बाधित

ग्लूकोज़ निस्तारण (Impaired Glucose Tolerance; IGT) कहते हैं। ऐसे व्यक्ति, जो इस श्रेणी में आते हैं, उनमें से करीब 70% आगे चलकर मधुमेह-रोगी हो जाते हैं। सन् 2007 में जहाँ मधुमेह-रोगियों की संख्या 24.6 करोड़ थी, वहीं IGT की संख्या 30.8 करोड़ थी। सन् 2025 में IGT की संख्या 41.8 करोड़ हो जायेगी। इस प्रकार यदि हम घोषित मधुमेह-रोगियों एवं संभावित मधुमेह-रोगियों (IGT) की संख्या जोड़ दें, तो समस्या की प्रबलता और भी गंभीर हो जाती है।

यह अफसोस का विषय है कि सन् 1994 में 2010 के लिये जो भविष्यवाणी की गई थी, उसे झुठलाने में हम नाकामयाब रहे। सन् 2025 के प्रस्तावित आकड़ों को यदि हमें झुठलाना है और चुनौती देनी है, तो हमें गभीरतापूर्वक आज के युवाओं को, जिनकी उम्र 15 से 30 वर्ष के बीच है, जाग्रत करना होगा, क्योंकि 17 वर्ष बाद यही वर्ग 32 से 47 वर्ष की आयु में होगा और अधिककतर नये रोगी इसी वर्ग से सामने आयेंगे। आज के बच्चों एवं युवाओं को हमें नियमित व्यायाम, उचित भोजन-चयन एवं जीवन-शैली के प्रति न केवल जागरूक करना होगा, वरन् सतत निगरानी भी रखनी होगी और निरन्तर इस पर बल देना होगा। इसके लिये कई स्तरों पर प्रयास करने होंगे, जैसे पारिवारिक, शिक्षण-संस्थाओं, कार्यालय आदि के माध्यम से हमें एक अभियान छेड़ना होगा, जिसमें मीडिया की भूमिका भी अहम होगी।

आइये, अब हम यह देखते हैं कि मधुमेह किस प्रकार हमारे चिकित्सीय संसाधनों को चुनौती देगाः

- मधुमेह-रोगियों में मृत्यु-दर दो गुनी अधिक है।
- हृदय-आघात की संभावना दो से चार गुनी अधिक है।
- 17-20 % रोगियों की मृत्यु 50 वर्ष से कम आयु में।
- रोग होने के 20 वर्ष पश्चात् लगभग सभी टाइप-1 मधुमेह-रोगियो में और 60% से अधिक टाइप-2 मधुमेह-रोगियों में आँख के पर्दे (रैटिना) में खराबी आ जाती है।
- 86% टाइप-1 एवं 33% टाइप-2 मधुमेह-रोगियों की अंधता का कारण रैटिनापैथी होती है।
- टाइप-2 मधुमेह-रोगियों में से 21% रोगियों को रोग का संज्ञान होने तक रैटिनोपैथी हो चुकी होती है।
- पैरों में सुन्नपन आने के कारण पैरों में घाव, गैंग्रीन एवं पैरों के कटने (एम्प्युटेशन) की दर में वृद्धि।
- 10-20 वर्ष के पश्चात् लगभग 30-50% टाइप-1 और 20-50% टाइप-2 मधुमेह-रोगियों के गुर्दे में खराबी (नेफरोपैथी) आ जाती है **और उन्हें**

'डायलिसिस' और-गुर्दा प्रत्यारोपण की आवश्यकता पड़ने लगती है।

इस प्रकार हम देखते हैं कि आने वाले समय में हमें अच्छी संख्या में गहन हृदय-चिकित्सा केन्द्र, डायलिसिस केन्द्र, नेत्र सम्बन्धी उपचार हेतु उच्चीकृत नेत्र-चिकित्सा केन्द्र, पैर-चिकित्सा केन्द्र आदि की सुविधा की आवश्यकता पड़ेगी। केवल चिकित्सा-सुविधाओं के उपलब्ध होने से भी काम नहीं चलेगा, वरन् रोगियों को पैसे भी खर्च करने पड़ेंगे। संसाधनों के अभाव में सरकारी चिकित्सालयों की जो वर्तमान स्थिति है, उससे अंदाजा लगाया जा सकता है कि अच्छे सुविधायुक्त केन्द्रों पर रोगियों का कितना दबाव होगा।

कालान्तर में श्रम न करने की प्रवृत्ति और उच्च वसा एवं ऊर्जा युक्त भोजन की प्रचुरता के कारण मधुमेह-रोगियों की संख्या में वृद्धि हो रही है। जिस प्रकार साहित्य समाज का दर्पण होता है, उसी प्रकार मधुमेह शहरीकरण, आद्यौगिकीकरण एवं आर्थिक विकास का दर्पण है, यह कहने में अतिशयोक्ति न होगी।

समस्या की प्रबलता को देखते हुए बड़े पैमाने पर जन-जागरण अभियान की परम आवश्यकता है। इस बात को ध्यान में रखते हुए CDRS निरन्तर अपनी मासिक बैठकों के माध्यम से इस अभियान में लगा हुआ है। आइये, हम सभी संकल्प लें कि इस गंभीर चुनौती से निपटने के लिये हम अपने प्रयासों में कोई कमी नही आने देंगे।

किशोरों में बढ़ रही मधुमेह की बीमारी

एक दशक पूर्व वयस्कों में होने वाली मधुमेह की बीमारी अब किशोरों को भी चपेट में ले रही है। लेकिन इसके बारे में जानकारी हासिल करना कि बच्चा मधुमेह से पीड़ित है या नहीं, प्रत्येक माता-पिता के लिए चिंता का कारण बन रहा है। किशोर मधुमेह अनुसंधान फाउंडेशन के मुताबिक तेजी से बच्चों में टाइप-1 मधुमेह की बीमारी बढ़ रही है। जीवन-शैली में लगातार हो रहे बदलाव से टाइप-2 मधुमेह भी बढ़ रहा है। एक बड़ी संख्या में बच्चे मधुमेह की चपेट में आ रहे हैं। मधुमेह के प्रति जागरूकता लाने के लिए विश्व मधुमेह दिवस (14 नवंबर) को किशोर मधुमेह जागरूकता के रूप में मनाया जा चुका है।

क्या है मधुमेह बीमारी का कारण?

किशोर-मधुमेह अनुवांशिक मुद्दा है। बच्चों में टाइप-1 मधुमेह का मतलब है कि उनके शरीर में इंस्युलिन नहीं बन रहा और इस बीमारी से बचने के लिए उन्हें

बाहर से इंस्युलिन लेने की जरूरत है। किशोर-मधुमेह या इंस्युलिन-डिपेंडेंट मधुमेह के तौर पर जानी जाने वाली यह बीमारी बच्चे के जीवन को पुनः परिभाषित कर सकती है, जिन्हें नियमित रूप से रक्त शर्करा स्तर (बल्ड शुगर लेवल) और उसके प्रबंधन की आवश्यकता होगी।

कैलोरी का ज्यादा सेवन, सामान्य चीनी, संतृप्त वसा और कम फाइबर वाले अनुचित आहार एवं कम होती शारीरिक गतिविधि के साथ तेजी से बदलती जीवन-शैली उन्हें अधिक घातक टाइप-2 मधुमेह की चपेट में धकेल सकती है।

कैसे पहचानें मधुमेह

ज्यादातर लोग इस बात से अनजान हैं कि मधुमेह बच्चों को भी हो सकता है। जब तक हालात बहुत न बिगड़ जाएँ, तब तक बीमारी का पता नहीं चलता। हालाँकि बीमारी की शुरुआत धीमी है और माता-पिता अकसर लक्षण के बारे में भ्रमित रहते हैं या उसे नज़रअंदाज़ कर देते हैं। इसके बावजूद प्यास या पेशाब में वृद्धि, देखने की क्षमता से जुड़ी समस्याएं, अचानक कम होता वजन या बच्चे में सुस्ती कुछ ऐसे लक्षण हैं, जिन्हें गंभीरता से लेना चाहिए। तुरंत किसी डॉ. क्यू से परामर्श करना चाहिए और बच्चे की जरूरी जाँच करवानी चाहिए, क्योंकि इन समस्याओं की वजह, संभव है, मधुमेह हो।

सावधानी बरत कर करें बचाव

मधुमेह को रोकने के लिए जरूरी है कि हम अनिवार्य और नियमित शारीरिक गतिविधि के साथ स्वस्थ खानपान और ग्लूकोज़ के स्तर की नियमित निगरानी करें। स्वस्थ खानपान और शारीरिक गतिविधि के ज़रिए मोटापे और उसके विनाशकारी परिणाम से बचा जा सकता है। मधुमेह से पीड़ित कोई बच्चा हाइपोग्लिसेमिक (ब्लड शुगर कम हो जाना) हो जाए, तो जरूरी है कि बच्चे को दो चम्मच चीनी, ग्लूकोज़ या मीठा पेय दिया जाए।

डाइबिटीज़ प्रश्नावली

मधुमेह क्या है?

रक्त में ग्लूकोज़ की मात्रा यदि एक निर्धारित सीमा से अधिक हो जाये, तो उसे मधुमेह रोग (डाइबिटीज़) कहते हैं। रक्त में ग्लूकोज़ की मात्रा की मानक सीमा इस प्रकार है:

- खाली पेट रक्त-ग्लूकोज़ 75 ग्राम ग्लूकोज़ पीने के 2 घण्टे बाद
- मधुमेह ≥ 126 मि.ग्रा. % ≥ 200 मि.ग्रा. %
- ग्लूकोज़-नियंत्रण में कमी ≥ 110 मि.ग्रा. और < 126 मि.ग्रा. ≥ 140 मि.ग्रा. और < 200 मि.ग्रा.
- सामान्य < 110 मि.ग्रा. % < 140 मि.ग्रा. %

रक्त में ग्लूकोज़ क्यों बढ़ जाता है ?

मधुमेह रोग में शरीर में इन्सुलिन आवश्यकता से कम बनने लगता है एवं इन्सुलिन रिसेप्टर शिथिल पड़ने लगते हैं। फलस्वरूप ग्लूकोज़ समुचित रूप से जलकर ऊर्जा में परिवर्तित नहीं हो पाता, इस कारण ग्लूकोज़ रक्त में बढ़ जाता है।

ब्लड शुगर एवं मूत्र शुगर क्या अलग-अलग बीमारियाँ हैं?

मूल बीमारी रक्त में ग्लूकोज़ (शुगर) का बढ़ना होता है। जब रक्त-ग्लूकोज़ एक सीमा से अधिक बढ़ जाता है, तो शरीर उससे छुटकारा पाने के लिए गुर्दों के माध्यम से मूत्र में त्यागना शुरू कर देता है। मूत्र में ग्लूकोज़ का न होना मधुमेह रोग न होने का प्रमाण नहीं है।

क्या यह समयबद्ध रोग है?

नहीं! यह जीवन भर का रोग है।

बढ़े रक्त-ग्लूकोज़ से क्या हानि है? इसे नियंत्रित करना क्यों आवश्यक है?

बढ़ा हुआ रक्त-ग्लूकोज़ रक्त की रासायनिक गुणवत्ता को प्रभावित करता है। बढ़ा हुआ ग्लूकोज़ रक्त-नलियों की भीतरी दीवार की कोशिकाओं को धीरे-धीरे क्षतिग्रस्त करता है। इस प्रक्रिया में रोगी को किसी प्रकार का दर्द अथवा कष्ट

नहीं होता और वह इससे बेखबर रहता है। एक सीमा से अधिक क्षति होने पर नाजुक अंगों यथा– आंख के पर्दे, हृदय और मस्तिष्क के कार्य प्रभावित होने लगते हैं, और तब रोगी को इसका आभास होता है और वह चेतता है, किन्तु तब तक काफी देर हो चुकी होती है। यदि रक्त-ग्लूकोज़ को निर्धारित सीमा के अन्दर नियंत्रित न रखा जाए तो यह शरीर के प्रत्येक अंग को प्रभावित करता है–शारीरिक कष्ट हो अथवा नहीं।

इसके लक्षण क्या होते हैं?

इसके निम्न लक्षण हो सकते हैं:

1 थकान, कमजोरी, पैरों में दर्द : क्योंकि ग्लूकोज़ ऊर्जा में परिवर्तित नहीं हो पाता।

2 जननांगों में खुजली एवं संक्रमण।

3 बार-बार चश्मे की पावर बदलना।

4 बार-बार गर्भपात होना या सामान्य से अधिक वज़न का बच्चा होना।

5 हृदय-आघात, मस्तिष्क-आघात का होना।

6 गुर्दों का निष्क्रिय होना।

7 पैर का घाव ठीक न होना एवं गैंग्रीन का रूप ले लेना।

8 अधिक पेशाब एवं भूख का लगना तथा तेजी से वज़न का गिरना।

9 प्रारम्भिक अवस्था में कोई लक्षण न होना।

डाइबिटीज़-नियंत्रण का क्या मतलब है?

रक्त-ग्लूकोज़ को सामान्य के आस-पास रखना चाहिए। विभिन्न वैज्ञानिक शोधों से यह निर्विवाद रूप से सिद्ध हो चुका है कि यदि रक्त-ग्लूकोज़ को नियंत्रित रखा जाये, तो इस रोग से होने वाली विभिन्न जटिलताओं से लंबे अरसे तक बचा जा सकता है।

चिकित्सा के उद्देश्य:

1 लाक्षणिक आराम

2 जटिलताओं में कमी, तथा

3 अंत तक क्रियाशील जीवन

चिकित्सा के उपाय:

1 भोजन

2 व्यायाम

3 औषधियां

4 शिक्षा

5 नियमित जांच

मधुमेह के संबंध में आम प्रश्न:

मधुमेह-रोगी को किस तरह का भोजन लेना चाहिए?

मधुमेह-रोगी का भोजन ऐसा होना चाहिए, जो रक्त-ग्लूकोज़ को बढ़ने से रोके एवं रोग पर अनुकूल प्रभाव डाले। भोजन पौष्टिक होना चाहिए, जिसमें कार्बोहाइड्रेट एवं रेशे प्रचुर मात्रा में हों। भोजन की मात्रा भी शारीरिक श्रम के अनुसार नियंत्रित होनी चाहिए।

व्यायाम ?

यूँ तो व्यायाम की महत्ता स्वस्थ व्यक्ति के लिए भी है, किन्तु मधुमेह रोग में इसकी विशेष भूमिका होती है। व्यायाम करने से शरीर का वज़न कम होता है, पैरों में रक्त का संचार बढ़ता है, हृदय पर अनुकूल प्रभाव पड़ता है और रक्त-

ग्लूकोज़ को नियंत्रित करने में सहायता मिलती है। इन सब के अलावा, आत्मविश्वास भी बढ़ता है।

मधुमेह रोग में दवाओं की क्या भूमिका है?

सबसे पहले यह अच्छी प्रकार समझ लेना चाहिए कि दवायें भोजन एवं व्यायाम का विकल्प नहीं हैं। दवाओं का नम्बर सदैव इनके बाद आता है। चूंकि मधुमेह रोग शरीर में इन्सुलिन की कमी के कारण होता है, अतः यदि किसी प्रकार इन्सुलिन की मात्रा बढ़ाई जा सके, तो इस रोग को नियंत्रित किया जा सकता है। रोगी को सीधे इन्सुलिन दिया जा सकता है, किन्तु यह केवल 'सूई' के रूप में ही उपलब्ध है। इन्सुलिन की मात्रा बढ़ाने का दूसरा तरीका खाने की दवायें हैं।

मधुमेह रोगी को किस-किस जांच की आवश्यकता होती है?

रक्त में बढ़ा हुआ ग्लूकोज़ पूरे शरीर को प्रभावित करता है, अतः प्रारम्भिक अवस्था में पूरे शरीर की जांच कराना आवश्यक होता है, जिसमें रक्त-ग्लूकोज़, ग्लाइकोसाइलेटेड हीमोग्लोबिन, रक्त-वसा, मूत्र-परीक्षण, हृदय, नेत्र-परीक्षण इत्यादि जांच कराई जाती हैं।

रक्त-ग्लूकोज़ की जाँच में निम्नलिखित बातों का ध्यान रखा जायेः

1 एक बार दवा की मात्रा का निर्धारण हो जाये, तब हर एक-दो माह पर रक्त-ग्लूकोज़ का परीक्षण खाली पेट और भोजन के दो घण्टे के पश्चात् कराना चाहिए।

2 जिस दिन जाँच करानी हो, उस दिन की दिनचर्या अन्य दिनों की भांति होनी चाहिए।

3 दवा का सेवन उस दिन भी करना चाहिए।

हाईपोग्लासीमिया क्या होता है ?

रक्त में ग्लूकोज़ की मात्रा एक सीमा से कम होने लगे (50 मि.ग्रा. प्रतिशत), तो उसे हाईपोग्लाइसीमिया कहते हैं। इस अवस्था में रोगी का मस्तिष्क ठीक ढंग से काम नहीं करता, उसे घबराहट, बेचैनी, पसीना होने लगता है। रोगी के आस-पास के लोगों को लगता है कि रोगी ने कोई नशा कर रखा है। ऐसी हालत में तत्काल ग्लूकोज़ या शर्करायुक्त भोजन न दिया जाये, तो रोगी बेहोश हो जाता है और दिमाग पूर्ण रूप से क्षतिग्रस्त हो सकता है। अतः मधुमेह रोगियों को दवा की मात्रा अपने आप घटानी-बढ़ानी नहीं चाहिए और न ही बिना डाक्टरी सलाह

के उपवास रखना चाहिए। याद रखें, मधुमेह रोग दीर्घकालिक रोग है और इसके नियंत्रण में आपकी भूमिका सर्वाधिक है। सुनी-सुनाई बातों पर न जाकर अपनी हर शंका का समाधान अपने चिकित्सक से करें और दीर्घकालिक क्रियाशील जीवन जीयें।

इन्सुलिन का इंजेक्शन कब दिया जाता है?

इन्सुलिन की आवश्यकता रोगी को दो अवस्थाओं में होती है। पहली अवस्था वह होती है, जब खाने की दवायें अपनी अधिकतम खुराक में भी प्रभावी नहीं रहतीं, यानी की पैंक्रियास ग्रन्थि लगभग पूर्ण रूप से काम करना बंद कर देती है। ऐसी अवस्था में रोगी को जीवनपर्यन्त इन्सुलिन लेना पड़ता है। दूसरी अवस्था वह होती है, जहां रोगी का रक्त-ग्लूकोज़ खाने की गोलियों या भोजन-व्यायाम के माध्यम से नियंत्रण में रहता है, किन्तु कुछ ऐसे कारण उत्पन्न हो जाते हैं जब शरीर को अधिक इन्सुलिन की आवश्यकता पड़ती है, यथा शल्य-क्रिया, गर्भावस्था, संक्रामक रोग इत्यादि। ऐसी अवस्था में रोगी को कुछ समय

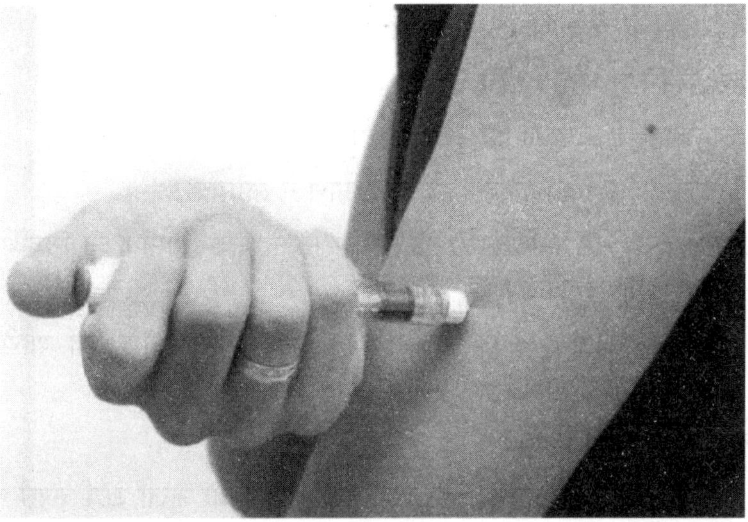

के लिए इन्सुलिन दिया जाता है और उस अवस्था के समाप्त होने पर रोगी पुनः खाने की दवा पर चला जाता है।

एक बार इन्सुलिन-सूई लें तो सदैव इन्सुलिन की सूई लेने की आदत पड़ जाती है, यह कहां तक सत्य है?

यदि शरीर को किसी चीज़ की आवश्यकता है तो उसे शरीर को देना पड़ेगा अन्यथा शरीर सुचारू रूप से कार्य नहीं करेगा। जैसे शरीर के लिए भोजन एक अनिवार्यता है तो हम नियमित भोजन करते हैं और कभी यह प्रश्न नहीं करते कि हमें भोजन की आदत पड़ जायेगी, उसी प्रकार यदि शरीर अपनी आवश्यकता के अनुसार समुचित इन्सुलिन का निर्माण नहीं कर पाता, तो उसे बाहर से देना पड़ेगा, इसमें आदत पड़ने जैसी कोई बात नहीं है।

भोजन शरीर के लिए क्यों आवश्यक है?

हमारा शरीर एक मशीन है, जिससे हम विभिन्न कार्य लेते हैं। किसी भी कार्य को करने के लिये ऊर्जा (Energy) की आवश्यकता होती है और ऊर्जा के लिये ईंधन की। भोजन ईंधन का काम करता है। शरीर रूपी मशीन में हुई टूट-फूट की मरम्मत के लिए भी भोजन की आवश्यकता होती है। मानव-जीवन की तीन मूलभूत आवश्यकतायें रोटी, कपड़ा और मकान होते हैं। बिना भोजन के कोई भी जीव लम्बे काल तक जीवित नहीं रह सकता। हमें क्या और कितना खाना चाहिए, यह जानना अत्यन्त आवश्यक हो जाता है, क्योंकि अधिकतर बीमारियां गलत आहार के कारण उत्पन्न होती हैं।

भोजन के निम्न घटक होते हैं:

1 कार्बोहाइड्रेट – ऊर्जा का मुख्य स्रोत।

2 प्रोटीन – शरीर की कोशिकाओं के निर्माण में सहायक।

3 वसा–शरीर की कोशिकाओं के निर्माण में सहायक, हार्मोन का निर्माण एवं संचित ऊर्जा का स्रोत।

4 विटामिन, खनिज, लवण–शरीर की विभिन्न रासायनिक एवं शारीरिक क्रियाओं में सहायक।

कैलोरी क्या होती है?

कैलोरी ऊर्जा का माप है। हम शारीरिक श्रम में जो ऊर्जा खर्च करते हैं या भोजन से जो ऊर्जा प्राप्त करते हैं, उसे कैलोरी कहते हैं।

किसी व्यक्ति को कितनी ऊर्जा की आवश्यकता है, इसका निर्धारण कैसे करते हैं?

सबसे पहले यह ज्ञात करते हैं कि उस व्यक्ति का आदर्श वजन कितना होना चाहिए।

आदर्श वजन :

पुरूष : कद (से.मी. में) – 105 = वजन कि.ग्रा. में

स्त्री : कद (से.मी. में) – 107 = वजन कि.ग्रा. में

उदाहरण के लिए, यदि किसी पुरूष का कद 170 से.मी. है, तो उसका आदर्श वजन=170–105=65 कि.ग्रा. होना चाहिए। इसके पश्चात् शरीर के लिये मूलभूत (Basic) ऊर्जा की आवश्यकता निकालते हैं। अब यदि व्यक्ति शिथिल जीवन-शैली जीता है तो मूलभूत आवश्यकता का एक बटे तीन, यदि औसत जीवन-शैली जीता है तो एक बटे दो और यदि अत्यधिक श्रम करता है तो उतनी ऊर्जा और उसमें जोड़ देते हैं।

उदाहरण के लिए, यदि व्यक्ति का वजन 70 किलो है तो:

उसकी मूलभूत आवश्यकता 70 x 22 = 1540 कैलोरी

शिथिल जीवन-शैली 1540 + (1540/3) = 2055 कैलोरी

साधारण जीवन-शैली 1540 + (1540/2) = 2310 कैलोरी

अत्यधिक श्रमयुक्त जीवन-शैली 1540 + 1540 = 3080 कैलोरी

यदि व्यक्ति आदर्श भार से अधिक वजन का है, तो उसे उपर्युक्त विधि से निकाली गई ऊर्जा से कम ऊर्जा का भोजन देते हैं, ताकि शरीर में संचित ऊर्जा खर्च की जा सके।

नमक-चीनी कम, स्वस्थ रहें हम !

नमक और चीनी–ये दोनों तत्त्व आज हमारे आहार का अभिन्न अंग बन चुके हैं। इनके बिना हम अपने भोजन की कल्पना भी नहीं कर सकते। किन्तु क्या आप जानते हैं कि चिकित्सकीय मत के अनुसार नमक और चीनी रहित आहार लेना ही स्वास्थ्य के लिए लाभदायक है? विज्ञान के आधुनिक शोध एवं गणनाओं के अनुसार शरीर को जितनी मात्रा में नमक और चीनी की आावश्यकता होती है, वह प्राकृतिक रूप से अन्न, सब्जियों और फलों में उपलब्ध होती है।

परंतु आज के परिवेश में चीनी और नमक का प्रयोग सभी पदार्थों में बाहर से किया जाने लगा है। आज लोगों ने ग्रामीण गुड़ का उपयोग छोड़कर चीनी का अधिक उपयोग करना शुरू कर दिया है। इस नमक और चीनी के अत्यधिक प्रयोग से लोगों के स्वास्थ्य में गिरावट आ रही है। इसी संदर्भ में विभिन्न देशों में स्वास्थ्य-विज्ञानियों द्वारा कई गहन अनुसंधान किए गए। इन अनुसंधानों से प्राप्त निष्कर्ष कुछ प्रकार हैं–

अत्यधिक नमक के हानिकारक प्रभावः

1 उत्तरी जापान में अधिकतर जनसंख्या अधिक मात्रा में नमक का उपयोग करती है, फलतः वहाँ के अधिकतर लोगों की मौत ब्रेन-स्ट्रोक के कारण होती हैं, साथ ही जापान में अधिक नमक के सेवन से एक-तिहाई जनसंख्या अति उत्तेजना से ग्रस्त पाई जाती है और प्रति 6 व्यक्तियों में से एक को उच्च रक्तचाप का रोगी पाया जाता है। इसके विपरीत दक्षिण पैसिफिक के आदिवासी नमक का सेवन नहीं करते, परिणामस्वरूप उन्हें रक्तचाप एवं मस्तिष्क के स्ट्रोक की शिकायत कभी नहीं होती।

2 अमेरिका के कई प्रांतों में अधिक नमक लेने के कारण तीन गुना अधिक रक्तचाप की शिकायत रहती है। इसलिए अमेरिका के डॉक्टर इस निष्कर्ष पर पहुँचे है कि बिना किसी औषधि के केवल नमक-रहित आहार लेने से रक्तचाप के रोगों में 50 प्रतिशत तक कमी लाई जा सकती है।

3 प्रोफसर कोराल्ट ने एक अध्ययन के अंतर्गत निद्रा की समस्या के रोगियों पर लगातार 5 वर्षों तक प्रयोग किया और निष्कर्ष निकाला कि नमक तथा शक्कर का अधिक मात्रा में सेवन करने से अनिद्रा का रोग लग जाता है।

4 डॉक्टर हैरी बैंजामिन के अनुसार नेत्रों की ज्योति घटने और मोतियाबिंद होने का कारण भी अधिक नमक का सेवन है।

5 हृदय-रोग, रक्त-विकार, आमाशय के रोग आदि बीमारियों का कारण आहार में अधिक नमक की मात्रा है। इन रोगों में डाक्टर रोगी को परहेज़ के तौर पर नमक न खाने का परामर्श देते हैं।

6 चिकित्सकों के अनुसार सर्दी, जुकाम, ब्रोंकाइटिस और सामान्य चर्म-रोग केवल नमक छोड़ देने से ही ठीक हो सकते हैं।

अत्यधिक चीनी के हानिकारक प्रभावः

1 अमेरिका के एक स्वास्थ्य विभाग द्वारा बच्चों में कुपोषण के प्रभावों का अध्ययन करने हेतु प्रान्तों में सर्वेक्षण किए गए। उनमें पाया गया कि 6 से 18 वर्ष तक के बच्चे एक वर्ष में 160 पौण्ड से भी ज्यादा चीनी का सेवन करते हैं, फलस्वरूप उनके दाँत खराब होने के साथ-साथ पाचन-प्रणाली भी अस्त-व्यस्त हो जाती है।

2 दन्त-चिकित्सकों के अनुसार दाँतों के क्षय का मूल कारण अधिक मात्रा में चीनी का उपयोग करना है। अमेरिका के मिशिगन विश्वविद्यालय के दंत-विशेषज्ञ ने अपने अनुसंधानों से निष्कर्ष निकाला कि जिन बच्चों के आहार में मिठाइयाँ अत्यधिक थीं, उनके दाँत शीघ्र खराब होने लगे और जब उनके आहार से मीठी चीजें निकाल दी गईं, तो उनके दाँत पुनः स्वस्थ हो गए। चीनी के अधिक सेवन से दाँत समय से पहले ही गिर जाते हैं।

3 चीनी के अत्यधिक सेवन से शरीर में कैल्शियम और फॉसफोरस का संतुलन बिगड़ जाता है।

4 चीनी के पाचन के लिए अतिरिक्त कैल्शियम की आवश्यकता पड़ती है। और शरीर में कैल्शियम की कमी हो जाने से अर्थराइटिस, कैन्सर-वायरस संक्रमण आदि अनेक रोगों की सम्भावना बढ़ जाती है।

5 चिकित्सा-शास्त्रियों के अनुसार चीनी के पाचन के लिए विटामिन-बी कॉम्पलेक्स अनिवार्य है। इसलिए आहार में अत्यधिक चीनी लेने से शरीर में विटामिन बी कॉम्पलेक्स की कमी होने लगती है। परिणामस्वरूप हृदय-रोग, अपच, अजीर्ण, चर्म रोग, कोलाइटिस और स्नायुतंत्र सम्बन्धी बिमारियों की सम्भावनाएँ बढ़ जाती हैं।

6 श्वेत चीनी के अधिक सेवन से लिवर में ग्लाइकोजिन की मात्रा घट जाती है और व्यक्ति थकान, घबराहट, सिर-दर्द, दमा, डाइबिटीज़ आदि विभिन्न रोगों का शिकार हो जाता है।

7 चीनी के उपयोग से शरीर की अस्थियाँ दुर्बल हो जाती हैं तथा माँस-पेशियाँ अशक्त हो जाती हैं और शरीर में लौह एवं अनेक जीवन-तत्त्वों की कमी हो जाती है।

8 आहार-विशेषज्ञों डॉ. डेरिक लांसडेल और डॉ. रेमण्ड जे शैमवजर ने बच्चों के आहार में शक्कर की अधिकता और उसके दुष्प्रभावों का अध्ययन करके निष्कर्ष निकाला कि शक्कर के अत्यधिक सेवन से शरीर में थियामिन नामक तत्त्व की कमी हो जाती है, जिसके कारण नींद की गड़बड़ी, बेरी-बेरी, सीने में दर्द, लगातार बुख़ार एवं हकलाने जैसी बीमारियाँ आ घेरती हैं। इसके अतिरिक्त ज्योतिमंदता और रतौंधी के भी लक्षण आने लगते हैं।

9 लंदन मेडिकल कॉलेज के हृदयरोग-विशेषज्ञ डॉ. लुइकिन के अनुसार अधिकतर हृदय-रोगों का मूल कारण चीनी ही है।

10 कैलिफोर्निया स्टेट कॉलेज के डॉ. स्टीफेन ने 300 बाल-अपराधियों के आहार का विश्लेषण किया और निष्कर्ष निकाला कि सभी बाल-अपराधी अत्यधिक मीठे, विशेषकर सफेद चीनी का सेवन करते थे। उन्हें कुछ महीने चीनीरहित आहार देने पर आश्चर्यजनक परिणाम देखने को मिले। उन सभी बच्चों के स्वास्थ्य एवं व्यवहार में परिवर्तन आया और उनमें से 48 प्रतिशत अपराधी बच्चे सामान्य हो गए।

नमक और चीनी का विकल्पः

1 जितनी मात्रा में शरीर को नमक की आवश्यकता होती है, उतनी सामान्य खाद्य पदार्थों–शाक, सब्जियों, अन्न में प्राकृतिक रूप से विद्यमान रहती है।

2 लंदन मेडिकल कॉलेज के हृदयरोग- विशेषज्ञ ड़ॉक्टर लुइकिन का मानना है कि ऊर्जा-प्राप्ति के लिए चीनी के स्थान पर गुड़, खजूर, मुनक्का, अंगूर, शहद, आम, केला, मौसमी, ख़रबूज़ा, तरबूज़, पपीता, गन्ने का रस, शकरकन्द आदि का सेवन करना चाहिए। फल मिठास के साथ-साथ रक्त को बढ़ाने और हड्डियों को मजबूत करने का भी काम करते हैं।

3 चीनी के स्थान पर मिठास के लिए शहद, गुड़, छुहारे, खजूर और किशमिश आदि का प्रयोग किया जा सकता है। इनसे स्वाद के साथ-साथ कैलशियम, प्रोटीन और लौह जैसे तत्त्वों की भी प्राप्ति हो जाती है।

इसलिए पाठकों से अनुरोध है कि स्वस्थ रहने के लिए नमक-चीनी की मात्रा आहार से कम करते जाएँ और उनका कम से कम सेवन करें।

खाने की चीजें, जिनमें छिपी है भरपूर चीनी

मधुमेह-रोगियों की बढ़ती हुई संख्या को देखते हुए खाने में चीनी कम करने की सलाह दी जाती है। लेकिन खाने की ऐसी कई चीजें हैं, जिनमें चीनी की मात्रा आश्चर्यजनक रूप से बहुत ज़्यादा होती है।

एक प्रचार-अभियान **'एक्शन ऑन शुगर'** खाने और सॉफ्ट ड्रिंक्स में चीनी की मात्रा कम करने के लिए शुरू किया गया है।

इसका उद्देश्य लोगों को **"छुपी हुई चीनी"** के बारे में जागरूक करना और निर्माताओं को इन पदार्थों में चीनी की मात्रा घटाने को तैयार करना है।

जिन खाद्य पदार्थों में छिपी चीनी की मात्रा बहुत ज्यादा है, उनमें से मुख्यतः निम्नलिखित हैं :

पास्ता सॉस

टमाटरों से बनने वाले पास्ता सॉस से सेहत को होने वाले फायदों को लेकर कई बातें कही जाती हैं, लेकिन दुकान से खरीदी गई सॉस में चीनी भरी हो सकती है।

चीनी अकसर इसलिए मिलाई जाती है, ताकि सॉस में अम्ल का स्वाद कम लगे। 150 ग्राम सॉस में करीब 13 ग्राम चीनी हो सकती है, यानी करीब तीन चम्मच।

कोलेस्ल

कोलेस्ल (एक किस्म का सलाद) में ज्यादातर बारीक कटी हुई या कसी हुई सब्जियां होती हैं, लेकिन इसे चीनी मिलाकर भी तैयार किया जाता है। इसके लिए खास तौर पर मेयोनिस सॉस को ज़िम्मेदार माना जाना चाहिए।

दुकान से खरीदी गई एक कड़छी (करीब 50 ग्राम) कोलेस्ल में चार ग्राम तक चीनी हो सकती है। कुछ कड़छी कोलेस्ल का मतलब कई चम्मच चीनी।

परिष्कृत पानी

पानी तो ठीक है, नहीं क्या? यह इस पर निर्भर करता है कि किस तरह का पानी? परिष्कृत पानी (Enhanced water) में विटामिन मिलाए जाते हैं और इसके साथ ही चीनी भी।

एक्शन ऑन शुगर के अनुसार कुछ ब्रांड के 500 मिलीलीटर पानी में 15 ग्राम तक चीनी होती है। यह करीब चार चम्मच चीनी के बराबर है।

ब्रेड

बहुत-से लोगों के रोज के भोजन में शामिल पाव या ब्रेड में हालांकि चीनी की मात्रा अलग-अलग होती है, लेकिन प्रोसेस्ड ब्रेड की एक स्लाइस में यह तीन ग्राम तक हो सकती है।

अगर कोई महिला नाश्ते में एक टोस्ट और दिन के खाने में एक सैंडविच लेती है, तो उसने महिलाओं के लिए स्वीकार्य चीनी की एक-चौथाई मात्रा ले ली।

"अक्सर नमकीन का मतलब यह नहीं होता कि चीनी कम है।"

डाइबिटीज़ होने से पहले और होने पर : अपनी जीवन-शैली में करें बदलाव!

आधुनिक जीवन-शैली में डाइबिटीज़ यानी मधुमेह एक आम बीमारी हो गई है। बड़ों के साथ बच्चे भी डाइबिटीज़ के शिकार बन रहे हैं। बच्चों में यह टाइप-1 डाइबिटीज़ और बड़ों में टाइप-2 डाइबिटीज़ के रूप में देखने को मिल रही है। डाइबिटीज़ शरीर में पैंक्रियाज के ठीक से काम न करने पर होने वाला रोग है। मधुमेह होने के और भी कई कारण हैं, लेकिन पैंक्रियाज़ का ठीक से काम न करना इसका सबसे बड़ा कारण है। पाचक ग्रंथि से कई तरह के हार्मोंस निकलते हैं, जिनमें से इन्सुलिन भी एक होता है।

इन्सुलिन का कम निर्माण होने पर डाइबिटीज़ की समस्या होती है। इसके साथ ही मोटापा और आनुवंशिक कारण भी डाइबिटीज़ के लिए जिम्मेदार होते हैं। डाइबिटीज़ होने के बाद यदि आप अपनी लाइफस्टाइल में थोड़ा बदलाव करते हैं, तो शरीर पर होने वाले इसके असर को कम किया जा सकता है।

डाइबिटीज़ के रोगी को अपने खाने के समय का ध्यान रखना चाहिए। ताजा और संतुलित आहार लेने के साथ ही भोजन का एक व्यावस्थित शेड्यूल होना चाहिए।

डाइबिटिक व्यक्ति को एक बार में भरपेट खाना नहीं खाना चाहिए। दिन में कम से कम तीन से चार बार के अंतराल के बाद खाना खाना चाहिए।

डाइबिटीज़ होने पर नियमित एक्सरसाइज करें, यह आपके लिए फायदेमंद होगा। चिकित्सक के परामर्श से आप अपने लिए एक्सरसाइज प्लान कर सकते हैं।

ब्लड-शुगर के लेवल की भी समय-समय पर जांच करते रहें। डाइबिटीज़ होने पर चिकित्सक द्वारा बताई गई दवाओं का सही समय पर सेवन करें। दवा लेने में लापरवाही आपके लिए घातक साबित हो सकती है।

बीमार होने पर शरीर में तनाव से संबंधित हार्मोन का निर्माण होता है। यह हार्मोन बीमारी से लड़ने में आपकी मदद करता है, लेकिन इससे ब्लड-शुगर का स्तर भी बढ़ जाता है। ऐसे में आपको डाइबिटीज़ की दवाओं का सेवन बंद नहीं करना चाहिए।

इसके साथ ही कोशिश करें कि आपकी खाने की दिनचर्या में कोई ज्यादा बदलाव न हो।

डाइबिटीज़ के रोगी को अल्कोहल का सेवन कम से कम करना चाहिए। अल्कोहल के सेवन से शरीर में ब्लड-शुगर-लेवल कम भी हो सकता है। शराब पीने या अन्य किसी तरह अल्कोहल के सेवन से डाइबिटीज़ में होने वाली परेशानी बढ़ सकती हैं। डाइबिटीज़ में अल्कोहल से आंखों और नसों संबंधी परेशानी होने का खतरा रहता है।

यदि आप तनाव में हैं, तो इससे आपकी दिनचर्या पर असर पड़ेगा। दिनचर्या प्रभावित होने से आपके व्यायाम और खाने आदि के समय पर भी असर पड़ता है। तनाव से आपके ब्लड-शुगर-लेवल पर भी असर पड़ सकता है। तनाव से छुटकारा पाने के लिए मेडिटेशन आदि का सहारा लें। इस तरह आप अपनी जीवन-शैली में बदलाव के जरिए डाइबिटीज़ से होने वाले खतरों को कम कर सकते हैं।

टाइप-2 डाइबिटीज़ से बचना है, तो जीवन-शैली बदलिए

जीवन-शैली में बदलाव कर टाइप-2 डाइबिटीज़ से बचा जा सकता है। एक शोध के मुताबिक यह इस बीमारी से बचने का सबसे कारगर और सस्ता उपाय है। डाइबिटीज़ एक स्थायी और जटिल बीमारी है। इसमें रक्त में शर्करा की मात्रा अधिक हो जाती है। यह समस्या हार्मोन इंस्युलिन के कारण होती है। हार्मोन इंस्युलिन रक्त में शर्करा की मात्रा को नियंत्रित करता है।

मधुमेह (डाइबिटीज़) में प्रतिदिन की जाने वाली देखभालः

- खान-पान अपने डाइट-चार्ट के अनुसार करें।
- शारीरिक रूप से सक्रिय रहें।
- बताये अनुसार दवाइयां प्रतिदिन लें।
- बताये अनुसार अपनी ब्लड-शुगर जांच करवाएँ।
- डाइबिटीज़ के साथ अन्य जांच भी करवाएँ।
- प्रतिदिन की रक्त-शुगर का रिकार्ड रखें।

विशेषज्ञ कहते हैं कि मधुमेह (डाइबिटीज़) के रोगियों को अपना ब्लड-शुगर-लेवल जहां तक सम्भव हो, उस व्यक्ति के ब्लड-शुगर-लेवल तक रखने की कोशिश करनी चाहिए, जिसे डाइबिटीज़ न हो। जितना ब्लड-शुगर-लेवल सामान्य के करीब होगा, उतनी ही अन्य गंभीर रोग होने की सम्भावना कम

होगी। डाइटिशियन आपकी प्राथमिकताओं शाकाहारी, मांसाहारी या जैन डाइट आदि के अनुसार आपके भोजन-प्लान को तैयार करने में मदद करेगा।

डाइबिटीज़ के रोगियों को विशेष भोजन खाने की जरूरत नहीं है। भोजन-प्लान का भोजन आपके परिवार के सभी सदस्यों के लिए अच्छा है। बुद्धिमत्तापूर्ण तरीके से तैयार भोजन आपकी मदद करेगा।

- इस भोजन से आपका वज़न सही रहता है, जो आपके शरीर के लिए अच्छा है।
- आपका ब्लड-प्रेशर व कॉलेस्ट्राल नियंत्रण में रहता है।
- हृदय-रोगों की रोकथाम में मददगार है।
- शारीरिक रूप से सक्रिय रहें।

शारीरिक सक्रियता आपको स्वस्थ रखने में मदद करती है। पैदल भ्रमण, तैरना, नाचना, साइकिल चलाना व घरेलू कार्य करें। आप अपने घर की सफाई या बगीचे में कार्य (बागवानी) करके भी व्यायाम कर सकते हैं। मधुमेह (डाइबिटीज़) के रोगियों के लिए शारीरिक सक्रियता विशेष रूप से उपयोगी है, क्योंकि :

इससे वजन घटाने में मदद मिलती है।

यह ब्लड-शुगर को घटाने में इंस्युलिन-स्राव को सक्रिय करने में मदद करती है।

यह आपके हृदय व फेफड़ों के लिए अच्छी है।

इससे आपको ज्यादा एनर्जी महसूस होती है।

व्यायाम करने से पहले अपने चिकित्सक से परामर्श अवश्य लें। आपका चिकित्सक आपकी जांच करके बता सकेगा कि आपको विशेष समस्याएं हैं या नहीं। यदि आपको उच्च रक्तचाप या नेत्र संबंधी समस्या है, तो कुछ व्यायाम जैसे वजन उठाना आपके लिए हानिकारक हो सकता है। लाइफस्टाइल क्लिनिक आपके लिए उचित व्यायाम तलाशने एवं करवाने में आपकी मदद करेगा। सक्रिय रहना आपको स्वस्थ रहने में मदद करता है।

विकल्प-1 : करीब 30 मिनट रोजाना सक्रिय रहने की कोशिश करें। यदि आप हमेशा से इतने सक्रिय (क्रियाशील) न रहे हों, तो धीमी शुरुआत करें। 5 से 10 मिनिट तक आरम्भ करें और बाद में समय बढ़ाते जाएं। या एक दिन में 10 मिनट का व्यायाम तीन बार करें।

विकल्प-2 : यदि आप अपने शरीर में इंस्युलिन-निर्माण के लिए इंस्युलिन लेते हैं या डायबिटीज़ में लेने वाली गोलियां लेते हैं, तो आपको व्यायाम से पूर्व स्नैक्स (हलका नाश्ता) खाना जरूरी है। व्यायाम से पूर्व अपना ब्लड-शुगर-लेवल जांच करें। यदि आपका ब्लड-शुगर-लेवल 100 से नीचे है, तो आप व्यायाम से पहले नाश्ता जरूर लें।

डाइबिटीज़ में लेने वाली दवाइयां प्रतिदिन लें।

वांछित ब्लड-शुगर-लेवल तक पहुंचने के लिए तीन प्रकार की दवाईयां आपकी मदद कर सकती हैं : गोलियां, इंस्युलिन और अन्य इंजेक्शन द्वारा दी जाने वाली दवाइयां।

टाइप-2 डाइबिटीज़ वाले ज्यादातर रोगी वांछित ब्लड-शुगर-लेवल पाने के लिए गोलियों की मदद लेते हैं।

यदि आप डाइबिटीज़ गोलियां लेते हैं

यदि आपका शरीर इंस्युलिन बनाता है, लेकिन इंस्युलिन आपके ब्लड-शुगर-लेवल को पर्याप्त नीचे नहीं लाती, तो आपको डाइबिटीज़-गोलियों की जरूरत पड़ेगी। कुछ गोलियां दिन में एक बार लेनी होती हैं, कुछ ज्यादा बार लेनी होती है। दवाइयों की मात्रा कम-ज्यादा करने से पहले हमेशा अपने चिकित्सक से परामर्श लें।

कभी भी स्वेच्छा से दवाई लेना बन्द न करें। कभी-कभी वे व्यक्ति, जो डाइबिटीज़ में दवाओं का सेवन करते हैं, उनको इंस्युलिन लेने की जरूरत पड़ती है, अगर आप बीमार हो जाते हैं या आपकी शल्य-चिकित्सा होती है या गोलियां ब्लड-शुगर-लेवल नीचे लाने में मदद नहीं कर रही होतीं।

आपको अपना वजन घटने की स्थिति में इन डाइबिटीज़-गोलियों का सेवन कम कर देना चाहिए। 5 से 7 किलो वजन कम करने से आप अपने वांछित ब्लड-शुगर-लेवल तक पहुंच सकते हैं। हमेशा डाइबिटीज़-गोलियां लेना बन्द करने से पहले अपने चिकित्सक से जांच करवायें।

यदि आप इंस्युलिन का उपयोग करते हैं

यदि आपके शरीर में इंस्युलिन बनना बन्द हो गया है या पर्याप्त मात्रा में नहीं बन रहा, तो आपको इंस्युलिन की जरूरत है। टाइप-1 प्रकार की डाइबिटीज़ वाले प्रत्येक रोगी को इंस्युलिन की जरूरत पड़ती है, टाइप-2 डाइबिटीज़ वाले अधिकतर रोगियों को भी इंस्युलिन लेने की जरूरत पड़ती है और गर्भावस्था वाली डाइबिटीज़ में भी कुछ महिलाओं को इंस्युलिन लेने की जरूरत पड़ती है।

यदि आप इंजेक्शन द्वारा लेने वाली दूसरी दवाइयां लेते हैं

डाइबिटीज़ वाले कुछ व्यक्तियों को वांछित ब्लड-शुगर-लेवल तक पहुंचने के लिए अन्य दूसरी इंजेक्शन द्वारा ली जाने वाली दवाइयां लेनी पड़ती हैं। ये दवाइयां इंस्युलिन का विकल्प नहीं हैं।

टाइप-2 डाइबिटीज़ वाले अधिकतर व्यक्तियों को डाइबिटीज़ में ली जाने वाली दवाइयों की जरूरत नहीं होती। वे अपनी डाइबिटीज़ में नियमित रूप से भोजन-प्लान व व्यायाम करके अपनी देखभाल कर सकते हैं।

निर्धारित अनुशंसा के अनुरूप ही ब्लडयुक्त ग्लूकोज़ की जांच करें

आप ये जानना चाहेंगे कि मधुमेह में आप स्वयं अपनी देखभाल कैसे कर सकते हैं। इसका एक तरीका यह है कि आपके रक्त में ग्लूकोज़ की मात्रा कितनी है, इसका पता लगाएं। अगर आपके भोजन में ग्लूकोज़ की मात्रा बहुत ज्यादा या बहुत कम है, तो आपको अपने भोजन, शारीरिक क्रियाशीलता या दवा में बदलाव करना पड़ सकता है। अपने ब्लड-ग्लूकोज़ की जांच से आप यह जान पाएंगे कि आपके मधुमेह रोग का इलाज कारगर हो रहा है या नहीं। आप अपने डॉक्टर से पूछें कि आपको अपने ब्लड-ग्लूकोज़ की जांच कब-कब करनी है। कुछ लोग दिन में एक बार, तो कुछ दिन में 3 या 4 बार भी करते हैं। आप भोजन के पूर्व, पश्चात् या कभी-कभार रात में भी कर सकते हैं।

लाइफस्टाल क्लिनिक पर डॉक्टर आपको यह परामर्श देंगे कि ब्लड-ग्लूकोज़ मीटर के उपयोग से रक्त की जांच कैसे करनी है।

मधुमेह की अन्य जांचें भी करवाएं

1. कीटोन्स के लिए जांच

अगर आपको बुखार है या आपका ब्लड-ग्लूकोज़ 240 से ऊपर है, तो आपको कीटोन्स के लिए रक्त या मूत्र की जांच करवानी चाहिए। ऊर्जा के लिए आपका शरीर ग्लूकोज़ के बजाय चर्बी का इस्तेमाल करता है, तब कीटोन्स बनते हैं। कीटोन्स आपको ज्यादा बीमार कर देते हैं। अगर आपके शरीर में कीटोन्स हैं, तो आपको कीटोसाइडोसिस नामक गम्भीर स्थिति का खतरा हो जाता है। इसका उपचार नहीं करने पर मृत्यु भी सम्भव है। उलटी होना, कमजोरी महसूस होना, तेज सांस चलना, और सांस में मीठी गन्ध का अहसास कीटोसाइडोसिस के लक्षण हैं। कीटोसाइडोसिस उन व्यक्तियों में पनपता है, जिन्हें टाइप-1 का मधुमेह है।

2. हीमोग्लोबिन A1C परीक्षण

ब्लड-ग्लूकोज़ का पता लगाने के लिए हीमोग्लोबिन A1C अथवा HbA1C जांच की जाती है। इससे यह पता चल जाता है कि पिछले 2 से 3 माह में आपका औसत ब्लड-ग्लूकोज़ क्या था। दीर्घायु लाइफस्टाइल क्लिनिक पर एवं अन्य कई प्रतिष्ठित जांच-केन्द्रों पर इस जांच की सुविधा उपलब्ध है। यह जांच वर्ष में कम से कम 2 बार अवश्य कराई जानी चाहिए। अपने चिकित्सक से पूछें कि आपके A1C जांच में क्या आया है। जांच में परिणाम 7 से नीचे होने से स्पष्ट होता है कि आपका उपचार सही चल रहा है और ब्लड-ग्लूकोज़ नियंत्रित है। अगर आपके A1C का स्तर ज्यादा है, तो ब्लड-ग्लूकोज़ बहुत ज्यादा हो सकता है। इस वजह से आपके मधुमेह से होने वाले खतरे, जैसे किडनी खराब होने का अंदेशा रहता है। इस स्थिति में आपको भोजन, शारीरिक क्रियाशीलता एवं मधुमेह की दवा में बदलाव की जरूरत होती है। लाइफस्टाल क्लिनिक में डॉक्टर आपको इस बारे में सही परामर्श देंगे कि आपको क्या करना है।

दैनिक रिपोर्ट संभालकर रखें

मधुमेह की दैनिक जांच की रिपोर्ट को संभालकर रखना चाहिए। अपने ब्लड-ग्लूकोज़ की जांच के परिणाम का ब्यौरा भी रखें। आप क्या आहार लेते हैं और इसके बाद कैसा महसूस करते हैं, इसके अलावा यदि आप व्यायाम करते हैं तो उसका रिकॉर्ड भी आपको लिखकर रखना चाहिए। ब्लड-ग्लूकोज़ की नियमित रिपोर्ट रखने से आप यह पता लगा पाएंगे कि आप अपने रोग की देखभाल किस प्रकार कर रहे हैं। आप दीर्घायु लाइफस्टाइल क्लिनिक पर अपनी ब्लड-ग्लूकोज़ जांच-रिपोर्ट दिखाएँ। इस रिपोर्ट के आधार पर क्लिनिक की हेल्थकेयर टीम आपकी दवाइयां और आहार बदलने की योजना में आवश्यक परिवर्तन के बारे में उचित निर्णय लेकर आपको अवगत कराएगी।

टाइप-2 मधुमेह

मधुमेह के रोगी वयस्कों में बहुमत टाइप-2 मधुमेह का है। इंस्युलिन मौजूद है, लेकिन यह भोजन के जवाब में तुरंत रिलीज नहीं होती, इंस्युलिन को जिगर, वसा-कोशिकाओं और मांसपेशियों से कड़े प्रतिरोध का सामना करना पड़ता है और अंत में कई वर्षों के बाद इंस्युलिन का उत्पादन भी कम होने लगता है तथा इंस्युलिन-इंजेक्शन की जरूरत होने लगती है। इसके परिणामस्वरूप रक्त में शुगर बढ़ने लगती है।

मधुमेह में वज़न गिरना

मधुमेह के रोगी व्यक्ति को ऊर्जा प्रदान करने के लिए इंस्युलिन खाद्य पदार्थ से बने ग्लूकोज़ का इस्तेमाल कम कर देती है, इसी कारण रक्त-प्रवाह में बहुत ज्यादा ग्लूकोज़ होता है। चीनी के अतिरिक्त मूत्र में गुर्दे द्वारा प्रोटीन भी उत्सर्जित होने लगता है। इसके अलावा मूत्र में खोए जा रहे ग्लूकोज़ का अर्थ वास्तव में कैलोरी खोना है (4 कैलोरी, प्रत्येक ग्राम ग्लूकोज़ पर), इसलिए वज़न घटता जाता है, अगर ब्लड-शुगर लगातार बहुत अधिक बनी रहे। मधुमेह के नियंत्रण से खोया वजन दोबारा प्राप्त किया जा सकता है।

कैसे मेरी स्त्रीरोग-विशेषज्ञ ने मधुमेह डायग्नोज किया?

यह मधुमेह में बहुत ही सामान्य हो रहा है कि आप गुप्तांग के आसपास खुजली और बेचैनी के इलाज के लिए अपने स्त्रीरोग-विशेषज्ञ के पास गई होगीं। स्त्रीरोग-विशेषज्ञ आम तौर पर रक्त-शर्करा-परीक्षण करवाते हैं और मधुमेह का तब अकसर पता चलता है। शुगर-कंट्रोल करने से यह गुप्तांग का इन्फैक्शन ठीक हो जाता है।

क्या मधुमेह को पूर्ण रूप से ठीक किया जा सकता है?

नहीं, लेकिन नियंत्रण में रखा जा सकता है।

पूर्ण इलाज नहीं कर सकते तो इलाज क्यों?

क्योंकि दुनिया भर में सभी अध्ययनों से यह सिद्ध हो गया है कि अच्छा नियंत्रण आंशिक रूप से दीर्घकालिक जटिलताओं को रिवर्स कर सकता है या रोका जा सकता है।

विश्व स्वास्थ्य संगठन (WHO) की मधुमेह (टाइप-1 और टाइप-2 दोनों) की परिभाषा लक्षणों के साथ एक बार उठाई गई ग्लूकोस-रीडिंग के लिये है या निम्नलिखित दो मौकों पर उठाये गये मानों में से एक है।

खाली पेट ब्लड शुगर ≥7.0 mmol/l (126 mg%)

या

ग्लूकोज़ टॉलेरेंस टेस्ट

100mg% ग्लूकोज़ पीने के दो घंटे बाद का ब्लड शुगर ≥ (200 mg%)

या

रैंडम रक्त-शुगर जो कि (200 mg%) से अधिक हो तथा साथ ही विशिष्ट लक्षण भी हो

या

एक ग्लाइकेटेड हीमोग्लोबीन (HbA1c) का 6.5% से अधिक होना भी मधुमेह के निदान की एक और विधि है।

2009 में एक अंतरराष्ट्रीय विशेषज्ञ कमेटी, जिसमें अमेरिकन डाइबिटीज़ एसोसिएशन (ADA) और यूरोपियन एसोसिएशन फॉर दि स्टडी ऑफ डाइबिटीज़ (EASD) के प्रतिनिधि शामिल थे, ने यह अनुशंसा की कि ≥6.5% HbA1c की सीमा को मधुमेह के निदान के लिये उपयोग किया जाना चाहिये। इस अनुशंसा को अमेरिकन डाइबिटीज़ एसोसिएशन द्वारा 2010 में अपनाया गया था।

मधुमेह नियंत्रण तालिका

	उम्दा			अच्छा		कमजोर					
HbA1c परीक्षण फल	4.0	5.0	6.0	7.0	8.0	9.0	10.0	11.0	12.0	13.0	14.0
औसत रक्त mg/dL	50	80	115	150	180	215	250	280	315	350	380
ग्लूकोज mmol/L	2.6	4.7	6.3	8.2	10.0	11.9	13.7	15.6	17.4	19.3	21.1

HbA1c का लाभ यह है कि फास्टिंग की जरूरत नहीं पड़ती और परिणाम अधिक स्थायी होते हैं, लेकिन दोष यह है कि परीक्षण रक्त-शर्करा के मापन से

अधिक महंगा है। इस बात का अनुमान है कि भारतवर्ष में मधुमेह से पीड़ित 50% लोगों को रोग का पता नहीं चलता।

मधुमेह टाइप-1 और टाइप-2 में परिस्थितियों के प्रस्तुतीकरण के आधार पर अंतर किया जा सकता है। यदि निदान में किसी तरह का शक हो, तो प्रतिरक्षी परीक्षण टाइप-1 मधुमेह और C–पेप्टाइड स्तर टाइप-2 मधुमेह की पुष्टि में उपयोगी हो सकता है।

डाइबिटीज़ के लिए किनको जाँच करवाते रहना चाहिए :

बिना लक्षणों वाले वे वयस्क, जिनमें 135 / 80 mmHg से अधिक रक्तचाप है, उनमें ब्लड-शुगर जांच की जानी चाहिए।

- वे लोग, जिनकी उम्र 45 साल से अधिक है,
- वे लोग, जिनके नजदीकी रिश्तेदारों को मधुमेह है,
- कुछ जातीय समूह, जिनमें हिस्पैनिक, अफ्रीकी-अमरीकी और मूल अमरीकी शामिल हैं,
- वे महिलाएँ, जिनमें गर्भावधि-मधुमेह, पॉलीसिस्टिक ओवरी सिंड्रोम, वजन की अधिकता का इतिहास है, और
- वे लोग, जिनसे मैटाबोलिक सिंड्रोम से संबंधित परिस्थितियां जुड़ी हुई हैं।

रोकथाम

मधुमेह (डाइबिटीज़) का इतिहास उतना ही पुराना है, जितनी पुरानी मानव-सभ्यता है। यह एक ऐसी व्याधि है, जो अपनी प्रारंभिक विकृति के साथ एक बार हो गई, तो आहार-विहार की अवहेलना होते रहने पर पूरी जिंदगी साथ रहती है, अतः आहार-विहार- नियंत्रण, दिनचर्या-नियमन तथा योगाभ्यास व व्यायाम से इस पर नियंत्रण पाया जा सकता है।

अतः कहा जा सकता है कि मधुमेह-रोगी किसी भी दृष्टि से शारीरिक या मानसिक रूप से अपंग नहीं है। संयमित, नियमित एवं अनुशासित दिनचर्या से वह जीवन के किसी भी लक्ष्य को पाने में सक्षम है।

शरीर की नियमित जांच करें तथा निम्नलिखित में से कोई भी बातें पाये जाने पर डॉक्टर से संपर्क करें :

- त्वचा का रंग, कांति या मोटाई में परिवर्तन।
- कोई चोट या फफोले।

- कीटाणु-संक्रमण के प्रारंभिक चिह्न, जैसे कि लालीपन, सूजन, फोड़ा या छूने से त्वचा गरम हो।
- उरुमूल, योनि या गुदा-मार्ग, बगलों या स्तनों के नीचे तथा उंगुलियों के बीच खुजलाहट हो, जिससे फफूंदी-संक्रमण की संभावना का संकेत मिलता है, न भरने वाला।

टाइप-2 मधुमेह की शुरुआत को उपयुक्त पोषकता और नियमित व्यायाम के माध्यम से विलंबित किया अथवा रोका जा सकता है।

- जीवन-शैली संबंधी गंभीर उपाय इसके जोखिम को आधा कर सकते हैं।
- व्यायाम का लाभ व्यक्ति के आरंभिक वज़न और व्यायाम के कारण घटे वज़न से अप्रभावित रहता है।
- मात्र आहार संबंधी बदलावों से लाभ के साक्ष्य हालांकि सीमित हैं।
- हरी पत्तेदार सब्जियों की आहार में अधिकता के कुछ साक्ष्य अवश्य हैं।
- शर्करा वाले पेय पीना सीमित करने के लाभ के भी कुछ साक्ष्य हैं।
- जिनको दुर्बल ग्लूकोस सहनशीलता है, उनमें अकेले आहार तथा व्यायाम या मेटफॉर्मिन या अकार्बोस के साथ संयोजन, मधुमेह-विकास के जोखिम को कम कर सकता है
- जीवनशैली-हस्तक्षेप मेटफॉर्मिन से अधिक प्रभावी है।

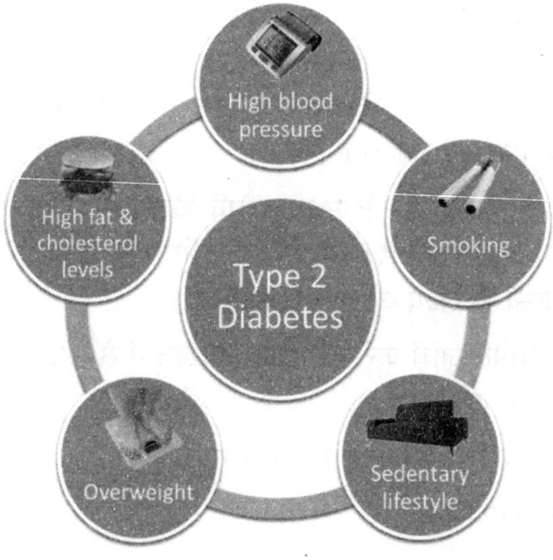

प्रबंधन

टाइप-2 मधुमेह का प्रबंधन जीवनशैली-हस्तक्षेप, दूसरे कार्डियोवस्कुलर जोखिम कारकों को कम करने और रक्त-ग्लूकोस को सामान्य सीमा में बनाये रखने पर फोकस करता है।

- मानक रक्त-शर्करा कम करने (HbA1C of 7–7.9%) के विपरीत गंभीर रक्त-शर्करा कम करना (HbA1C<6%) मृत्युदर पर फर्क डालता नहीं दिखता।
- उपचार का लक्ष्य आम तौर पर HbA1C को 7% से कम करना या फास्टिंग ग्लूकोस का मान (120mg%) से कम करना होता है, हालांकि हाइपोग्लाइसीमिया और जीवन की संभाव्यता के विशेष जोखिम को शामिल करते हुये ये लक्ष्य पेशेवर क्लीनिक सलाह के बाद बदल भी सकते हैं।
- इस बात की अनुशंसा की जाती है कि टाइप-2 मधुमेह से पीड़ित सभी लोगों को नियमित ऑप्थैल्मोलॉजी परीक्षण (आँखों की जांच) करानी चाहिये।

जीवन-शैली

उपयुक्त आहार और व्यायाम मधुमेह की देखभाल की नींव है, जिसमें व्यायाम की मात्रा अधिक होने पर बेहतर परिणाम मिलता है। ऐरोबिक्स व्यायाम वज़न में कमी लाता है और इंस्युलिन संवेदनशीलता को बेहतर करता है। प्रतिरोध-प्रशिक्षण (वज़न उठाना) भी उपयोगी है और दोनों प्रकार के व्यायामों का संयोजन भी काफी प्रभावी हो सकता है। ऐसा मधुमेह संबंधी आहार, जो वजन में कमी लाने को बढ़ावा देता है, महत्वपूर्ण होता है। जबकि इसको हासिल करने के लिये सर्वश्रेष्ठ आहार-प्रकार को लेकर विवाद है, एक न्यून ग्लाइसेमिक इण्डेक्स (जी आइ) आहार रक्त-शर्करा-नियंत्रण को बेहतर करने वाला पाया गया है। कम से कम 6 महीनों तक, सांस्कृतिक रूप से उपयुक्त शिक्षा, टाइप-2 मधुमेह से पीड़ित लोगों को उनके रक्त-शर्करा-स्तरों को कम करने में सहायता कर सकती हैं। यदि हलके मधुमेह से पीड़ित लोगों में जीवनशैली में बदलाव करने से 6 महीने में रक्त-शर्करा बेहतर न हो, तो दवाओं के उपयोग पर विचार किया जाना चाहिये।

मधुमेह पर भारतीय टास्क फोर्स ने सुझाव दिया है :

आपके डायबिटीज़ डाक्टर से प्रारंभिक भेंट :

व्यापक इतिहास : लक्षण, आहार की आदतें, पिछले उपचार, पिछली रिपोर्ट, अन्य बीमारियों का विवरण, मानसिक, सामाजिक और आर्थिक कारकों का विवरण।

शारीरिक परीक्षा : ऊंचाई और वजन, कमर-नितंब अनुपात, रक्तचाप, पैरों की नब्ज़, पैर एवं जूते का निरीक्षण, नेत्र-परीक्षण, ईसीजी, चेस्ट-एक्सरे।

प्रयोगशाला-परीक्षण : हीमोग्लोबिन, ईएसआर, रक्त-ग्लूकोज़ खाली पेट और भोजन के बाद ग्लाइकोसिलेटेड हीमोग्लोबिन (एचबीए1सी), लिपिड प्रोफाइल, गुर्दे के टेस्ट, पूरी मूत्र-परीक्षा।

काउंसलिंग : आहार, व्यायाम, वज़न, रक्त-ग्लूकोज़ का स्तर, स्वयं निगरानी सिखाने के लिए लक्ष्य, यदि आवश्यक हो तो विशेषज्ञ को मिलें दवा-खुराक समझने के लिए।

आम तौर पर नए रोगी को उसके बाद एक महीने में एक बार या जरूरत के अनुसार साप्ताहिक या पाक्षिक अन्तराल में देखा जा सकता है।

हर 3 महीने

अंतरिम हाल-चाल : स्वयं निगरानी (शुगर और बीपी के परिणामों का आकलन है, निम्न रक्त-शर्करा एपिसोड (हाइपो) के लिए पूछना, आहार और व्यायाम का अनुपालन, शारीरिक परीक्षा की जांच।

लैब-परीक्षण : रक्त-ग्लूकोज़, Hba1c, यूरिन टेस्ट।

लगातार मधुमेह-शिक्षा

हर-एक साल

- पूर्ण मूल्यांकन और पहली यात्रा के समय प्रयोगशाला-परीक्षण।
- अगर जरूरत हो, तो पुनः मूल्यांकन लक्ष्य, चिकित्सा-आकलन, विशेषज्ञ को रेफरेन्स
- जरूरत के रूप में प्रोत्साहन या चेतावनी के शब्द।

दवाओं के साथ मधुमेह का उपचार

विभिन्न प्रकार की दवाओं द्वारा टाइप-2 मधुमेह का इलाज सम्भव है। साथ ही, सामान्य के करीब अपनी रक्त-शर्करा के स्तर को रखने में मदद करने के लिए उपलब्ध हैं 2 या 3 दवाओं के कॉम्बो। उपचार के लिये 5 कक्षाओं की विभिन्न प्रकार की दवाइयां मिलती हैं।

दवाएं मधुमेह-आत्मप्रबंधन और व्यायाम की जगह नहीं ले सकतीं!

डाइबिटीज़ की दवाएं सल्फोनिलयूरिया ग्रुप

एक ही दवा के कई ब्रांड-नाम हो सकते हैं। वे पैंक्रियास, लीवर, मांसपेशियों

और फैट पर अपनी कार्रवाई के माध्यम से ब्लड-शुगर का स्तर नीचे लाती हैं। भोजन से करीब आधा घंटा पहले लेने से ये आपके पैंक्रियास में पहले से मौजूद इंसुलिन को रक्त में लाकर भोजन में से निकले ग्लूकोज़ को विभिन्न अंगों तक सीमित मात्रा में भेजती हैं और रक्त में ग्लूकोज़ की मात्रा को बढ़ने से रोकती हैं।

निम्नलिखित स्थितियों में इन दवाओं को नहीं लेना चाहिए :

- टाइप-1 मधुमेह
- गर्भवती और नर्सिंग माताएं
- प्रमुख सर्जरी से पहले, दौरान और कुछ दिन बाद तक
- गंभीर आघात या तनाव होने पर
- गुर्दे की गंभीर विफलता की स्थिति में

सल्फोनिलयूरिया के साइड-इफेक्ट्स :

- हाइपोग्लाइसीमिया (बहुत कम रक्त-शर्करा)
- कब्ज, दस्त, सीने में जलन, ऐंठन, भूख की कमी जैसी पाचन-तंत्र में गड़बड़ी, जो आम तौर पर हलकी होती है।
- सिर-दर्द, चक्कर।
- त्वचा पर चकत्ते आम तौर पर कुछ हफ्तों में गायब हो जाते हैं।
- वजन बढ़ना, जिसमें सावधानीपूर्वक कैलोरी-प्रबंधन की जरूरत है।

सल्फोनिलयूरिया के साथ सावधानियां :

- आप कम खुराक पर आरंभ करें और धीरे-धीरे बढ़ाएं।
- अपने गुर्दे का आकलन करें।
- उच्च खुराक, शराब, बीटा ब्लॉकर्स, स्टेरॉयड, एस्ट्रोजन, टीबी की दवाएं और एस्पिरिन : इन के साथ हस्तक्षेप कर सकते हैं।

मेटफॉर्मिन

यह जिगर और मांसपेशियों द्वारा ग्लूकोज़ के उपयोग को बढ़ाने के द्वारा काम करता है। यह भी इंस्युलिन-प्रतिरोध कम कर देता है। यह कम रक्त-शर्करा एपिसोड (हाइपो) का कारण नहीं है। यह आपके वजन को बनाए रखने या कम करने में भी सहायक हो जाता है।

यह उपयोगी है अगर आपको है :

- अधिक वजन या मोटापे से ग्रस्त मधुमेह
- सल्फोनाइलयूरिया के साथ
- इंस्युलिन के साथ

मेटफॉर्मिन कब नहीं लेना चाहिए :

- डाइबेटिक केटोएसीडोसिस।
- गंभीर / मध्यम गुर्दे की विफलता।
- गंभीर लीवर रोग।
- गंभीर शराब संबंधी समस्या।

मेटफॉर्मिन के साइड-इफेक्ट :

- भूख की कमी (वास्तव में अधिक वजन मधुमेह-रोगियों के लिए वरदान साबित हो सकता है)।
- मुंह में धातु स्वाद।
- मतली, उलटी, पेट में सूजन, सीने में जलन, दस्त, पेट-दर्द। ये सब खाने के बाद और कम खुराक के साथ शुरू से इसे लेने के द्वारा कम किए जा सकते हैं।

एकारबोज

इस दवा को हमेशा भोजन के साथ खाना चाहिए। आपके डॉक्टर निम्नलिखित खुराक-अनुसूची की सिफारिश कर सकते हैं :

पहले 2 हफ्तों के लिए, किसी एक खाने के साथ 25 मिलीग्राम लें।

3 से 4 सप्ताह नाश्ते और रात के खाने के साथ 25 मिलीग्राम लें।

5 से 12 सप्ताह नाश्ते, दोपहर के भोजन और रात के खाने के साथ 25 मिलीग्राम लें।

12 सप्ताह के बाद 50 मिलीग्राम तीन बार एक दिन के साथ या पर्चे के अनुसार।

इसे किसी भी इंस्युलिन सल्फोनाइलयूरिया या मेटफॉर्मिन के साथ ले सकते हैं।

यह परिपूर्णता की भावना, पेट-दर्द, पेट फूलना, डायरिया का कारण बन सकता है। आम तौर पर दुष्प्रभाव बहुत कम एक से दो महीने हो सकता है।

एकारबोज लेते समय, याद करने के लिए एक बहुत ही महत्वपूर्ण बात यह है कि आपको कभी भी कम रक्त-शर्करा का दौरा (हाइपो) हो, तब आप चीनी न ले कर ग्लूकोज़ ही लें।

रीपाग्लिनाइड

यह अकेले या अन्य दवाओं के साथ संयोजन में, टाइप-2 मधुमेह में इस्तेमाल के लिए है। खुराक प्रत्येक भोजन से पहले 0.5 मिलीग्राम-2 मिलीग्राम है। अधिकतम दैनिक खुराक 16 मिलीग्राम है।

यह भोजन के बाद रक्त-शर्करा नीचे लाने के लिए तेजी से कार्रवाई करता है और 4-5 घंटे के बाद काम नहीं करता। जो नियमित समय पर भोजन नहीं कर सकते, उन लोगों के लिए बहुत उपयोगी है।

विशेषता : रिपाग्लिनाइड किडनी-फेल्योर के मरीजों के लिए भी सुरक्षित है।

दुष्प्रभाव :

हाइपो, उल्टी, दस्त, अपच।

पायोग्लिटाजोन

यह इन्सुलिन-प्रतिरोध को कम करके डाइबिटीज का कंट्रोल करती है।

यह दवा अन्य दवाओं के साथ अकेले या संयोजन में ली जा सकती है। खुराक एक दिन में एक बार 30 मिलीग्राम-15 मिलीग्राम है। पूर्ण प्रभाव शुरू के 2–4 सप्ताह के बाद आता है।

आम साइड-इफेक्ट होते हैं :

- शरीर पर सूजन
- श्वास में कठिनाई
- एनीमिया
- वजन बढ़ना

असामान्य दुष्प्रभाव हैं :

- हड्डी फ्रेक्चर
- मूत्राशय कैंसर के खतरे ?

ग्लिपटिन दवाएं

ये मधुमेह-रोधी दवाओं की अपेक्षाकृत नई श्रेणी की हैं। ये एक से अधिक तरीकों से काम करती हैं। ये किसी भी अन्य दवाओं के साथ अकेले या संयोजन में ली जा सकती हैं।

साइड-इफेक्ट हो सकते हैं :

- मतली
- पेट की परिपूर्णता
- उलटी
- गले में खराश।

मधुमेह की जटिलताएँ

मधुमेह की जटिलताएँ लंबे समय तक चुपचाप और धीरे-धीरे होती हैं लंबी बीमारी के रूप में, और रक्त-शर्करा को नियंत्रित करने से इन जटिलताओं के जोखिम में कमी की जा सकती है:

- **हार्ट** : दिल की बीमारी हार्ट-अटैक, कार्डियोमायोपैथी के रूप में होती है।
- **मस्तिष्क और तंत्रिका-क्षति (न्युरोपैथी)** : उच्च रक्त-शर्करा में सूक्ष्म रक्त-वाहिकाओं, विशेष रूप से पैरों में रक्त-वाहिकाओं को नुकसान हो सकता है। पैरों में सुई जैसा चुभना, सनसनी, सुन्नता धीर-धीरे पैर में फैल सकता है।
- **गुर्दे** : जब गंभीर रूप से ग्रसित हों तब डायलिसिस या कृत्रिम गुर्दे की जरूरत होगी।
- **नेत्र** : रेटिनोपैथी अंधापन करने के लिए सबसे भयानक बीमारी है। मोतियाबिन्द अत्यधिक मरीजों को होता है, साधारण ऑपरेशन से इलाज सम्भव है।
- **पैर-क्षति** : पैर में रक्त के प्रवाह के अभाव में तंत्रिकाओं को नुकसान और कई जटिलताएं पैदा होती हैं। न भरने वाले घाव और गैंग्रीन सबसे भयंकर हैं।
- **त्वचा और मुंह** : मधुमेह त्वचा को संवेदनशील बना देता है; बैक्टीरिया या फंगस द्वारा संक्रमण के लिए अतिसंवेदनशील, आसानी से संक्रमित, मसूड़ों और दांत की हानि भी होती है।
- **हड्डियां और जोड़** : मधुमेह में ऑस्टियोआर्थराइटिस (गठिया) कम उम्र में होता है।

मधुमेह के कारण किडनी ओर दिल की बीमारियों का खतरा

भारत में मधुमेह की समस्या महामारी की तरह बढ़ रही है और इसके कारण किडनी खराब होने एवं हृदय-रोग जैसी गंभीर समस्यायें तेजी से बढ़ रही हैं। विशेषज्ञ कहते हैं कि मधुमेह से ग्रस्त 40 प्रतिशत युवाओं को किडनी रोग होने का खतरा होता है और इस खतरे के कारण हृदय रोग का खतरा भी बढ़ता है। हर साल काफी संख्या में टाइप-1 मधुमेह से ग्रस्त लोग किडनी-फेल्योर एवं हृदय-रोगों के शिकार बनते हैं और यह स्थिति उनके जीवन को भारी नुकसान

पहुंचा सकती है। हृदय-रोग-विशेषज्ञों के अनुसार भारत में हर पांचवें व्यक्ति के मधुमेह से ग्रस्त होने का अनुमान है। मधुमेह से ग्रस्त लोगों के दिल के दौरे एवं हार्ट-फेल्योर के शिकार होने की आशंका सामान्य लोगों की तुलना में दोगुनी होती है। हमारे देश में जितने मधुमेह-रोगी हैं, उनमें से एक-तिहाई लोगों को एहतियात बरतने के बावजूद कोरोनरी आर्टरी रोग हो सकते हैं और मधुमेह-मरीजों में से 80 फीसदी की मृत्यु का कारण कोरोनरी आर्टरी रोग हो सकते हैं।

धूम्रपान और मधुमेह

अगर आपको मधुमेह है, तो धूम्रपान विशेष रूप से बुरा है।

प्रतिदिन एक सिगरेट पीने से धूम्रपान करने वाले व्यक्ति के लिए, धूम्रपान न करने वाले व्यक्ति की अपेक्षा दिल के दौरे की संभावना पचास प्रतिशत अधिक है।

- आजीवन धूम्रपान करने वाले लगभग आधे लोग धूम्रपान के कारण समय से पहले मर जाते हैं।
- फेफड़ों के कैंसर से मरने का खतरा 85 वर्ष की उम्र में धूम्रपान करने वाले एक पुरुष के लिए 22.1% और धूम्रपान करने वाली एक वर्तमान महिला के लिए 11.9% है,
- जिन घरों में धूम्रपान आम होता है, उन घरों के बच्चे न चाहते हुए भी जन्म से ही 'धूम्रपान' की ज्यादतियों के शिकार हो जाते हैं। पैसिव स्मोकिंग या सेकंड हैंड स्मोकिंग भी उतनी ही समस्याएँ पैदा करती है, जितनी किसी धूम्रपान करने वाले को हो सकती हैं। बच्चों में यह समस्या और गंभीर इसलिए हो जाती है, क्योंकि उनका विकास हो रहा होता है। साथ ही, उनकी साँस लेने की गति भी वयस्कों से अधिक होती है।

यह एक वैज्ञानिक और व्यावहारिक सत्य है कि धूम्रपान डाइबिटीज़ की वजह भी है और आपकी ब्लड-शुगर को कंट्रोल करने में बाधक भी है। इस बुरे असर के लिए जिम्मेदार है सिगरेट और बीड़ी में तम्बाकू, जिसका मूलभूत पदार्थ होता है निकोटिन। यह न केवल पैंक्रियाज में इनस्युलिन के बनने पर रोक लगाता है, इंस्युलिन के काम करने में भी बाधा डालता है।

लेकिन शायद अधिक महत्वपूर्ण बात, विभिन्न उपाय भी मधुमेह के रोगियों के लिए एक सुरक्षित विकल्प नहीं हैं। ऐसे पैच और निकोटीन युक्त इलेक्ट्रॉनिक सिगरेट के रूप में निकोटीन प्रतिस्थापन उत्पादों में भी निकोटीन होता है। मधुमेह या मधुमेह की जटिलताओं के विकास की संभावनाओं को कम करने के लिए, धूम्रपान छोड़ने की जरूरत है।

धूम्रपान और इंस्युलिन-प्रतिरोध

धूम्रपान दवाओं की प्लाज्मा-सांद्रता को प्रभावित नहीं करता। हालांकि, मधुमेह के रोगियों में धूम्रपान का सबसे गहरा प्रभाव इंस्युलिन के प्रति संवेदनशीलता पर है। धूम्रपान के कैमिकल्स के परिणामस्वरूप, इंस्युलिन के चमड़े के नीचे अवशोषण कम हो जाता है। इंस्युलिन-संवेदनशीलता में मतभेद निकोटीन, कार्बन-मोनोआक्साइड, या तंबाकू के धुएं में अन्य रसायनों के प्रत्यक्ष प्रभाव के कारण हो सकता है। इसके अलावा, उच्च प्लाज्मा ट्राइग्लिसराइड्स, कम एचडीएल कोलेस्ट्रॉल, उच्च प्लाज्मा इंस्युलिन के स्तर को और ऊंचा सिस्टोलिक रक्तचाप के स्तर को धूम्रपान करने वालों में सभी ठेठ निष्कर्ष हैं और इंस्युलिन प्रतिरोध सिंड्रोम विशेषतः। इस प्रकार, मधुमेह के रोगियों में निकोटिन सिगरेट के उपयोग और हृदय-रोग के बीच एक कड़ी के रूप में है। यह इंस्युलिन-प्रतिरोध सिंड्रोम की विशेषताओं को बाहर लाने के लिए काम करता है।

मधुमेह के साथ धूम्रपान के स्वास्थ्य-जोखिम

कई लोगों का मानना है कि धूम्रपान टाइप-2 मधुमेह के विकास को पैदा कर सकता है। धूम्रपान के सबसे हानिकारक प्रभाव टाइप-2 मधुमेह विकसित होने के एक महत्वपूर्ण उच्च जोखिम से जुड़े हुए हैं।

वास्तव में, लॉजेन विश्वविद्यालय (लॉजेन, स्विट्जरलैंड) में एक लाख से अधिक रोगियों को शामिल कर किए गए कई अध्ययनों का विश्लेषण किया गया और धूम्रपान के खतरों में से एक गैर-धूम्रपान करने वालों के साथ तुलना में टाइप-2 मधुमेह विकसित होने का 44% अधिक खतरा पाया। इसके अलावा, सिगरेट की औसत संख्या के साथ जोखिम बढ़ जाता है।

प्रतिदिन एक पैकेट की औसत से जो लोग धूम्रपान करते रहे हैं, उन्हें मधुमेह का खतरा बढ़कर 61% से अधिक तक हो सकता है। धूम्रपान न करने वालों की तुलना में, हलका धूम्रपान करने वालों के लिए मधुमेह विकसित होने का खतरा अभी भी 29% है, और पूर्व-धूम्रपान करने वालों (23%) में लगभग उतना ही है।

धूम्रपान और मधुमेह के हानिकारक प्रभाव

आपको पहले से ही मधुमेह है, तो धूम्रपान के हानिकारक प्रभाव भी अधिक जटिलताओं के कारण हो सकते हैं। उदाहरण के लिए :

- तंत्रिका-क्षति (न्यूरोपैथी) और गुर्दे की बीमारी अधिक होने की संभावना
- मधुमेह के साथ धूम्रपान न करने वालों की तुलना में हृदय संबंधी जटिलताओं से मरने की संभावना

महिलाओं के लिए धूम्रपान के स्वास्थ्य-प्रभाव

- धूम्रपान, वजन-अस्थिरता और शरीर में फैट के वितरण के विकसित होने की संभावना टाइप-2 मधुमेह में कर सकते हैं।
- कैन्सर

मधुमेह और धूम्रपान : छोड़ने के लिए टिप्स

आप मधुमेह और धूम्रपान दोनों से ग्रसित हैं, तो आपको उन्हें छोड़ने की जरूरत है – और वर्तमान ही इसके लिए बेहतर समय है।

सौभाग्य से, शारीरिक निकोटीन के छोड़ने के 72 घंटे में आम तौर पर लक्षणों की कमी और आम तौर पर छह महीने में मनोवैज्ञानिक तलब को दूर कर सकते हैं। इसके अलावा, बहुत अच्छी तरह से आपके धूम्रपान-मुक्त रहने की संभावना है।

निकोटीन रिप्लेसमेंट थेरेपी (NRT) : निकोटीन रिप्लेसमेंट थेरेपी सबसे लोकप्रिय धूम्रपान त्यागने के तरीकों में से एक है। लगातार एक एनटीआर उत्पाद का उपयोग अधिक से अधिक सफलतापूर्वक छोड़ने की संभावना को दुगना करता है। अपने दिल के जोखिम में कमी होती है, लेकिन यह अभी भी निकोटीन ही है।

दवायें

इनका प्रभाव लोगों को धूम्रपान छोड़ने में मदद करने के लिए पाया गया है। Chantix, विशेष रूप से लोगों को अपने मस्तिष्क में रिसेप्टर्स पहुंचने से निकोटीन अवरुद्ध करके धूम्रपान छोड़ने में मदद करने के लिए बनाई गई एक नई दवा है। Chantix का एक 12 सप्ताह का कोर्स पूरा करने से धूम्रपान करने वालों में चालीस प्रतिशत ने छोड़ दिया।

अन्य लोकप्रिय धूम्रपान बंद करने के तरीकों में हैं एक्यूपंक्चर, सम्मोहन, व्यवहार थेरेपी, प्रेरक चिकित्सा।

धूम्रपान छोड़ने से स्वास्थ्य-जोखिम कम

आपने धूम्रपान छोड़ दिया है, तो आपका टाइप-2 मधुमेह विकसित होने का खतरा कम हो जाएगा। पहले से ही बीमारी है और धूम्रपान छोड़ें, तो यह आपकी रक्त-शर्करा के स्तर को नियंत्रित करना आसान कर देगा। इसके अलावा, हृदय और अन्य संबंधित जटिलताओं का खतरा कम हो जाएगा।

मधुमेह से राहत दिलाए यह इनडोर एक्सरसाइज

आम तौर पर लोग एक्सरसाइज का मतलब हेल्थ क्लब या मार्निंग व ईवनिंग वॉक पर जाने से लगाते हैं। हालांकि यह सोच अधूरा सच है। ऐसी कई इनडोर एक्सरसाइज भी हैं, जो मधुमेह से छुटकारा दिलाने में काफी असरदार साबित होती हैं। भले ही मधुमेह से निजात पाने के लिए की जाने वाली इनडोर एक्सरसाइज के बारे में लोगों को ज्यादा मालूम न हो, पर ये हेल्थ क्लब में की जाने वाली एक्सरसाइज से ज्यादा लाभदायक होती हैं।

मधुमेह से ग्रस्त लोगों को एक्सरसाइज करने से काफी फायदा पहुंचता है। एरोबिक्स जैसी एक्सरसाइज से ता शरीर के सभी प्रमुख मसल्स हरकत में आ जाती हैं, जिससे

- रोगी का हार्ट-रेट बेहतर होता है।
- शरीर में ब्लड-शुगर लेवल नियंत्रित करने के लिए एक्सरसाइज एक अचूक उपाय है, क्योंकि
- यह सीधे रक्त-प्रवाह से ग्लूकोज़ को सोखता है।
- एक्सरसाइज का असर सिर्फ 72 घंटे तक रहता है, इसलिए मधुमेह के रोगी को चाहिए कि वह नियमित रूप से एक्सरसाइज करे।

आखिर क्यों इनडोर एक्सरसाइज मधुमेह से छुटकारा दिलाने में मददगार होती है? पहली बात तो यह कि जब आप घर पर एक्सरसाइज करते हैं तो आप बमुश्किल ही किसी दिन एक्सरसाइज छोड़ पाएंगे। आउटडोर एक्सरसाइज में अक्सर ऐसा होता है कि बरसात के कारण आप जिम नहीं जा पाए या किसी कारणवश आपको घर पर ही रुकना पड़ा। जाहिर है, अगर एक्सरसाइज नियमित नहीं होगी, तो वह अपना असर भी खो देगी। एक और बात यह कि मधुमेह के रोगी को नियमित रूप से पानी पीने का विशेष ध्यान रखना चाहिए। साथ ही घर पर होते हुए आप कभी भी अपने हेल्थ एडवाइजर से संपर्क कर सलाह भी ले सकते हैं।

आइए हम आपको मधुमेह के लिए कुछ घरेलू एक्सरसाइज बताते हैं। इन्हें करिए और फर्क देखिए।

ट्राइसेप्स ड्रिप : किसी कुर्सी के किनारे पर बैठ जाएं और उसके किनारे को पकड़ लें। अपने हाथ और कंधों को फैला कर रखें। अब अपने पैरों को फैला लें और आगे की ओर सरकें। अपनी बांह को फर्श की दिशा में मोड़ें और पिछले हिस्से को ऊपर की दिशा में उठाएं। मधुमेह के लिए यह एक बेहद प्रभावी इनडोर एक्सरसाइज है।

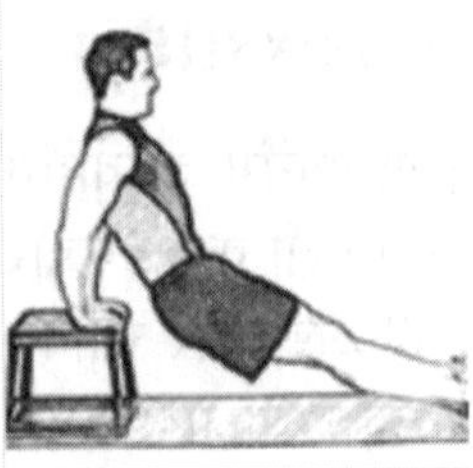

पुश-अप : मधुमेह के लिए यह भी एक बेहतरीन एक्सरसाइज है। आप फर्श पर औंधे मुंह लेट जाएं और अपने बाजू को फर्श पर जमा लें। अपने पैरों को ठीक से रखें और एब्स को सख्त कर लें। अब अपना पिछला हिस्सा सीधा रखकर शरीर को ऊपर-नीचे करें। अच्छे परिणाम के लिए इस एक्सरसाइज को करीब 10 बार करें।

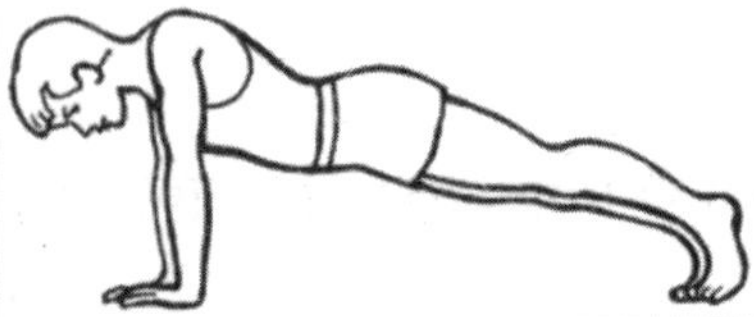

घरेलू काम : घर का काम करना मधुमेह के लिए सबसे अच्छी एक्सरसाइज है। घर को झाड़ना, पोंछना, वैक्युमिंग करना और अपने कपड़े धोना, ये कुछ ऐसी एक्सरसाइज हैं, जो आउटडोर के बराबर ही फायदेमंद होती हैं। इसलिए बेहतर होगा कि कुछ घरेलू काम करके स्वास्थ्य-लाभ लें।

प्लैंक प्लैंक : इससे आपके एब्स, बैक और कोर को फायदा पहुंचता है। अपनी बांह के अगले हिस्से को फर्श पर टिका लें। इसके बाद अपने एबडोमिनल

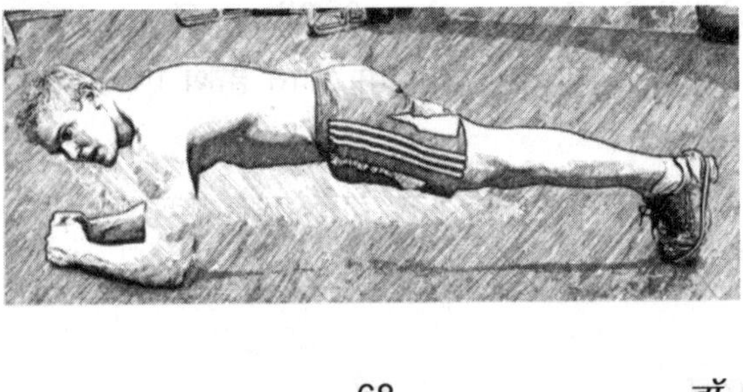

मसल्स को कड़ा करके अपने शरीर को फर्श के विपरीत उठाएं। अब इस अवस्था में कम से कम 10 सैकेंड के लिए रहें। इस प्रक्रिया को कई बार दोहराएं। मधुमेह से निपटने के लिए यह एक बेहतरीन एक्सरसाइज है।

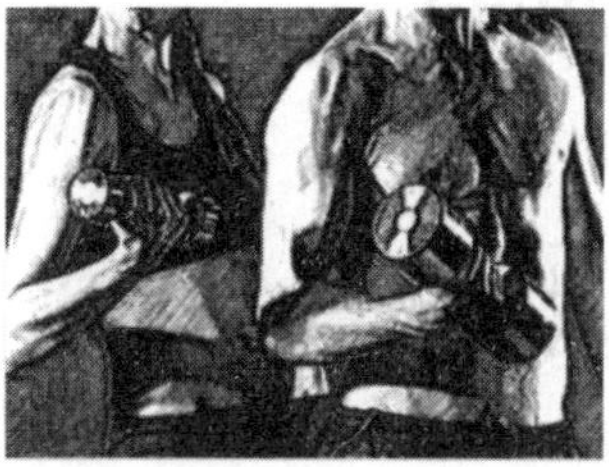

स्ट्रेंथ ट्रेनिंग : उपकरण का प्रयोग करें। मधुमेह के लिए स्ट्रेंथ ट्रेनिंग एक आवश्यक एक्सरसाइज है। इसे हफ्ते में करीब तीन से चार बार करना चाहिए। इसके लिए आपको सिर्फ कुछ डंबल की जरूरत होगी। साथ ही यह एक कम खर्चीली इनडोर एक्सरसाइज भी है।

एरोबिक एक्सरसाइज : हफ्ते में चार-पांच बार एरोबिक एक्सरसाइज करना काफी फायदेमंद रहता है। ट्रेडमिल खरीदने की बिल्कुल भी न सोचें और इसके बजाय वॉकिंग करें। ट्रेडमिल में गति को आप अपने हिसाब से नियंत्रित कर सकते हैं। साथ ही यह काफी सुविधाजनक भी होती है। मधुमेह के लिए यह सर्वश्रेष्ठ एक्सरसाइज में से एक है।

पर सावधान रहें! अगर आप मधुमेह से ग्रस्त हैं, तो कोई भी एक्सरसाइज करने से पहले फिजिशियन से परामर्श जरूर लें। खास तौर से उन रोगियों को विशेष सतर्कता की जरूरत है, जो इंस्युलिन लेते हैं। यानी अगर ऐसे लोग एक्सरसाइज की योजना बना रहें हैं, तो उन्हें विशेष सावधानी बरतनी चाहिए। साथ ही यह भी सुनिश्चित कर लें कि आप खाली पेट कोई भी एक्सरसाइज न करें। ज्यादा से ज्यादा पानी पीएं और अपने शरीर को डिहाइड्रेशन से बचाएं। और हां, अगर आप कहीं बाहर जा रहे हों तो साथ में पानी की बोतल ले जाना न भूलें।

डाइबिटीज़ के लिए भोजन

भोजन के निम्न घटक होते हैं :

- कार्बोहाइड्रेट – ऊर्जा का मुख्य स्रोत।
- प्रोटीन – शरीर की कोशिकाओं के निर्माण में सहायक।
- वसा – शरीर की कोशिकाओं के निर्माण में सहायक, हार्मोन का निर्माण एवं संचित ऊर्जा का स्रोत।
- विटामिन, खनिज, लवण–शरीर के विभिन्न रासायनिक एवं शारीरिक क्रियाओं में सहायक।

कैलोरी क्या होती है?

कैलोरी ऊर्जा का माप है। हम शारीरिक श्रम में जो ऊर्जा खर्च करते हैं या भोजन से जो ऊर्जा प्राप्त करते हैं, उसे कैलोरी कहते हैं।

किसी व्यक्ति को कितनी ऊर्जा की आवश्यकता है, इसका निर्धारण कैसे करते हैं?

सबसे पहले यह ज्ञात करते हैं कि उस व्यक्ति का आदर्श वजन कितना होना चाहिए।

गलाइसीमिक इंडेक्स (जी.आई.) के हिसाब से भोजन :

➢ **(जिस भोजन का जितना अधिक जी.आई., वह उतनी अधिक ब्लड-शुगर बढ़ाता है)।**

- **कम जी. आई. वाले भोज्य पदार्थ (रोज ले सकते हैं)**

(गेहूँ, चना-सोया की) चपाती, ब्राउन ब्रैड, रवा इडली, दलिया, पनीर, मशरूम, गोभी, राजमा, काला चना, सफेद चना, दही, मूली, गाजर, बन्द गोभी, टमाटर, भिंडी, पालक, लौकी, मक्का, मूँगफली, मिल्क, सेब, संतरा, मौसम्मी, पाइनेपल, पपीता, लस्सी, सभी दालें, बादाम, अखरोट, कॉफी, चाय, चिकन, मल्टीग्रेन बिसकिट, डार्क चॉकलेट।

मध्यम जी.आई. भोजन (कभी-कभी)

चावल, आलू, कुलचा, भटूरा, ब्रैड, गेहूँ-चपाती, नूडल, दोसा, पास्ता, अंगूर, चीकू, केला, आम, खरबूजा, तरबूज, अंजीर, केक, बिसकिट, चॉकलेट।

अत्यधिक जी.आई. (न खाएँ)

बन, बर्गर, पिज्ज़ा, सभी सॉफ्ट ड्रिंक, पापॅकॉर्न, मुरमुरा, कॉर्नफ्लेक, ओट्स, खजूर, चीनी, गुड़, ग्लूकोज़, मिठाई।

आपके लिए 1400 कैलोरी भोजन

- **(55% कार्ब, 25% प्रोटीन, 20% फैट) कुल तेल/घी : आधा लीटर, एक महीने में (सरसों, सोया, मूंगफली, ऑलिव)।**

सुबह : एक कप चाय (बिना चीनी), 1-2 चोकर युक्त बिस्किट।

नाश्ता : एक कप लो-फैट दूध, एक चपाती या ब्राउन ब्रेड या रवा इडली और 10 बादाम।

11 बजे : एक कप चाय या कॉफी, 1-2 नमकीन बिस्किट।

दोपहर भोजन : एक बड़ी प्लेट सलाद, एक गिलास पानी, एक चपाती, एक कटोरी दाल, एक कटोरी सब्जी, एक कटोरी दही।

शाम की चाय : एक कप चाय, 50 ग्राम मूंगफली या चना या बिस्किट।

शाम का भोजन : एक बड़ी प्लेट सलाद, एक ग्लास पानी, एक चपाती, एक कटोरी सब्जी, एक कटोरी दाल या पनीर, एक कटोरी दही।

रात सोने से पहले : एक कप लो-फैट दूध।

आपके लिए फल

रोज : एक सेब या नाशपाती या अमरूद या 2 आड़ू, एक संतरा या मौसमी या कीनू, 100 ग्राम पपीता।

कभी-कभी : एक केला, एक आम, एक चीकू, 50 ग्राम अंगूर।

एक चपाती = आधी कटोरी उबले चावल = एक ब्राउन ब्रेड = एक रवा इडली = एक कटोरी दलिया = आधी कटोरी नूडल्स।

एक कटोरी दाल = एक पीस चिकन = एक पीस मछली = एक अंडा।

कम खाना ● अधिक व्यायाम ● स्वस्थ जीवन

दवाइयां कभी संतुलित भोजन और व्यायाम का काम नहीं कर सकतीं।

खाने के विकल्प	**फ़ायदेमंद**	**नुक्सानदायक**
ठण्डे पेय	ताज़ा जूस, लस्सी, नींबू पानी	शराब
गरम पेय	चाय, कॉफ़ी, कम फ़ैट वाला दूध (टोंड)	फुल फ़ैट दूध
दूध और उससे बने भोजन	बिना चीनी की दही, कम चर्बी का पनीर, छाछ, लस्सी	आइसक्रीम, डब्बाबन्द चीज़ें
अंडे	उबला या पोच अंडा सप्ताह में 4 तक	तले अंडे
मछली	ताज़े पानी की मछली, सालमन, भुनी मछली	तली मछली, नमकीन मछली
फल	ताज़े फल, ड्राई फ्रूट्स	डब्बाबन्द फल
अनाज	सभी साबुत अनाज, ब्राउन चावल	सफ़ेद चावल, पास्ता, रिफाइंड आटा
तेल, घी	ऑलिव, सोयाबीन, मूँगफली मक्का, सरसों	कॉनफलेक्स, ड्रोजिनेटेड घी, देसी घी
सब्ज़ियाँ	सभी ताज़ा, फ्रोज़ेन (बिना प्रिज़र्वेटिव या नमक के)	सभी डब्बाबन्द सब्ज़ियाँ (नमक और प्रिज़र्वेटिव के साथ)

केला :

1 लोहे में उच्च, केले का सेवन रक्त में हीमोग्लोबिन के उत्पादन को प्रोत्साहित कर सकता है और इसलिए एनीमिया के मामलों में मदद करता है।

2 आहार में केले सहित फाइबर कब्ज में मदद कर सकते हैं।

3 भोजन के बीच केले स्नैक के रूप में लेने से ब्लड-शुगर का नियन्त्रण बेहतर हो सकता है।

4 केले तंत्रिका-तंत्र को शांत करने में मदद करते हैं, विटामिन बी में भी उच्च हैं।

5 विटामिन बी-6 आपके मूड को प्रभावित कर सकता है, जो रक्त में ग्लूकोज़ का स्तर नियंत्रित करता है।

चने की दाल :

1 चने की दाल के पत्तों का ताजा रस लोहे (आयरन) का एक बहुत अच्छा स्रोत है।

2 गर्म पानी में चने की दाल के पौधे को उबालकर, उस पानी के स्नान से महिलाओं के मेन्सेज की समस्या में आराम देता है

3 भुने हुए चने की दाल का आटा एक बहुत प्रभावी चमड़ी-सफाई-एजेंट के रूप में नियमित रूप से इस्तेमाल होता है।

4 एक्जिमा, संपर्क डरमैटाइटिस की तरह के एलर्जी त्वचा-रोगों में भी काम करता है।

5 चने की दाल के आटे का दही के साथ उबटन मुँहासों के इलाज में इस्तेमाल किया जा सकता है।

करेला :

- करेला-रस रक्त की बीमारियों, फोड़े और खुजली के इलाज के लिए बेहद फायदेमंद है।

- रस का नियमित सेवन ऊर्जा और क्षमता के स्तर में सुधार करने के लिए लाभकारी है।
- करेले का उच्च बीटा कैरोटीन आँखों की बीमारी और नजर के लिए बेहतरीन है।
- यह कड़वा रस लिवर के लिए अत्यन्त पोषक है।
- ताजा करेले के रस के साथ शहद और पानी का मिश्रण साँस की तकलीफ में आराम देता है।
- करेला-रस वजन कम करने में भी मददगार है।

बैंगन :

1 यह अत्यधिक कफ और शरीर की हवा के इलाज में लाभकारी है।

2 बैगन और टमाटर से बना सूप भूख बढ़ाता है और पाचन में मदद करता है।

3 बैगन का इस्तेमाल गुर्दे की पथरी को अपनी प्रारंभिक अवस्था में नष्ट कर देता है।

4 यह विटामिन ए और बी का अच्छा स्रोत है।

5 बैंगन मधुमेह को कंट्रोल करने के लिए प्रयोग किया जाता है।

6 बैंगन एक उत्कृष्ट कोलेस्ट्रॉल-नियामक है।

चुकंदर :

1 इसके रस के सेवन से उच्च रक्तचाप, धमनी-काठिन्य और अन्य नस-समस्याओं तथा अन्य हृदय-रोगों के उपचार में व्यापक रूप से लाभ होता है।

चुकंदर अकार्बनिक कैल्शियम के लिए एक अच्छा विलायक है।

2 चुकंदर में सेलूलोज होता है। इसका नियमित प्रयोग कब्ज कम कर देता है।

3 इसके रस से बवासीर का भी इलाज हो सकता है।

4 इसे उबालकर प्राप्त रस को अदरक के रस के साथ मिश्रण बनाकर रोज रात सिर की मालिश करने से बालों की रूसी (डैंड्रफ) का इलाज हो सकता है।

5 पीलिया के इलाज के लिए, सलाद के पत्ते, नीबू का रस मिलाकर चुकंदर का रस भी इस्तेमाल किया जा सकता है।

दही खाने से कम हो सकता है टाइप-2 मधुमेह का खतरा

फास्टफूड के इस युग में दही और कम वसा वाले खमीरीकृत दुग्ध-उत्पादों का संदेश आश्वस्त करने वाला है, जो कि स्वास्थ्य के लिए अच्छे हो सकते हैं।

अगर आपको दही पसंद है, तो प्रचुर मात्रा में दही खाइए क्योंकि कम वसा वाले खमीरीकृत दुग्ध-उत्पादों का सेवन, टाइप-2 मधुमेह का खतरा कम करता है। यूनिवर्सिटी ऑफ कैम्ब्रिज के वैज्ञानिकों ने पाया है कि दही नहीं खाने की अपेक्षा अधिक मात्रा में दही खाने से टाइप-2 मधुमेह का खतरा 28 प्रतिशत तक कम होता है।

यूनिवर्सिटी ऑफ कैंब्रिज की महामारी विज्ञान इकाई की चिकित्सा अनुसंधान परिषद की नीता फोरौही ने बताया कि यह शोध इस बात पर प्रकाश डालता है कि विशेष खाद्य पदार्थ टाइप-2 मधुमेह से बचाव में महत्वपूर्ण भूमिका निभाते हैं और सार्वजनिक स्वास्थ्य-संदेशों के लिए प्रासंगिक हैं।

शोध में नॉरफोक, ब्रिटेन में रहने वाले 25,000 पुरुषों और महिलाओं को शामिल किया गया। शोध में ऐसे 753 लोगों में एक हफ्ते तक खाद्य पदार्थों और पेय की खपत के दैनिक रिकॉर्ड की तुलना की गई, जिनमें 11 वर्षो में टाइप-2

मधुमेह होने की संभावना थी। इससे शोधकर्ताओं में पूर्ण दुग्ध-उत्पादों की खपत से मधुमेह के खतरे के संबंध की जांच करने का विचार आया।

शोध में पाया गया कि कम वसा वाले दही और पनीर जैसे खमीरीकृत दुग्ध-उत्पादों की उच्च खपत करने वालों में 11 सालों में टाइप-2 मधुमेह की संभावना 24 प्रतिशत कम थी।

अजीनोमोटो

सफेद रंग का चमकीला-सा दिखने वाला मोनोसोडियम ग्लूटामेट यानी अजीनोमोटो, एक सोडियम साल्ट है। अगर आप चाइनीज डिश के दीवाने हैं, तो यह आपको उसमें जरूर मिल जाएगा, क्योंकि यह एक मसाले के रूप में उनमें इस्तेमाल किया जाता है। शायद ही आपको पता हो कि यह खाने का स्वाद बढ़ाने वाला मसाला वास्तव में धीमा जहर है। यह खाने का स्वाद नहीं बढ़ाता, बल्कि हमारी स्वाद-ग्रन्थियों के कार्य को दबा देता है, जिससे हमें खाने के बुरे स्वाद का पता नहीं लगता। मूलतः इस का प्रयोग खाद्य की घटिया गुणवत्ता को छिपाने के लिए किया जाता है। यह सेहत के लिए भी बहुत खतरनाक होता है।

आपको अजीनोमोटो से सिर-दर्द, पसीना आना और चक्कर आने जैसी खतरनाक बीमारी हो सकती है। अगर आप इसके आदी हो चुके हैं और खाने में इसका बहुत प्रयोग करते हैं, तो यह आपके दिमाग को भी नुकसान कर सकता है।

इसको खाने से शरीर में पानी की कमी हो सकती है। चेहरे की सूजन और त्वचा में खिंचाव महसूस होना इसके कुछ साइड-इफेक्ट हो सकते हैं।

इसके ज्यादा प्रयोग से धीरे-धीरे सीने में दर्द, सांस लेने में दिक्कत और आलस भी पैदा हो सकता है। इससे सर्दी-जुखाम और थकान भी महसूस होती है। इसमें पाई जाने वाली एसिड-सामग्रियों की वजह से यह पेट और गले में जलन भी पैदा कर सकता है।

पेट के निचले भाग में दर्द, उलटी आना और डायरिया इसके आम दुष्प्रभावों में से हैं।

अजीनोमोटो आपके पैरों की मासपेशियों और घुटनों में दर्द पैदा कर सकता है। यह हड्डियों को कमजोर और शरीर द्वारा जितना भी कैल्शियम लिया गया हो, उसे कम कर देता है।

उच्च रक्तचाप की समस्या से घिरे लोगों को यह बिल्कुल नहीं खाना चाहिए, क्योंकि इससे अचानक ब्लड-प्रेशर बढ़ और घट जाता है।

व्यक्तियों को इससे माइग्रेन होने की समस्या भी हो सकती है। आपके सिर में दर्द पैदा हो रहा है, तो इसे तुरंत ही खाना बंद कर दें।

अजीनोमोटो की उत्पादन-प्रक्रिया भी विवादास्पद है। कहा जाता है कि इसका उत्पादन जानवरों के शरीर से प्राप्त सामग्री से भी किया जा सकता है।

अजीनोमोटो बच्चों के लिए बहुत हानिकारक है। इसके कारण स्कूल जाने वाले ज्यादातर बच्चे सिरदर्द के शिकार हो रहे हैं। भोजन में एमएसजी का इस्तेमाल या प्रतिदिन एमएसजी युक्त जंकफूड और प्रोसेस्ड फूड का असर बच्चों के शारीरिक और मानसिक विकास पर पड़ता है। कई शोधों में यह बात साबित हो चुकी है कि एमएसजी-युक्त डाइट बच्चों में मोटापे की समस्या का एक कारण है। इसके अलावा यह बच्चों को भोजन के प्रति अंतिसंवेदनशील बना सकता है। मसलन, एमएसजी युक्त भोजन अधिक खाने के बाद हो सकता है कि बच्चे को किसी दूसरी डाइट से एलर्जी हो जाए। इसके अलावा, यह बच्चों के व्यवहार से संबंधित समस्याओं का भी एक कारण है।

फाइबर वाले भोज्य पदार्थ

अनाज

चोकर-युक्त चपाती, गेहूँ, चने, सोया की चपाती, मल्टीग्रेन ब्रेड, गेहूँ का पास्ता, ब्राउन चावल

फल

रसभरी, स्ट्राबरी, संतरा, सेब, कीवी, नाशपाती, अमरूद

सब्जियाँ

हरी मटर, सभी गहरी हरी पत्ते वाली सब्जियाँ, बीन्स, चना

बीज इत्यादि

बादाम, अखरोट, सोया बीज

त्यौहार के समय सावधानी

दीपावली एक ऐसा पर्व है जिसमें बच्चों से लेकर बूढ़े तक सभी मौज-मस्ती करना पसंद करते हैं। दीपावली पर लोग जितनी ही मौज-मस्ती करते हैं, उतना ही लोग स्वादिष्ट पकवान और मिठाइयां खाने पर भी विश्वास करते हैं। दीपावली के दिन किसी पर भी रोक-टोक नहीं होती। तो, ऐसे में जिन्हें मधुमेह भी होता है, वो भी मन भरकर मिठाइयां खाने से बाज नहीं आते। दीवाली मिठाइयों का ही त्योहार है, ऐसे में हम चाहकर भी उससे पीछा नहीं छुड़ा सकते,

लेकिन अगर आप मधुमेह यानी कि डाइबिटीज़ से पीड़ित हैं, तो आपको अपनी सेहत का ख्याल रखना पड़ेगा। ऐसा इसलिये, क्योंकि अगर आपने हद से ज्यादा मिठाई का सेवन कर लिया, तो आपका ब्लड-शुगर लेवल बढ जाएगा और यह आपके लिये घातक हो सकता है। अगर आप मधुमेह से पीड़ित हैं तो, हम आपको कुछ सिंपल से टिप्स देंगे, जिससे आपकी दीपावली स्वस्थ तरीके से बीते। लेकिन आपको इन बातों पर अच्छे से अमल करना होगा, वरना हमारे बताए गए टिप्स का आप पर कोई असर नहीं पड़ेगा।

कैलोरी का खास ध्यान रखें। हाई कैलोरी आपके लिये अच्छी नहीं होगी। दीवाली के पर्व पर तेल वाली चीज़ें जरूर बनाई जाती हैं। इस दौरान आपको खुद पर कंट्रोल रखना होगा और डायबिटिक वाली डाइट खाने पर जोर देना होगा। यदि शरीर में कम कैलोरी होगी, तो आप मिठाइयों को आसानी से पचा सकते हैं।

आर्टिफीशियल स्वीटनर ना खाएं। अच्छी दीवाली मनानी है, तो आपको आर्टिफीशियल स्वीटनर बिल्कुल नहीं खानी है। आप चाहें तो प्राकृतिक मिठास से भरा शहद खा सकते हैं।

स्वास्थ वसा मोनोसैच्युरेटेड फैट्स, पोलीसैच्युरेटेड फैट्स और ओमेगा 3 फैट्स आपके ब्लड-शुगर लेवल को कम कर सकते हैं। इसलिये आपको हेल्दी फैट्स जैसे साल्मन मछली, ट्यूना, अलसी का बीज और हरी पत्तेदार सलाद आदि खाने चाहिये।

करेले का जूस पियें। करेले या नीम का जूस आपके शुगर-लेवल को दोबारा कंट्रोल कर सकता है। शुगर-फ्री स्वीट का इंतजाम रखें। अगर आप इस दिन मिठाई का त्याग एकदम से नहीं कर सकते, तो अच्छा होगा कि आप अपने घर पर शुगर-फ्री मिठाइयां ही मंगवाएं। इससे आपकी हेल्थ पर कोई बुरा असर नहीं पड़ेगा।

व्यायाम ना भूलें। इस खुशी के मौके पर अपना व्यायाम करना बिल्कुल भी ना भूलें। वेट कंट्रोल करने से आप मधुमेह को भी कंट्रोल कर सकते हैं।

ब्लड-टेस्ट करवाएं। यह बहुत जरूरी है कि आप इस दिन के लिये खास तौर पर अपना ब्लड टेस्ट करवा लें। ऐसा करने से आप को पता रहेगा कि आपको अगला कदम कौन-सा उठाना है।

मीठा खाने के मामले में खुद पर कंट्रोल रखें। मिठाई या डेजर्ट देखते ही उस पर तुरंत ना कूदें। अपने आपको कंट्रोल करें और सोचें कि इसे खाने से आपका स्वास्थ्य तो नहीं बिगड़ेगा?

इन कारणों से डाइटिंग हो जाती है बेअसर

ऐसे कई कारण है, जब कुछ लोगों के लिए डाइटिंग काम नहीं करती। इनमें से कुछ कारण डाइटिंग की मूल अवधारणा में होते हैं। अगर आप नियमित रूप से कार्बोहाइड्रेट का सेवन कम करना चाहते हैं, तो आप में ज्यादा शक्ति होनी चाहिए। पर हममें से ज्यादातर लोगों के पास न तो समय होता है और न ही ऊर्जा। डाइटिंग के काम न करने के दूसरे कारणों में मनुष्य के मूलभूत गुण भी शामिल हैं। आइये, जानते हैं कुछ ऐसे महत्वपूर्ण कारण, जिसकी वजह से आपका वजन कम नहीं हो रहा, वो भी डाइटिंग करने के बावजूद।

1 बहुत ज्यादा व्यस्त होना : डाइटिंग के काम न करने का मुख्य कारण यह है कि ज्यादातर लोग बहुत ज्यादा व्यस्त रहते हैं और खान-पान के नियम का स्थायी रूप से अनुसरण नहीं कर सकते। ज्यादातर प्रोग्राम्स के लिए नियमित योजना की जरूरत होती है। ऐसे में हम कई बार डाइटिंग को बरकरार नहीं रख पाते।

2 जरूरत से खाना : धीरे-धीरे खाएं और भूख लगने की निशानियों पर ध्यान दें। अपने शरीर की जरूरतों का ध्यान रखें और अपने वजन को बनाए रखें।

3 इच्छाशक्ति चाहिए : लाइफस्टाइल में बदलाव और डाइटिंग के लिए जरूरी है कि आप नियमों का सख्ती के साथ पालन करें। इसके लिए बहुत ज्यादा इच्छाशक्ति की जरूरत होती है। हम में से ज्यादातर लोगों में इसका अभाव देखने को मिलता है। अगर आप डाइटिंग में सफल होना चाहते हैं और स्वस्थ रहना चाहते हैं, तो आपको तयशुदा नियमों का पालन तो करना ही होगा।

4 खुद को भोजन से वंचित करना : डाइटिंग के लिए एक खास किस्म का पैटर्न प्रचलन में है। इसमें एक-दो हफ्ते का इंडक्शन फेज होता है। आम तौर पर इस फेज में भोजन बिल्कुल भी नहीं लिया जाता। बेशक इससे आपका वजन कम होगा, पर इस प्रक्रिया में आप पूरी तरह से दयनीय स्थिति में आ जाएंगे। वहीं जब आप धीरे-धीरे भोजन की मात्रा बढ़ाना शुरू करेंगे, तो वजन के फिर से बढ़ जाने का खतरा बना रहेगा। आप अपने आपको किसी भी चीज से जबर्दस्ती वंचित न करें। जहां तक हो सके, अपने विवेक का इस्तेमाल करें।

5 हममें से ज्यादातर लोग भावनाओं में बहकर या दूसरे कारणों से ज्यादा खा लेते हैं। जब हमें कोई परेशान करता है, तो हम जल्दी-जल्दी और ज्यादा

खाना शुरू कर देते हैं। यह कितना विरोधाभासी है कि हम अपने पेट से प्यार भी करते हैं और खाने को भी पसंद करते हैं। हर तरह से स्वस्थ भोजन लें, पर इस बात का भी ध्यान रखें कि आप नकारात्मक भावना के दौरान किस तरह से प्रतिक्रिया देते हैं। अगर कोई आपको हतोत्साहित करे, तो बहुत ज्यादा खाने के बजाय कुछ बेहतर चीजें कम मात्रा में खाएं, योगा करें और परिणाम देखें। कठोर डाइट के तनाव से बचते हुए आप अपनी भावनाओं का ख्याल रखकर ज्यादा खाने की समस्या से निजात पा सकते हैं।

6 खाना आनंददायक होता है : हममें से ज्यादातर लोग अच्छे भोजन का मजा नहीं लेते, क्योंकि हम होश-हवास में नहीं खाते। अपने पसंदीदा भोजन को पूरी तरह से छोड़ने के बजाय उसे सोच-समझकर खाएं। दूसरी बात यह है कि जब किसी भोजन को खाने के बाद उसका स्वाद बहुत अच्छा न लगे, तो उसे खाना बंद कर दें। बिना उद्देश्य के भोजन का सेवन न करें। इससे आपको जल्द ही कुछ बदलाव नजर आने लगेंगे।

7 भोजन का आनंद भी लें और इसे नियंत्रित भी करें। वह सीखने की कोशिश करें कि कैसे भोजन का आनंद लेकर भी इसे नियंत्रित किया जा सकता है। जल्द ही आप यह पाएंगे कि आपने अपनी जिंदगी को बेहतर तरीके से नियंत्रित कर लिया है।

डाइबिटीज़ रोगियों के लिये भारतीय आहार

आज भारतवर्ष मे कई ऐसे लोग हैं, जो मधुमेह से पीड़ित हैं। गलत खान-पान की आदत और लाइफस्टाइल में गड़बड़ी होने के नाते यह बीमारी लोगों को पकड़ रही है। मधुमेह-रोगियों को अपने खान-पान का बहुत ख्याल रखना चाहिये, उन्हें मीठी चीजें और कैलोरी-युक्त आहार कम खाना चाहिये। इसके अलावा उन्हें दिन में थोड़ा-थोड़ा दिन भर में खाते रहना चाहिये। साथ ही, उन्हें घर की बनी कुछ ऐसी चीजें खानी चाहिये, जो उनके मधुमेह को कंट्रोल में कर सके। उदाहरण के तौर पर ऐसे भारतीय आहार, जैसे पालक, लौकी, दाल, टमाटर, चना या सत्तू या फिर मेथी आदि का प्रयोग नियमित करना चाहिये। हम अक्सर तली-भुनी और फैटी चीजें खाते रहते हैं, जो कि हमारे लिये नुकसानदायक हो सकती हैं। वे लोग जो वेजिटेरियन हैं, उनके लिये भारतीय आहार बड़े काम का होता है। अगर आपको मधुमेह कंट्रोल करना है, तो आपको आज से ही भारतीय आहार लेने शुरु कर देने चाहिये। दाल खाना सबसे उचित होता है, क्योंकि इसमें बहुत सारे पौष्टिक तत्व होते हैं और यह ब्लड-शुगर लेवल को कंट्रोल में रखती है। पर दाल बिल्कुल सादी होनी चाहिये। इसके अलावा

आप पनीर भी खा सकते हैं और सलाद तथा हरी पत्तेदार सब्जियों का सेवन कर सकते हैं। तो अगर आप मधुमेह को दूर भगाना चाहते हैं, तो अभी से ही व्यायाम करना शुरु करें और अपनी डाइट में भारतीय आहार शामिल करें। कौन-कौन से हैं वे भारतीय आहार, आइये इसके बारे में जानते हैं।

चना या बेसन : मधुमेह-रोगियों के लिये चना या फिर बेसन बहुत लाभकारी होता है, क्योंकि इसमें फाइबर होता है और जरूरी विटामिन्स पाये जाते हैं। आप चने का सत्तू भी पी सकते हैं, यह रामबाण साबित हो सकता है।

मेथी : एक चम्मच मेथी को रातभर पानी में भिगोने के बाद उसे सुबह खाली पेट छानकर खा लें। इससे मधुमेह कंट्रोल में मदद मिलेगी।

टमाटर का रस : टमाटर के रस में काली मिर्च मिलाकर पीने से मधुमेह कंट्रोल में रहता है। इस खाली पेट पियें।

दाल : दाल में बहुत सारा फाइबर, प्रोटीन और विटामिन पाया जाता है, जो कि ब्लड-शुगर के लेवल को कंट्रोल करते हैं।

करेला : ब्लड-शुगर को कंट्रोल करने के लिये करेला खाएं या उसका रस पियें।

मेथी पत्ता : मेथी को पकाकर खाने से ब्लड-शुगर कंट्रोल होता है।

भिंडी : भिंडी ब्लड-शुगर लेवल को कंट्रोल करती है। इसमें से एक चिपचिपा रस निकलता है, जो कि शरीर में ग्लूकोज़ लेवल को कंट्रोल करता है।

लौकी : मधुमेह-रोगी रोज सुबह एक गिलास लौकी का रस पीकर मधुमेह को कंट्रोल कर सकते हैं।

पालक : हरी पत्तेदार पालक फाइबर युक्त होती है और इसमें बहुत सारा विटामिन पाया जाता है।

व्यायाम

व्यायाम का डाइबिटीज़ से सम्बन्ध

डायबिटीज़ का 75% इलाज सन्तुलित भोजन, व्यायाम, मॉनिटरिंग और ज्ञान द्वारा और मात्र 25% दवाओं से होता है। सुनियोजित व्यायाम कई प्रकार से मदद करता है :

- बार्डरलाइन डाइबिटीज़ को डायबिटीज़ होने से रोकता है
- ब्लड-शुगर को कम करता है
- वज़न घटाने में सहायक है
- कोलेस्ट्रॉल कम करता है
- शरीर की मसल्स को मजबूत करता है
- दिल और फेफड़े मजबूत करता है
- ब्लड-प्रेशर नियंत्रित करता है
- आपके शरीर पर इन्सुलिन के प्रभाव को बढ़ाता है
- तनाव में कमी लाता है

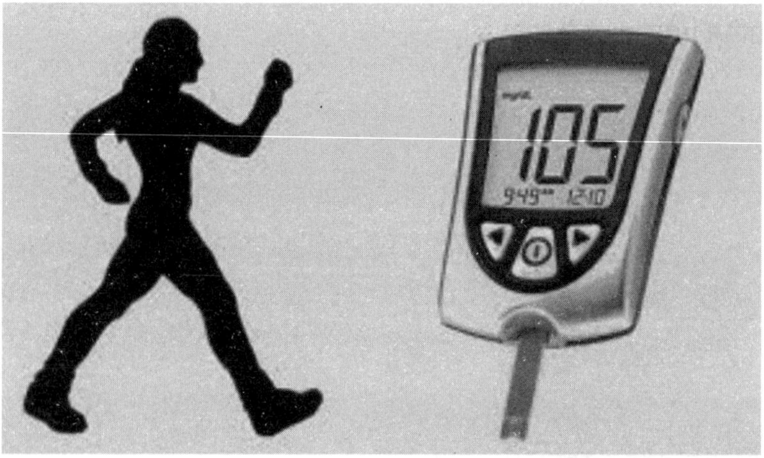

दैनिक दिनचर्या में एक्टिव हो जाइए!

- घर में टहलिए
- सीढ़ियों का प्रयोग करें, लिफ्ट का नहीं
- अपना वाहन पार्किंग में खड़ा कर, कुछ दूर चलिए
- अपने पालतू कुत्ते को स्वयं सैर करवाएं
- जब माइक्रो वेव में खाना गरम हो रहा हो, कुछ चहलकदमी करें
- अपने टेबल, अल्मारी की डस्टिंग स्वयं करें
- बच्चों के साथ खेलें

आइए, आपकी फिटनेस को नापें

ईमानदारी से जवाब दें :

1 आप रोजाना कितनी बार सीढियां चढ़ते हैं? बिल्कुल नहीं (0 पॉइंट), 1–5 बार (1 पॉइंट), 6–9 बार (2 पॉइंट) और 10 से अधिक बार (3 पॉइंट)

2 आप सप्ताह में कितने घंटे घरेलू काम करते हैं? (खाना पकाना, सफाई करना, कपड़े धोना) हर घंटे का एक पॉइंट

3 जब आप बच्चों को पार्क में ले जाते हैं, आप कितना दौड़ते या चढ़ते–उतरते हैं? कभी नहीं : (0 पॉइंट), कभी–कभी : (1 पॉइंट), अकसर : (2 पॉइंट) और हमेशा : (3 पॉइंट)

4 आप रोज कितने किलोमीटर चलते हैं ? 1 कि.मी. से कम : 0 पॉइंट, 1 कि. मी. : 1 पॉइंट 2 कि.मी. : 4 पॉइंट, 3 कि. मी. : 6 पॉइंट और 4 कि.मी. : 10 पॉइंट

5 क्या आपको मर्तबान खोलने में कठिनाई होती है? अकसर : 0 पॉइंट, कभी–कभी : 1 पॉइंट और यदा-कदा : 2 पॉइंट

स्कोरिंग

0-3 : ओहो, आप बिलकुल फिट नहीं हैं, एक्टिव हो जाइए!

4-7 : आप साधारणतः फिट हैं, कुछ और बढ़ाइए!

8+ : आप बधाई के पात्र हैं!

स्वस्थ शरीर सन्तुलित आहार और व्यायाम का सम्मिश्रण होता है। हम खाने के मामले में तो सतर्क रहते हैं, लेकिन शारीरिक श्रम के मामले में लापरवाही बरतते हैं। भोजन की तरह ही व्यायाम भी नियमित करना चाहिए। व्यायाम शरीर

को गठीला बनाने में महत्वपूर्ण योगदान देने के साथ-साथ स्वस्थ रखने में भी सहायक होता है।

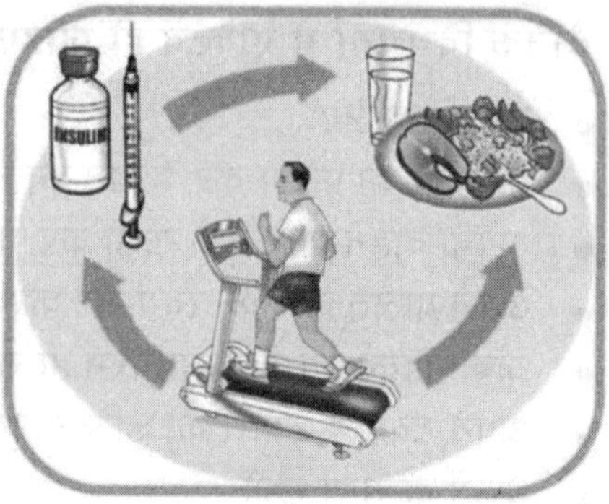

विभिन्न चीजों के लिए विभिन्न प्रकार के व्यायाम हैं। कुछ शरीर को स्वस्थ बनाने के लिए होते हैं तथा कुछ निरोगी होने में सहायक होते हैं। योग के रूप में किए जाने वाले व्यायाम कुछ बौद्धिक स्वास्थ्य के लिए होते हैं।

स्मरण-शक्ति का बेहतर होना

नियमित व्यायाम से मस्तिष्क में रसायनों की मात्रा बढ़ती है, जिससे नई कोशिकाओं का निर्माण होता है और मस्तिष्क-कोशिकाएं आपस में जुड़कर हमें नई चीजों को सीखने-समझने में सहायता प्रदान करती हैं। टेनिस और बास्केटबॉल जैसे जटिल खेलों को अपने व्यायाम में शामिल करके आप सीखने और ध्यान केन्द्रित करने की क्षमताओं को विकसित कर सकते हैं।

पीठ का दर्द कम होना

जिन लोगों को पीठ का दर्द और खराब शारीरिक मुद्रा की शिकायत है, वे इन समस्याओं से व्यायाम और खिंचाव उत्पन्न करके निजात पा सकते हैं। व्यायाम पीठ के दर्द का सर्वश्रेष्ठ इलाज है।

कैंसर का खतरा कम होना

व्यायाम से आंत, स्तन और फेफड़ों के कैंसर के खतरों में कमी आती है। जीवन में व्यायाम को सम्मिलित कर विभिन्न प्रकार के कैंसर से अपने आपको बचाएं।

हड्डियां स्वस्थ रहना

नियमित व्यायाम से हड्डी बनने की प्रक्रिया को बढ़ावा मिलता है जिससे ऑस्टियोपोरेसिस और आर्थराइटिस जैसी हड्डियों की बीमारियों से बचा जा सकता है।

बेहतर नींद का आना

काम पर थकावट भरे दिन के बाद शारीरिक श्रम के कारण बिस्तर में जाने पर आप बच्चे की तरह गहरी नींद में सोएंगे, लेकिन ध्यान रहे कि सोने से पहले व्यायाम न करें।

ऊर्जा का संचार होना

नियमित व्यायाम से आपकी मांसपेशियां मजबूत होती हैं। ऊर्जा का संचार होता है और सहनशक्ति बढ़ती है। व्यायाम से हमारे ऊतकों को पर्याप्त मात्रा में ऑक्सीजन मिलती है।

मूड का सुधरना

- अगर आप मानसिक रूप से उच्चीकृत होना चाहते हैं, तो अपने प्रिय भोजन पर भरोसा न करके आपको जिम की तरफ बढ़कर व्यायाम करना चाहिए।
- व्यायाम आपके मस्तिष्क के रसायनों को उत्तेजित कर आपका मूड ठीक करता है।
- मांसपेशियों का मजबूत होना : व्यायाम से मांसपेशियों में मजबूती आती है जिससे आप वृद्धावस्था में भी आसानी से चल-फिर सकेंगे।

कोलेस्ट्रॉल की मात्रा कम होना

व्यायाम से अच्छे कोलैस्ट्रॉल की मात्रा बढ़ती है, जबकि खराब कोलेस्ट्रॉल की मात्रा में कमी होती है। व्यायाम से धमनियों में जमने वाली परत में भी कमी पाई जाती है।

सदैव स्वस्थ रहना

व्यायाम से शरीर स्वस्थ रहता है, जिससे मोटापे, मधुमेह, हृदयरोग, उच्च रक्तचाप और आघात जैसी स्वास्थ्य-समस्याओं का खतरा कम होता है।

प्रतिरक्षण-तन्त्र का मजबूत होना

नियमित व्यायाम से प्रतिरक्षण-तन्त्र मजबूत होता है और सर्दी-जुकाम जैसी बीमारियों से आप कम ग्रसित होंगे।

सहनशक्ति का बढ़ना :

व्यायाम करने से पसीना आता है और थकावट होती है, लेकिन इससे सहनशक्ति में वृद्धि और मांसपेशियों में थकावट की कमी जैसे दूरगामी परिणाम प्राप्त होते हैं।

ब्लड-प्रैशर सामान्य रहना

उच्च रक्तचाप गुपचुप तरीके से मृत्यु की ओर धकेलता है। अपने आपको उच्च रक्तचाप से बचाने के लिए नियमित रूप से व्यायाम करना चाहिए। व्यायाम से रक्त-संचार बढ़ जाता है और कार्यरत मांसपेशियों में वह अधिक मात्रा में ऑक्सीजन प्रवाहित करता है।

मधुमेह का खतरा कम होना

व्यायाम से वजन ही कम नहीं होता, बल्कि मोटे लोगों में उम्र के साथ होने वाले मधुमेह के खतरों को भी कम किया जा सकता है। नियमित व्यायाम से रक्त में शर्करा की मात्रा नियन्त्रित रहती है और मधुमेह होने का खतरा कम होता है।

वजन का नियन्त्रित रहना

स्वस्थ शरीर वाला वजन पाना सभी के लिए एक सपने के समान होता है और नियमित व्यायाम से आप शरीर का वांछित भार प्राप्त कर सकते हैं। यदि आप पर्याप्त व्यायाम के साथ संतुलित आहार लें, तो आसानी से अतिरिक्त भार से निजात पा सकते हैं।

EXERCISE GUIDE FOR DIABETIC FITNESS

F **Frequency**
Regular (3x to 4x Per Week)

I **Intensity**
60-80% Of Maximal Heart Rate

T **Time**
Aerobic Activity
20-30 Min.
With 5-10 Min.
Warm Up

मोटापा और डाइबिटीज़

एक बच्चा जो 18 की उम्र पर मोटापे का शिकार है, उसके निकट भविष्य में डायबिटिक होने की बहुत अधिक सम्भावना होती है। इसी तरह 45 की उम्र पर जो ओवरवेट हैं, उनके डायबिटीज़ होने के 45-62% सम्भावना है।

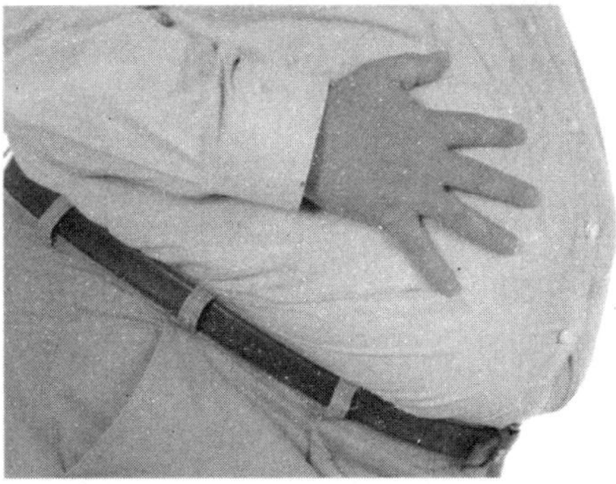

ज़रूरी नहीं कि अगर आप हाइट के हिसाब से ओवरवेट हों, तभी आप मोटापे की परिभाषा में आएं। अगर आप के पेट का नाप 36 इंच (महिला) या 40 इंच (पुरुष) से अधिक है, तब भी आप सेंट्रल मोटापे के शिकार हैं और आपके डाइबिटीज़ होने की सम्भावना बहुत अधिक है।

बी. एम. आई. (बाडी मास इंडेक्स) = वजन किलोग्राम में / (ऊँचाई मीटर में)^2

20 से कम = अंडरवेट

20-25 = ठीक-ठाक

25-28 = ओवरवेट

29-40 = मोटापा

40 से अधिक = अत्याधिक मोटापा

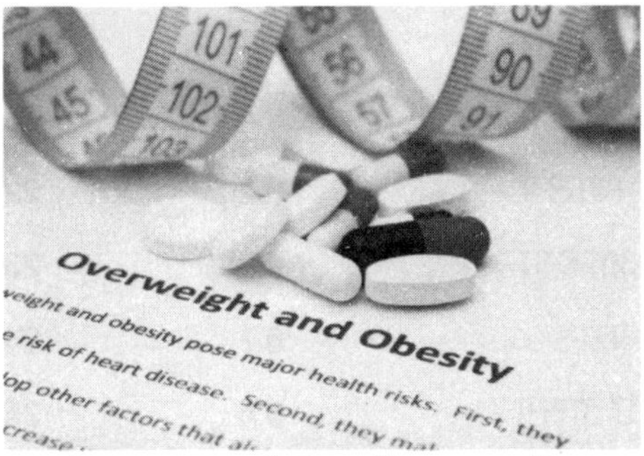

भारत में मोटापा

राज्य	पुरुष (%)	रैंक	महिलाएँ (%)	रैंक
भारत	12.1	14	16	15
पंजाब	30.3	1	37.5	1
केरल	24.3	2	34	2
गोवा	20.8	3	27	3

तमिलनाडु	19.8	4	24.4	4
आंध्र	17.6	5	22.7	10
सिक्किम	17.3	6	21	8
मिजोरम	16.9	7	20.3	17
हिमाचल	16	8	19.5	12
महाराष्ट्र	15.9	9	18.1	13
गुजरात	15.4	10	17.7	7
हरियाणा	14.4	11	17.6	6
कर्नाटक	14	12	17.3	9
मणिपुर	13.4	13	17.1	11
उत्तराखंड	11.4	15	14.8	14
अरुणाचल	10.6	16	12.5	19
उत्तर प्रदेश	9.9	17	12	18
जम्मू कश्मीर	8.7	18	11.1	5
बिहार	8.5	19	10.5	29
नागालैंड	8.4	20	10.2	22
राजस्थान	8.4	20	9	20
मेघालय	8.2	22	8.9	26
ओड़िसा	6.9	23	8.6	25
असम	6.7	24	7.8	21
छत्तीसगढ़	6.5	25	7.6	27
पश्चिम बंगाल	6.1	26	7.1	16
मध्य प्रदेश	5.4	27	6.7	23
झारखंड	5.3	28	5.9	28
त्रिपुरा	5.2	29	5.3	24

डाक्टरों एवं शोधकर्ताओं ने पाया है कि मोटापा और मधुमेह रोग एक-दूसरे से संबंधित हैं।

जो लोग मोटे होते हैं, उनमें टाइप-2 डाइबिटीज़ होने का रिस्क अधिक होता है। अतः आवश्यक है कि जीवनभर स्वस्थ रूप में शरीर के भार को प्रबंधित किया जाए और अपने आपको क्रॉनिक रोग मधुमेह होने से बचाएँ।

जेनेटिक पृष्ठभूमि

शोधकर्ताओं ने एक विशेष प्रकार के जीन की खोज की है, जो मोटापे का कारण होता है। कुछ जीन मोटापा बढ़ाने में अपनी महत्वपूर्ण भूमिका अदा करते हैं। फिर हम कैसे पता करें कि कौन-सा जीन हमें मोटा कर देगा? किंतु यह सत्य मानिये कि कुछ वस्तुओं की अधिकता जैसे उच्च कैलोरीज, उच्च वसा वाले भोजन और व्यायाम का अभाव आपको मोटा करने में सहायक हो सकते हैं।

आपकी जेनेटिक पृष्ठभूमि, जो आपने अपने पूर्वजों या माता-पिता से प्राप्त की है, वह आपके शरीर-सौष्ठव का निर्धारण करती है। आपके पेट की वसा व डाइबिटीज़ में गहन संबंध है।

दो प्रमुख कारण हैं, जो मोटापे के लिये जिम्मेदार होते हैं। उनमें पहला है अधिक वसा वाला भोजन और दूसरा व्यायाम का अभाव।

मधुमेह का मूल मोटापा

इस रोग में मानव-शरीर में अत्यधिक चर्बी जमा हो जाती है। अनावश्यक चर्बी शरीर के अवयवों को घेर लेती है। मोटापे के कारण आप डाइबिटीज़ के

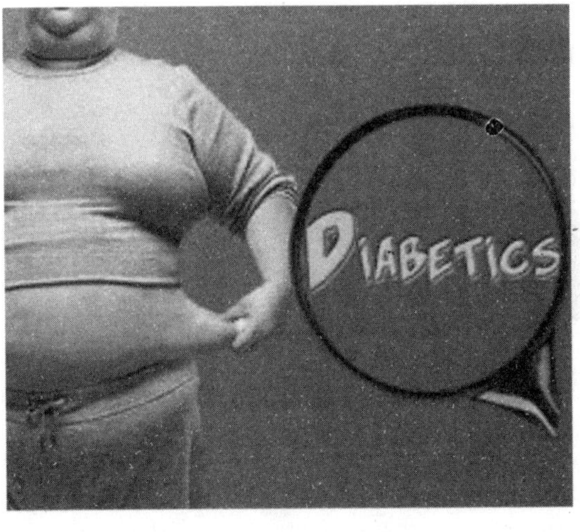

शिकार हो सकते हैं, क्योंकि आप खाने में ग्लूकोज़ की मात्रा अधिक लेने लगते हैं तो मोटापे के शिकार हो जाते है, फलस्वरूप मधुमेह होने का खतरा बढ़ जाता है।

मोटापा और इन्सुलिन रेजिस्टेंस

टाईप-2 डाइबिटीज़ का संबंध इंस्युलिन-रेजिस्टेंस से होता है। इंस्युलिन एक महत्वपूर्ण हार्मोन है, जो सेलों को ग्लूकोज़ प्रदान करता है। जब व्यक्ति का वजन बढ़ता है, तो शरीर के सेल अक्षम हो जाते हैं और पैंक्रियाज से इंस्युलिन की मात्रा कम प्राप्त होती है। यदि किसी व्यक्ति में फैट सेल अधिक होते हैं, तो इंस्युलिन कम प्रभावी हो जाता है और बचा हुआ ग्लूकोज़ सर्कुलेशन में रक्त के साथ आ जाता है और उसका शक्ति के रूप में प्रयोग होने लगता है।

इस समस्या से निजात पाने के लिये फैट की कटिंग या कमी करना आवश्यक है, जिससे रिस्क कम हो सकता है। जो लोग अपना वजन 5 से 7% तक भी कम कर लेते हैं और यदि उनको मधुमेह है, तो नाटकीय रूप से रोग की प्रगति धीमी हो जाती है। यदि वजन कम होता है, तो ब्लड-प्रेशर व कोलेस्ट्रॉल भी प्रभावित होता है।

स्वस्थ जीवन जीकर आप दीर्घायु को प्राप्त हो सकते हैं। इसके लिये आवश्यक है कि अपना वजन संतुलित रखें, जिसके लिये अपने खाने पर नियंत्रण रखना आवश्यक है। साथ ही अपने जीवन में व्यायाम को तवज्जो देना होगा, तभी हम जीवन में होने वाले अनेक रोगों से निजात पा सकते हैं।

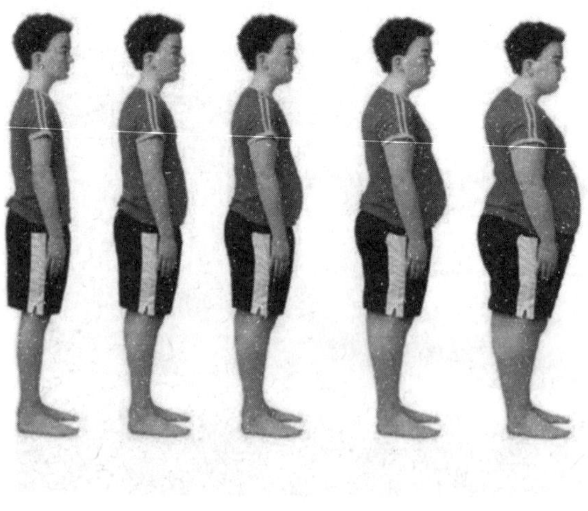

वज़न कम करने के लिए आहार-युक्तियाँ

1 **पानी पीना** : पानी पेट भरा रखने का काम कर सकता है और झूठी लालसा भूख को कम कर सकता है। अपने शरीर के तापमान को पानी के तापमान को बढ़ाने हेतु काम करने के लिए 62 कैलोरी चाहिए (यह प्रति सप्ताह के आसपास 430 कैलोरी) के बराबर होती है।

2 **नियमित रूप से खाओ** : एक दिन में 5 बार; और सबसे महत्वपूर्ण भोजन नाश्ता है। दिन में 5 बार खाने से आपको कभी भूख महसूस नहीं होगी।

3 **फाइबर के बहुत सारे खाने** : उच्च फाइबर खाद्य पदार्थ आम तौर पर कैलोरी में कमी करके हमारी कुल कैलोरी की मात्रा को कम करते हैं।

उदाहरण : स्ट्रॉबेरी, सेब, अंजीर, आलू (छिलके के साथ), ब्रोकोली, ब्राउन चावल, सेम और नट्स।

4 **गुणवत्तायुक्त प्रोटीन** : मछली, चिंराट, कम वसा वाले कुटीर, पनीर, कम वसा दही, स्किम्ड दूध, अंडे का सफेद भाग अच्छे विकल्प हैं।

5 **कार्बोहाइड्रेट** : इस तरह के फलों और सब्जियों के रूप में अच्छा कार्बोहाइड्रेट युक्त आहार वसा और कैलोरी में उदारवादी है, जो वजन घटाने में सफल होगा। अच्छा कार्बोहाइड्रेट धीरे-धीरे शरीर में आपकी भूख से निपटने में मदद करेगा। इसमें फल और बीन्स, साबुत अनाज, सब्जियां शामिल हैं।

6 **हरी चाय** : 2–3 कप एक दिन में सेवन करें। ये एक बड़े पैमाने पर 80 कैलोरी एक दिन में जला सकते हैं। हरी चाय में मौजूद एंटीऑक्सीडेंट चयापचय को बढ़ावा देकर फैट को कम करता है।

7 **मिर्च की चटनी और सरसों** : इन खाद्य पदार्थों को अपने कैलोरी जलाने की क्षमता बढ़ाने के लिए प्रयोग करें।

8 **फाइबर भोजन** : औसत व्यक्ति सिर्फ फाइबर युक्त खाद्य पदार्थों (स्ट्रॉबेरी, सेब, ब्राउन चावल, छोले, आलू शामिल) दिन प्रति 25 ग्राम (ज्यादातर वयस्कों के लिए औसत सिर्फ 8 ग्राम है) का सेवन उद्देश्य दोहरीकरण से एक वर्ष में 3-4 किलो वज़न कम कर सकता है।

क्या वजन घटाने की सर्जरी मधुमेह-नियंत्रण का साधन है?

दुनियाभर में ओबेसिटी-सर्जरी की बढ़ती मांग को देखकर अब भारत में भी मोटापे और मधुमेह से परेशान लोग इस सर्जरी को अपनाने लगे हैं। लोगों का मानना है कि सर्जरी की मदद से इन समस्याओं पर नियंत्रण पाना आसान होता है।

मेलबर्न स्थित आईडीआई हार्ट एंड डाइबिटीज़ इंस्टिट्यूट के प्राध्यापक जॉन डीकंस का कहना है कि कई साल पहले तक 'बॉडी मास इंडेक्स' के अत्यधिक होने पर ऐसी सर्जरी को अपनाया जाता था, किन्तु आजकल मधुमेह रोग पर नियंत्रण न होने या 'बॉडी मास इंडेक्स–35' होने पर चिकित्सक इस सर्जरी को अपनाने का सुझाव दे रहे हैं।

उनका कहना है कि 'स्वीडिश ओबीस स्टडी' के अनुसार दो साल की चिकित्सा के भीतर टाइप-2 मधुमेह से ग्रस्त तकरीबन तीन-चौथाई लोगों को दवा की जरूरत महसूस नहीं होती।

साथ ही यह भी देखा गया है कि 15 साल के बाद भी सर्जरी को अपनाए लोग मधुमेह के लक्षण से बाहर आ गए।

इसके विपरीत यह भी देखा गया है कि जीवन-शैली और खान-पान में बदलाव लाकर कई लोगों ने मधुमेह की समस्या पर काबू पाया है।

मोनाश विश्वविद्यालय के ओबेसिटी रिसर्च एंड एजुकेशन के अनुसंधानकर्ता डॉ. जॉन वेंटवर्थ के अनुसार, दूसरी सर्जरी की तरह ही इस ओबेसिटी-सर्जरी में भी खतरा होता है।

उन्होंने कहा कि अमेरिका के बड़े से बड़े अस्तपाल में सर्जरी होने पर भी 500 में से 1 को भारी मुश्किलों से गुजरने का खतरा होता है। इसके अलावा कम-से-कम 20 में से एक व्यक्ति को सर्जरी के बाद इलाज के लिए अस्पताल में लम्बे समय तक रहने की सम्भावना भी होती है।

क्या है यह सर्जरी?

इस सर्जरी में पेट के आस-पास के भाग को काटा जाता है और शरीर में अवशोषित हो रहे तत्वों की मात्रा को कम किया जाता है। साथ ही सर्जरी की मदद से हॉर्मोन्स पर भी नियंत्रण पाया जाता है, जिससे कई लोगों में वजन कम क़रने की क्षमता बढ़ जाती है एवं नियंत्रण में सुधार देखा जाता है।

सर्दियों का मौसम और मधुमेह

शीत ऋतु यूं तो स्वास्थ्य की दृष्टि से सभी के लिए अनुकूल एवं उपयुक्त समय होता है, किंतु मधुमेह (डाइबिटीज़) के मरीजों के लिए इस मौसम का विशेष महत्व होता है। छोटे दिन–बड़ी रातें शरीर को अधिक आराम की सहूलियत देते हैं, तो सशक्त पाचन-शक्ति हर प्रकार के आहार को बखूबी पचाकर शरीर को ऊर्जा और शक्ति प्रदान करती है।

मधुमेह को यदि सामान्य शब्दों में परिभाषित करें, तो इस बीमारी में शरीर का पाचन-तंत्र (डाइजेस्टिव सिस्टम) कमजोर हो जाता है। शरीर, शर्करा (ग्लूकोज़) को ही पचाने में सक्षम नहीं होता, वरन् भोजन के रूप में खाए जाने वाले सभी पदार्थों को ठीक से पचा नहीं पाने के कारण कब्ज, वायु-विकार (गैस्ट्राइटिस) और कमजोरी से पीड़ित हो जाता है।

मधुमेह के मरीजों के शरीर में ग्लूकोज़ की जगह प्रोटीन का पाचन होने से शरीर को ऊर्जा मिलती है, जिसके कारण मरीज दुबलेपन और अशक्तता के शिकार होते हैं। अतः मधुमेह के मरीजों के शरीर में प्रोटीन की मांग निरंतर बनी रहती है। इसके अलावा मधुमेह रोग में रोगी की रोग-प्रतिरोधक क्षमता बेहद कमजोर होने से शरीर मौसमी परिवर्तनों में बारंबार बीमार होना, चोट-घाव का जल्द ठीक न होना जैसे सामान्य रोगों से निरंतर पीड़ित रहता है।

मधुमेह में शीत ऋतु की उपयोगिता

मधुमेह में शरीर से प्रोटीन की हानि की पूर्ति करने का सबसे अच्छा समय सर्दियों का मौसम होता है, क्योंकि प्रोटीन के सभी स्रोत एवं स्वयं प्रोटीन गरिष्ठ पदार्थों की श्रेणी में आते हैं। जैसे सभी प्रकार की दालें, सूखे मेवे विशेषकर काजू, बादाम, अखरोट, मूँगफली आदि ऐसे भोज्य पदार्थ हैं, जिनका उचित पाचन जाड़े के मौसम में अकसर हो सकता है।

मधुमेह-रोगियों को इस मौसम का भरपूर उपयोग करते हुए प्रोटीनयुक्त पदार्थों का सेवन करना चाहिए। प्रोटीनयुक्त पदार्थों के सेवनकाल में कसरत और पैदल भ्रमण करने से शरीर पुष्ट होता है, जिससे कमजोरी दूर होती है। अतः इस मौसम में भी हलके व्यायाम और सुबह-शाम पैदल सैर करना बेहद लाभदायक होता है।

मधुमेह रोग में रोग-प्रतिरोधक क्षमता कमजोर होने से रोगी को अनेक तकलीफों का सामना करना पड़ता है। अतः मधुमेह-रोगियों के लिए सर्दियों के मौसम में आंवला, हल्दी, काली मिर्च, तुलसी जैसी रोग-प्रतिरोधक क्षमता बढ़ाने वाली वस्तुओं का उपयोग लाभकारी होता है। इस रोग में तंत्रिका-तंत्र पर रोग का दुष्प्रभाव होता है। हाथ-पैर की उंगलियों में सुन्नपन का आभास होता है। जाड़े के दिनों में हाथों व पैरों की उंगलियों को हिलाने या उंगलियों का व्यायाम करने से तंत्रिकाओं में शक्ति एवं शरीर के दूरस्थ भागों में रक्त का संचार सुधरता है।

ये सभी हिदायतें देखने-सुनने में अत्यंत साधारण होते हुए भी अति महत्वपूर्ण हैं, जिनके उपयोग से मधुमेह से होने वाली अनेक तकलीफों से बचा जा सकता है।

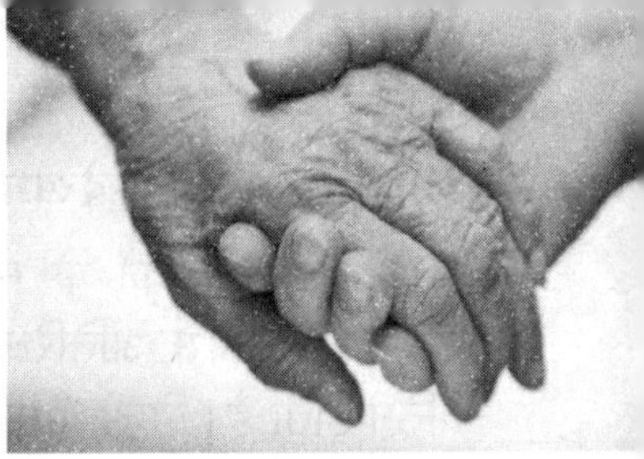

वरिष्ठ नागरिकों के बीच मधुमेह

मैंने 1970-80 में चिकित्सा का अध्ययन किया है। हमें 70 साल से अधिक उम्र में मधुमेह के मरीज की समस्याओं की कल्पना नहीं थी, क्योंकि हम बुजुर्गों पर ध्यान केंद्रित नहीं किया करते थे। लेकिन आज मेरे रोगियों में 30% से अधिक 70 वर्ष से अधिक आयु के हैं। आज भी 70 साल की उम्र से ऊपर के 30% से अधिक लोगों को स्वयं को मधुमेह होने का पता नहीं है। अच्छी तरह से नियंत्रित मधुमेह के साथ आज के वरिष्ठ नागरिक अब न केवल खुश रह रहे हैं, स्वस्थ भी हैं। वे न केवल अपना घर, बल्कि अपना काम-धन्धा भी मुस्तैदी से सम्भाल रहे हैं। इसका मूल कारण है डाक्टरों और जनता, दोनों की डाइबिटीज़ के बारे में जागरूकता।

निदान और ज्यादा मुश्किल हो सकता है

मधुमेह का निदान अकसर उम्र बढ़ने के साथ कठिन होता है, क्योंकि अन्य सामान्य स्थितियों के आधारभूत लक्षण पहले से ही उपस्थित होते हैं। वरिष्ठ नागरिकों को सिर्फ बुढ़ापे के लिए तैयार करने के बजाय, अधिक प्यास और अकसर पेशाब के लक्षणों पर ध्यान देना चाहिए। मोतियाबिंद या अन्य उम्र से संबंधित नेत्र-रोग भी समवर्ती हैं, तो ऐसी समस्याओं के रूप में मधुमेह छिपा हो सकता है। थकान और हाथ-पैरों में कमजोरी की भी उम्र बढ़ने की सिर्फ एक प्राकृतिक प्रक्रिया के रूप में अनदेखी की जा सकती है।

जटिलताएं अधिक होने की संभावना

मधुमेह का अगर समय की एक लंबी अवधि के लिए निदान और इलाज नहीं किया जाता, तो उच्च रक्त-शर्करा के दीर्घकालिक नुकसान के कारण जटिलताएँ बढ़ सकती है। अन्य चिकित्सा-समस्याएँ भी एक ही समय में उत्पन्न होती हैं, तो वे गंभीर हो जाती हैं और जीवन को धमकी देती हैं।

- अंधापन।
- गुर्दे की विफलता, नर्व रोग और बिगड़ा संचलन, ह्रदय-रोग। आँखों के पर्दे में विच्छेदन का खतरा।

किफायती स्वास्थ्य-देखभाल

वरिष्ठ नागरिकों के मधुमेह-नियंत्रण के तहत डॉक्टर का खर्च, पोषण-विशेषज्ञ की फीस, अतिरिक्त दवाओं की आपूर्ति का अतिरिक्त खर्च वहन करना कठिन होता है। निजी बीमा भी महंगा है। कार्डियो डाइबिटीज़ रिसर्च सोसायटी (CDRS) से युक्त मधुमेह क्लीनिक अच्छा विकल्प है।

पर्याप्त पोषण

कभी-कभी एक निश्चित आय की लागत में कटौती और आर्थिक कठिनाइयों में जीने की कोशिश का मतलब है, स्वस्थ भोजन को पूरा करना महंगा और मुश्किल हो सकता है। कम कीमत भोजन के कार्यक्रमों के बारे में अपने डॉक्टर या पोषण-विशेषज्ञ से पूछिए।

पर्याप्त व्यायाम हो रहा है

शारीरिक गतिविधि के गुण सभी वरिष्ठ नागरिकों के लिए हैं, लेकिन विशेष रूप से मधुमेह के साथ वरिष्ठ नागरिकों के लिए व्यायाम अत्यन्त फायदेमंद है। व्यायाम रक्त-शर्करा नियंत्रण में रखने में मदद कर सकते हैं। अपर्याप्त व्यायाम डाइबिटीज़ के साथ हस्तक्षेप कर सकते हैं। स्थानीय जिम और सामुदायिक केंद्र विशेष रूप से इस तरह के रेजिडेंट वेलफेयर एसोसिएशनों के कार्यक्रम के रूप में वयस्कों के लिए बनाए व्यायाम-कार्यक्रम की पेशकश कर सकते हैं। स्थानीय अस्पताल भी अपने क्षेत्र में वरिष्ठ स्वास्थ्य-कार्यक्रमों की सिफारिश करने में सक्षम हो सकता है। हमेशा किसी भी व्यायाम-कार्यक्रम को शुरू करने से पहले अपने चिकित्सक से संपर्क करें।

तनाव-प्रबंधन (स्ट्रेस मैनेजमेंट)

तनाव को वरिष्ठ नागरिकों के स्वास्थ्य और भलाई के साथ संबद्ध किया गया है। सेवानिवृत्ति व्यक्तियों में तनाव के कई कारण हैं : आर्थिक, सामाजिक और घरेलू। समय हो रहा है जबकि, एक साथ ही कई अन्य क्षेत्रों से जीवन की परेशानियाँ जन्म ले रही हैं।

82-वर्षीय, जगमोहन एक शारीरिक जांच के लिए डॉक्टर के पास गये। उनकी समस्या थी उनकी ब्लड-शुगर अकसर सुबह-सुबह 100 mg: से भी कम और भोजन के 2 घंटे बाद 270 से अधिक। साथ ही उनकी अत्यधिक कम ब्लड-शुगर की शारीरिक और मानसिक रूप से पहचानने की असमर्थता एक खतरनाक रूप लेती जा रही थी। गहन जाँच से मालूम हुआ कि सुबह 2-5 बजे

के बीच ब्लड-शुगर नियमित रूप से 90mg: से कम रह रही थी। उनकी दवा की खुराक रात के खाने से पहले कम की गई, कुछ दिन बाद समस्या का समाधान हो गया।

यदि आपकी अपने रक्त-शर्करा पर नजर है, तो अकसर हाइपो के डर के बिना बेहतर शर्करा-नियंत्रण किया जा सकता है।

हमेशा अपने साथ अपना मधुमेह-पहचानपत्र होना चाहिए

– घूमना, योग, गोल्फ, आदि की तरह हलका व्यायाम किया जा सकता है।
– छोटे 5-6 बार भोजन के साथ एक स्वस्थ, संतुलित आहार को निभाएं।
– निम्न रक्त-शर्करा के लक्षणों को जानिए।
– हमेशा अपने साथ चीनी या ग्लूकोज़ रखें।
– अपने बटुए या पॉकेट डायरी में अपनी दवाओं का पर्चा अवश्य रखें।
– गिरने से बचें अपने बाथरूम में, फुटपाथ पर, और सीढ़ियों पर।
– अपनी आँखें 6 महीने में एक बार, गुर्दे हर साल और हर जन्मदिन पर दिल की जाँच अवश्य करवाएं।

ध्यान

ध्यान पर किए गए अध्ययन में यह पता चला है कि यह केवल तनाव से राहत ही प्रदान नहीं करता, बल्कि भविष्य के तनाव से उन्मुक्ति का एक प्रकार का साधन है – वरिष्ठ नागरिकों के लिए एक आदर्श तनाव-मोचक है, और तनाव से उत्कृष्ट राहत प्रदान करता है।

संज्ञानात्मक पहेलियाँ

सुडोकू या पहेली को सुलझाने, या अन्य मस्तिष्क-खेल मानसिक उत्तेजना प्रदान कर सकते हैं। मस्तिष्क-व्यायाम-खेलों में केंद्रित एकाग्रता की आवश्यकता होती है, क्योंकि वे तनाव से अधिक चिंतन के लिए करते हैं जो अधिक मानसिक उत्तेजना के लाभ के लिए उपयोगी विकर्षण प्रदान कर सकते हैं। आप अपने स्थानीय समाचारपत्र से दैनिक पहेली द्वारा मानसिक उत्तेजना प्राप्त कर सकते हैं।

योग

शोध बताते हैं कि योग ही वरिष्ठ नागरिकों के स्वास्थ्य में वृद्धि और उनके जीवन की गुणवत्ता को बेहतर बनाने में मदद कर सकते हैं। यह भी एक उत्कृष्ट

तनाव-राहत उपकरण है, और सभी इससे लाभ ले सकते हैं। (**नोट** : योग के कुछ रूप आध्यात्मिक घटक हैं, योग सभी धर्मों के साथ संगति बनाते हैं, उसका एक विशुद्ध रूप से शारीरिक व्यायाम के रूप में अभ्यास किया जा सकता है।) योग के अभ्यास से लचीलापन आता है, तो यह सभी लोगों के लिए एक अच्छा विकल्प है क्षमता के स्तर और फिटनेस के लक्ष्यों को बढ़ाने का!

साँस लेने के व्यायाम

साँस लेने के व्यायाम आसानी से वरिष्ठ नागरिकों सहित किसी भी उम्र के लोगों द्वारा अपनाये जा सकते हैं। यह एक अत्यंत सुविधाजनक, तेजी से काम करने वाला और प्रभावी तनाव-रिलीवर है। आप कहीं भी हों, कुछ गहरी, नियंत्रित श्वास के साथ तनाव कम करना संभव है।

कुछ उपयोगी दिशानिर्देश

रक्त-शर्करा का स्तर सामान्य श्रेणी के भीतर रखा जाना चाहिए, लेकिन खाली पेट रक्त-ग्लूकोज़ 110 मिलीग्राम % से कम रखने से बचें। हाइपो से बचना होगा।

हाइपो से बचते हुए, और अच्छी तरह से अपने मधुमेह को नियंत्रित किया जा सकता है। कम-असर मधुमेह-रोधी दवायें देने के लिए अपने चिकित्सक से पूछें। रिपाग्लिनाइड उनमें से एक है।

अपने चिकित्सक से कम असर और मध्यवर्ती असर इंस्युलिन के एक उचित अनुपात के लिए भी पूछें। पेन-डिवाइस से इसका इस्तेमाल हो सकता है। यदि आपकी दृष्टि कमज़ोर है, तो कम दृष्टि के कारण खुराक में गलती से बचने के लिए खुराक-डायलिंग के बारे में अवश्य सीखें।

वृद्धावस्था में होने वाली आम समस्याएं

हर किसी के लिए वृद्धावस्था के बारे में अवधारणा अलग-अलग होती है। लेकिन वृद्धावस्था में होने वाली समस्याएं सभी के लिए एकसमान होती हैं। वृद्धावस्था में होने वाली समस्याओं और बीमारियों के बारे में कई अध्ययन हो चुके हैं। जो लोग अपनी यंग एज में अपनी अच्छी देखभाल करते हैं, वे वृद्धावस्था में कम दिक्कतों का सामना करते हैं, लेकिन जिन लोगों की प्रतिरोधक क्षमता कम होती है, वे ज्यादा दिक्कतों का सामना करते हैं। वृद्धावस्था में होने वाली समस्याएं इस प्रकार हैं :

1) ऑस्टियोपोरोसिस : ऑस्टियोपोरोसिस वृद्ध लोगों में सबसे ज्यादा होने वाली बीमारी है, जो कि शरीर की हड्डियों के कमजोर होने से होती है। इससे हड्डियों का घनत्व कम हो जाता है, जिससे हड्डी टूटने पर मुश्किल से सही होती है। महिलाओं में ऑस्टियोपोरोसिस की समस्या मेनोपॉज के बाद होती है।

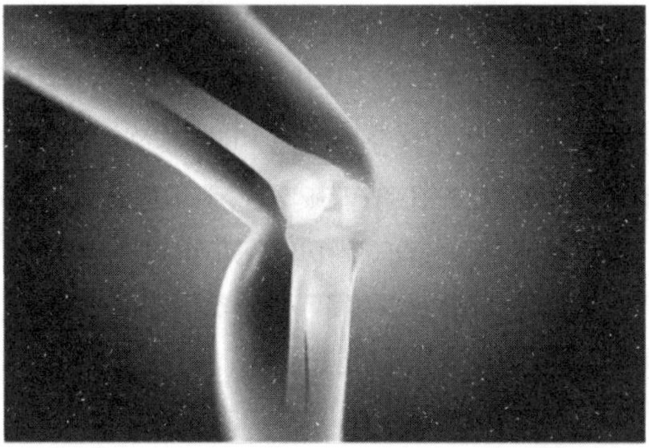

2) मेक्युलर डिजेनरेशन : वृद्ध लोगों में मेक्युलर डिजेनरेशन सबसे ज्यादा होने वाली समस्याओं में से एक है। इस स्थिति में बुढ़ापे में सबसे ज्यादा दिक्कत होती है। इस उम्र में मेकुला पर असर पड़ता है, जो दिमाग में बनने वाली छवि पहचानने वाले सेंस पर प्रभाव डालता है।

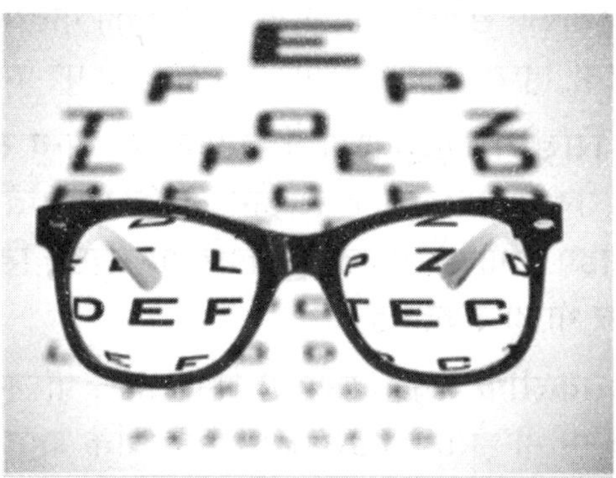

3) कम सुनाई देना : बुजुर्ग लोगों को कम सुनाई देने लगता है। इसके लिए लोगों को सुनने वाली डिवाइस आराम दिलाती है। इस अवस्था में कान के पर्दे कमजोर होने से आवाज पूरी तरह से उनके कानों पर नहीं पड़ती और वे समझ नहीं पाते।

4) **ग्लूकोमा** : ग्लूकोमा, आंखों में होने वाला रोग है, जो आंखों के भीतरी हिस्से में एक तरल पदार्थ के बढ़ने के कारण होने वाले दबाब से होता है। इस बीमारी से ऑप्टिक नर्व सिस्टम खराब होने का खतरा रहता है, जिससे नज़र जा सकती है।

5) **अल्जाइमर रोग** : वृद्धावस्था में होने वाले रोगों में अल्जाइमर बीमारी सबसे कॉमन है। इस बीमारी में लोगों की याद करने की क्षमता या बातों को याद रख पाने की क्षमता बहुत कम हो जाती है। शुरुआत के दिनों में मेमोरी घटती है, लेकिन बाद में कुछ भी याद न रहने की स्थिति आ जाती है।

6) **कॉगनेटिव इम्पेयरमेंट** : संज्ञानात्मक हानि, मेमोरी कम होने की वजह से होती है। वृद्धावस्था में लोग चीजों को आसानी से रिलेट नहीं कर पाते और उन्हें हर बात को समझने में ज्यादा वक्त लगता है। इससे परेशान व्यक्ति हमेशा कन्फ्यूज रहता है और उसे हर बात को समझने में दोगुने से ज्यादा समय लग जाता है।

7) **असंयम** : वृद्धावस्था में लोगों में असंयम आ जाता है, वे अकसर बात-बात पर खीजने लगते हैं। महिलाओं में ऐसा उनकी पेल्विक बोन्स में क्षमता घटने के कारण होता है। जिन पुरुषों का प्रोस्टेट बहुत बढ़ा होता है, वे भी इस परेशानी को झेलते है।

8) **ऑर्थराइटिस** : गठिया एक ऐसा रोग है, जो हर वृद्ध व्यक्ति को होता है। यह बीमारी मुख्य रूप से शरीर के जोड़ों में होती है। गठिया रोग में शरीर की उंगलियों, घुटनों, हिप्स, कलाइयों और रीढ़ की हड्डी पर प्रभाव पड़ता है।

9) **मेटाबोलिक सिंड्रोम** : वृद्धावस्था में मोटापा और अन्य समस्याएं हो जाती हैं, जो कि शरीर में मेटाबोलिक सिंड्रोम के कारण होती हैं। इस उम्र में डाइबिटीज़ टाइप-2 भी हो सकती है, कार्डियोवस्कुलर डिसीज, कैंसर और हाई ब्लड-प्रेशर भी हो सकता है।

10) **भावनात्मक तकलीफ** : वृद्धावस्था में सिर्फ हेल्थ प्रॉब्लम ही नहीं, बल्कि इमोशनल प्रॉब्लम भी होती हैं। इस अवस्था में व्यक्ति बहुत ज्यादा इमोशनल हो जाता है और कई बार अपने घर वालों और परिवार के लिए मुश्किलें खड़ी कर देता है।

मधुमेह रोगी ऐसे करें फुट-केयर (पैरों की देखभाल)

जब आप मधुमेह के गिरफ्त में होते हैं, तब आपको अपनी स्पेशल केयर करने की आवश्यकता होती है। मधुमेह होने पर अगर आपके शरीर में चोट या कहीं घाव लग जाए, तो यह जल्दी से नहीं भरेगा। चाहे कोई भी छोटी-सी खरोंच क्यों न हो, वह धीरे-धीरे बड़े घाव में बदल सकती है और उसमें इन्फेक्शन के लक्षण साफ-साफ दिखाई देने लग जाएंगे। मधुमेह-रोगियों को अपने पांव का खास ख्याल रखना चाहिये, नहीं तो बहुत परेशानी हो जाती है। आम तौर पर मधुमेह के मरीजों में यह समस्या इतनी अधिक बढ़ जाती है कि उनका पैर काटने का खतरा 60 फीसदी बढ़ जाता है।

अगर आपको भी मधुमेह है, तो कोशिश करें कि आपके पैर हमेशा साफ रहें और ऐसे जूते पहनें, जिनसे कोई परेशानी न हो, नहीं तो अगर छाले पड़ गए तो वे जल्दी ठीक नहीं होंगे। आइये, जानते हैं कि मधुमेह-रोगियों को अपने पैरों की देखभाल कैसे रखनी चाहिये।

- मधुमेह-रोगी को अपने पैरों को साफ रखने का खास ख्याल रखना चाहिये। इससे पैरों में इन्फेक्शन नहीं होगा और वे हमेशा स्वस्थ रहेंगे। पैरों को हमेशा धोएं और सुखाकर रखें तथा अंगूठों के बीच में ज्यादा ध्यान दें।
- अपने पांव को हर रोज गौर से देखें कि कहीं उसमें कोई फोड़ा, चोट या सूजन तो नहीं आ गई है। अगर आपको कुछ भी परेशानी लगे, तो अपने डॉक्टर से तुरंत संपर्क करें।
- पैर ढककर रखें। कोशिश करें कि जमीन पर कभी नंगे पैर न चलें। पैर में कोई इन्फेक्शन न हो जाए, इसलिये पैरों को हमेशा ढककर रखें। ध्यान रखें कि आप किसी ऐसे पत्थर पर पैर न रखें, जिससे आपको खरोंच या चोट लग जाए।
- मोजे हमेशा साफ-सुथरे ही पहनें और रोजाना उन्हें बदलें। ऐसे मोजे पहनें, जो आरामदायक हो।
- हमेशा सही नाप के जूते पहनें। जूते पहनने के बाद पैरों में छाले नहीं पड़ने चाहिये। मधुमेह-रोगियों के लिये बाजार में स्पेशल जूते मौजूद हैं।

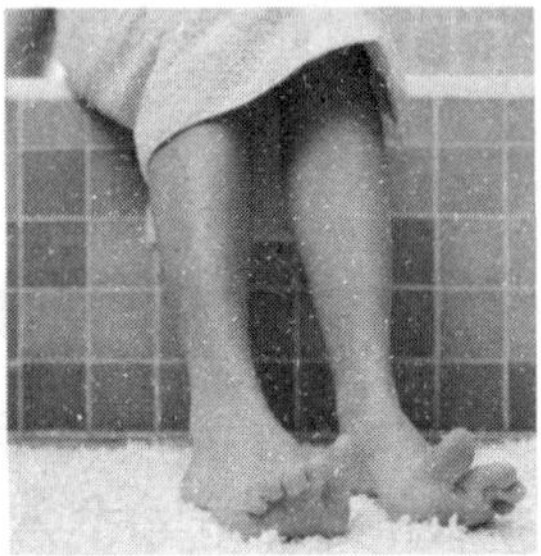

– मधुमेह-रोगियों को स्मोकिंग से बिल्कुल तौबा कर लेनी चाहिये। ऐसा इसलिये, क्योंकि स्मोकिंग खून के दौरे को पाँव तक पहुंचने से रोकती है।

– खुद से दवाइयां लेना बंद करें। जब भी आपको अपने पैरों में कुछ गड़बड़ दिखे, तो तुरंत अपने डॉक्टर के पास जाएं। यहां तक कि अगर पैरों में छाले, हलकी-सी चोट, जलन या घाव लग जाए तो उसे अपने-आप ठीक न करें।

गैंगरीन

बचाव के उपाय :–

1 पैरों को स्वच्छ रखें, आरामदायक जूते-चप्पल पहनें, देखा जाए तो सैंडल या चप्पल अधिक उपयुक्त हैं, क्योंकि जूतों से हवा पास नहीं होती, पसीने के कारण संक्रमण होने की संभावना होती है।

2 समय-समय पर पैरों के अंगूठे-उंगलियां चलाते रहें। इससे अधिक समय तक बैठकर काम करने वाले लोगों में रक्त-संचार सही तरह से होता रहेगा।

3 सुबह-शाम एक्युप्रेशर-रोलर से पैरों का व्यायाम करें।

4 थकान दूर करने के लिए पैरों को गुनगुने गरम पानी में रखें। एक बाल्टी पानी गर्म करके उसमें एक चम्मच नमक डालकर उसमें पैरों को रखें।

5 सबसे महत्त्वपूर्ण सूचना – अपनी रक्त-शर्करा नियमित जांचें।

मधुमेह-रोगी पेडिक्योर करवाएं, मगर ध्यान से!

– आपको सुनने में भला ही अटपटा लगे, लेकिन यह कहना गलत न होगा कि पैरों के सौंदर्य को बरकरार रखने के लिए किया जाने वाला "पेडिक्योर" मधुमेह-रोगियों के लिए काफी नुकसानदायक साबित हो रहा है।

– विशेषज्ञों का कहना है कि पार्लरों में पेडिक्योर के लिए प्रयोग किए जाने वाले उपकरणों की साफ-सफाई पर विशेष ध्यान नहीं दिया जाता। यही नहीं, एक बार साफ किए गए उपकरणों से कई लोगों के पेडिक्योर किए जाते हैं।

- इस कारण कुछ जीवाणु लोगों के शरीर में प्रवेश कर जाते हैं, ऐसे में मधुमेह-रोगियों में लाइलाज अल्सर होने का खतरा बढ़ जाता है।
- केवल मधुमेह के कारण ही प्रतिवर्ष 30-35 हजार पैर खराब हो जाते हैं। मधुमेह-रोगियों को पैरों का विशेष ध्यान रखने की जरूरत होती है।
- अधिकतर सौंदर्य-विशेषज्ञों व मधुमेह रोग पीड़ित 80 फीसदी महिलाओं को भी इस बात की जानकारी नहीं है।
- पार्लर की ब्यूटीशियन कहती हैं, "हमारे पास आने वाले ग्राहक कभी नहीं बताते कि वे मधुमेह से पीड़ित हैं या नहीं।"

फुटवियर चुनें वही, जो पैरों के लिए हों सही।

कहते हैं कि एक सामान्य व्यक्ति अपने जीवनकाल में औसतन इतना चलता है कि वह पूरी पृथ्वी के तीन पूरे चक्कर काट सकता है। इससे सहज ही समझा जा सकता है कि हमारे पांवों पर कितना दबाव होता है। ऐसे में एक ओर जहां आधुनिक जीवन-शैली पैरों को निशाना बना रही है, वहीं गलत फुटवियर पहनना सेहत को और बिगाड़ सकता है। फुटवियर चुनते समय पैरों की संरचना, उनकी लंबाई व तलवे का ध्यान रखना अत्यन्त जरूरी है।

शरीर के कुछ जटिल अंगों की संरचना में से एक हैं हमारे पैर, जो शरीर का भार उठाने और संतुलन बनाए रखने में सहायक होते हैं। जिस तरह हम अपने कपड़ों को साइज, फैब्रिक, कलर और आराम के आधार पर चुनते हैं, उसी तरह फुटवियर के चुनाव में भी कई बातें ध्यान रखनी जरूरी होती हैं। सही फुटवियर पहनना अंगूठे की हड्डी बढ़ने (बनियंस), कमर-दर्द, घुटने में दर्द, पिंडलियों में दर्द, चाल खराब होने आदि कई शारीरिक परेशानियों से राहत दे सकता है। फुटवियर्स खरीदते समय पैरों की संरचना, जैसे पैरों की लंबाई, पंजों का फैलाव और पैरों के तलवों की गोलाई का ध्यान रखना जरूरी होता है।

इन बातों का रखें ध्यान

- आराम के समय पैरों के पंजे कुछ सिकुड़े रहते हैं और शरीर का वजन पड़ने पर ये लंबाई व चौड़ाई दोनों में फैलते हैं। जूते या चप्पल खरीदते समय उन्हें पहनकर दूर तक चल कर देखें।
- जूते शाम के समय लें, क्योंकि इस समय हमारे पैर सामान्य की तुलना में 8 प्रतिशत तक अधिक फैले होते हैं। फुटवियर्स न अधिक कसे हों, न अधिक ढीले।

- पैर की सबसे बड़ी उंगली और जूते की नोक में आधे इंच का स्पेस होना चाहिए। जूते की नोक गोल या चौकोर लें, इससे उंगलियों को फैलने की पूरी जगह मिलती है।
- फुटवियर्स पैरों के आकार के नंबर के अनुसार लेने के बजाय पैरों की फिटिंग के आधार पर लें।

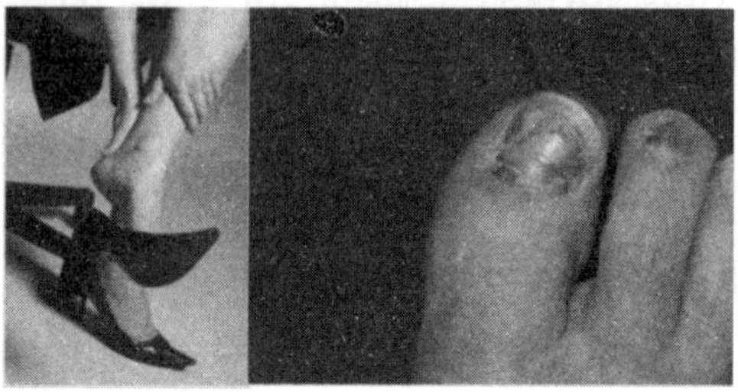

गलत जूतों से क्या हो सकता है?

मोर्टन न्यूरोमा : एक दर्दनाक स्थिति है, जिसमें रोगी के पैर की तीसरी और चौथी उंगली के बीच सूजन, सनसनी, असहनीय दर्द, सुन्नता होती है, जो पैरों को स्थायी रूप से नुकसान पहुंचा सकती है। मोर्टन न्यूरोमा ज्यादातर ऊंची एड़ी और कसे जूते पहनने वालों को होती है। यह समस्या गंभीर होने पर सर्जरी भी करनी पड़ सकती है। ऐसे में मरीज को चौड़े पंजे वाले जूतों के साथ सिलिकन से बने टो-सेपरेटर लगाने की सलाह दी जाती है, जिससे अंगूठे की हड्डी सीधी हो जाये।

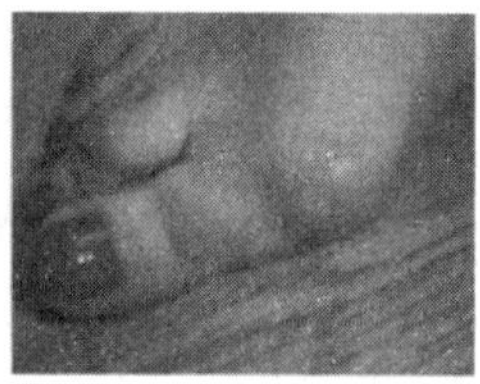

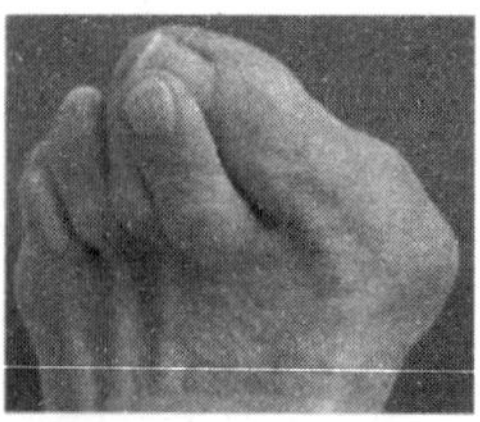

बनियंस : यानी अंगूठे के जोड़ की हड्डी बढ़ना, उन लोगों में अधिक होती है, जो कसे पंजे वाले जूते पहनते हैं। इससे अंगूठा पैरों की उंगली की ओर बढ़ने लगता है, जो सूजन और दर्द का कारण बन जाता है।

हैमर टो: इसका मुख्य कारण भी गलत तरह के जूते पहनना है। नुकीले पंजों वाले जूते पहनने पर पंजे कसे रहते हैं और सीधे नहीं रह पाते तथा धीर-धीरे नीचे की ओर मुड़ने लगते हैं। इससे पंजों के ऊपरी हिस्सों में घाव बन जाता है। रोगी को चौड़े व बड़े आकार के जूते पहनने को कहा जाता है।

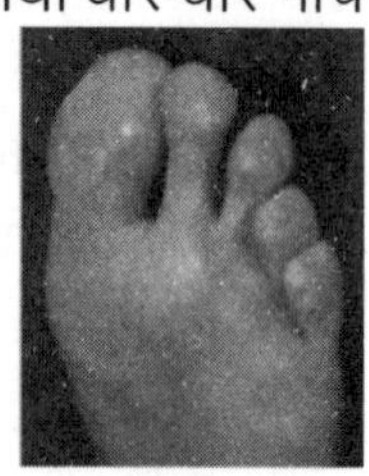

फुट-कॉर्न : यानी पांव में कील निकलना अकसर तलवों की त्वचा के घर्षण के कारण होता है। तलवे की बाहरी सतह पर

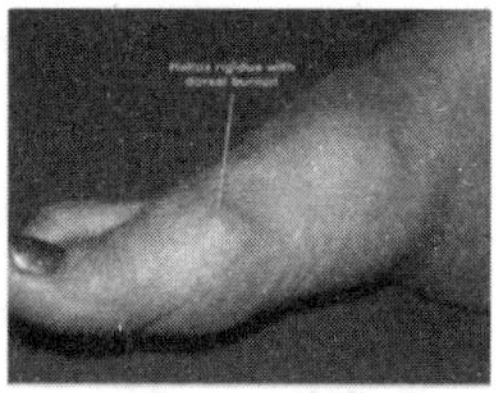

जहां गलत जूते पहनने से दबाव पड़ता है, वहां की सख्त त्वचा इकट्ठी हो जाती है। इसमें दर्द भी हो सकता है। फुट-कॉर्न का सबसे अधिक खतरा डाइबिटीज़, आर्थराइटिस और अधिक वजन वाले व्यक्तियों को होता है।

हैलक्स रिजिड्स : इस रोग में अंगूठे की हड्डियों के जोड़ जाम हो जाते हैं, पैरों में दर्द बढ़ जाता है और सूजन आ जाती है। इसमें जूते के तलवों को थोड़ा अधिक मजबूत करते हैं। कभी-कभी सोल के अंदर स्टील की एक प्लेट भी लगाई जाती है।

मधुमेह के रोगियों को खास तौर पर पैरों का ध्यान रखना चाहिए। गलत जूते पहनना पैर में घाव का कारण बन जाता है। इन दिनों शुगर के मरीजों के लिए खास तरह के जूते बाजार में उपलब्ध हैं।

बिलकुल फ्लैट चप्पलें भी न पहनें

हर समय बिलकुल फ्लैट चप्पल पहन कर रखना भी सेहत के लिए नुकसानदायक है। इससे पैरों की गोलाई को सहारा नहीं मिलता, जिससे एड़ियों पर अतिरिक्त दबाव बनता है और एड़ी में दर्द होने लगता है।

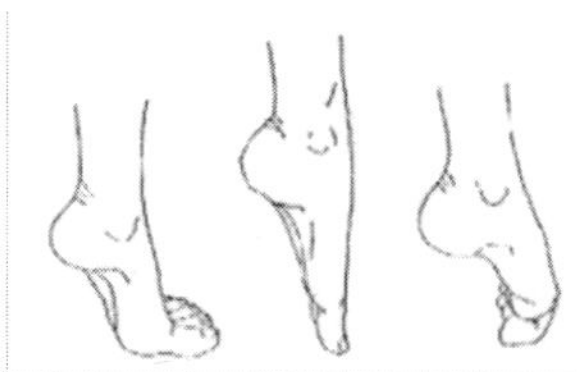

हील्स को कहें ना

गलत फुटवियर पहनना पैरों के पंजों से लेकर शरीर के संतुलन को बिगाड़ सकता है, कमर और घुटने में दर्द का कारण बन सकता है। खास तौर पर लंबे समय तक हाई हील्स पहनना 95 फीसदी महिलाओं में कई शारीरिक परेशानियां पैदा कर देता है। अगर हील 1 से 1.5 इंच तक हो तो ठीक है, परंतु ऊंची हील्स के कारण पैर के मुड़ने से फ्रैक्चर होने का खतरा बढ़ जाता है। लम्बे समय तक हील्स पहनने से घुटने कमजोर भी हो सकते हैं।

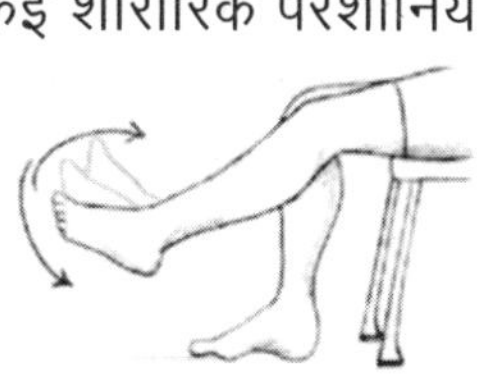

मधुमेह से पीडितों के लिए पैरों के व्यायाम

मधुमेह से पीडित रोगियों को दूसरों के मुकाबले पैरों में रक्त-संचार की असुविधा ज्यादा होती है, नियमित व्यायाम करने तथा धुम्रपान छोड़ने से गंभीर नुकसान से बचा जा सकता है।

टहलना : रोजाना आधे घण्टे से एक घण्टे तक तेज गति से टहलिये, प्रतिदिन यह दूरी बढ़ाते रहें।

सीढ़ियों पर व्यायाम : सिर्फ पंजों के बल सीढ़ियों पर फुर्ती से चढ़ें।

पैरों की मांसपेशियों के लिए : अपनी हथेलियों की सहायता से दीवार पर झुके पैरों को दीवार से थोड़ा दूर रखें, परन्तु ध्यान रहे, पैरों के तले पूरी तरह जमीन से लगे रहें। अपने हाथों को दस बार इस तरह मोड़ें कि आपकी पीठ व पैर बिलकुल सीधे रहें। यह व्यायाम पैरों में खिंचाव (क्रेंप्स) को रोक सकता है।

कुर्सी-व्यायाम : कुर्सी पर बैठकर अपने हाथ आगे की ओर मोड़ लें, फिर दस बार उठें व बैठें।

पैर के पंजों के व्यायाम : कुर्सी को पकड़कर खड़े हों, फिर कुर्सी पकड़े-पकड़े पैरों के पंजों पर अपने आपको उठायें और नीचे लायें।

घुटनों को मोड़ें : कुर्सी पकड़कर अपनी पीठ बिलकुल सीधी रखते हुये घुटनों को दस बार मोड़ें।

एड़ी उठाना : अपने पंजों के बल पर खड़े हों, फिर एड़ी को नीचे लायें, यह प्रक्रिया करीब 20 बार दोहरायें, अपना पूरा वजन पहले एक फिर दूसरे पैर पर रखने की कोशिश करें।

पैरों के व्यायाम : किसी कुर्सी या टेबल के सहारे थोड़ी ऊँचाई के प्लेटफार्म पर अपने एक पैर पर खड़े हों तथा दूसरे पैर को 10 बार इधर से उधर झुलायें, पैरों को बदलकर यही प्रक्रिया फिर से दोहरायें।

अपने पैरों को हिलायें : फर्श पर हाथों को पीछे टिकाकर बैठें तथा पैरों को ऊपर उठाकर तब तक हिलायें, जब तक उनमें पूरी गर्मी व आराम न आ जाये।

हृदय-रोग से पीड़ित रोगी इन व्यायामों को प्रारंभ करने से पहले अपने चिकित्सक की राय लें। अपने टहलने व अन्य व्यायामों को प्रतिदिन करना न भूलें।

केस-स्टडी

आर.के. सेठ का अनोखा केस

आर.के. सेठ 55 वर्ष के हैं। उनका कद 5 फुट है। उन्हें मेरे क्लिनिक में मेरे एक सहकर्मी ने भेजा था। उनकी समस्या थी कि पिछले 10 वर्षों से "वे अपनी ब्लड-शुगर को नियंत्रित रखने में असफल थे"। मधुमेह के शुरुआती दिनों में वे खाने की दवाइयां ले रहे थे। उनकी ब्लड-शुगर लगभग 200 mg% खाली पेट और 300 mg% से अधिक खाने के दो घन्टे बाद रहती थी और वज़न 80 किलोग्राम था। कुछ समय पश्चात् उन्हें रात में इंस्युलिन की एक खुराक लेने की सलाह दी गई। उन्होंने इंस्युलिन ली और उसके फलस्वरूप उनकी ब्लड-शुगर खाली पेट 180 mg% से कम और खाने के बाद 250 mg% तक रहने लगी। लेकिन अगले तीन महीनों में वह एचबीए1सी 9 प्रतिशत और 83 किलो वजन के साथ फिर ऊपर हो गई। उन्होंने अपने डॉक्टर को बदल दिया। नये डॉक्टर ने उन्हें निश्चित आहार और व्यायाम की सलाह दी। साथ ही दिन में दो बार इंस्युलिन और खाने की दवाइयां दी। इस नयी दिनचर्या के फलस्वरूप कुछ सप्ताह तक सुधार दिखाई दिया। लेकिन उनकी एचबीए1सी 8.9 प्रतिशत हो गई और वजन बढ़कर 90 किलो हो गया, जो उनके आदर्श वजन से 25 किलो ज्यादा था! इसके बाद उन्होंने चार डॉक्टर बदले। अब वे दिन में चार बार इंस्युलिन के इंजैक्शन ले रहे हैं। अब उनका फास्टिंग ब्लड-शुगर 180 से 230 और खाना खाने के दो घंटे बाद 280 से 340 एमजी प्रतिशत है। इस बीच उन्हें निम्न ब्लड-शुगर के झटके भी लगते रहे हैं। इससे उनके गुर्दे भी काफी हद तक प्रभावित हुए हैं और वजन 92 किलो पहुंच गया है।

उनकी सघन जांच की गई। उन्हें आधे घंटे की काउंसलिंग में बताया गया कि उनके साथ क्यों ऐसा हो रहा है और यह भी कि उन्हें अपने भोजन और व्यायाम पर ध्यान देना चाहिए। उन्हें ये बातें बताई गईं :

1) भोजन : 1400 कैलारी ग्लैसिमिक इंडेक्स भोजन, तीन छोटे आहार और 2 छोटे स्नैक की शक्ल में।

2) प्रतिदिन खाली पेट एक घंटे तेज चलना।

3) सारे इंस्युलिन इंजेक्शन रोक दें।

4) हर खाने से पहले अन्य संपूरकों के साथ मधुमेह की टेबलेट।

इस पर्चे को देखने के बाद उनकी पहली प्रतिक्रिया थी, ''ऐसी कितनी मधुमेह हैं, जो बिना इंस्युलिन के भी नियंत्रित हो सकती हैं?'' उन्होंने मेरे नुस्खे पर चलने का वादा किया।

दस दिनों बाद मुझे आर.के. सेठ ने फोन किया और कहा, ''डॉक्टर साहब, कमाल हो गया। मैं हैरान और खुश हूं कि मेरा फास्टिंग ब्लड-शुगर 120 और पीपी लगभग 180 हो गया है और वो भी बिना इंस्युलिन के। मेरा वजन भी 1 किलो कम हो गया है। अब न तो मुझे ऑफिस में नींद आती है और न ही मुझे रात में पेशाब करने के लिए उठना पड़ता है।''

संदेश : स्पष्ट है कि उचित आहार और व्यायाम का विकल्प इंस्युलिन नहीं हो सकती। यदि आप अपनी जीवन-शैली में निश्चित सुधार या बदलाव नहीं करते हैं, कोई भी दवा आपको लाभ नहीं पहुंचा सकती।

अदृश्य बीमारी

श्रीमान घोष 64 वर्ष के हैं। जब वे 49 वर्ष के थे, तब उन्हें निदान द्वारा पता चला कि वे मधुमेह टाइप-2 से ग्रस्त है। मेरे पास आने से दो वर्ष पूर्व वे प्रतिदिन नाश्ते से पहले अल्ट्रालैंटे इंस्युलिन का एक इंजेक्शन ले रहे थे। घोष साहब नाश्ते से पहले हर रोज अपनी ब्लड-शुगर भी नापते थे, जो 140 से 180 एमजी % आती थी। हालांकि यह परिणाम सामान्य से अधिक है, लेकिन इसे सामान्य से बहुत अधिक भी नहीं कहा जा सकता। इसलिए उन्होंने सोचा कि उनका मधुमेह का इलाज सही दिशा में चल और काम कर रहा है। लेकिन उनमें कुछ लक्षण उच्च ब्लड-ग्लूकोज़ स्तर के थे, खास तौर पर उन्हें दोपहर में बेहद थकान का अनुभव होता था। उनके बेटे ने महसूस किया कि वे मूडी और कमजोर होते जा रहे हैं। उन्होंने हमारे क्लीनिक से संपर्क किया।

उनकी ग्लीकेटेड एचबी की जांच 11 प्रतिशत (मान्य 7 प्रतिशत) निकली। इसका अर्थ था कि श्रीमान घोष की औसत ब्लड-शुगर लगभग 270एमजी % थी और खाना खाने के बाद का 300 एमजी %। उनका पहला प्रश्न था, ''क्या मेरा इलाज गलत हुआ है?'' हमने उन्हें बताया कि उन्हें लगातार निम्न स्तर के इंस्युलिन (लैंटे) की आवश्यकता है। इसके अतिरिक्त उन्हें खाना खाने के बाद इंस्युलिन की आपूर्ति करने वाली अन्य टेबलेट भी चाहिए।

घोष साहब को अल्पकालिक टेबलेट (हर खाने से पहले एक) लेने को कहा गया। एक महीने बाद उनका ग्लीकेटेड एचबी 9.1 पर आ गया। उनकी टेबलेट बढ़ा दी गई। तीन महीने बाद उनकी फास्टिंग शुगर 120 एमजी/डीएल और

खाने के दो घंटे बाद 160 एमजी/डी और ग्लीकेटेड एचबी 7.5 तक आ गई। अब उन्हें थकान महसूस नहीं होती और उन्होंने अपने काम में रुचि लेनी भी शुरु कर दी है।

इस केस से आप क्या सीख सकते हैं?

- अपनी ब्लड-शुगर के स्तर को अनियतकालीन समय पर भी जांचें।
- ग्लीकेटेड हीमोग्लोबिन जांच हर तीन-चार महीनों के अंतराल पर करें।
- अपने डॉक्टर से नियमित रूप से मिलते रहें।

इंस्युलिन कब जरूरी है?

विमला जी 45 वर्ष की हैं और मधुमेह की टेबलेट, उचित आहार लेती हैं, लंबी सैर भी करती हैं, लेकिन इसके बावजूद वे ब्लड-शुगर को उचित प्रकार से नियंत्रित करने में अक्षम हैं। उनके डॉक्टर ने उन्हें नाश्ते और रात के खाने से पहले इंस्युलिन और कुछ टेबलेट लेने का परामर्श दिया है। वे स्नैक खाने की शौकीन हैं। चूंकि उनका हाजमा ठीक था, इसलिए वो स्नैक खाती रहीं। उन्होंने अपने भोजन की मात्रा भी बढ़ा दी। इस प्रक्रिया में उनका एच.बी.ए.1 सी 9.9 प्रतिशत से घटकर 8 प्रतिशत हो गया, पर तीन महीनों में उनका वज़न 10 किलो बढ़ गया।

स्पष्टीकरण : यदि ब्लड-शुगर को नियंत्रित करते हुए आप का वज़न इतना बढ़ता है, तो इसका अर्थ है आपको इंस्युलिन की कोई आवश्यकता नहीं। कुल मिलाकर आपने खाया अधिक और व्यायाम बहुत कम किया।

रणनीति : इंस्युलिन शुरु करने से पहले आपको उचित आहार, व्यायाम व उचित दवाओं की सहायता से ब्लड-शुगर को नियंत्रित करने का ईमानदार प्रयास करना चाहिए। इसके बाद भी अगर आपको इंस्युलिन की आवश्यकता होगी, तो दी जाएगी, पर आप इसे उचित आहार और व्यायाम के विकल्प के रूप में नहीं ले सकते।

क्या आप पीना पसंद करते हैं?

केस-स्टडी : तरुण एक कॉलेज का छात्र है और टाइप-1 मधुमेह से पीड़ित है। वह एक पार्टी में गया। वहां उसने कुछ बीयर पी, थोड़ा नाचा और कुछ मूंगफलियां खाईं। उस रात जब वह सो रहा था, तो दौरों के साथ हाइपोग्लीसीमिया का शिकार हुआ।

स्पष्टीकरण : रोगियों को ऐसा विश्वास होता है या उन्हें यह बतलाया जाता है कि वे अल्कोहल (शराब) नहीं पी सकते, क्योंकि वे मधुमेह से पीड़ित हैं। कुछ

लोग पी तो लेते हैं, लेकिन अपने डॉक्टर को नहीं बताते और न बताकर अपराधबोध से ग्रस्त रहते हैं। इस तरह के लोग हमेशा ब्लड-शुगर के निम्नतम स्तर पर पहुंचने के जोखिम में होते हैं, क्योंकि पीने की उचित रणनीति के बारे में उन्हें कुछ ज्ञान ही नहीं होता। अल्कोहल पीने के मिश्रित खतरे होते हैं और अकसर इसके लक्षण हाइपो जैसे लगने लगते हैं। इससे आसानी से भ्रम हो सकता है। तरुण के केस में इंस्युलिन लेने के साथ खूब नाचना उसकी हालत का जिम्मेदार हो गया।

रणनीति : पीते समय हमेशा कार्बोहाइड्रेट स्नैक्स लेने चाहिएं। अगर आपको वाहन चलाना हो, तो हमेशा पीने से परहेज करें। सोने से पहले स्नैक लें और ब्लड-ग्लूकोज़ की जांच करें।

काम छोड़ें पर भोजन नहीं!

केस-स्टडी : कृष्णा जी एक सेल्समैन हैं। रोज़ टाइम से नाश्ता करते हैं और रात को ग्लारगिन इंस्युलिन लेते हैं। काम के दौरान अपने ग्राहकों से मिलने में इतने व्यस्त होते हैं कि कई बार वे लंच नहीं खाते। आम तौर पर उन्हें भूख नहीं लगती और साथ ही वे अपना वज़न भी कुछ कम करना चाहते हैं। उन्हें समझ नहीं आ रहा कि अगर वे दोपहर को भोजन नहीं करते, तो वे भोजन से पहले ली जाने वाली इंस्युलिन का क्या करें? रात के खाने से पहले उनकी ब्लड-शुगर बढ़ जाती है।

स्पष्टीकरण : दो भोजन-अंतरालों के बीच में ब्लड-शुगर का स्तर कई कारणों से बढ़ सकता है, जैसे इंस्युलिन की खुराक की गलत गणना, शारीरिक श्रम की कमी अथवा बेसल इंस्युलिन की कमी। यदि भोजन न भी खाया जाए, तो सामान्य ग्लूकोज़-स्तर को बनाए रखने के लिए अतिरिक्त इंस्युलिन की आवश्यकता होती है।

रणनीति : यदि आप कभी भोजन नहीं कर पाते या जान-बूझकर नहीं करते, तो आपको ब्लड-ग्लूकोज़ की जांच करनी चाहिए। ऐसी स्थिति में आपको संपूरक इंस्युलिन लेने की आवश्यकता पड़ सकती है। खाना नहीं खाने की स्थिति में ब्लड-ग्लूकोज़ बढ़ सकता है। संपूरक इंस्युलिन की मात्रा हर व्यक्ति के लिए अलग-अलग होती है और इस बात पर निर्भर करती है कि आपने खाना खाया कि नहीं, आपने कितना व्यायाम किया, आदि। अपने लिए रेडी रेफरेंस गाइड के लिए अपने डॉक्टर से मश्वरा करें।

स्नैकर

केस-स्टडी : सरिता जी एक घरेलू महिला हैं और काफी दिनों से मधुमेह की टेबलेट खाती हैं। उन्हें दिन में और शाम को चाय के साथ स्नैक खाना अच्छा लगता है। इसके कारण उनका ब्लड-ग्लूकोज़ अधिक रहने लगा। यदि वे स्नैक नहीं खातीं, तो दोपहर के खाने से पहले उनका ब्लड-ग्लूकोज़ कम हो जाता है।

स्पष्टीकरण : शायद वे दवाइयों बनाम व्यायाम बनाम कैलोरीज का उचित संतुलन नहीं रख पातीं।

काम के समय स्नैक खाना

ओ यार! मुझे बहुत जोरों की भूख लग रही है। देखता हूं, आज के लिए क्या स्नैक्स हैं।

ओ यार! खाने के लिए कुछ भी नहीं। वो कभी भी मेरे लिए स्नैक्स पैक नहीं करती। हे भगवान, वो कितनी गैरज़िम्मेदार है। उसकी इस बात से कभी-कभी मैं पागल हो जाता हूं।

क्या हुआ, चुप क्यों हो ?

कुछ नहीं। मॉर्निंग। उसने मेरे लिए ये बेकार के तीन सेब पैक कर दिये। वो समझती है कि मैं परेशान होकर उन्हें खा जाऊंगा।

पर उसे नहीं मालूम, यहां वैंडिंग मशीन लगी हुई है। हा..हा..हा...

रणनीति : उसे अपने डॉक्टर से खाने की अपनी कैलोरीज की गणना करवानी चाहिए और तब उनसे यह सलाह लेनी चाहिए कि वह कैलोरीज को भोजन व स्नैक्स में किस तरह से विभाजित करे और प्रतिदिन व्यायाम सुनिश्चित करे। संभव है, उसका डॉक्टर उसे मध्यवर्ती प्रभावी दवायें और खाने के साथ अल्पकालिक मैटफॉर्मिन संपूरक दें।

चीनी / मिठाई खाना

सुमित जी एक सेक्रेटरी हैं। उन्हें मिठाई खाने की आदत है। इन मिठाइयों के कारण अकसर उसकी ब्लड-शुगर बढ़ जाती है, पर यह बात वे अपने डॉक्टर से छिपाते हैं।

स्पष्टीकरण : मधुमेह-पीड़ितों को अकसर कहा जाता है कि वे मिठाई से परहेज करें। आटे और चावल, अनाजों की तरह चीनी भी एक प्रकार का कार्बोहाइड्रेट है। वास्तव में ब्लड-ग्लूकोज़ के स्तर में अंतर कार्बोहाइड्रेट के स्रोत से नहीं, उसकी मात्रा से होता है। अनेक शोधों से पता चला है कि शुगर (सूर्कोज) से

ब्लड-ग्लूकोज़ उतनी तेजी से नहीं बढ़ता, जितना अन्य कार्बोहाइड्रेट-स्रोतों से बढ़ता है। यदि कोई व्यक्ति शुगर से परहेज रखता रहा है और उसे पता चले कि वह इसे अपने आहार में शामिल कर सकता है, तब वह अकसर अत्यधिक चीनी खाने लगता है। लेकिन फिर जैसे ही उसका दिल भर जाता है, वह अपने पुराने ढर्रे पर आ जाता है।

रणनीति : आपको कितनी मात्रा में कार्बोहाइड्रेट (उसके स्रोत पर विचार न करते हुए) लेने हैं, और उसके हिसाब से खाने से पहले इंस्युलिन या कितनी टेबलेट लेनी हैं, इस सबका परामर्श आप अपने डॉक्टर अथवा आहार-विशेषज्ञ से लें। शुगर-क्रिस्टल 'एम्टी कैलोरीज'' के स्रोत हैं और वज़न बढ़ाते हैं। आप अपने भोजन में चीनी ले सकते हैं, पर उसकी एवज में आपको कोई अन्य कार्बोहाइड्रेट अपने आहार से निकालना होगा, ताकि उस खास आहार का प्रभाव आपके वज़न पर न पड़े।

अधिक वसायुक्त भोजन

सौरभ नवयुवक है। उसने शुक्रवार रात को पिज्जा खाया। सोने के पहले तक उसका ग्लूकोज़ सामान्य था। उसने तब तक रात को लेने वाली सामान्य अल्ट्रालेंटे इंस्युलिन ली थी। शनिवार सुबह उसका फास्टिंग ब्लड-ग्लूकोज़ 332 एम.जी./डी.एल. था।

स्पष्टीकरण : अधिक वसायुक्त आहार उसमें निहित पोषक तत्वों को पचाने में विलंब कर सकता है। इससे इंस्युलिन के काम करने और कार्बोहाइड्रेट के उच्चतम रक्त-अवचूषण में गैर-बराबरी हो सकती है। उसका परिणाम सामान्य अथवा खाना खाने के दो से तीन घंटे बाद निम्न ब्लड-ग्लूकोज़ और आठ घंटे के बार अत्यंत उच्च हो सकता है।

रणनीति : अधिक वसायुक्त आहार खाने से पूर्व और बाद में ब्लड-ग्लूकोज़ मॉनीटर करना मददगार हो सकता है। संभव है, भोजन-पूर्व आपको पिज़्ज़ा, मूंगफली, बर्गर, आइसक्रीम और ऐसी ही चीजों के लिए कोई अन्य इंस्युलिन या टेबलेट लेनी पड़े।

बीमारी के दिनों आहारगत असंमजसता

बलवंत सिंह की आयु 22 वर्ष है और वे टाइप-1 मधुमेह से पिछले 8 वर्षों से पीड़ित हैं। एक रात उन्हें बुखार हुआ। उसके बाद उल्टी और दस्त होने लगे। उठने पर उन्होंने सोचा कि चूंकि वे नाश्ता करने की स्थिति में नहीं हैं, इसलिए वे इंस्युलिन नहीं लेंगे। दोपहर को उनकी हैरानी की सीमा न रहीं, जब उन्होंने

देखा कि उनका ब्लड-ग्लूकोज़ 405 एम.जी./डी.एल. हो गया और पेशाब में भी केटोंस उपस्थित थे।

स्पष्टीकरण : बीमारी या संक्रमण के दौरान शरीर से स्ट्रैस हारमोन निकलते हैं, जो इंस्युलिन के प्रभाव को नकारते हैं और उससे ब्लड-शुगर बढ़ जाती है। यदि समय रहते उसका उपचार न किया जाए, तो वसा के जलने से पेशाब में केटोंस पैदा हो जाते हैं, जिससे शरीर में निर्जलीकरण और मधुमेह केटोआसीडोसिस कोमा हो सकता है।

रणनीति : यदि आप बीमार हैं, तो आप अपने ब्लड-ग्लूकोज़ की जांच की आवृत्ति प्रति 2 से 5 घंटे बढ़ा दीजिए। पेशाब के केटोंस को भी प्रति 4 घंटे में तब तक जांचा जाए, जब तक वे निर्मूल न हो जाएं। इलैक्ट्रोलाइट (यदि आपको उलटी और दस्त हो रहे हों) को नींबू-पानी और नमक के साथ ठीक किया जा सकता है। एक घंटे में कम से कम एक गिलास अवश्य पिएं। जब ब्लड-शुगर कम हो जाए या सामान्य के आस-पास आ जाए, तब मरीज को कार्बोहाइड्रेट पेय जैसे वातित जल या फलों का रस दिया जा सकता है।

बासल इंस्युलिन (डटिमिर अथवा ग्लारगाइन) को अल्पकालिक या अल्ट्रा अल्पकालिक के साथ ग्लूकोज़ के स्तर को देखते हुए हर चार घंटों के अंतराल पर दिया जाए।

कुसुम जी की आयु 35 वर्ष है और वे एकाउंटेंट हैं। सप्ताह भर डेस्क पर बैठ कर काम करना ही उनका पेशा है और वहां उन्हें चलने-फिरने का मौका नहीं मिलता। व्यायाम के नाम पर वे सप्ताह में 2-3 बार सुबह तेज चलती हैं। सुबह सैर पर जाने से पहले स्नैक्स खाती हैं और खाने वाली दवा में भी कटौती करती हैं। शनिवार को वे टी.वी. देखती हैं, सिनेमा देखने जाती हैं और जमकर लंच और डिनर करती हैं। इतवार के दिन वे घर की सफाई करती और खाना बनाती हैं। उनका ग्लीकोसीलेटेड एचबी (औसत नियंत्रण) लगभग 8.8-9 प्रतिशत (आदर्श स्थिति 7 प्रतिशत या कम होती है) है।

जब मैंने उसके मैमोरी ग्लूकोमीटर की जांच की, तो पता चला कि सप्ताह के दिनों में उसका ब्लड-ग्लूकोज़-स्तर 100-160 एम.जी./डी.एल. यानी सामान्य था, लेकिन शनिवार रात के खाने से पहले और सोने से पहले घटकर 60 एम.जी./डी.ए. हो गया। कभी-कभी वे हाइपो का भी शिकार हो चुकी हैं।

स्पष्टीकरण : जब भी व्यायाम शब्द आता है, अधिकतर लोग हैल्थ क्लब, जॉगिंग या खेलों के बारे में सोचने लगते हैं। कई ऐसी शारीरिक गतिविधियां भी

हैं, जो ब्लड-ग्लूकोज़ स्तर को कम करती हैं और उसको सामान्य स्तर पर लाने के लिए हमें कई सामजंस्य करने पड़ते हैं।

रणनीति : सप्ताहांत में शायद उनको विभिन्न खुराकों की अल्पकालिक एक्टिंग टेबलेट की आवश्यकता होगी, शनिवार को कुछ अधिक, जब वे और दिनों से ज़्यादा खाती हैं। इतवार को कम, क्योंकि उस दिन वे अधिक व्यायाम करती हैं। उन्हें खुराक का कितना सामंजस्य करना पड़ेगा, यह इस बात पर निर्भर करता है कि उसमें उतार-चढ़ाव कितना होता है।

इंस्युलिन-परख

श्रीमान जैन साहब के ब्लड-ग्लूकोज़-स्तर को संतुलित करने में मधुमेह की टेबलेट सक्षम नहीं थी, हालांकि वे अधिकतम खुराक ले रहे थे। उनके डॉक्टर ने उन्हें इंस्युलिन लेने की सलाह दी, लेकिन जैन साहब ने ना कहा। उन्होंने कहा, **''मुझे ये पूरा सुझाव ही पसंद नहीं।''**

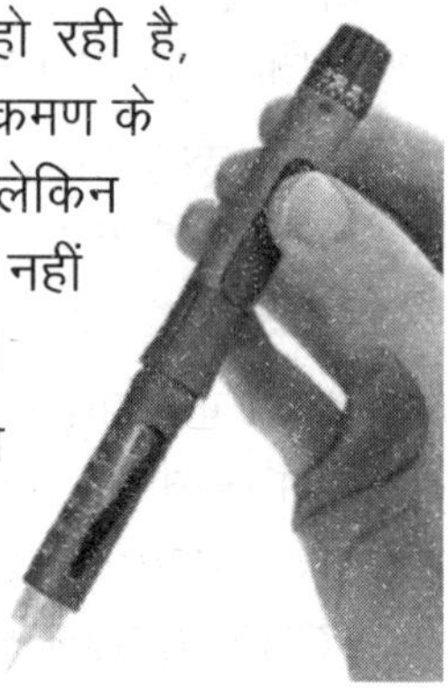

उन्होंने महसूस किया कि उनमें ऊर्जा की कमी हो रही है, पेशाब बहुत आ रहा है, थकान होने लगी है, त्वचा में संक्रमण के लक्षण दिखाई दे रहे हैं और वज़न भी कम हो रहा है। लेकिन जब उन्होंने देखा कि वे अपने लंबे धार्मिक अनुष्ठान पूरे नहीं कर पा रहे, तो उन्होंने **इंस्युलिन के लिए हामी** भर दी।

जब उन्होंने इंस्युलिन का पहला शॉट लिया, तो उनकी प्रतिक्रिया थी, ''मैंने पहले ऐसा क्यों नहीं किया?''

उनका संक्रमण ठीक हो गया, पेशाब की दर कम हो गई, ऊर्जा का स्तर बढ़ गया और सबसे अधिक यह कि अब वे मंदिर में दो घंटे बिताने लगे।

इस केस से आप को क्या शिक्षा मिलती है?

- इंस्युलिन प्रारंभ करना असफल होने का लक्षण या ''अंत की शुरुआत नहीं''।
- यदि आप जल्दी शुरू करते हैं, तो दवाओं पर आपका अधिकार बढ़ जाता है और उन पर आपका नियंत्रण हो जाता है।
- इंस्युलिन के इंजैक्शन से दर्द नहीं होता, खास तौर पर इंस्युलिन पैन द्वारा।
- निम्न ब्लड-शुगर हमले सामान्यतः इंस्युलिन के दुष्प्रभाव नहीं होते।

– इंस्युलिन लेते हुए भी व्यायाम और पथ्य आहार आवश्यक है और वे चालू रखने चाहिए।

शुगर-स्तरों का उतार-चढ़ाव

केस-स्टडी : महेश को गणना में गलती बनाम दवा की खुराक में कमी व बढ़त बनाम कैलोरीज बनाम व्यायाम से शुगर का स्तर निम्न रहता है। जब ऐसा हो जाता है, तो उसे घबराहट होती है और उस हालत में वह ग्लूकोज़-टेबलेट और स्नैक्स, मिठाई और आइसक्रीम खाने लगता है और इसके फलस्वरूप कुछ घंटों में उसका ब्लड-ग्लूकोज़-स्तर 300-400 एम.जी. / डी.एल. पर पहुंच जाता है।

स्पष्टीकरण : जब निम्न ब्लड-शुगर का इलाज अत्यधिक कैलोरीज से किया जायेगा, तो इस तरह की खतरनाक स्थिति तो पैदा होगी ही।

रणनीति : आपको हाइपो के इलाज (आवश्यकता से अधिक नहीं) का प्रशिक्षण लेने की आवश्यकता है। आप हाइपो का इस्तेमाल ऐसी चीजें खाने के लिए कर लेते हैं, जिनकी उनके वसायुक्त होने के कारण आपको मनाही है। ऐसे आहार एकदम से ब्लड-ग्लूकोज़ स्तर को नहीं बढ़ाते, इसलिए वे ऐसे हालात के लिए श्रेयस्कर नहीं। इसके अतिरिक्त ऐसे आहारों में निहित अतिरिक्त कार्बोहाइड्रेट बाद में ब्लड-ग्लूकोज़-स्तर को बहुत ऊपर ले जाते हैं। ग्लूकोज़-टेबलेट या पाउडर या मीठे पेय काफी होते हैं।

देरी खतरनाक होती है

श्रीमान वाजिद 55 वर्ष के हैं और पिछले बीस वर्षों से टाइप-2 मधुमेह से पीड़ित हैं। वे नियमित रूप से व्यायाम करते हैं। वे जल्दी-जल्दी ब्लड-ग्लूकोज़-स्तर की जांच करते रहे हैं। उनकी मधुमेह नियंत्रण में थी। उन्हें न तो गोखरूं (कॉर्न), कालयूजेज़ थे और नाखून भी सामान्य थे। जब मैंने उनकी नसों की जांच की, तो पता चला कि उन्हें शुरुआती तंत्रिका-विकृति थी। उनके पैरों की उंगलियों में स्पदंन कम होता जा रहा था! मैंने वाजिद साहब को डायबेटिक फुट-केयर (मधुमेह पैरों की देखभाल) के बारे में, खास तौर पर प्रतिदिन पैरों के मुआयने के बारे में बताया। मैंने उनसे कहा कि अगर वे पैरों में किसी तरह का परिवर्तन या घाव अथवा दरारें देखें, तो मुझसे शीघ्र मिलें।

पिछले साल तो सब-कुछ ठीक चलता रहा। वे अपने परिवार के साथ तीन सप्ताह की छुट्टियां मनाने बाहर गये। उनके अंगूठे पर एक दाना हुआ और फूट गया, जिससे उसमें संक्रमण हो गया। वे समझ रहे थे कि उन्हें समस्या है। चूंकि उन्हें किसी तरह का दर्द नहीं हो रहा था और वे किसी नये डॉक्टर को भी नहीं

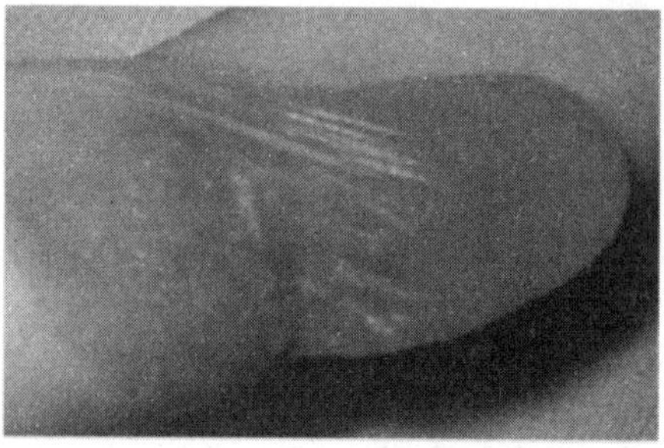

दिखाना चाहते थे, इसलिए उन्होंने सोचा, इंतजार कर लिया जाए। उन्होंने तय किया वे घर जाकर ही अपने डॉक्टर को दिखायेंगे।

जब तक श्रीमान वाजिद घर आकर मुझे मिले, उनका संक्रमण बढ़ गया था। चारों तरफ मवाद फैल गई थी। पूरे पैर और ऐड़ी तक लालिमा फैल गई थी। वे तकलीफ में थे। उनके मवाद का कल्चर किया गया और एंटीबायोटिक दवायें शुरु की गईं। कल्चर की रिपोर्ट के मद्‌देनजर इंट्रावीनस (नसों के द्वारा) और खाने वाली एंटीबायोटिक दवाएं दी गईं। वे सौभाग्यशाली थे कि उनके पैर में सामान्य रक्त-संचार था। पैर को ठीक होने में छह सप्ताह लगे, पर सांत्वना की बात है कि उनका पैर बच गया।

इस केस से आपको क्या शिक्षा मिलती है?

- स्पंदन कम होते ही जांच करवायें।
- अपने पैरों का प्रतिदिन मुआयना करें।
- जब कभी कोई समस्या नजर आये, उसे नजरअंदाज न करें, सहायता लें।
- यात्रा करते समय अपने साथ फर्स्ट-एड किट लेकर चलें।
- यदि आप किसी नए डॉक्टर को नहीं दिखाना चाहते, कम से कम अपने निजी डॉक्टर से फोन द्वारा सलाह तो ले ही सकते हैं।

बच्चे

आठ साल का बच्चा मां के लिए तो छोटा बच्चा ही होता है। ऐसे ही एक बच्चे राहुल के निदान में पता चला कि उसे किशोर-मधुमेह (टाइप-1) है। उसे नियमित रूप से जांच कराने, आहार नियंत्रित करने और दिन में तीन बार इंस्युलिन के इंजैक्शन लगाने की सलाह दी गई। राहुल की मां को मधुमेह के बारे में कोई ज्ञान ही नहीं था। जब राहुल सांस में संक्रमण और टॉन्सिल्स के इलाज के लिए अस्पताल में लाया गया, तो उसकी मां रात-रात भर उसकी सेवा करती रहती। अस्पताल में ही आकर निदान हुआ कि वास्तव में वह मधुमेह का रोगी है। उसके माता-पिता को इंस्युलिन-इंजैक्शन लगाना, ब्लड-ग्लूकोज़-स्तर की जांच करना और इंस्युलिन की खुराक का आवश्यकता के अनुसार सामंजस्य करना सिखाया गया।

राहुल की मां कहती हैं, ''मैंने रोना छोड़ रसोईघर की मेज़ पर बैठ पहले खुद को शॉट लगाये, क्योंकि मैं अनुभव करना चाहती थी कि ऐसा करने पर कैसा लगता है और सुई कितनी अंदर जाती है। राहुल जब अस्पताल से घर आया, वहां उसकी नई दिनचर्या शुरु हुई। पहले-पहल इंजैक्शन उसे डराते थे, धीरे-धीरे उसे उनकी आदत हो गई। हां, आहार का मामला दूसरा था।''

राहुल अपने ब्लड-ग्लूकोज़-स्तर को खुद नापने ओर इंस्युलिन के इंजैक्शन भी लगाने लगा (इंस्युलिन पैन को श्रेय), यहां तक कि उसने एक पूरा दिन और रात अपने एक दोस्त के घर बिताई। उसके स्कूल के शिक्षकों को भी कहा गया कि जब कभी वह वाशरूम जाने के लिए कहे, उसे जाने दिया जाये। यदि वह हाइपो को अनुभव कर रहा हो तो, और वह जल्दी खाना खाना चाहे तो, उसे इसकी आज्ञा दी जाये। यही नहीं, स्कूल के सभी कार्यक्रमों में राहुल को हिस्सेदारी करने दी जाये।

आज राहुल के लिए ब्लड-ग्लूकोज़-स्तर की जांच और इंस्युलिन के इंजेक्शन ऐसे हैं, जैसे सुबह उठकर दांत साफ करना। अब वह 15 वर्ष का हो गया है और खुशदिल किशोर है जो तैरता है, बास्केटबॉल खेलता है और साइकिल व स्केट चलाता है।

मधुमेह-जागरूकता से 66-वर्षीय सचेत और जवान राम सहाय

श्रीमान राम सहाय जी 30 वर्ष की आयु से टाइप-2 मधुमेह से पीड़ित हैं। ''मेरी तरक्की होने वाली थी, लेकिन मेडिकल फिटनेस परीक्षा में मुझे मधुमेह निकल आई और फैसला मेरे विपरीत हो गया। मुझे तरक्की न मिल सकी। लेकिन तभी मैंने फैसला कर लिया कि मैं इस कष्टकारी मधुमेह को सबक सिखा कर ही रहूंगा।"

उन्होंने अपना पूरा परीक्षण करवाया। वे एक मधुमेह-विशेषज्ञ से मिले, जिन्होंने उन्हें आहार पर नियंत्रण करने और नियमित रूप से शारीरिक व्यायाम करने तथा लगातार मधुमेह की निगरानी करने के लिए कहा। पहले पांच सालों तक उन्हें एक भी टेबलेट नहीं खानी पड़ी। उसके बाद जब उनका ब्लड-ग्लूकोज़-स्तर बढ़ने लगा, तो डॉक्टर ने उन्हें बताया कि उनके अग्न्याशय में इंस्युलिन का उत्पादन कम हो रहा है और उन्हें दवा की थोड़ी खुराक प्रारंभ कर देनी चाहिए, जिससे उनका इंस्युलिन उत्पादन बढ़े। लेकिन आहार और व्यायाम में कोई व्यवधान नहीं, वह पहले ही तरह चलता रहेगा।

श्रीमान राम सहाय का जब गाल ब्लैडर (पित्ताशय) की पथरी का आपरेशन हुआ, तो उन्हें दो सप्ताह के लिए इंस्युलिन के इंजैक्शन देने पड़े। 57 वर्ष की आयु में फिर से उनका ब्लड-ग्लूकोज़-स्तर बढ़ने लगा। जांच हुई, पर कारण पता नहीं चला। वे अब नियमित रूप से अपनी जांच करने लगे। उनके डॉक्टर ने उन्हें इंस्युलिन-संवेदी बनाने के लिए अतिरिक्त मेटाफॉर्मिन टेबलेट दीं। एक बार फिर से मधुमेह नियंत्रित हो गई।

आज वे 66 वर्ष के हैं और पिछले 36 वर्ष से मधुमेह के मरीज हैं। पर उन्हें न तो मोतियाबिंद की शिकायत हुई है और न ही रैटिनोपैथी की। उनके सभी दांत सलामत हैं। उनका ट्रेडमिल-परीक्षण सामान्य है और वे हर रोज एक घंटा पैदल चलते हैं। "मैं इसलिए स्वस्थ हूं क्योंकि मधुमेह-पीड़ित होने के बावजूद मेरा जीवन बहुत अनुशासित है, नहीं तो मैं भी अभी तक दिल और गुर्दे के रोगों से जूझ रहा होता।" ऐसा कहना है, चमकीली आंखें और चौड़े माथे वाले श्री राम सहाय का। पिछले साल उन्होंने डायबेटिक फोरम के सालाना जल्से में 60 वर्ष से बड़े मधुमेह-तन्दुरुस्त व्यक्ति का इनाम जीता है।

आइये, हम राम सहाय जी को अपना रोल मॉडल बनायें और यह प्रतिज्ञा करें कि हम भी उन्हीं की तरह कड़े नियंत्रण से मधुमेह की दीर्घकालीन जटिलताओं से बचेंगे और अपने परिवार पर बोझ नहीं बनेंगे।

पर यहां एक विचारणीय गंभीर प्रश्न उठता है कि मधुमेह-पीड़ित होने के कारण क्या राम सहाय जी की तरक्की रोकना उचित था? मधुमेह होते हुए भी वे अपने उन मधमुेह रहित सहकर्मियों के समान ही कार्य-क्षमतावान होते या उससे भी बेहतर होते, क्योंकि उनमें अपने को स्वस्थ रखने का अदम्य उत्साह और स्व-नियंत्रण था, जिसका प्रत्यक्ष उदाहरण उनका जीवन है। उनके जागरूकता भरे रास्ते पर चल कर उन जैसे सभी लोग अपने को श्रेष्ठ सिद्ध कर सकते हैं।

जांबाज़ बच्चे ने अपने पिता का जीवन बचाया

पांच साल के उस बच्चे की प्रशंसा करनी होगी, जिसने अपनी समझ-बूझ

और हिम्मत से अपने पिता की जान बचाई। जब उसके पिता श्री जगमोहन निम्न ब्लड-शुगर होने के कारण निढाल होकर गिर पड़े, तब रुचिर जानता था कि उसे क्या करना है। उसने फौरन अपने फैमिली डॉक्टर को मदद के लिए फोन कर घर पर बुलाया। चंद मिनटों में डॉक्टर ने जगमोहन जी को 4 ग्लूकोज़ दिये, जिसके फलस्वरूप वे पूरी तरह से सचेत हो गये। बाद में पता चला कि उन्होंने इंस्युलिन के साथ 3-4 अल्कोहल के पैग पीये और खाना न के बराबर खाया। उसके बाद से जगमोहन जी ने पीने से तौबा कर ली और रुचिर को इनाम के फलस्वरूप वे अपने पूरे परिवार को छुट्टियां मनाने के लिए बाहर ले गये।

संभव है, आपको इंस्युलिन की आवश्यकता न हो

श्री जी.के. गुप्ता कहते है "मेडिकल उद्योग के साथ मेरे रिश्ते बड़े खट्टे–मीठे रहे हैं। मुझे 12 वर्ष पहले मेलानोमा (त्वचा कैंसर) बताया गया था। मुझे मूलतः यह बता दिया गया था कि मेरे जीवन के दिन सीमित हैं। अगर यह सच न होता तो यह सब मैं आपको न लिख रहा होता।" यह कहना है 52-वर्षीय **श्री डेनिस मसीह** का, जो मधुमेह-रोगी हैं।

"मधुमेह के बारे में मेरे साथ कुछ ऐसा ही हुआ। मुझे टाइप-2 मधुमेह का रोगी घोषित किया गया और कहा गया कि यह अपने आप ठीक हो जायेगी। मेरा वज़न बढ़ने लगा, मैं आलसी होता गया। मुझे बताया कि यह सब सामान्य है। उसके बाद मुझे कभी उच्च तो कभी निम्न ब्लड-शुगर के झटके लगने लगे।"

"मेरा एक दोस्त **कार्डियो डायबेटिक रिसर्च सोसायटी** को जानता था। वह मुझे उसके फ्री मधुमेह जागरूकता व उपचार क्लीनिक में ले गया। वहां पर मेरी बातों को बड़े ध्यान से सुना गया, मेरे रिकॉर्ड खंगाले गये, मेरा ब्लड-ग्लूकोज़ जांचा गया। मेरी जांच से तय हुआ कि मुझे इंस्युलिन लेने की कोई आवश्यकता नहीं। डॉक्टर ने मुझ एक विस्तृत लचीला व्यायाम का प्रोग्राम व कुछ टेबलेट दीं।"

अब मैं इंस्युलिन नहीं लेता। मेरा वज़न भी कम हो गया है। मैं खुद को तरो-ताज़ा और अच्छा अनुभव करता हूं। अब नियमित रूप से क्लीनिक जाता हूं। न केवल अपना चैकअप करवाता हूं, फोरम दल के कैम्प आदि लगवाने में लोगों की मदद भी करता हूं।"

चूके तो गये

केस-स्टडी : अरविंद की आयु 14 वर्ष है। उसे स्नैक खाना बहुत अच्छा लगता है, पर खाने से पहले वह इंस्युलिन लेता है। एक रात स्कूल में सांस्कृतिक

कार्यक्रम थे। वह वहां देर रात तक रुका रहा। वहां उसने अपने ब्लड-ग्लूकोज़ की जांच नहीं की। सोने के समय उसने सैंडविच और दूध लिया और साथ ही 4 यूनिट इंस्युलिन भी ली। रात में उसकी मां ने देखा, वह बेचैन था और उसे पसीने आ रहे थे। जब जांच की गई, तो उसका ब्लड-ग्लूकोज़ 29 एम.जी./डी.एल. पाया गया।

स्पष्टीकरण : रात के हाइपो से बचने के लिए हमेशा सोने से पहले रक्त की जांच करनी आवश्यक है। अरविंद को लगा, ब्लड-ग्लूकोज़ रोज की तरह ही होगा, लेकिन वह इस बात को भूल गया कि आज दिन भर उसने स्कूल में कितना शारीरिक श्रम किया था। उसी के कारण शुगर का स्तर सामान्य से नीचे चला गया और अतिरिक्त इंस्युलिन और हलके खाने के कारण उसे हाइपो हो गया।

रणनीति : सोने से पहले अपने ब्लड-ग्लूकोज़ की जांच करना कभी न भूलें, खासकर तब, जब सारे दिन आपने काफी मेहनत भरा काम किया हो। हाइपोग्लीसीमिया के शुरुआती लक्षणों, जैसे-सोचने में मुश्किल, होठों में स्पंदन की कमी, सिरदर्द, चिड़चिड़ापन, पसीना आना और अजीबोगरीब ख्याल आने को कभी अनदेखा नहीं करना चाहिए।

अपने वज़न के बारे में सचेत रहें। क्या आप अपना वज़न कम करना चाहते हैं?

अनीता टाइप-2 मधुमेह विकसित होने के कगार पर थी। वे उन लाखों हिन्दुस्तानियों में से एक थीं, जो खाने के लिए जीते हैं न कि जीने के लिए खाते हैं। ऐसे ही लोगों की तरह वे भी बहुत अधिक कैलोरी वाला आहार खाती हैं, मोटी होती हैं और फिर पतली होने की जुगत में लग जाती हैं। अनीता जी का वज़न 15 वर्ष की आयु में 55 से 85 किलो हो गया। अनीता जी ने कोशिश की और उनका 13 किलो वज़न कम भी हो गया।

13 किलो वज़न कम करने से पहले उन्होंने अपने को वैज्ञानिक तरीके से खुद को इस समस्या से निपटने के लिए तैयार किया। लेकिन अपने बारे में सोचने की जगह उन्होंने उन लोगों से बातें की, जो पहले से स्लिम/पतले थे। जो कुछ भी खाते, पर मोटे नहीं होते थे। अनीता ने पाया कि वे लोग खाने को लेकर परेशान नहीं थे। उन्हें जब भूख लगती, वे खाते थे और जैसे ही उनका पेट भर जाता, वे खाना बंद कर देते थे। अनीता जी को अनुभव हुआ, भूख उनकी समस्या नहीं थी, भूखे न रहना थी। अगर आप बीच-बीच में भूखे रहते हैं, तो

आपका शरीर सोचता है कि आप अकाल में जी रहे हैं और शरीर वसा एकत्र करना प्रारंभ कर देता है। जब आप फिर से खाना शुरु कर देते हैं, तो आपको अगले अकाल से बचाने के लिए शरीर वसा का भंडारण करने लगता है। पहले आप अपना खाया हुआ वज़न वापस पा लेते हैं और आप मोटे हो जाते हैं। इसलिए आपको भूखे रहने की जगह खाना सीखना चाहिए।

मिढा साहब 70 वर्ष के हैं। वे सोचते हैं कि उन्हें मधुमेह क्लीनिक में जाने की कोई जरूरत नहीं। उनकी बेटी मेरी मरीज है और एक दिन उसने फोन कर आपात मिलने का समय मांगा।

मिढा साहब को पिछले 15 वर्षों से टाइप-2 मधुमेह थी और उनकी उंगली पर एक जख्म भी था। इसका पता उनकी बेटी को तब चला, जब वह उनसे मिलने उनके घर गई और देखा कि वे गर्म एंटीसेप्टिक पानी में उंगलियां डुबोये हुए थे। वह जख्म वहां लगभग 2 से 3 सप्ताह से था। मिढा साहब को इसका पता तब चला, जब एक दिन गर्म पानी में डुबोते हुए उन्होंने उंगली पर एक नया निशान देखा। उन्हें मधुमेह तंत्रिका-विकृति थी और इसलिए मिढा साहब को दर्द का आभास नहीं होता था। उनकी आंखों की रोशनी कम थी, इसलिए वह जख्म वहां पर दो सप्ताह से हो सकता है।

उनकी उंगली पर बड़ा-सा जख्म था, जो बीच में सफेद और किनारों से गहरे रंग का था। उंगली के आस-पास का क्षेत्र लाली लिये था और यह लाली पैर के बीच तक आ गई थी। जैसे ही मैंने इस जख्म को एक उपकरण से छुआ, उसके बीच के भाग से मवाद निकल आया।

मिढा साहब तकलीफ में थे। उनके अंगूठे पर एक गोखरू (कॉर्न) था, जिसकी देखभाल न होने की वजह से वहां भी संक्रमण हो गया था। अंगूठे का आखिरी हिस्सा काला हो गया था, जो गैंग्रीन की निशानी है यानी मृत कोशिकाएं। संक्रमण सारे पैर में फैल गया था। उन्हें अस्पताल में भर्ती करना पड़ा।

अस्पताल में उन्हें इंट्रावीनस (नसों के द्वारा) एंटीबायोटिक दिये गये। मैंने सर्जन से उनके पैर का मुआयना करने को कहा और उनकी टांगों के लिए वस्क्युलर डोपलर मंगाया। सौभाग्य से उनका रक्त-प्रवाह ठीक-ठाक था। मुझे

पूरी आशा थी कि पैर ठीक हो जायेगा, लेकिन जब सर्जन ने संक्रमित हड्डी को निकाल दिया, तो इस से तय हो गया कि उंगली काटनी पड़ेगी। उंगली काटी गई। उसके बाद मरहम-पट्टी, इलाज और इंस्युलिन के द्वारा कठोर तरीके से शुगर को नियंत्रित कर उनका पैर ठीक हुआ।

मिढा साहब को थैरापैइयुटिक जूते पहनाये गये। अब वे और उनका परिवार बहुत सचेत हो गये हैं। वे जानते हैं, देर करने और लापरवाही बरतने से क्या हो सकता है। अब वे अपने पैरों को सुरक्षित रखना चाहते हैं।

क्या मिढा साहब अपनी उंगली को कटने से बचा सकते थे? यह देखते हुए कि वे जब और जिस हालत में अस्पताल में दाखिल हुए? नहीं। हां, यदि वे पहले सचेत हो गये होते, तो यह संभव था। अगर उन्होंने एक सप्ताह पहले (सहायता मांगी होती), एक महीना पहले (इसकी पहचान की होती), एक साल पहले (पैर की देखभाल की होती), दस साल पहले (मधुमेह पर ठीक से नियंत्रण किया होता), तो संभव है, उन्हें ग्रैंग्रीन न होता और उन्हें अपनी उंगली न गंवानी पड़ती।

बच्चों में मधुमेह (टाइप-1) (किशोर-मधुमेह)

टाइप 1 मधुमेह क्या होती है?

जो व्यक्ति टाइप-1 मधुमेह से पीड़ित होते हैं, उनका अग्न्याशय (पैंक्रियास) इंस्युलिन बनाने में अक्षम होता है। यह वह अत्यावश्यक हार्मोन है, जो शक्कर को शरीर की कोशिकाओं द्वारा ऊर्जा में बदलने का कार्य करता है। इसके अभाव में रक्त में शक्कर की मात्रा बढ़कर खतरनाक स्तर पर पहुंच सकती है। जीवन को असुरक्षित करने वाले टाइप-1 मधुमेह से ग्रस्त व्यक्तियों को पूरे जीवन किसी न किसी रूप में इंस्युलिन का प्रयोग अवश्य करना चाहिए।

टाइप-1 मधुमेह

इस प्रकार की मधुमेह चिरकालिक होती है। आगे दिए गए चित्र से यह पता चलता है कि शरीर में इसका क्रमिक विकास किन चरणों में होता है।

(स्रोत : नेशनल इंस्टीट्यूट ऑफ हैल्थ)

चरण 1 : आपका भोजन आपके शरीर में पहुंचता है।

चरण 2 : आपका पेट भोजन को ग्लूकोज़ में परिवर्तित करता है, जो शक्कर के रूप में आपके शरीर की कोशिकाओं को ऊर्जा प्रदान करता है।

चरण 3 : ग्लूकोज़ हमारे रक्त-प्रवाह में पहुंचकर कोशिकाओं की ओर जाता है।

चरण 4 : आपकी रोग-प्रतिरोधक प्रणाली कोशिकाओं को अग्न्याशय में मंद करती है और इससे इंस्युलिन का उत्पादन होता है, जिससे इंस्युलिन कोशिकाओं में प्रवेश कर जाता है।

चरण 5 : कोशिकाओं को ग्लूकोज़ (गुलाबी) नहीं मिलता, कारण वहां पर अपेक्षित इंस्युलिन (नीला) का अभाव है, जिससे प्रक्रिया पूरी नहीं हो पाती।

चरण 6 : रक्त-प्रवाह में ग्लूकोज़ (शक्कर) का जमाव होने लगता है, जिससे भूख, प्यास, थकान, मतली, उलटी और अधिक पेशाब आने के लक्षण पैदा होते हैं।

Type 1 Diabetes

This type of diabetes is chronic and happens when the pancreas doesn't produce enough insulin and eventually stops all insulin production. The exact cause is unknown. This illustration gives a step-by-step account of what happens in the body of a person with type 1 diabetes.

Source: National Institutes of Health

Step 1: Your food gets to your stomach

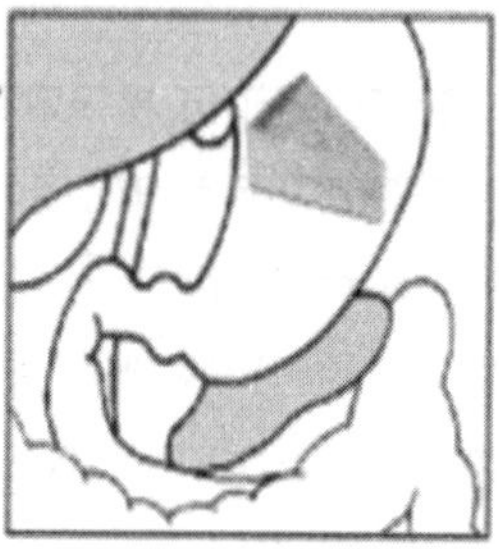

Step 2: Your stomach turns the food into glucose - the sugar that fuels our cells.

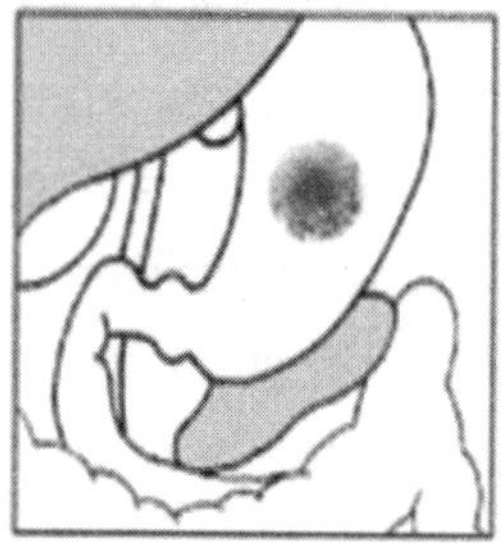

Step 3: The glucose enters our bloodstream to travel to our cells

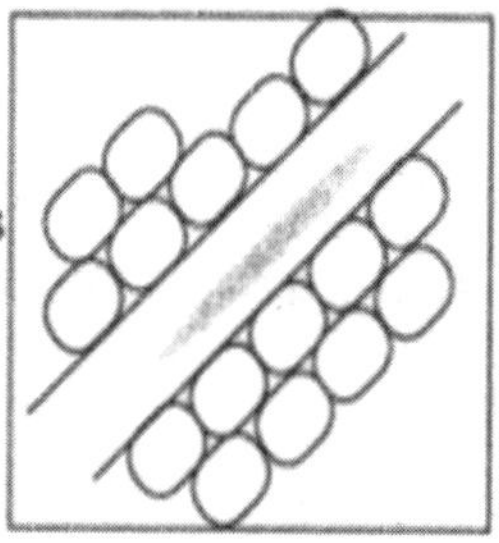

Step 4: Your immune system kills the cells in your pancreas that produce insulin to allow glucose into cells.

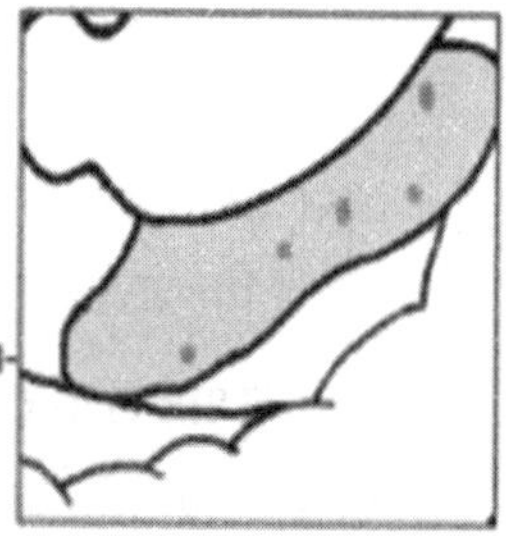

Step 5: The cells don't get glucose (pink) because there isn't enough insulin (blue) to take them in.

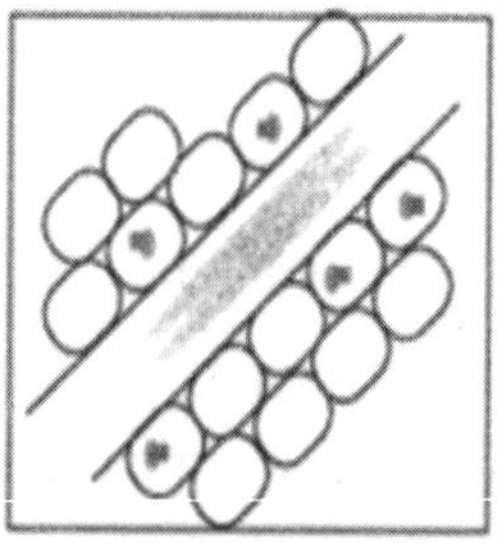

Step 6: Glucose builds up in the blood stream causing hunger, thirst, fatigue, nausea, vomiting and increased urination

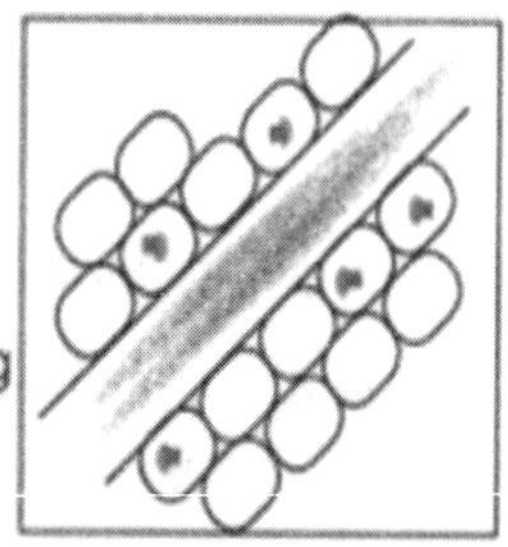

Step 7: In five to 10 years, the insulin producing cells in the pancreas are all destroyed and your body no longer makes insulin.

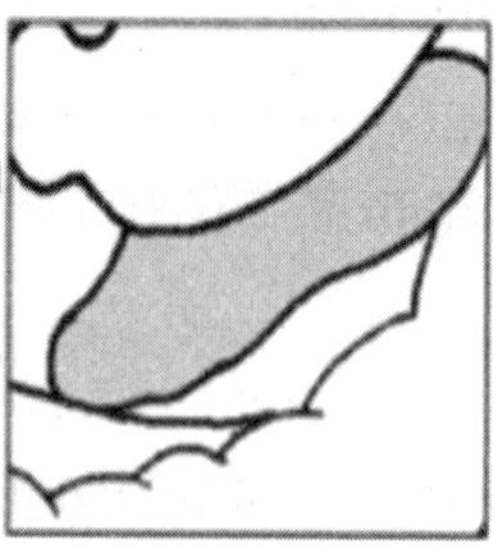

5 से 10 वर्ष के अंदर अग्न्याशय की कोशिकाओं में इंस्युलिन का उत्पादन बंद हो जाता है और हमारा शरीर इंस्युलिनहीन हो जाता है।

मधुमेह टाइप-1 के लक्षण अचानक ही नजर आने लगते हैं :

- सामान्य से अधिक प्यास
- मुंह सूखना
- सांस में फलों की महक
- बार-बार पेशाब आना

चेतावनी लक्षण : वज़न कम होना

ब्लड-शुगर (रक्त में शक्कर की मात्रा)-स्तर के अधिक होने की स्थिति में टाइप-1 मधुमेह में अकसर :

अनचाहे वज़न कम होने लगता है।

अधिक भूख लगने लगती है, ऊर्जा में कमी और उनींदापन।

त्वचा संबंधी समस्यायें

टाइप-1 मधुमेह से ग्रस्त अनेक व्यक्तियों को त्वचा की अप्रिय स्थितियों के साथ-साथ निम्नलिखित का भी सामना करना पड़ता है :

बैक्टीरिया इन्फैक्शन

फंगस इन्फैक्शन

खुजली, सूखी त्वचा, खराब रक्त-प्रवाह

टाइप-1 मधुमेह से ग्रस्त लड़कियां जननांगों में यीस्ट (झग) संक्रमण से अधिक प्रभावित होती हैं। बच्चों में कैडिंडडाइसिस हो सकता है, जो डायपर के इस्तेमाल से होने वाले जख्मों का विकसित रूप है।

अन्य गंभीर लक्षण

जब टाइप-1 मधुमेह में ब्लड-शुगर नियंत्रित न हो, तो अनेक गंभीर लक्षण विकसित हो सकते हैं, जैसे :

पैरों में सुन्नता का अनुभव

नजर का धुंधलापन

निम्न ब्लड-शुगर / हाइपोग्लीसीमिया; हाइपो ..मूर्च्छा

कुछ रोगियों को मधुमेह-कोमा, जो कि एक गंभीर आपात बीमारी है, जिसके लिए फौरन इलाज आवश्यक है, में आने से पूर्व उसका आभास नहीं होता।

कुछ अन्य गंभीर लक्षण : केटोऐसीडोसिस

यदि टाइप-1 मधुमेह का इलाज न किया जाए, तो आपकी कोशिकाओं में शक्कर की कमी हो जाएगी, जिससे वे अपनी ऊर्जा प्राप्त करती हैं। अपनी इस जरूरत को पूरा करने के लिए शरीर इसकी जगह वसा को जलाने लगता है, जिससे रक्त में केटोन्स पैदा होने लगते हैं। ये एक प्रकार के अम्ल होते हैं, जो शरीर को जहरीला बना सकते हैं। रक्त में इन अम्लों का उच्च स्तर और इसके चलते रक्त में आई अन्य असामान्यता के कारण आपके रक्त का पी एच स्तर कम होने लगता है। संभव है, वह बढ़कर जोखिमशील स्थिति तक पहुंचकर कोमा तक, जिसे केटोऐसीडोसिस कहते हैं, पहुंच जाए। यह एक आपात स्थिति है, जिसका इलाज फौरन और बेहतर हो, अस्पताल में ही किया जाना चाहिए।

टाइप-1 बनाम टाइप-2 मधुमेह

टाइप-1 मधुमेह में शरीर की रोग-प्रतिरोधक प्रणाली गलती से अग्न्याशय की कोशिकाओं पर हमला बोलकर उन्हें इंस्युलिन बनाने में अक्षम कर देती है। टाइप-2 मधुमेह में अकसर अग्न्याशय पर हमला नहीं होता और वह इंस्युलिन का उत्पादन करता रहता है। पर अनेक कारणों से शरीर इस उत्पादित इंस्युलिन का प्रयोग ठीक से नहीं करता। दोनों ही टाइप में लक्षण लगभग एक जैसे ही होते हैं, लेकिन टाइप-1 में वे बेहद तेजी से असर करते हैं।

टाइप-1 मधुमेह होने के क्या कारण हैं?

डॉक्टर अभी तक यह बताने की स्थिति में नहीं हैं कि शरीर में ऐसा क्या होता है, जिससे रोग-प्रतिरोधक प्रणाली अग्न्याशय के विपरीत हो जाती है। उनके अनुसार आनुवंशिक अतिसंवेदनशीलता और पर्यावरणीय प्रभाव इसके लिए जिम्मेदार हैं। वैज्ञानिकों ने 50 जीन अथवा जीन-क्षेत्रों को रेखांकित किया है, जो टाइप-1 मधुमेह के जोखिम को बढ़ाते हैं। केवल आनुवंशिकी सभी जोखिमों का कारण नहीं होती, इसलिए यह मानना कि आप में वे जीन हैं तो आप भी टाइप-1 मधुमेह से पीड़ित होंगे, सही नहीं। कुछ शोधार्थियों का मानना है कि पर्यावरण इसके लिए जिम्मेदार है, जैसे कोई वाइरस या आहार संबंधी अथवा गर्भधारण से जुड़े तत्व भी इसमें अपनी भूमिका निभा सकते हैं।

टाइप-1 मधुमेह किन व्यक्तियों को सकती है?

टाइप-1 मधुमेह किसी भी आयु में हो सकती है। 19 वर्ष से कम आयु-वर्ग के नये मधुमेह-रोगियों में इनकी संख्या दो-तिहाई पाई गई है। इस वर्ग में यह दो ध्रुवों पर अधिक होती है, एक जन्म के समय और दुसरे तरुणाई की शुरुआत में। इसका प्रभाव महिला और पुरुष दोनों पर एकसमान होता है, लेकिन यह अन्य जातीय समूहों के मुकाबले श्वेतों में अधिक होती है। विश्व स्वास्थ्य संगठन के अनुसार टाइप-1 मधुमेह अफ्रीकियों, मूल अमेरिकियों और एशियाइयों में कम होती है।

टाइप-1 मधुमेह का निदान करना

केवल रक्त की जांच से मधुमेह का निदान हो सकता है। फास्टिंग ब्लड-शुगर (उपस्थित लक्षणों सहित) अथवा आकस्मिक ब्लड-शुगर की जांच की जा सकती है। ए.1 सी. जांच जो पिछले 2 से 3 महीनों का औसत ब्लड-शुगर (रक्त-शक्कर) बताती है, का भी इस्तेमाल किया जा सकता है। मधुमेह के निदान के लिए दो अलग-अलग दिनों में जांच करनी चाहिए। यदि निदान में आप टाइप-1 मधुमेह से ग्रस्त पाये जाते हैं, तब आपके डॉक्टर इसकी पुष्टि के लिए आपके रक्त में कुछ एंटीबॉडीज़ (रोग-प्रतिकारक तत्व) की जांच भी करेंगे।

दीर्घकालीन जटिलताएं

दीर्घावधि में उच्च ब्लड-शुगर धीरे-धीरे आपके शरीर की अनेक प्रणालियों को नष्ट कर सकता है। टाइप-1 मधुमेह-पीड़ित व्यक्ति निम्नलिखित के अतिरिक्त जोखिम में होते हैं :

- हृदय-रोग और दिल का दौरा
- गुर्दे फेल होना
- दृष्टि-दोष और अंधापन
- मसूड़ों की बीमारी और दांत गिरना
- हाथों, पैरों और अन्य अंगों में नसे की क्षति

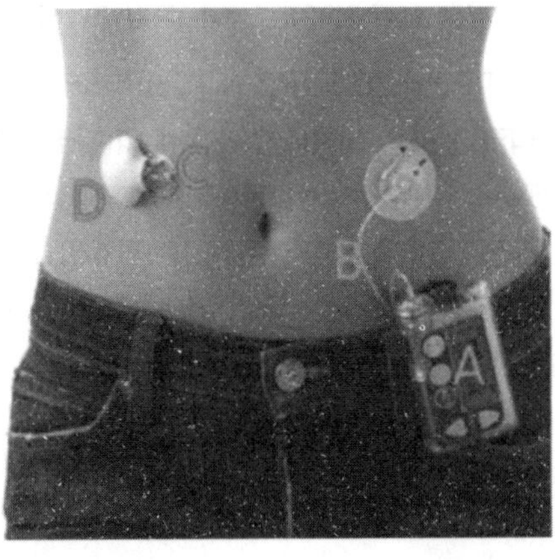

ब्लड-शुगर निगरानी

जटिलताओं से बचने का एक तरीका यह है कि आप अपनी ब्लड-

शुगर अथवा ग्लूकोज़-स्तर की नियमित रूप से निगरानी करें। अपनी उंगली को गोद कर उसमें से निकली एक बूंद को जांच-स्ट्रिप (पट्टिका) पर लें और स्ट्रिप ग्लूकोज़-मीटर में डालें। परिणामानुसार आप इलाज की योजना तय करें। जब भी आपकी ब्लड-शुगर सामान्य के आस-पास होगी, आप अपने में अतिरिक्त ऊर्जा, त्वचा, दिल की बीमारियों और गुर्दे की क्षति जैसी कम समस्यायें पायेंगे।

नियमित ग्लूकोज़-निगरानी

ब्लड-शुगर जांच के अन्य तरीके

इसमें एक सैंसर (संवेदक) कोशिकाओं में हर 10 सेंकेंड पर ग्लूकोज़-स्तर की जांच कर उस जानकारी को आप द्वारा पहने सेलफोन आकार के यंत्र, जिसे मॉनीटर कहते हैं, पर आपको देता है। यह यंत्र लगतार 72 मिनट तक ग्लूकोज़ के स्तर संबंधी जानकारी हर दस सेंकेंड पर दर्ज कर आपको देता है। यह यंत्र ब्लड-शुगर की निगरानी में प्रतिदिन की निगरानी अथवा दीर्घकाली स्व-आकलन का विकल्प नहीं है। यह केवल ब्लड-शुगर के स्तरों की प्रवृत्ति से अवगत कराता है।

मधुमेह का इलाज : इंस्युलिन-इंजैक्शन

टाइप-1 मधुमेह से पीड़ित हर व्यक्ति को शरीर में ब्लड-शुगर प्रक्रिया को नियंत्रित करने के लिए इंस्युलिन लेना चाहिए। अधिकतर व्यक्ति इंस्युलिन को इंजैक्शन के द्वारा लेते हैं, जो प्रतिदिन कई बार लेना पड़ता है। आपके चिकित्सक आपको बता सकते हैं कि जांच में आये ब्लड-शुगर के परिणामों के अनुसार आप अपने इंस्युलिन की मात्रा में क्या घट–बढ़ कर सकते हैं। जितना संभव हो सके, ग्लूकोज़-स्तर को सामान्य के आस-पास रखना ही लक्ष्य है।

इंस्युलिन से मधुमेह का इलाज : वास्तविक जीवन के लिए सुझाव

पहली प्रतिक्रिया : ''ओह नहीं, हर दिन इंजैक्शन लगाना कितना तकलीफदेह होगा''! मधुमेह-पीड़ित व्यक्ति जब इंस्युलिन शुरू करते हैं, तो उनकी पहली प्रतिक्रिया कुछ ऐसी ही होती है। भले ही इंस्युलिन का इलाज कितना ही गूढ़ और भयावह लगता हो, प्रशिक्षितों से लिए गए केवल कुछ ही इंजैक्शनों में यह गलतफहमी समाप्त हो जाती है और सब-कुछ सुगम लगने लगता है।

यहां हम ऐसे छह उपाय बतला रहे हैं, जिन्हें आप मधुमेह के इलाज के लिए इंस्युलिन लेने से पूर्व कंठस्थ कर लें

- यदि आप इंस्युलिन लेना प्रारंभ करते हैं, तो इससे आपको कोई नुकसान नहीं होगा।
- अक्सर आप इंस्युलिन का शॉट अपने पेट पर या अपनी जांघ पर लगाते हैं, तो उसमें उससे भी कम दर्द होता है, जितना मधुमेह की जांच कराते समय उंगली को गोदते हुए होता है, क्योंकि आपकी उंगली की त्वचा अधिक संवेदनशील और कोमल होती है।
- यदि शुरुआती दौर में परेशानी हो, तो त्वचा को उंगलियों से पकड़ें और उसमें सुई डाल दें। इससे दर्द में बहुत कमी आ जाएगी।
- यदि आप पैन सीरिंज का प्रयोग कर रहे हैं, जैसा कि अनेक व्यक्ति करते हैं, तो अधिक जोर लगाने की जरूरत नहीं। अक्सर देखा जाता है कि इंस्युलिन लेते समय आप सीरिंज पर अंगूठे से अतिरिक्त दबाव देते हैं, इसलिए आपको लगता है, यह तकलीफदेह है। आप सामान्य दबाव बनायें, आपको कोई तकलीफ नहीं होगी।
- इंस्युलिन की बंद अतिरिक्त शीशी को रेफ्रिजरेटर में रखना आवश्यक है। खुली हुई शीशी को आप कमरे के तापमान पर (30 डिगरी सेल्सियस से कम पर) रखें। इसे अधिक गर्म न होने दें। इसे आप अपनी बगल की मेज पर रख सकते हैं। जब रेफ्रिजरेटर से निकालें, तो इंजेक्ट करने से पहले उसे थोड़ी देर बाहर रखें, ताकि उसका तापमान कमरे के तापमान के आस-पास हो जाए।
- आजकल तो डिनर पर बाहर जाते समय भी इंस्युलिन को ले जाना सरल हो गया है। अब हमारे पास इंस्युलिन पैन हैं और इनके द्वारा इंस्युलिन लेना बहुत आसान है। खुले-आम न लेकर यह डिनर-टेबल पर भी चुपके से इंजैक्ट की जा सकती है।

हवाई जहाज पर भी इसे ले जाने में कोई दिक्कत नहीं। बस, जब कभी आप हवाई अड्डे पर जाते समय इंस्युलिन साथ ले जा रहे हों, तो अपने साथ अपने डॉक्टर का एक पर्चा ले जायें।

इंस्युलिन के अच्छे प्रबंधन का अभ्यास करें

"आपको अपने इंस्युलिन के प्रभावी समय की समझ विकसित करनी होगी, उदाहरण के लिए रैपिड एक्टिंग इंस्युलिन (नोवोरैपिड, हुमालोग, एपिड्रा) 10 से

15 मिनट में अपना असर दिखाना प्रारंभ कर देती है। दो घंटों में अपने उत्कर्ष पर पहुंचती है और शरीर में उसका प्रभाव 4 घंटों तक रहता है। इसलिए उस समय ब्लड-शुगर को नियंत्रित रखने के लिए अपने साथ अतिरिक्त इंस्युलिन ले जाने की कोई आवश्यकता नहीं। इस बात को समझने का प्रयत्न करें कि आपको कब किस तरह की इंस्युलिन की आवश्यकता हो सकती है और कब वह काम करना प्रारंभ कर सकती है? उसका उच्चतम समय कितना है और उसका असर कब तक रहेगा?

जब तक आपकी इंस्युलिन रेफ्रिजरेटर में रखी है, वह लंबे समय तक काम आ सकती है। लेकिन एक बार बाहर निकालने और खोलने के बाद उसे 30 से 40 दिनों में इस्तेमाल करना आवश्यक है।

अपनी ब्लड-शुगर की सावधानीपूर्वक जांच-पड़ताल करते रहो।

इंस्युलिन लेते हुए भी अपनी ब्लड-शुगर का नियमित रिकार्ड रखते रहो। इससे आप ब्लड-शुगर और ली जाने वाली इंस्युलिन की मात्रा दोनों का उचित प्रबंधन कर सकते हैं। आप इनमें नमूने और प्रवृतियां रेखांकित कर पायेंगे।

उदाहरण के लिए, आप हर रोज काफी समय तक असर करने वाली इंस्युलिन की एक खुराक लेते हैं और आपका लक्ष्य सुबह के समय अपनी ब्लड-शुगर को 130 पर रखने का है। इसलिए सुबह जांच करें, यदि आप अपने लक्ष्य के पास नहीं हैं और उस पर भी हाइपो का अनुभव नहीं हो रहा, तो आपको अपनी इंस्युलिन-खुराक बढ़ाने की आवश्यकता है। अपने डॉक्टर अथवा मधुमेह-परामर्शदाता से बात करें। इस तरह से अपनी शुगर की जांच-पड़ताल और निगरानी आपको अपने स्वास्थ्य की देखरेख में सक्षम बनायेगी।

आपकी आयु बढ़ रही है, चीजें घटित हो रही हैं, ऐसे में अचानक आपका शरीर कुछ चुनाव कर लेता है। ऐसे में आदर्श स्थिति को पहचानना संभव हो जाता है और आप इंस्युलिन-प्रबंधन में उसी तरह से पारंगत हो जाते हैं, जैसे कि आप मधुमेह-प्रबंधन में हुए थे।

यदि आप कोई कार खरीद रहे हैं, तो आप बिना सेल्समैन से यह पूछे कि यह कितनी सुरक्षित है, यह चलने में कितनी शानदार है और इसे चलाने का तरीका क्या है, शोरूम नहीं छोड़ेंगे।

इसी प्रकार यदि आपके डॉक्टर द्वारा आपको इंस्युलिन लेना तय किया गया है, तो आप बिना डॉक्टर से यह जाने कि इसे कैसे लेना है, इसके दुष्प्रभाव क्या हैं, और यह आपकी मधुमेह को किस प्रकार से प्रभावित करेगी, उनका क्लीनिक न छोड़ें।

इंस्युलिन लेने से पूर्व आपको अपने डॉक्टर से निम्नलिखित प्रश्न पूछने चाहिए :

मुझे किस प्रकार की इंस्युलिन लेनी चाहिए?

मूल रूप में इंस्युलिन चार प्रकार की होती है :

1. रैपिड-एक्टिंग (तुरंत प्रभावी) इंस्युलिन इन्जैक्ट करने के कुछ ही मिनटों में कार्य करना प्रारंभ कर देती है, लेकिन इसका प्रभाव कुछ घंटों से 4 घंटों तक ही रहता है।
2. रेगुलर-अथवा शार्ट-एक्टिंग (अल्पकालीन) इंस्युलिन 30 मिनट में कार्य करना प्रारंभ करती है और इसका असर 3 से 6 घंटों तक रहता है।
3. इंटरमीडिएट-एक्टिंग (मध्यवर्ती) इंस्युलिन 2 से 4 घंटों में कार्य करना प्रारंभ करती है और इसका प्रभाव 18 घंटों तक रहता है।
4. लॉन्ग-एक्टिंग (दीर्घकालीन) इंस्युलिन 6 से 10 घंटों में रक्त-प्रवाह में पहुंचती है और सारे दिन प्रभावकारी रहती है।

आप अपने डॉक्टर से पूछें कि इनमें से कौन-सी इंस्युलिन आपके मधुमेह और ब्लड-शुगर के स्तर के हिसाब से सबसे उचित और कारगर रहेगी?

इंस्युलिन लेने का कौन-सा तरीका चुनना बेहतर होगा?

इंस्युलिन इंजेक्ट करने के लिए आप सीरिंज, पैन या पंप का प्रयोग कर सकते हैं। जेट-इंजेक्टर के नाम से एक सुई-रहित विकल्प भी मौजूद है। अपने डॉक्टर से इन सब तरीकों के फायदे व नुकसान की चर्चा करें। पैन इस्तेमाल करना आसान होता है, पंप लगातार इंस्युलिन की आपूर्ति करते रहते हैं और सीरिंज सबसे किफायती तरीका है।

मुझे प्रतिदिन कितनी बार इंस्युलिन इंजैक्ट करनी चाहिए?

टाइप-1 मधुमेह-पीड़ित व्यक्तियों को प्रतिदिन 3 से 4 इंजैक्शन लेने चाहिए। टाइप-2 मधुमेह-पीड़ितों को प्रतिदिन 1 बार इंस्युलिन लेने की आवश्यकता होती है, पर जरूरत पड़ने पर इसे तीन से चार बार तक भी बढाया जा सकता है।

पता करें कि आपको कितनी बार इंस्युलिन इंजेक्ट करनी है और कितनी मात्रा में करनी है। यदि आप इंस्युलिन-पंप का इस्तेमाल कर रहे हैं, तो आप अपने डॉक्टर से जानकारी हासिल करें कि आपको कब अतिरिक्त इंजैक्शन (बोलस) लेना चाहिए।

मुझे इंस्युलिन कब लेनी चाहिए?

यह आप इंस्युलिन कितनी बार ले रहे हैं तथा कुछ अन्य तत्वों पर, जिनमें निम्नलिखित शामिल हैं, निर्भर करता है :

– इंस्युलिन के प्रकार पर (त्वरित, पूर्वमिश्रित आदि)

– आप कौन-सा और कितना भोजन करते हैं

– आप कितना व्यायाम करते हैं

– आपके स्वास्थ्य के अन्य घटक

– आप इंस्युलिन लेने की कौन-सी विधि प्रयोग कर रहे हैं।

शायद आपका डॉक्टर चाहेगा कि आप खाना खाने से आधा घंटा पूर्व इंस्युलिन लें, ताकि जब आपके रक्त-प्रवाह में खाने से निकली शुगर का प्रवेश हो, तो इंस्युलिन वहां पहले से मौजूद हो। जानकारी हासिल करें कि दिन में आपको कब-कब इंजेक्शन लेना है और यदि आप ऐसा करना भूल जायें, तो क्या करें।

मैं शरीर में कहां पर इंस्युलिन इंजैक्ट करूं?

इस बात को तय करने के लिए कुछ चीजों को ध्यान में रखना जरूरी है। अधिकतर व्यक्ति पेट को चुनते हैं, क्योंकि यह ऐसा क्षेत्र हैं जहां सुगमता से पहुंचा जा सकता है। यदि आप पेट में इंस्युलिन इंजैक्ट करते हैं, तो यह जल्दी

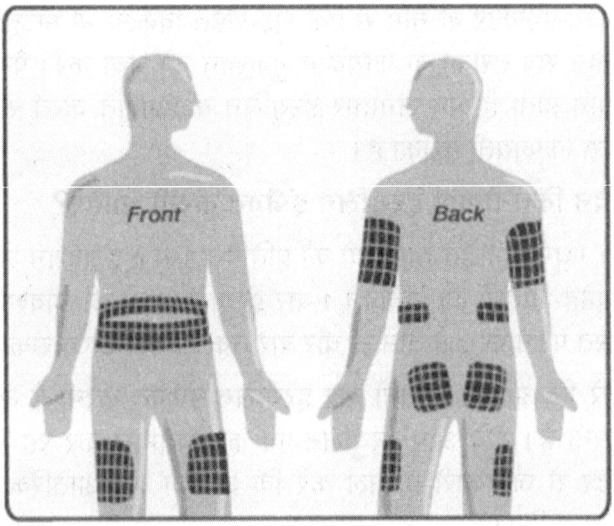

अग्रभाग **पश्चभाग**

प्रभाव करेगी (ध्यान रखें, नाभि से कम से कम दो इंच की दूरी रखें)। आप बांहों, जांघों और नितम्बों पर भी इंस्युलिन इंजैक्ट कर सकते हैं। अपने डॉक्टर या मधुमेह-परामर्शदाता से कहें कि वह इंजैक्ट करने का सही तरीका आपको सिखाये और यह भी कि संक्रमण से बचने के लिए सुई और त्वचा को कैसे स्वच्छ रखें। साथ ही, यह भी सीखें कि लगाने से पहले इंजैक्शन को किस तरह से घुमायें, ताकि दोबारा इंजैक्शन लगाते समय आपकी त्वचा के नीचे कठोर वसा-भंडार जमा न मिले।

यदि मैं अन्य दवायें भी खा रहा हूं, तो इंस्युलिन का उन पर क्या प्रभाव पड़ेगा?

कुछ दवाएं इंस्युलिन-जनित निम्न ब्लड-शुगर को तेज कर सकती हैं। इसलिए अपने डॉक्टर से ली जाने वाली दवाओं के बारे में, साथ ही उन दवाओं के बारे में भी जो बिना चिकित्सकीय निर्देश के ली जा रही हैं, बता दें।

इंस्युलिन लेने के साथ मैं क्या खा सकता हूं?

इंस्युलिन के प्रभावी असर को लेकर आहार संबंधी दिशा-निर्देशों के लिए अपने डॉक्टर पूछें। पूछें कि आपको भोजन कितनी मात्रा में खाना है और आपको खाने में क्या-क्या खाना चाहिए। क्या आपको शाम के नाश्ते (स्नैक) आदि की आवश्यकता है, यदि है तो कब खायें। यदि आप अल्कोहल (शराब) पीते हैं, तो आप अपने डॉक्टर से इंस्युलिन के साथ पीने की अनुमति लें। यदि उनका उत्तर हां है, तो अल्कोहल की सुरक्षित मात्रा के बारे में जानकारी लें।

मेरा लक्षित ब्लड-शुगर-स्तर क्या है?

अपने डॉक्टर से पूछें कि आपको ग्लूकोज़-मीटर से अपने ब्लड-शुगर के स्तर को कितनी बार नापना चाहिए। भोजन से पूर्व व पश्चात् और रात को सोने के समय के अपने लक्षित ब्लड-शुगर-स्तर के बारे में मालूम करें। मधुमेह-पीड़ित अधिकतर व्यक्तियों के लक्ष्य निम्नलिखित हैं :

भोजन से पूर्व 90 से 120

खाना शुरू करने के 1 से 2 घंटे बाद 180 से कम

यदि आपकी ब्लड-शुगर निर्धारित परिधि में नहीं आ रही, तो पता करें कि आपको क्या करना चाहिए और आपको अपने ए1सी स्तर को कितनी बार नापने की जरूरत है?

इंस्युलिन के क्या दुष्प्रभाव हो सकते हैं?

इंस्युलिन के कई दुष्प्रभाव हो सकते हैं। सामान्यतया निम्न ब्लड-शुगर और वज़न में वृद्धि। अपने डॉक्टर से अपने को होने वाले संभावित दुष्प्रभावों के बारे में पूछें। यह भी कि यदि ऐसा होता है, तो आपको क्या करना चाहिए।

क्या सीरिंज को दोबारा प्रयोग किया जा सकता है?

दोबारा प्रयोग करने से खर्च कम होगा। इस बारे में अपने डॉक्टर से पूछें कि क्या आप सुरक्षित रूप से सीरिंज को दोबारा प्रयोग कर सकते हैं? यह भी पूछें कि उसे साफ करने और संक्रमण से बचाने के लिए क्या करें। यदि आप हर बार नई सीरिंज इस्तेमाल करते हैं, तो सही तरह से उसका निपटान सुनिश्चित करें।

आप ही नहीं, हर व्यक्ति जब डॉक्टर से मिलता है, सवाल करता है। पर आपका डॉक्टर भी आपसे कुछ सवाल पूछ सकता है, जैसे :

- इंस्युलिन लेने के बाद आपको क्या अनुभव हो रहे हैं?
- क्या आपको उसके कुछ दुष्प्रभाव अनुभव हुए?
- इंस्युलिन की खुराक का आप पर क्या प्रभाव पड़ रहा है?
- क्या आपको उच्च और निम्न ब्लड-शुगर की समस्या आ रही है?
- क्या आपको अपनी इंस्युलिन-सीरिंज, पैन अथवा पंप को इस्तेमाल करने में कोई परेशानी हो रही है?
- क्या आप अपनी सीरिंज/सुइयों के भंडारण, सही इस्तेमाल व निष्पादन के बारे में जानते हैं?

डॉक्टर के साथ बिताये समय का सही इस्तेमाल करें। अपने प्रश्नों की एक तालिका बनाकर रखें, ताकि जब कभी आपकी ऐसे व्यक्ति से मुलाकात हो, जो इस बारे में आपका मार्गदर्शन कर सकता हो, आप पूछ सकें। आपका डॉक्टर ही ऐसा व्यक्ति है, जिसकी मदद से आप अपनी मधुमेह का प्रबंधन कर सकते हैं।

इंस्युलिन-डिलीवरी (प्रदान) प्रणाली

मधुमेह के नियंत्रण के लिए इंस्युलिन आवश्यक है। सुनने में यह बहुत सीधी-सी बात लगती है, लेकिन फिर भी इसे लेकर आपको अपने डॉक्टर से परामर्श लेना चाहिए कि कौन-सी प्रणाली बेहतर है।

इंस्युलिन-डिलीवरी प्रणाली का चुनाव

किफायत देखने के साथ-साथ आपको यह देखना भी जरूरी है कि कौन-सी

प्रणाली आपको सुखद लगती है। कुछ लोग बिना किसी परेशानी के सीरिंज का इस्तेमाल दूसरों से बेहतर करते हैं और कुछ को पैन व पंप अच्छा लगता है। वहीं कुछ ऐसे भी हैं, जिन्हें सभी में परेशानी होती है।

पैन, पंप या सीरिंज?

यहां हम तीनों इंस्युलिन-डिलीवरी प्रणालियों के कार्य का ब्यौरा और उनके गुणों व अवगुणों की जानकारी दे रहे हैं।

इंस्युलिन-सीरिंज

इसमें आप एक बहुत ही महीन सुई वाली सीरिंज से अपनी त्वचा में इंस्युलिन प्रविष्ट करते हैं।

गुण

लचीलापन : आप अनेक ब्रांडों से अपनी पसंद की सीरिंज चुन सकते हैं और उसमें हर प्रकार की इंस्युलिन का इस्तेमाल कर सकते हैं।

किफायती : सीरिंज किफायती होती है, इसलिए अन्य के मुकाबले मरीज़ उन्हीं को प्राथमिकता देते हैं। जो व्यक्ति अपने खाने-पीने के समय के पाबंद हैं, उनके लिए यह प्रणाली बहुत कारगर है।

अवगुण

समय : इस प्रणाली के साथ सबसे बड़ी समस्या है कि इसके कई चरण होते हैं, जिनका आपको पालन करना पड़ता है। इंजेक्ट करने से पहले सीरिंज में हवा भरना, फिर नीडल लगाना और फिर सही मात्रा में इंस्युलिन की खुराक (डोज) भरनी पड़ती है।

खुराक भरने में गलती : यह कार्य हाथों से किया जाता है और करते हुए संभव है, कुछ गलतियां हो जायें। अब यह आप पर ही निर्भर है कि उचित खुराक सीरिंज में भरें और लगायें।

इंस्युलिन-पैन

इंस्युलिन पैन भी कमोबेश सीरिंज की तरह ही कार्य करता है, लेकिन देखने में यह लिखने वाले पैन के जैसा दिखता है। इंस्युलिन पैन डिस्पोजेबल (एक बार इस्तेमाल करने वाले) तथा रियूजेबल (बार-बार इस्तेमाल करने वाले) प्रकार के मिलते हैं। डिस्पोजेबल पैनों में पहले से ही इंस्युलिन भरी होती है और रियूज़ेबल पैनों में अलग कार्टरिज में इंस्युलिन मिलती है।

गुण

सुगम और आरामदेह : सीरिंज के मुकाबले पैन का इस्तेमाल काफी सरल है। इंस्युलिन-पैन इस्तेमाल करने के लिए आप पैन पर इंस्युलिन की खुराक की मात्रा डायल कर दें। फिर पिस्टन को एक सिरे पर दबायें, ताकि दूसरे सिरे से सुई द्वारा इंस्युलिन आपके रक्त-प्रवाह में प्रविष्ट कर जाये।

मेमोरी भंडारण : इंस्युलिन पैनों में मैमोरी की सुविधा होती है, जो आपको यह बताती है कि आप ने कब कितनी इंस्युलिन ली है।

अवगुण

खर्चीला : ये सीरिंज के मुकाबले खर्चीले होते हैं।

विकल्पों की कमी : कुछ तरह के इंस्युलिन पैनों में उपलब्ध नहीं हैं।

इंस्युलिन-पंप

यह एक पेजर के आकार का यंत्र होता है। आप इससे अपनी बैल्ट पर पहन या फिर जेब में रख सकते हैं। यह एक लचीली प्लास्टिक-ट्यूब से जुड़ी सुई की मदद से 24 घंटे आपको इंस्युलिन की आपूर्ति करता है। जब भी आप खायें, पंप में लगे बटन को दबाकर या फिर रिमोट की सहायता से अतिरिक इंस्युलिन प्राप्त करें, जिसे बोलस कहते हैं।

यह टाइप-1 मधुमेह-रोगियों के लिए, जो अन्य डिलीवरी-प्रणालियों से अपेक्षित ब्लड-शुगर-स्तर प्राप्त नहीं कर पाते, विकल्प है। यह सक्रिय जीवन-शैली जीने वाले मधुमेह-पीड़ितों के लिए भी अच्छा विकल्प है।

गुण

स्थिर इंस्युलिन-निर्मगन

पंप का महत्त्व उसकी बनावट व प्रकृति से है। यह शरीर की प्रकृति के अनुसार ही इंस्युलिन की आपूर्ति करता है—जैसे हमेशा थोड़ी मात्रा, लेकिन खाने के समय अधिक मात्रा की आपूर्ति। पंप इतने कार्यकुशल होते हैं कि सीरिंज और पैन से कम इंस्युलिन खर्च करते हैं।

इस्तेमाल करने में आसान

इसके होते हुए आपको दिन भर अपने को इंजैक्शन लगाने की आवश्यकता नहीं। ये काम पंप स्वयं करता है। आप जब चाहें, खा सकते हैं, निरंतर रूप से ।

बेहतर ब्लड-शुगर-नियंत्रण

चूंकि यह नियमित रूप से अग्न्याशय को इंस्युलिन की आपूर्ति करता रहता है, इससे ब्लड-शुगर में अधिक उतार-चढ़ाव नहीं होते।

निगरानी आसान है

आपका पंप आपकी ग्लूकोज़-निगरानी प्रणाली से लगातार संपर्क में रहता है और आवश्यकतानुसार आपकी इंस्युलिन की डोज़ को कम व अधिक करता रहता है।

अवगुण

लगातार पहनना पड़ता है

इसका सबसे बड़ा अवगुण है कि इसे हमेशा पहने रहना पड़ता है। आप इस पर निर्भर हो जाते हैं। इसे आपको हमेशा ही पहने रहना पड़ता है, सोते हुए भी।

जोखिम

आपको संक्रमण से बचने के लिए हर कुछ दिनों में इसकी सुई को बदलना पडता है, क्योंकि ऐसा न करने से संक्रमण हो सकता है। आपको अपने ब्लड-शुगर-स्तरों की निगरानी भी रखनी होगी। सीरिंज और पैन के मुकाबले संभव है आपके रक्त में ब्लड-शुगर निम्न (हाइपोग्लीसीमिया) हो जाये। अगर नलिका बाहर निकल जाये या पंप काम करना बंद कर दे, तो उस स्थिति में हो सकता है आप को आवश्यक इंस्युलिन न मिले। कुछ देर यह हालत रही तो आपके शरीर में शुगर की मात्रा इतनी बढ़ सकती है, जिससे अनेक जटिलताएं पैदा हो सकती हैं, आपका जीवन खतरे में भी पड़ सकता है।

कीमत

पंप की कीमत 2 लाख रुपये से भी अधिक है। फिर उसके सहायक उपकरण, जैसे बैटरी और सैसर्स भी मंहगे हैं। यह एक बहुत बड़ी समस्या है।

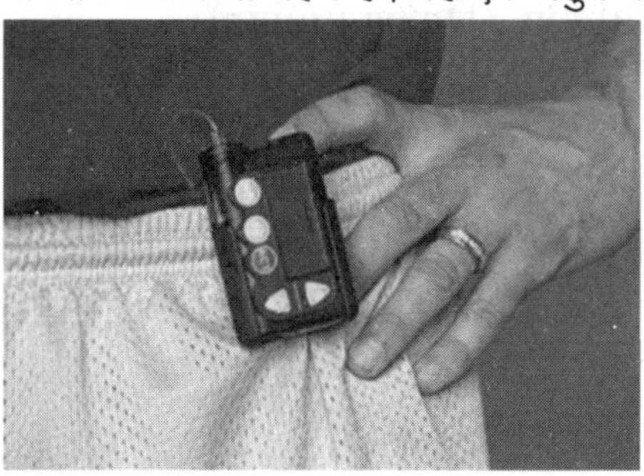

अन्य इंस्युलिन-डिलीवरी विकल्प

जेट-इंजेक्टर

जेट इंजेक्टर में सुई नहीं होती। उसकी जगह बहुत उच्च दाब का इस्तेमाल किया जाता है, जिससे इंस्युलिन त्वचा के पोरों से होकर रक्त-प्रवाह में प्रविष्ट हो जाती है।

गुण

सुई-रहित

यदि आप सुइयों से घृणा करते हैं, तो जेट-इंजेक्टर और पैन आपके विकल्प हैं।

अवगुण

कुछ लोगों को इसमें सुई से ज्यादा दर्द हो सकता है। त्वचा की ऊपरी सतह पर नसों का घना जाल होता है। उस स्थान पर त्वचा में दबाव के द्वारा इंस्युलिन प्रविष्ट कराना इंजैक्शन से अधिक (यह देखते हुए कि सुई कितनी महीन मिलने लगी है) दर्दीला हो सकता है।

असमान इंस्युलिन-डिलीवरी

चूंकि इस प्रक्रिया में इंस्युलिन त्वचा के छिद्रों द्वारा प्रविष्ट कराई जाती है, अतः आवश्यक नहीं कि जेट-इंजेक्टर हमेशा सही मात्रा इंजेक्ट करें।

अन्य विकल्प

अन्य विकल्प है इंस्युलिन पैन।

चुनाव करने से पहले अपने डॉक्टर से गहन मशविरा करें और तब ऐसा विकल्प चुनें, जो आपकी आवश्यकताओं, स्वास्थ्य, जीवनशैली और बजट के अनुकूल हो।

इंस्युलिन की अभिक्रिया / रिएक्शन (हाइपो)

चेतावनी-लक्षण

अत्यधिक इंस्युलिन से ब्लड-शुगर खतरनाक स्तर तक गिर सकता है। इसे इंस्युलिन से हुई अभिक्रिया हाइपो कहते हैं। इस तरह की अभिक्रियाएं कम, सामान्य और तीव्र हो सकती हैं और आपको अन्य की सहायता की आवश्यकता पड़ सकती है।

– अत्यंत थकान और जम्हाइयां आना

– सोचने और बोलने में तकलीफ

– मासंपेशियों के समन्वयन में बाधा

– दौरे

– मूर्छा

लक्षण

घबड़ाहट

पसीना आना

व्याकुलता

चक्कर आना

भूख

हृदय-गति बढ़ना

धुंधलापन

कमजोरी/थकान

सिर-दर्द

चिड़चिड़ाहट

इंस्युलिन-जनित हाइपो का इलाज

वे सभी व्यक्ति, जो इंस्युलिन का प्रयोग करते हैं, हमेशा अपने साथ 15 ग्राम त्वरित प्रभावी कार्ब रखें। इससे ब्लड-शुगर को तेजी से ऊपर लाया जा सकता है और इंस्युलिन-जनित दुष्प्रभाव से निपटा जा सकता है। उदाहरण निम्न है :

– 1/2 कप फलों का रस या सामान्य सोडा

– 1 कप दूध

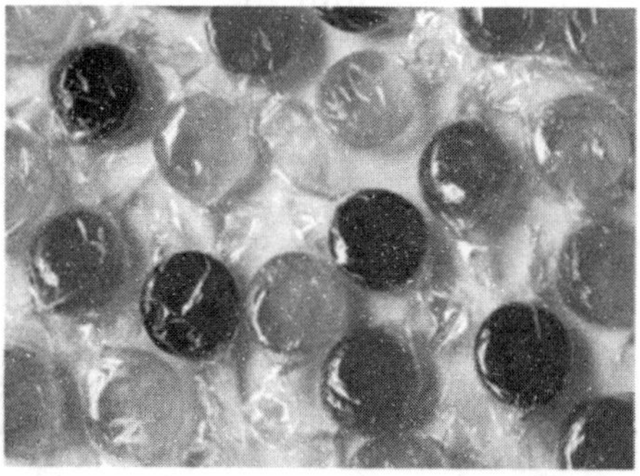

– दो बड़े चम्मच किशमिश

– 3 ग्लूकोज़ की गोलियां

– इस सब के साथ यदि 15 मिनट बाद भी आपकी ब्लड-शुगर अत्यधिक कम रहे, तो 15 ग्राम कार्ब और लें।

– भीषण दुष्प्रभाव होने पर ग्लूकागोन दवा लें। इसे किसी डॉक्टर के द्वारा त्वचा के भीतर इंजैक्ट करवायें।

जब कोई बच्चा मधुमेह से ग्रस्त पाया जाता है, तो उसके परिवार को यह सीखना चाहिए कि प्रतिदिन उसकी किस प्रकार देखरेख करनी है। सीखने की इस प्रक्रिया में परिवारी जन मधुमेह से जुड़े चिकित्सकीय शब्दों को, जैसे इंस्युलिन, केटोंस, सीरिंज, इंस्युलिन-पैन, जांच, उच्च व निम्न स्तर के बारे में सीखते हैं। माता-पिता को धैर्यशील, लचीले और बच्चे की आवश्यकताओं के अनुसार अपने को तैयार करने में सक्षम होना चाहिए।

बच्चे और माता-पिता के बीच प्रतिदिन वार्तालाप बच्चे की अपने और अपनी दुनिया के बारे में समझ के संदर्भ में बहुत फायदेमंद है। यहां हम कुछ ऐसे बिंदुओं की चर्चा कर रहे हैं, जिन पर आप अगली बार जब भी मधुमेह पर बात करें, ध्यान दें :

तमगा लगाना

हम स्वयं को व्याख्यायित करने के लिए जिन शब्दों का प्रयोग करते हैं, वे बहुत महत्वपूर्ण होते हैं। उदाहरण के लिए, शरारती बच्चा अकसर अपने तमगे पर खरा उतरता पाया जाता है। मधुमेह से पीड़ित बच्चे को भी अपनी स्थितियों की पहचान व जीवन भर के इलाज का ज्ञान होना चाहिए। माता-पिता की जिम्मेदारी है कि वे बच्चे को अहसास करायें कि मधुमेह होने का अर्थ सब-कुछ खो देना नहीं है। वह भी बालपन, किशोरावस्था और वयस्क जीवन के सारे आनंद उठा सकता है। वह औरों की तरह एवं हर तरह के व्यवसाय चुन सकता है। यह आपके बच्चे में यह बात विकसित करेगी कि वह भी औरों की तरह जीवन का आनंद ले सकता है।

फैसला सुनाना

बच्चे तो यह कभी नहीं चाहेंगे कि कोई उनको लेकर फैसला सुनाये। कई बच्चों के लिए ब्लड-ग्लूकोज़-स्तर को नियंत्रित करना बहुत आसान नहीं होता। इसलिए ब्लड-शुगर के बारे में अच्छा और बुरा शब्द का इस्तेमाल न करें। इससे लगेगा, आप फैसला ले रहे हैं। उच्च और निम्न अधिक तर्कसंगत हैं।

शर्मिंदगी

सभी बच्चे यही सुनना चाहते हैं कि उन्हें उनका परिवार प्यार करता है। वे उसका हिस्सा हैं और जैसे भी हैं, परिवार उन्हें चाहता है। लेकिन जब उनसे यह

कहा जाए कि वे उम्मीदों पर खरे नहीं उतर रहे, तो उन्हें शर्मिंदगी का अहसास होता है। अपने बच्चे को भला-बुरा कहने के बजाय बच्चे के साथ रहिए, उसे प्यार कीजिए, ताकि वह आपको अपने साथ पाकर मधुमेह से बेहतर तरीके से निपट सके।

सबसे पहले अपने तनाव को दूर करें और अपने बच्चे को सहायता दें। आशावादी होकर अपने बच्चे से संवाद करें तो उसकी भी सकारात्मकता जन्म लेगी।

बच्चे की देखरेख की चुनौतियां

अधिकतर माता-पिता यह जानकर कि उनका बच्चा मधुमेह-पीड़ित है, सदमे में चले जाते हैं। शुरुआती सदमे से उबरने के बाद अपने बच्चे को स्वस्थ रखने के लिए उसकी रोजमर्रा की देखभाल से चिंताग्रस्त हो जाते हैं। यहां हम कुछ ऐसे उपाय बता रहे हैं, जिनसे जीवन कुछ सुगम होगा।

जांच और इंजैक्शन का प्रबंधन

शिशुओं और प्री-स्कूल बच्चों के साथ माता-पिता का पूरी तरह से लिप्त होना और उनके कार्यों में साझेदारी करना बहुत आवश्यक है।

दुधमुंहे बच्चों को इंजेक्शन लगाते समय उनके हाथ में एक बिस्कुट देने से काम चल सकता है।

यहां तक कि थोड़े बड़े बच्चों को भी इंजेक्शन के स्थान पर आइस क्यूब या कोमल कपड़े की टकोर से सुकून मिलता है।

बहुत-से बच्चों के लिए रैपिड एक्टिंग इंस्युलिन ज्यादा कारगर तरीका है। इससे उन्हें लगाने के बाद खाने के लिए 30 मिनट इंतजार करने से मुक्ति मिलती है। यह भी हो सकता है कि खाना खाने के फौरन बाद यह इंजेक्शन लगाया जाये। ऐसा करने से खुराक की गणना करने में आसानी होगी और हाइपो से बचा जा सकेगा।

ब्लड-ग्लूकोज़ की जांच के लिए पैरों की उंगलियों को गोदना कम दर्द भरा और आसान रहेगा।

ऐसा ब्लड-ग्लूकोज़ मीटर उपयोग करें, जिसमें केवल छोटी-सी खून की बूंद काफी हो।

गोदने से पहले उंगलियों को गर्म पानी में डुबो देने से उंगलियों पर लगी शुगर हट जाएगी और उंगलियों को रगड़ना नहीं पड़ेगा।

अप्रत्याशित की भविष्यवाणी

मधुमेह-पीड़ित बच्चों के माता-पिता यदि यह स्वीकार कर लें कि जीवन केवल फूलों की सेज ही नहीं, उसमें कांटे भी होते हैं, तो उनके लिए अपने बच्चों की बीमारी को सहना आसान हो जाएगा। कभी-कभी ब्लड-ग्लूकोज़ की मात्रा अनजाने कारणों से घटने-बढ़ने लगती है, ऐसे में माता-पिता को यह नहीं सोचना चाहिए कि उनके बच्चों की तबीयत बद से बदतर हो रही है। आम तौर पर इस तरह के उतार-चढ़ाव हार्मोन के विकसित होने के कारण होते हैं। यदि आपका बच्चा स्वयं इंजेक्शन लगाता है और उसके पेशाब में किटोन व शुगर की मात्रा अकसर अधिक पाई जाती है, तो संभव है, बच्चा ठीक से इंजेक्शन न लगा रहा हो। इसलिए माता-पिता को हमेशा बच्चे के साथ सहायक के रूप में खड़ा होना चाहिए।

निम्न ब्लड-शुगर का भय

इस डर से कि आपके बच्चे की ब्लड-शुगर कहीं कम न हो जाए, उसकी वजह से उसकी ब्लड-शुगर को उच्च स्तर पर बनाये रखना ठीक नहीं। बच्चे से हाइपो के कारणों की चर्चा करें। उसे अपने लक्षणों पर नजर रखकर अपना आकलन करना सिखायें। उसे उससे बचाव के तरीके भी बतायें। अकसर शिशुओं और नन्हे बच्चों में हाइपो के खास लक्षण नजर नहीं आते, पर दौरे आते हैं, चिड़चिड़ाहट होती है, वे पीले और निस्तेज हो जाते हैं। यदि ऐसा हो तो आपको उनके बारे में सचेत हो जाना चाहिए।

देखभाल करने वालों को घर और स्कूल में पूरी सहायता देनी चाहिए और उन पर बच्चों की देखभाल का भरोसा भी करने की जरूरत है।

स्कूल में होने पर

मधुमेह-पीड़ित प्रत्येक बच्चे को ये सुविधाएं होनी चाहिए :

- ब्लड-शुगर नापना
- आवश्यक होने पर इंस्युलिन का इंजेक्शन लगाना
- हाइपो का आपताकालीन शुगर से इलाज करना
- जब आवश्यकता हो, नाश्ता करना
- पानी और शौचालय तक निर्बाध पहुंच
- शारीरिक शिक्षा और स्कूल की अन्य गतिविधियों में सक्रिय भागेदारी

शिक्षकों के लिए जानकारी :

- टाइप-1 या बाल्यावस्था-मधुमेह क्या है
- उच्च तथा निम्न ब्लड-शुगर
- हाइपो का इलाज कैसे किया जाए
- इंस्युलिन इंजैक्शन कैसे दिया जाता है
- ब्लड-ग्लूकोज़ को कैसे नापा जाता है
- आहार-योजना
- व्यायाम
- डॉक्टर अथवा माता-पिता को कब बुलाना है

मधुमेह के मनोवैज्ञानिक पक्ष

बीमारी के दौरान विशेष सावधानियां

यदि आपके बच्चे को बुखार अथवा पेट की बीमारी है, तो निम्नलिखित सावधानियां बरतें :

- यदि बच्चा उलटी कर रहा हो, तो इंस्युलिन न रोकें। बीमारी के समय शरीर को अधिक इंस्युलिन की आवश्यकता होती है।
- इन दिनों अल्पकालिक इंस्युलिन लें और हर भोजन से पहले ब्लड-ग्लूकोज़ नापें।
- ठोस आहार बंद कर तरल भोजन दें।
- यदि दिन के समय ब्लड-ग्लूकोज़ 250 है, तो दी जाने वाली खुराक से 2 यूनिट अतिरिक्त खुराक दें। यदि ब्लड-ग्लूकोज़ तब भी उच्च स्तर पर हो, तो 4 से 6 घंटे तक फिर से जांच दोहरायें और जब बच्चा कुछ ठीक महसूस करने लगे, तो कम कर दें।
- केटोंस के लिए दिन में दो बार पेशाब की जांच करवायें। यदि यह सामान्य से ज्यादा (+++) हो या बच्चा बेतहाशा उलटियां कर रहा हो, तो बच्चे को फौरन अतिरिक्त इंस्युलिन देनी चाहिए। इस बीच उसे डॉक्टर को भी दिखा देना चाहिए, ताकि वह तय कर सके कि कहीं बच्चे को अस्पताल में दाखिल करना तो जरूरी नहीं।

एक वास्तविक केस (कहानी)

मेरे अस्पताल में 20-वर्षीया रेनू को जब लाया गया, तो वह बेहोश थी, उसकी सांस तेज चल रही थी और वह पीली और कमजोर लग रही थी। ''देखिए डॉक्टर साहब, मेरी पत्नी को क्या हुआ है?'' रेनू के जवान पति ने पूछा, ''हमारी शादी को केवल एक महीना ही हुआ है। पांच-छह दिन पहले तक वो ठीक थी। अचानक उसने बार-बार टायलेट जाना शुरू किया और कमज़ोर दिखने लगी। उसे घरेलू दवायें यह सोच कर दी गईं कि शायद उसे बदहजमी हुई है या थकान है। लेकिन आज उसने बहुत उलटियां करना शुरू कर दिया और धीरे-धीरे वह बेहोश हो गई।'' जांच की गई। परिणाम से पता चला कि उसका ब्लड-ग्लूकोज़ 335 mg. और पेशाब में केटोंस की मात्रा (++++) के साथ उसके पेशाब में गंभीर संक्रमण था और शरीर में पानी की कमी थी। वह युवती डायबेटिक केटोओसीडोसिस से पीड़ित थी। ''डॉक्टर, मैं आपको विश्वास में लेकर एक बात बताना चाहती हूं,'' रेनू की मां ने कहा, जो तब तक अस्पताल पहुंच गई थी। रेनू 13 वर्ष की आयु से ही मधुमेह की रोगी है और इंस्युलिन पर थी। हमने शादी के समय यह बात किसी को नहीं बताई, छिपा दी। वह अपने ससुराल में छुप-छुप कर कभी-कभार इंस्युलिन के शॉट्स ले रही थी।''

धीरे-धीरे रेनू में इंस्युलिन की कमी होती गई और वह किसी तरह से काम चलाती रही, लेकिन जैसे ही उसके पेशाब में संक्रमण हो गया तो उसके रक्त में ब्लड-शुगर का स्तर बहुत बढ़ गया। अब उसे और इंस्युलिन की जरूरत थी, लेकिन ससुराल में मधुमेह बीमारी होने की पोल खुल जाने के डर से वह खामोश रही। उसने अपने पति तक को नहीं बताया कि उसे चिकित्सकीय मदद की जरूरत है। अस्पताल में उसे इंस्युलिन पर रखा गया और रैपिड इंट्रावीनस (नसों में) तरीके से एंटीबायोटिक दवाएं दी गईं। हर घंटे पर उसकी ब्लड-शुगर की जांच की गई। 5 से 6 घंटे के बाद उसे होश आया। उसका ब्लड-ग्लूकोज़ 220 आया। उसके केटोंस भी घटे। पांच दिनों में ठीक होकर वह घर जाने लायक हुई। इस बीच रेनू के पूरे परिवार को उसकी बीमारी के बारे में काउंसलिंग दी गई। उन्हें उसके प्रबंधन की जानकारी दी गई और यह बताया गया कि अगर उसकी ठीक से देखरेख की जाए, तो एक बार फिर से रेनू उनके घर को खुशियों से भर देगी।

ऐसी और इस तरह के अनेक घटनाएं इन बातों की जरूरत की ओर इशारा करती हैं :

– किशोर-मधुमेह के बारे लोगों को अधिक और लक्ष्य-प्रधान शिक्षण

– मधुमेह-पीड़ित बच्चे की सामाजिक सहनशीलता के बारे में परिवारी जनों की काउंसलिंग

– विवाह के समय लड़के और लड़की की मधुमेह के बारे में खुलापन

टाइप-1 मधुमेह और व्यायाम

टाइप-1 मधुमेह-पीड़ितों को व्यायाम करते समय सावधानी बरतनी चाहिए। ब्लड-शुगर के अचानक गिरने से आपका स्वास्थ्य-रक्षक दल निम्न का सुझाव देगा :

– व्यायाम से पूर्व ब्लड-शुगर की जांच

– व्यायाम से पूर्व इंस्युलिन-खुराक को व्यवस्थित करना

– व्यायाम से पूर्व तथा व्यायाम के बीच स्नैक खाना

आपका डॉक्टर ब्लड-शुगर की स्थिति जानने के लिए मूत्र में केटोंस की जांच के लिए कह सकता है। जब केटोंस उपस्थित हों, भारी व्यायाम से परहेज करें।

टाइप-1 मधुमेह और आहार

इस बारे में बहुत से भ्रम हैं कि मधुमेह-पीड़ित को क्या खाना और क्या नहीं खाना चाहिए। सच तो यह है कि किसी भी आहार की मनाही नहीं है। आप अपनी सुनिश्चित उपचार-आहार-योजना के तहत मिठाई भी खा सकते हैं। बस आपको अपने स्वास्थ्य-देखरेख दल के साथ मिलकर अपनी इंस्युलिन-थिरेपी, आहार और व्यायाम-गतिविधियों के बीच संतुलन बनाये रखना है।

टाइप-1 मधुमेह और गर्भावस्था

डॉक्टर को तय करने दीजिए कि क्या आप अभी गर्भ धारण करने की स्थिति में हैं? यदि टाइप-1 मधुमेह की देखभाल ठीक से न हो रही हो, तो गर्भावस्था में जटिलताएं पैदा हो सकती हैं और बच्चे में दोष हो सकते हैं। यदि गर्भधारण से पहले ब्लड-शुगर नियंत्रित है, तो गर्भपात और जन्म के समय दोषयुक्त बच्चों से अन्य की तरह बचा जा सकता है। इस स्थिति में अन्य जटिलताओं में कमी आती है, जैसे रक्तचाप का खतरनाक स्तर तक बढ़ना और मां की रेटिना का नुकसान।

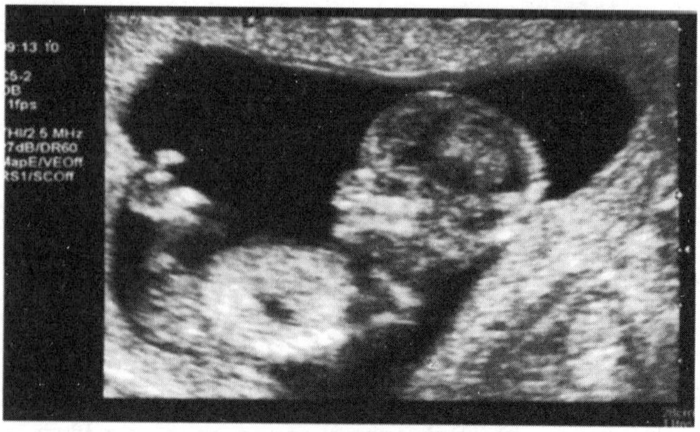

बाल मधुमेही – सामाजिक व मानसिक दृष्टिकोण

"TV देखते हुये इसकी आँखें पथरा गईं एवं शरीर काँपने लगा। अस्पताल ले जाने के थोड़ी देर बाद ही यह ठीक हो गई। किंतु आज सुबह खून की जाँच में शक्कर बताई है। लेकिन इससे पहले तो मेरी बेटी ठीक थी एवं वर्तमान में वह तीसरी कक्षा की मेधावी छात्रा है। हमारे सारे खानदान में किसी को शुगर नहीं है। इस जाँच की रिपोर्ट पर मुझे तनिक भी भरोसा नहीं। कृपया आप ठीक से देखें एवं बताएँ।" उक्त कथन था टाइप-1 मधुमेह से ग्रस्त गौरी के हकबकाये पिता शिवदयाल का।

खैर! जाँच आदि के बाद बच्ची के बाल-मधुमेही होने की पुष्टि हो गई। ''अब इंस्युलिन-इंजेक्शन ही इसकी जीवनरेखा है। साथ ही समय-समय पर ब्लड-शुगर भी चेक करवाते रहें। अन्य किसी भी समस्या के लिए भी तुरंत दिखलाएँ एवं उसे नजरअंदाज न करें।'' यह कहकर डॉक्टर साहब अपने अगले मरीज में व्यस्त हो गये।

इधर गौरी के माता-पिता तो बेजान-से हो गये। मासूम गौरी उनके चेहरे के भावों को देखकर शायद अपनी ''कमी'' से परिचित हो गई। रोग लाइलाज नहीं है, यह जानते हुये भी गौरी के माता-पिता गहरे अवसाद में डूब गये। अनेक अनुत्तरित प्रश्न उनके जेहन में कौंध रहे थे :

– क्या हमारी बच्ची सामान्य बच्चों की तरह विकसित होगी?

– क्या इसकी आयु कम है?

– क्या घर के अन्य बच्चों में भी यह रोग फैल सकता है?

– क्या अब वह स्कूल जा सकेगी, पढ़ सकेगी या खेल सकेगी?

– क्या वह रोजाना इंस्युलिन इंजेक्शन के दर्द को सहन कर सकेगी?

– पता नहीं, यह इलाज कितना खर्चीला होगा, कब तक चलेगा?

– इससे विवाह कौन करेगा? क्या यह सामान्य बच्चों को जन्म दे सकेगी?

बच्चों में मधुमेह (टाईप-1 डायबिटीज़) वास्तव में एक जटिल समस्या है। इसका इलाज इंस्युलिन-इंजेक्शन, परहेजी भोजन के साथ-साथ रोगी को समुचित सामाजिक एवं मानसिक संरक्षण के द्वारा ही सफलतापूर्वक किया जा सकता है। मात्र इंस्युलिन-इंजेक्शन तक सीमित न रहकर वास्तव में स्वास्थ्य सेवी संगठनों को बाल-मधुमेही के लिए सामाजिक, आर्थिक व पारिवारिक संरक्षण देने की दिशा मे भी पहल करनी चाहिए। सामाजिक संरक्षक दल में कोई भी सामाजिक कार्यकर्ता, नर्स, चिकित्सक, पेरामेडिकल कार्यकर्ता, नेतागण, घर के सदस्य, पड़ोसी, अन्य मरीज या अन्य कोई भी मित्र व हितैषीगण हो सकते हैं। भावनात्मक व सामाजिक सुरक्षा प्रदान करने के साथ ही ये संगठन समाज में डाइबिटीज़ रोग के बारे में जागरूकता फैलाते हैं। आर्थिक दृष्टि से कमज़ोर मरीजों के सहायतार्थ धन एवं फ्री इंस्युलिन आदि उपलब्ध कराने हेतु समाज के धनाढ्य वर्ग की सहायता से ट्रस्ट की स्थापना की जा सकती है।

मधुमेह पता चलने के बाद मानसिक तनाव

इस रोग के होने का पता चलने के तुरन्त बाद अधिकतर मरीज इस सत्य का सामना सामान्य रूप से नहीं कर पाते, वे तनावग्रस्त हो जाते हैं। कुछ बच्चों में तो नर्वस-ब्रेकडाउन या डिप्रेशन की समस्या भी देखी जाती है। परन्तु साल-छह महीने बीतते-बीतते, सब-कुछ सामान्य हो जाता है। कुछ बच्चों में नींद न आना, चिड़चिड़ापन, अन्य बच्चों से कम घुलना-मिलना, बातचीत करने में झिझकना आदि लक्षण देखे जाते हैं।

मधुमेह के साथ बड़ा होना एक चुनौती

वास्तव में मधुमेह एवं मानसिक परिवर्तनों का चोली-दामन का साथ है। बार-बार शुगर कम होना (हाइपो में जाना) बच्चों के मानसिक विकास में बाधक हो सकता है। साथ ही यह स्नायु-तंत्र एवं शरीर की अन्य रासायनिक प्रक्रियाओं पर भी दुष्प्रभाव डालता है। नतीजतन आंख का पर्दा खराब होना (रेटिनापैथी), गुर्दा खराब होना (नेफ्रोपैथी), पैर में सुन्नपन आना (न्यूरोपैथी) जैसी जटिलताएं असमय सामने आने लगती हैं। किशोर एवं युवा वर्ग में हार्मोन्स की वजह से होने वाले सामान्य परिवर्तन उत्सुकता एवं तनाव को जन्म देते हैं। ऐसे में मधुमेह-ग्रस्त युवा दोहरे मानसिक तनाव को झेलते हैं। खेल-कूछ, योग-ध्यान, व्यायाम

के लिए विशेष रूप से बच्चों को प्रोत्साहित करें। ये क्रीड़ायें स्वाभाविक रूप से ब्लड-शुगर कम करती हैं। इससे बच्चों में स्फूर्ति, आशा एवं आत्मविश्वास का संचार होता है। साथ ही हीन-भावना नष्ट होती है। परन्तु बच्चों को खेल के दौरान लगने वाली चोटों पर अवश्य ध्यान दें। उन्हें समझायें कि जूते-चप्पल पहनकर खेलना ही सुरक्षित तरीका है।

शिक्षा में कोई कमी न आने दें

बाल-मधुमेही की बीमारी का वास्ता देकर उसे स्कूली शिक्षा से वंचित रखना घोर अपराध है। कुछ स्कूल एवं अध्यापक रोगग्रस्त बच्चों को एडमिशन देने से कतराते हैं। वास्तव में ऐसा मधुमेह संबंधी उचित जानकारी के अभाव में होता है। बीमारी एवं अनुपस्थिति के दिनों को हटा दें, तो आम तौर पर ये बच्चे अच्छे विद्यार्थी साबित होते हैं। उच्च शिक्षा क्षेत्र, खेलकूद के क्षेत्र एवं अन्य व्यवसायों में ये बच्चे नाम एवं धन अर्जित कर रहे हैं। स्वामी विवेकानन्द, हॉलीवुड अभिनेत्री हैलीमेरी, स्टार-क्रिकेटर वसीम अकरम आदि साहसी टाइप-1 मरीजों के ज्वलंत उदाहरण हैं।

परिवार की भूमिका

बाल-मधुमेही के सारे परिवार पर किसी न किसी रूप में नकारात्मक मानसिक प्रभाव देखा जा सकता है। बच्चे की मां को भी बीमारी का पता चलने के बाद मानसिक तनाव व अवसाद की स्थिति से उबरने में लगभग 4-6 महीने का समय लग जाता है। इस बच्चे की देखभाल का मुख्य दायित्व मां के कन्धों पर होता है। ऐसे में जाहिर है, अन्य बच्चों की देखभाल व घर के कामों का भी बोझ उठाना मुश्किल होता है। परिवार के अन्य सदस्यों पर बाल-मधुमेही की देखभाल एक विशेष जिम्मेदारी है। घर के अन्य सदस्यों की तुलना में जाने-अनजाने बाल-मधुमेही स्वयं को अलग श्रेणी में खड़ा पाते हैं।

बाल-मधुमेही यानी सारा जीवन नपा-तुला भोजन, रोजाना इंस्युलिन-इंजेक्शन, ब्लड-शुगर की जांच, व्यायाम आदि। परन्तु माता-पिता की आपसी समझ, घर का तनावरहित एवं सौहार्दपूर्ण वातावरण, बेहतर वैचारिक आदान-प्रदान एवं रोगग्रस्त बच्चे के जीवन को बेहतर बनाने का सामूहिक लक्ष्य, रोगी को मानसिक रूप से सुदृढ़ बनाकर इस समस्या का मुकाबला करने में सहायक होता है। स्वस्थ टाइप-1 मरीज अकसर सामान्य सम्बन्ध बनाते हैं। यहां पर **"स्वस्थ"** शब्द नियंत्रित मधुमेह एवं अच्छे शारीरिक एवं मानसिक स्वास्थ्य का परिचायक है। घर का सकारात्मक वातावरण भी रोगी के व्यवहार व बातचीत पर प्रभाव डालता है।

वैवाहिक जीवन

सकारात्मक परिवार के बाल-मधुमेही आत्मविश्वासी किशोर एवं युवा होते हैं। ये सामान्य वैवाहिक जीवन व्यतीत करते हैं। इनके रोग सम्बधी सारी जानकारी जीवनसाथी एवं उसके परिवार वालों को होनी चाहिये। विवाहोपरांत संतान-प्राप्ति की राह थोड़ी कठिनाइयों से भरी हुई है। नियमित चिकित्सकीय परामर्श एवं सजगता से इनका भी मुकाबला किया जा सकता है। आत्मविश्वास (Self Confidence) एवं अपने स्वास्थ्य के प्रति रहने वाले बच्चों में शुगर-कंट्रोल प्रायः अच्छा रहता है एवं इस रोग की जटिलताएँ भी कम हो जाती हैं। मधुमेह सम्बंधी जानकारी पत्रिकाओं के माध्यम से प्राप्त करने से रोग संबंधी भ्रांतियाँ तो दूर होंगी ही, साथ ही आत्मविश्वास भी जागेगा।

खान-पान एक समस्या

चॉकलेट, मिठाई, फास्ट फूड एवं होटल आदि का खाना नहीं खाने की हिदायतों से तगं आकर कभी-कभी रोगी बगावत भी कर देते हैं। परन्तु अकसर यह बगावत महंगी पड जाती है, अतः खान-पान में सदैव सतर्कता बरतें। साथ ही समय-समय पर डाइटीशियन से मशवरा शुगर-कंट्रोल में सहायक सिद्ध होता है।

फियर फैक्टर (Fear Factor)

रोजाना इंस्युलिन-इंजेक्शन की चुभन का एहसास व शुगर की जाँच के समय खून निकलने का भय मरीज पर मानसिक दबाव डालता है। यह स्थिति उन्हें स्वयं इंजेक्शन लेने एवं जाँच करने से रोकती है एवं आत्मनिर्भता की दिशा में बाधक है।

काँटों भरी राह

मधुमेह की जटिलताओं से भरा जीवन रोगी के लिये शारीरिक एवं मानसिक परेशानी का सबब बन सकता है। ये जटिलतायें मधुमेही को सदैव याद दिलाती हैं कि भरसक प्रयास के पश्चात् भी वे इस रोग के सामने विवश हैं एवं यह भावना मानसिक अवसाद (डिप्रेशन) पैदा करती है। अनियंत्रित मधुमेह, अपर्याप्त पारिवारिक संरक्षण, बीमारी से शारीरिक कष्ट और आर्थिक असुरक्षा इन रोगियों में तनाव व कुंठा की भावना पैदा करते हैं।

आशा की ज्योति

इंस्युलिन के आविष्कारक सर फ्रेडरिक बेंटिंग के पुश्तैनी मकान, जिसमें रहते हुये उनके मन में इंस्युलिन का विचार पनपा था, के ठीक सामने प्रज्जवलित "फ्लेम ऑफ होप" (Flame of Hope) वास्तव में पीढ़ियों से वैज्ञानिकों व चिकित्सकों के लिये प्रेरणा का स्रोत बनी हुई है। मधुमेह से मुक्ति का उपाय (Permanent Cure) ज्ञात होते ही इस ज्योति को बुझा दिया जायेगा...तब तक शायद इंस्युलिन ही बाल-मधुमेही मरीजों के लिये एकमात्र आशा...

इंसुलिन प्रयोग के लिए आवश्यक निर्देश :

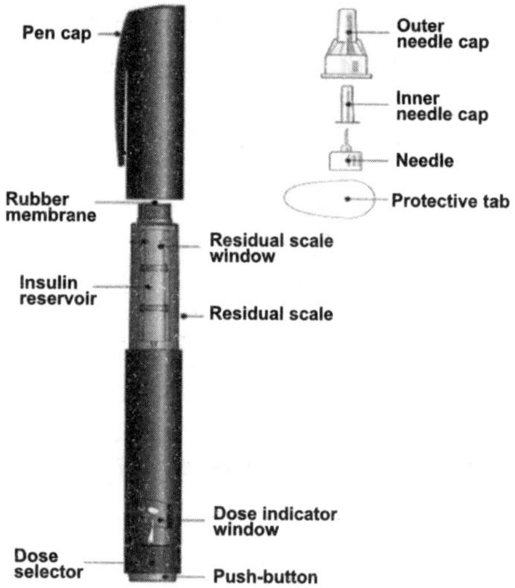

1 जहाँ तक संभव हो, इंस्युलिन को रेफ्रिजरेटर के अन्दर निर्धारित तापमान 2° से 8° सेल्सियस (36° से 46° फॉरेनहाइट) पर रखना चाहिए।

2 जमे हुए (बर्फीले) इंस्युलिन का प्रयोग बिल्कुल न करें (ध्यान रखें इंस्युलिन को रेफ्रिजरेटर के कूलिंग सिस्टम के बहुत पास अथवा फ्रीजर बाक्स में कतई न रखें)।

3 यदि आप अपने इंस्युलिन को रेफ्रिजरेटर में नहीं रख सकते, तो उसे ठण्डे व अंधेरे स्थान में रखें।

4 इन्सुलिन को अधिक गर्म स्थान पर न रखें जैसे :–

- कार की ड्राइविंग सीट के पास की जगह
- धूपदार खिड़की के पास
- कुकिंग रेंज या गैस स्टोव के निकट
- बिजली के उपकरणों के ऊपर जैसे–टेपरिकार्डर, टी.वी.। इत्यादि।

5 हवाई जहाज में यात्रा करते समय सारे इंस्युलिन वॉयल अपने साथ के केबिन बैग में ही रखें, सूटकेसों या दूसरे सामानों के साथ नहीं, ताकि वे आपके साथ रहें।

6 यात्रा के समय बीमारी का खतरा बना रहता है, जिसके कारण आपको अधिक इंस्युलिन की आवश्यकता पड़ सकती है।

7 इंस्युलिन वॉयल, जो इस्तेमाल में है, उसे कमरे के तापमान (25° सेल्सियस) पर करीब एक माह तक रखा जा सकता है। सफेद पड़े, दाने जमे हुए या भूरे हो गये इंस्युलिन का इस्तेमाल बिलकुल नहीं करना चाहिए।

इंस्युलिन मिलाने का तरीका

जल्दी असर करने वाली (पारदर्शी) इंस्युलिन तथा देर तक असर दिखाने वाली (धुंधली) इंस्युलिन को एक ही सिरिंज में ऐसे मिलायें :

1 खाली सिरिंज में निर्धारित धुंधली इंस्युलिन की मात्रा के बराबर हवा खीचें।

2 हवा को धुंधली इंस्युलिन वाले वॉयल में भर दें, परन्तु इंस्युलिन न खींचें।

3 सूई को बाहर निकाल लें और वॉयल को एक तरफ रख दें।

4 खाली सिरिंज में पारदर्शी इंस्युलिन की निर्धारित मात्रा के बराबर हवा खींचें तथा हवा को पारदर्शी इंस्युलिन के वॉयल में भर दें।

5 वॉयल को उलटा कर पारदर्शी इंस्युलिन की बताई गई मात्रा से थोड़ी अधिक मात्रा सिरिंज में खींच लें।

6 अब वॉयल को आंख के स्तर पर रखें तथा मात्रा से अधिक खींची हुई इंस्युलिन को हवा के बुलबुलों के साथ वॉयल में वापस भर दें। इसके बाद सूई बाहर निकाल लें।

7 अब धुंधली इंस्युलिन वाला वॉयल लें, जिसमें हवा भरी गई थी, सूई अन्दर डालकर बताई गई निर्धारित मात्रा सिरिंज में खींच लें।

8 सूई को बाहर निकाल लें, अब यह मिश्रण इस्तेमाल के लिए तैयार है।

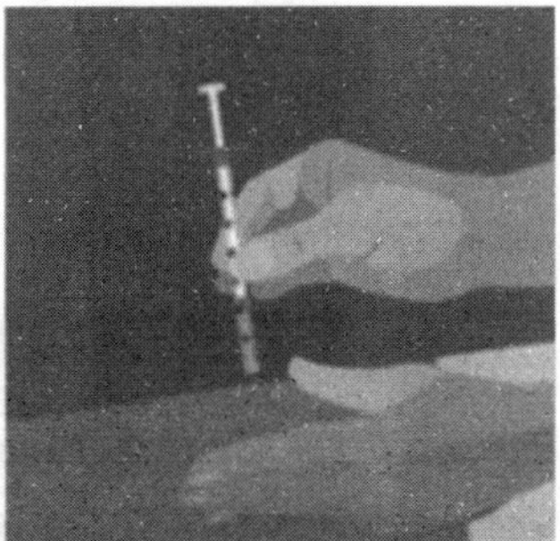

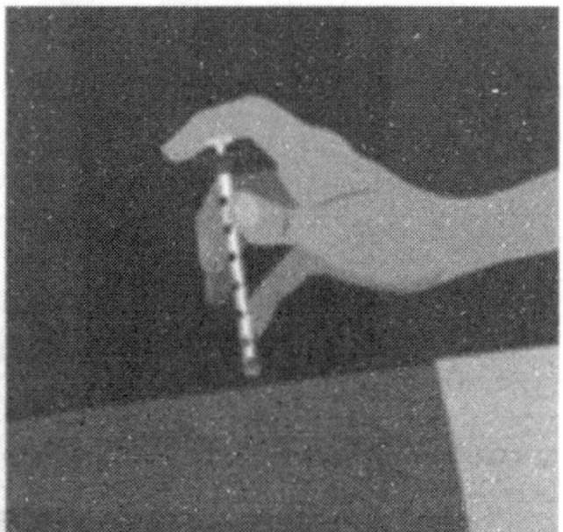

9 यदि असावधानी के कारण सिरिंज में धुंधली इंस्युलिन की निर्धारित मात्रा से अधिक मात्रा निकल जाये, तो गलती को सुधारने के लिए धुंधली इंस्युलिन की अधिक मात्रा को वॉयल में वापस न डालें, अब सिर्फ एक ही उपाय है, सिरिंज को खाली कर पूरी प्रक्रिया फिर से शुरू करें।

इंस्युलिन-इंजेक्शन लगाने का तरीका :

1 सिरिंज में पर्याप्त इंस्युलिन खींचें, सिरिंज में भर आये हवा के बुलबुलों को हलके से हिलाकर हटायें।

2 आवश्यकता से अधिक इंस्युलिन की मात्रा को वॉयल में वापस भर दें तथा सूई को वॉयल से खींच लें।

3 सूई लगाने वाली जगह की त्वचा अच्छी तरह से बटोरकर पकड़ लें तथा सूई को 90° के कोण से त्वचा के नीचे घुसायें।

4 इंस्युलिन को धीरे-धीरे अन्दर जाने दें, फिर एक उंगली से इंजेक्शन-स्थल को दबाकर सूई को बाहर निकालें।

5 इंजेक्शन लगाने के स्थान को बदलते रहें, क्योंकि एक ही जगह इंजेक्शन लगाने से त्वचा के नीचे घाव पड़ सकते हैं।

6 नष्ट किये जा सकने वाले डिस्पोज़ेबल सिरिंजों को अवश्य नष्ट कर दें, ताकि वे दूसरों को नुकसान न पहुँचा सकें, शीशे व धातु के सिरिंज को इस्तेमाल से पहले ठीक से साफ कर लें, सिरिंज के अवयवों को 10 मिनट तक पानी में उबालें, सिरिंज उबालने का बर्तन किसी अन्य कार्य के लिये प्रयोग न करें, उबालने के तुरन्त बाद उसके अवयवों को उठा लें।

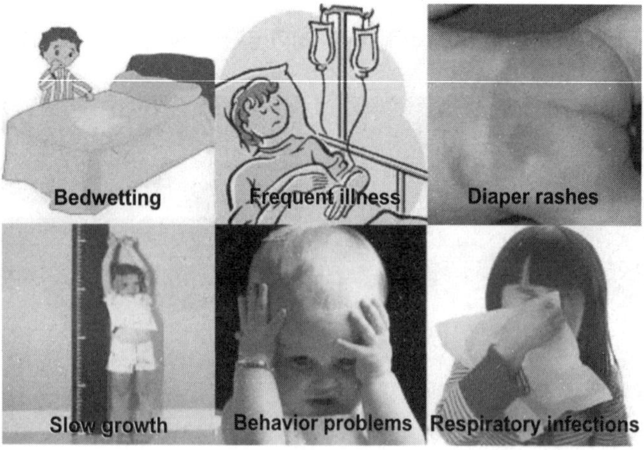

स्वयं मॉनिटरिंग

1 वज़न

2 ब्लड-शुगर

3 यूरिन कीटोन और माइक्रोएल्ब्यूमिन

अपना वज़न सप्ताह में एक बार जरूर देखें, 2 किलो से अधिक कमी की वजह अत्यधिक ब्लड-शुगर या फिर अपर्याप्त पोषण या कोई गहन इन्फैक्शन हो सकती है। वज़न का बढ़ना आपके खान-पान और व्यायाम की लापरवाही हो सकता है या फिर किडनी की वजह से पानी जमा होना हो सकता है। इसकी सूचना डाक्टर को अवश्य दें।

पेशाब में कीटोन की जाँच एक साधारण स्टिक्स-टेस्ट से हो जाता है। इसे टाइप-1 डाइबिटीज़ में करना चाहिए, खास तौर पर जब अत्यधिक हाई शुगर हो। **इसे खतरे की निशानी मानना चाहिए।**

ब्लड-शुगर की स्वयं मॉनिटरिंग आपको सचेत रखती है कि आपका खानपान, व्यायाम ओर दवाएं सही असर कर रहे हैं। अपने मॉनिटरिंग-डायरी डाक्टर को अवश्य दिखाएँ या ई-मेल पर भेजें।

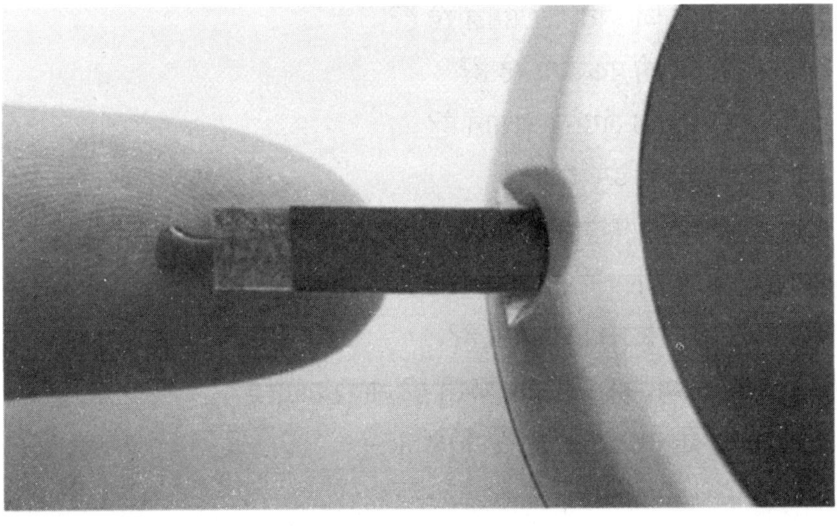

कब-कब टेस्ट करें

सुबह नाश्ते या दिन के खाने से पहले, नाश्ते या भोजन के करीब 2 घंटे बाद, कभी-कभी रात के सोने से पहले और सुबह 2-3 बजे

– अगर आपको टाइप-1 डाइबिटीज़ है, तो हर भोजन से पहले और रात को सोने से पहले, कम से कम सप्ताह में 3 बार

– अगर आपको टाइप-2 डाइबिटीज़ है और आप इंस्युलिन लेते हैं, तो 2-3 बार दिन में कम से कम सप्ताह में 2 बार

– आप को टाइप-2 है और आप केवल गोलियाँ लेते हैं, तब 1-2 बार प्रतिदिन, कम से कम सप्ताह में एक बार

किनको नियमित मानिटरिंग की आवश्यकता है?

- टाइप-1 डाइबिटीज़ के छोटे बच्चे
- गर्भावस्था मधुमेह
- ऐसी स्थिति जब सख्त कंट्रोल की आवश्यकता है
- बीमारी, चोट या स्ट्रेस के दौरान
- जब किडनी, दिल या लिवर की भी बीमारी हो

आपके ब्लड-शुगर मॉनिटरिंग-मीटर के चुनाव के लिए दिशानिर्देश

क्या आप मीटर पर अक्षर पढ़ पा रहे हैं?

क्या आप स्ट्रिप का इस्तेमाल समझ रहे हैं?

क्या आप मीटर को पकड़ पा रहे हैं?

क्या स्ट्रिप पर ब्लड लगाना आसान है?

क्या मीटर तुरंत रीडिंग देता है?

मीटर की देख-रेख की वारंटी कितनी विश्वसनीय है?

मीटर की बैटरी आसानी से उपलब्ध है?

क्या मीटर और स्ट्रिप्स किफायती हैं?

क्या मीटर को बार-बार कैलिब्रेट करने की आवश्यकता है?

क्या आपके डाक्टर इस मीटर से संतुष्ट हैं?

हाइपोग्लाइसिमिया (अत्यन्त कम ब्लड-शुगर)

शरीर की कोशिकाओं को कार्य करने के लिए ऊर्जा (एनर्जी) की आवश्यकता होती है। यह ऊर्जा शुगर, वसा, प्रोटीन की रासायनिक क्रियाओं से प्राप्त होती है। शुगर शरीर में ग्लूकोज़ में परिवर्तित हो जाती है, जो एक सरल शर्करा है। यह शरीर को ऊर्जा प्रदान करने का प्रथम और महत्वपूर्ण स्वरूप है। शरीर में मस्तिष्क को छोड़कर अन्य अंग तो शर्करा की कमी में भी अपनी ऊर्जा-जरूरतों की पूर्ति कुछ हद तक कर सकते हैं, पर मस्तिष्क तो सिर्फ ग्लूकोज़ से ही ऊर्जा प्राप्त करता है।

भोजन में मौजूद शर्करा पाचन-तंत्र में ग्लूकोज़ में परिवर्तित हो जाती है और अवशोषित होकर रक्त से विभिन्न अंगों, ऊतकों में पहुंच जाती है। लिवर, मांसपेशियों में मुख्यतः ग्लूकोज़ ग्लाइकोजन में परिवर्तित होकर जमा होता है, पर इसकी मात्रा सिर्फ 48 घंटे की जरूरत के लिए ही पर्याप्त होती है, जबकि वसा (चर्बी) असीमित मात्रा में शरीर में जमा हो सकती है।

रक्त-ग्लूकोज़ स्तर

स्वस्थ व्यक्तियों के रक्त में ग्लूकोज़ एक निश्चित मात्रा में होना आवश्यक है। करीब 12 घंटे तक उपवास करने के पश्चात् रक्त में ग्लूकोज़ का स्तर सामान्यतः 70 से 110 मि.ग्रा. % होता है। भोजन करने के पश्चात् इसका स्तर बढ़कर स्वस्थ व्यक्तियों में 140 मि.ग्रा. % तक पहुंच जाता है और करीब 4 से 6 घंटे पश्चात पुनः कम हो जाता है। भोजन करते समय शरीर वसा का ऊर्जा-जरूरत की पूर्ति के लिए उपयोग करने लगता है।

रक्त-ग्लूकोज़ स्तर का नियंत्रण

रक्त-ग्लूकोज़ का स्तर स्वस्थ व्यक्तियों में कड़ाई से विभिन्न हार्मोन से नियंत्रित किया जाता है। अग्न्याशय ग्रंथि (पैंक्रियाज़) के स्रावित इन्सुलिन हार्मोन के प्रभाव से ग्लूकोज़ आसानी से झिल्ली के द्वारा कोशिकाओं के अन्दर पहुंच जाता है। इसके ज्यादा स्राव होने से रक्त-ग्लूकोज़ कम और कम स्राव होने या इसके कोशिकाओं पर निष्प्राभावी होने पर रक्त-ग्लूकोज़ बढ़ जाता है। इसके अतिरिक्त अग्न्याशय से निकला एक अन्य हार्मोन ग्लुकागान, एडरीनल से स्रावित एड्रनलीन कार्टीसोन, थायरायड, हार्मोन और पीयूष ग्रंथि से स्रावित ग्रोथ

हार्मोन रक्त-ग्लूकोज़ को बढ़ा सकते हैं। रक्त-ग्लूकोज़ स्तर को नियंत्रित करने में लिवर की भी महत्वपूर्ण भूमिका होती है। यदि रक्त-ग्लूकोज़ स्तर बढ़ता है, तो लिवर में ज्यादा मात्रा में ग्लाइकोजन का निर्माण होता है, जबकि ब्लड-ग्लूकोज़ कम होने की दशा में अधिक मात्रा में ग्लाइकोजेन टूटकर ग्लूकोज़ में परिवर्तित होने लगता है।

यदि रक्त-ग्लूकोज़ स्तर कम हो जाता है, तो सीमा से ज्यादा कमी (हाइपोग्लाइसिमिया) होने पर इसके शरीर पर गंभीर प्रभाव होते हैं, विशेषकर मस्तिष्क पर। यदि समय से समुचित उपचार उपलब्ध नहीं होता, तो अचानक मौत हो सकती है।

रक्त-ग्लूकोज़ स्तर में कमी के कारण

भोजन के बाद ग्लूकोज़-स्तर बढ़ जाता है, फिर करीब 4 से 6 घंटे बाद घटने लगता है। यदि फिर से भोजन नहीं किया गया, तो कुछ संवेदनशील व्यक्तियों में इसका स्तर सीमा से अधिक कम हो जाता है और सिरदर्द, चक्कर, कमजोरी, थकान, आंखों के सामने अंधेरा छाने इत्यादि समस्याएं होने लगती हैं। उपवास, व्रत, रोजा रखने पर हाइपोग्लाइसिमिया से ग्रसित होने का भय रहता है।

मधुमेह-ग्रसित मरीजों में हालांकि रक्त-ग्लूकोज़ स्तर ज्यादा रहता है, पर रक्त-ग्लूकोज़ स्तर कम होने का खतरा भी इन्हीं मरीजों में सर्वाधिक होता है। यदि मधुमेही रक्त-ग्लूकोज़ कम करने की दवाई या इन्सुलिन-इंजेक्शन ज्यादा मात्रा में ले लेते हैं, तो घातक रूप से रक्त-ग्लूकोज़ स्तर कम हो सकता है। साथ ही, यदि ये मरीज उपवास करते हैं, भोजन समय से नहीं करते, बगैर सावधानी रखे कठोर परिश्रम, कठिन व्यायाम करते हैं, तब भी हाइपोग्लाइसिमिया से ग्रस्त होने का भय बना रहता है। मधुमेह-मरीजों को सदैव मिठाई, टॉफी, बिस्कुट साथ रखना चाहिए, जिससे हाइपोग्लाइसिमिया के लक्षणों का पूर्वाभास होते ही इनका सेवन कर गंभीर घातक परिणामों से बचाव हो सके।

शराब-सेवन, विशेष रूप से खाली पेट पीने से भी अचानक रक्त-ग्लूकोज़ स्तर कम होने की आशंका रहती है। मधुमेह-मरीजों में शराब के दुष्परिणाम होने की ज्यादा आशंका रहती है।

कुछ अन्य दवाइयां, जैसे पेंटामीडिन, क्युनीन, सेलीसिलेट, प्रोप्रोनलाल के सेवन से भी रक्त-ग्लूकोज़ कम होने का खतरा संवेदनशील व्यक्तियों में होता है।

लीवर, गुर्दे, हृदय-रोग के मरीजों में हाइपोग्लाइसिमिया होने की आशंका ज्यादा बनी होती है।

उपवास करने, भोजन समय से नहीं करने, खाली पेट कठिन परिश्रम करने, व्यायाम करने से हाइपोग्लाइसिमिया की समस्या हो जाती है। शराब पीने के पश्चात् कठोर श्रम-व्यायाम करने से भी हाइपोग्लाइसिमिया की समस्या हो जाती है।

हाइपोग्लाइसिमिया के लक्षण

जब रक्त-ग्लूकोज़ स्तर 60 मि.ग्रा. से कम हो जाता है, तो यह हाइपोग्लाइसिमिया कहलाता है और 40 मि.ग्रा. से कम होने पर गम्भीर समस्याएं हो सकती है।

हाइपोग्लाइसिमिया के लक्षण विविधतापूर्ण होते हैं। अनेक व्यक्तियों में तो इसका पूर्वाभास हो जाता है। रक्त-ग्लूकोज़ कम होना शरीर के लिए तनाव की अवस्था होने जैसा है, जिससे एड्रनलीन-हार्मोन का स्राव बढ़ जाता है, जिसके प्रभाव के परिणामस्वरूप शरीर का रंग सफेद अथवा पीला हो जाता है, अत्यधिक पसीना आता है, हाथों में कंपन होता है, भूख लगती है, बेचैनी होती है, हृदयगति बढ़ जाती है, हृदय तेजी से धड़कता महसूस होने से मरीज घबरा जाते हैं।

रक्त में ग्लूकोज़ की कमी से सर्वप्रथम मस्तिष्क की कार्यप्रणाली गड़बड़ा जाती है। मरीज़ को सिरदर्द, चक्कर आते हैं। वह अनिर्णय के स्थिति में रहता है, भ्रमित रहता है, आंखों के सामने अंधेरा छा जाता है, झटके आ सकते हैं, अंत में मरीज बेहोश हो जाता है। समय से समुचित उपचार उपलब्ध न होने पर मौत हो सकती है।

निदान

यदि हाइपोग्लाइसिमिया की आशंका होती है, तो रोग की पुष्टि रक्त-ग्लूकोज़ की मात्रा की माप से हो सकती है। मधुमेह के मरीजों में हाइपोग्लाइसिमिया बार-बार होने पर रक्त में इन्सुलिन, सी पेप्टाइड, कार्टीसोल हार्मोन के स्तर की माप भी कराई जा सकती है। यदि हाइपोग्लाइसिमिया की समस्या बार-बार होती है और मरीज मधुमेह ग्रसित नहीं है, तो अन्य कारणों का पता लगाने के लिए भी उचित जांचें कराना आवश्यक होता है।

बचाव

हाइपोग्लाइसिमिया सामान्य समस्या है। अनेक मधुमेह-मरीजों में रोग का निदान हाइपोग्लाइसिमिया के कारण बेहोशी आने पर ही हो पाता है। कुछ व्यक्तियों को हाइपोग्लाइसिमिया बार-बार होता रहता है। इन व्यक्तियों को खाली पेट लम्बे समय तक व्यायाम या श्रम नहीं करना चाहिए, व्रत के दौरान तो कतई नहीं, विशेष रूप से गर्म उमस भरे मौसम में।

हाइपोग्लाइसिमिया मधुमेह-मरीजों में विशेष समस्या होती है। यदि सतर्क न रहें, तो जानलेवा हो सकती है। इन मरीजों को भोजन निश्चित समय से करना चाहिए, व्रत-उपवास न करें, शराब का सेवन भी उचित नहीं। उन्हें दवाओं या इन्सुलिन के इंजेक्शन का उपयोग चिकित्सक के निर्देशानुसार करना चाहिए, मनमर्जी से बढ़ाना-घटाना नहीं चाहिए।

नियमित अंतराल पर रक्त-ग्लूकोज़ की जांच करानी चाहिए और दवाओं या इन्सुलिन की मात्रा रक्त-ग्लूकोज़ के स्तर के अनुसार ही चिकित्सक के परामर्श के अनुसार निर्धारित करनी चाहिए। इन्सुलिन-इंजेक्शन लेने के आधा घंटे के अन्दर भोजन अवश्य करें।

मधुमेह-रोगियों को रक्त-ग्लूकोज़ स्तर में कमी से बचाव के लिए थोड़ी-थोड़ी मात्रा में दिन में कई बार भोजन करना चाहिए, किसी कारण से भोजन को टालें नहीं।

मधुमेह के कुछ मरीज पसंद होने पर अनुमोदित मात्रा से ज्यादा भोजन कर लेते हैं, फिर मनमर्जी से दवा या इन्सुलिन की मात्रा बढ़ा लेते हैं, जिससे हाइपो होने का भय रहता है।

मधुमेह के मरीजों के लिए उपवास, व्रत या रोजा रखना गंभीर समस्याओं का कारण हो सकता है, अतः व्रत न रखें, गर्भवती महिलायें यदि मधुमेह-ग्रसित हों, तो उपवास वर्जित है।

इन मरीजों को परिश्रम व व्यायाम करते समय, खेलते समय विशेष सतर्क रहना पड़ता है। गर्म उमस भरे वातावरण में व्यायाम, परिश्रम न करें। बिलकुल खाली पेट व्यायाम नहीं करना चाहिए। व्यायाम करने से पूर्व भरपेट जल पियें। निर्धारित गति से और निर्धारित समय तक व्यायाम करना चाहिए।

मधुमेह के मरीजों को सदैव अपने पास शर्करा-युक्त भोज्य पदार्थ रखना चाहिए। हाइपोग्लाइसिमिया के लक्षण महसूस होते ही तुरंत उसका सेवन करें।

पहले करीब 15-20 ग्राम (3-4 चम्मच) शुगर या ग्लूकोज़ सेवन करें, दस मिनट बाद यदि राहत नहीं मिलती, तो पुनः इतनी मात्रा और लें।

उन्हें घर से बाहर जाते समय भी इन शर्करा युक्त खाद्य पदार्थों को साथ में रखना चाहिए।

मधुमेह-रोगियों को सदैव एक पहचान-पत्र रखना चाहिए, जिसमें उनका नाम, पता, टेलीफोन नंबर, चिकित्सक का नाम, रोग और औषधि तथा समस्या होने पर उपचार का विवरण होना चाहिए।

कुछ स्वस्थ व्यक्तियों में भी तनावग्रस्त होने, मेहनत करने, खेलने के समय पर भोजन न करने पर हाइपोग्लाइसिमिया के लक्षण हो जाते हैं। इनमें कारण का पता प्रयास करने से भी नहीं लग पाता। इन व्यक्तियों को कम कैलोरी युक्त भोजन दिन में कई बार करना चाहिए, जिससे समस्याओं से बचाव हो सके।

उपचार

हाइपोग्लाइसिमिया का निदान और तुरंत उपचार आवश्यक है, देरी मौत का कारण हो सकती है। यदि मरीज होश में हो, तो उसे पर्याप्त मात्रा में शर्करा युक्त भोजन, शरबत, चीनी का घोल या ग्लूकोज़ दिया जाना चाहिए। तुरंत ही मरीज बेहतर महसूस करने लगते हैं।

यदि मरीज बेहोश हो गया है, तो शिराओं से ग्लूकोज़ का घोल देने की आवश्यकता होती है। यदि मधुमेह का पुराना मरीज बेहोश हो जाता है, तो यह समस्या रक्त-ग्लूकोज़ कम या अधिक होने के कारण हो सकती है। प्राथमिक उपचार के रूप में उसे ग्लूकोज़ का घोल देना चाहिए। यदि मरीज हाइपोग्लाइसिमिया-ग्रसित है, तो तुरंत होश में आ जाता है।

हाइपोग्लाइसिमिया गंभीर स्थिति होती है। समय से सही उपचार होने से मरीज शीघ्र ही स्वस्थ हो जाते हैं। उपचार के पश्चात हाइपोग्लाइसिमिया के कारण जानकर इससे बचाव के प्रयास करने चाहिए, जिससे इस समस्या से बचा जा सके।

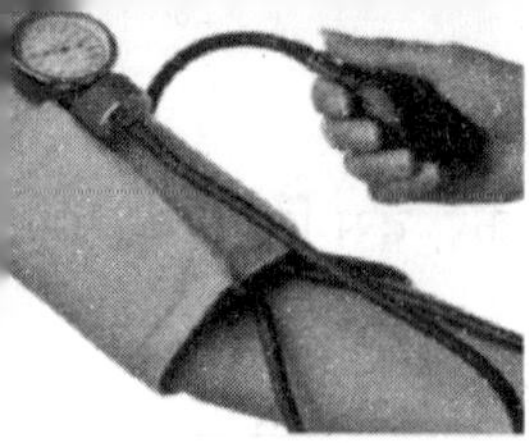

हाई ब्लड-प्रेशर और डाइबिटीज़

हृदय धड़कने से रक्त-नलिकाओं में रक्त पंप होता है और उनमें दबाव पैदा होता है। किसी व्यक्ति के स्वस्थ होने पर रक्त-नलिकाएं मांसल और लचीली होती हैं। जब हृदय उनमें से रक्त-संचार करता है, तो वे फैलती हैं। सामान्य स्थितियों में हृदय प्रति मिनट 60 से 80 की गति से धड़कता है। हृदय की प्रत्येक धड़कन के साथ रक्तचाप बढ़ता है तथा धड़कनों के बीच हृदय शिथिल होने पर यह घटता है। प्रत्येक मिनट पर आसन, व्यायाम या सोने की स्थिति में रक्तचाप घट–बढ़ सकता है, किंतु एक अधेड़ व्यक्ति के लिए यह 130/80 से सामान्यतः कम ही होना चाहिए। इस रक्तचाप से कुछ भी ऊपर उच्च माना जाएगा।

उच्च रक्तचाप के सामान्यतः कोई लक्षण नहीं होते। वास्तव में बहुत-से लोगों को सालों-साल रक्तचाप बना रहता है, किंतु उन्हें इसकी कोई जानकारी नहीं हो पाती। इसका तनाव, हतोत्साह अथवा अति संवेदनशीलता से कोई संबंध नहीं होता। आप शांत, विश्रान्त व्यक्ति हो सकते हैं तथा फिर भी आपको रक्तचाप हो सकता है। उच्च रक्तचाप पर नियंत्रण न करने से पक्षाघात, दिल का दौरा, हृदयगति रुकना या गुर्दे खराब हो सकते हैं। ये सभी प्राणघातक हैं। यही कारण है कि उच्च रक्तचाप को निष्क्रिय प्राणघातक (साइलेंट किलर) कहा जाता है।

रक्तचाप को वक्त पर पहचानें

क्या होता है रक्तचाप?

रक्तचाप या ब्लड-प्रेशर रक्त-वाहिनियों में बहते रक्त द्वारा वाहिनियों की दीवारों पर डाले गए दबाव को कहते हैं। धमनी वे नलिकाएं होती हैं, जो रक्त को हृदय से शरीर के विभिन्न हिस्सों तक ले जाती हैं। हृदय रक्त को धमनियों में पंप करता है। किसी भी व्यक्ति का रक्तचाप सिस्टोलिक और डायस्टोलिक रक्तचाप के रूप में जाना जाता है। जैसे 120/80 सिस्टोलिक अर्थात ऊपर की संख्या धमनियों में दाब को दर्शाती है। इसमें हृदय की मांसपेशियाँ संकुचित होकर धमनियों में रक्त को पंप करती हैं।

डायस्टोलिक रक्तचाप अर्थात नीचे वाली संख्या धमनियों में उस दाब को दर्शाती है, जब संकुचन के बाद हृदय की मांसपेशियाँ शिथिल हो जाती हैं। रक्तचाप उस समय अधिक होता है, जब हृदय रक्त को धमनियों में पंप करता है। एक स्वस्थ व्यक्ति का सिस्टोलिक रक्तचाप 90 और 120 मिलीमीटर के बीच होता है। सामान्य डायस्टोलिक रक्तचाप 60 से 80 मि.मी. के बीच होता है। रक्तचाप संबंधी दो प्रकार की समस्याएँ देखने में आती हैं – एक निम्न रक्तचाप और दूसरी उच्च रक्तचाप।

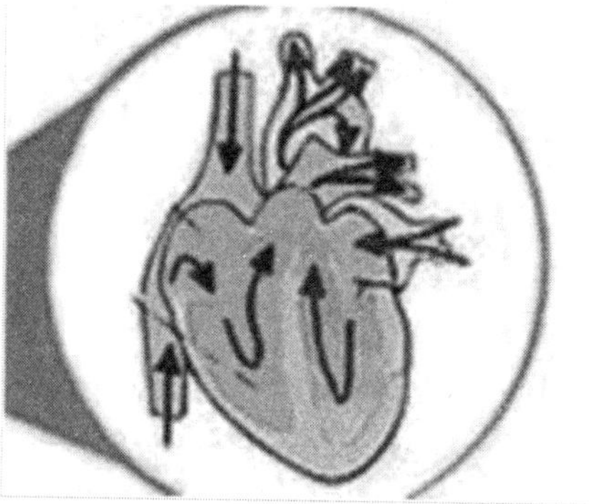

उच्च रक्तचाप

जब मरीज का रक्तचाप 130/90 से ऊपर हो, तो उसे उच्च रक्तचाप या हाइपरटेंशन कहते हैं। इसका अर्थ है कि धमनियों में उच्च तनाव है। उच्च रक्तचाप का अर्थ यह नहीं कि अत्यधिक भावनात्मक तनाव हो। भावनात्मक तनाव व दबाव अस्थायी तौर पर रक्त के दाब को बढ़ा देते हैं। सामान्यतः रक्तचाप 120/80 से कम होना चाहिए। इसके बाद 139/89 के बीच का रक्त का दबाव प्री–हाइपरटेंशन कहलाता है और 140/90 या उससे अधिक का रक्तचाप उच्च समझा जाता है। उच्च रक्तचाप से हृदय-रोग, गुर्दे की बीमारी, धमनियों के सख्त होने, आँखें खराब होने और मस्तिष्क खराब होने का जोखिम बढ़ जाता है।

नियंत्रित रखना जरूरी

उच्च रक्तचाप को नियंत्रित रखना जरूरी है। इससे सभी अंग सलामत रहते हैं। उच्च रक्तचाप धीमे जहर की तरह काम करता है। इसके कारण धीरे-धीरे सभी अंग खराब होते जाते हैं। उच्च रक्तचाप के मरीजों की विशेष देखभाल और जाँच द्वारा दिल के दौरे की आशंका एक-चौथाई कम हो सकती है। वहीं मस्तिष्काघात की भी संभावना भी 40 प्रतिशत कम हो सकती है।

जाँच कराने के पहले

डॉक्टर के पास अपने बीपी की जाँच के लिए पहुँचने के बाद कम से कम पाँच मिनट के लिए आराम करने के बाद ही अपने रक्तचाप की जाँच कराएँ। लंबा चलने, सीढ़ियाँ चढ़ने, दौड़ने-भागने के तुरंत बाद जाँच कराने पर रक्तदाब

बढ़ा हुआ आता है। जाँच के आधा घंटा पहले से चाय, कॉफी, कोला ड्रिंक और धूम्रपान नहीं करना चाहिए। इनके सेवन से रक्तदाब अगले 15-20 मिनट के लिए बढ़ जाता है।

लक्षण

- चक्कर आना
- लगातार सिरदर्द होना
- साँस लेने में तकलीफ
- नींद न आना
- कम मेहनत करने पर भी साँस फूलना
- नाक से खून आना।

130/90 से ऊपर का रक्तचाप उच्च रक्तचाप या हाइपरटेंशन कहलाता है। इसका अर्थ है कि धमनियों में उच्च चाप (तनाव) है। उच्च रक्तचाप का अर्थ यह नहीं है कि अत्यधिक भावनात्मक तनाव हो। भावनात्मक तनाव व दबाव अस्थायी तौर पर रक्त के दाब को बढ़ा देते हैं। सामान्यतः रक्तचाप 120/80 से कम होना चाहिए और 120/80 तथा 139/89 के बीच का रक्त का दबाव पूर्व-उच्च रक्तचाप (प्री-हाइपरटेंशन) कहलाता है और 140/90 या उससे अधिक का रक्तचाप उच्च समझा जाता है। उच्च रक्तचाप से हृदय-रोग, गुर्दे की बीमारी,

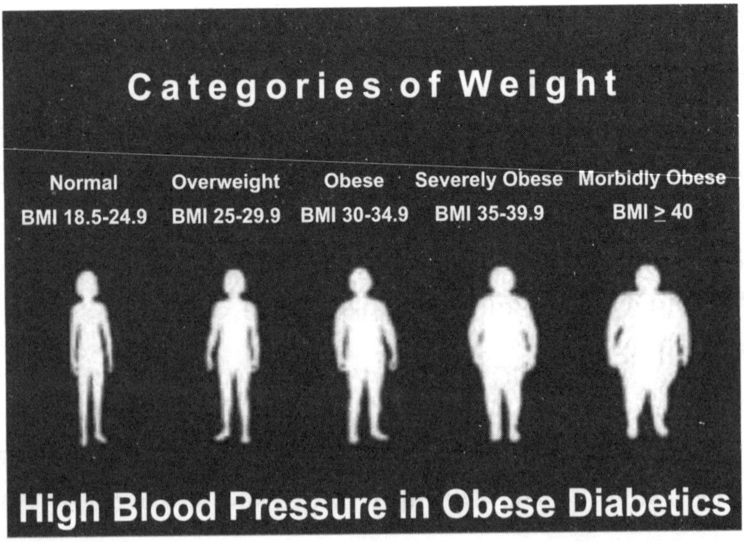

धमनियों के सख्त हो जाने, आंखें खराब होने और मस्तिष्क खराब होने का जोखिम बढ़ जाता है।

व्यस्कों हेतु रक्तचाप-वर्गीकरण

श्रेणी	सिस्टोलिक (मि.ली. मर्करी)	डायस्टोलिक mmHg
हायपोटेंशन	< 90	< 60
सामान्य	**90 - 119**	**60 - 79**
प्रीहायपरटेंशन	120 - 139	80 - 89
स्तर 1 हाइपरटेंशन	140 - 159	90 - 99
स्तर 2 हाइपरटेंशन	≤ 160	≥ 100

कभी रक्तचाप थोड़ा बढ़ा हो, जैसे (146/96) तो तुरंत दवा नहीं लेनी चाहिये। इससे पूर्व कुछ समय तक अपनी जीवन-शैली में बदलाव लाने का प्रयास करना चाहिये। इसका असर 3 महीने में दिखाई देगा। इसके लिये प्रथम तो भोजन में सोडियम की मात्रा कम करनी चाहिये, सामान्यतः 10 ग्राम नमक लोग एक दिन में खाते हैं। इसे कम करके 3 ग्राम तक लाना चाहिये। नमकीन चीजों, जैसे दालमोठ, अचार, पापड़ का पूर्णतः परहेज करें। शरीर में ज्यादा सोडियम होने से पानी का जमाव होता है, जिससे रक्त का आयतन बढ़ जाता है, जिसके कारण रक्तचाप बढ़ जाता है। भोजन में पोटाशियम युक्त चीजें बढ़ाएं, जैसे ताजे फल, डाब का पानी आदि। डिब्बे में बंद सामग्री का प्रयोग बंद कर दें। भोजन में कैलशियम (जैसे दूध में) और मैगनिशियम की मात्रा संतुलित करनी चाहिये। रेशेयुक्त पदार्थ खूब खायें, जैसे फलों के छिलके, साग, चोकर-युक्त आटा, इसबगोल आदि। संतृप्त वसा (मांस/वनस्पति घी) की मात्रा कम करनी चाहिये।

इसके साथ ही नियमित व्यायाम करना चाहिये। खूब तेज लगातार 30 मिनट पैदल चलना सर्वोत्तम व्यायाम है। योगध्यानप्राणायाम रोज करना चाहिये। यदि धूम्रपान करते हों तो पूरा बंद कर दें, वज़न संतुलित करना चाहिये और मदिरापान करते हों तो एक पैग से ज्यादा न पीयें।

मधुमेह (शुगर) रोगी के लिए विटामिन डी है जरूरी

मधुमेह को कंट्रोल करने के लिए रोगियों को अपने खाने में नियमित रूप से विटामिन डी को शामिल करना चाहिए। यह मधुमेह को नियंत्रित करने में मदद करता है। अक्सर रोगी मधुमेह को कंट्रोल करने के लिए कई तरह के नुस्खे अपनाते हैं। लेकिन उनका कोई फायदा नहीं होता। चिकित्सकों का भी मानना है कि विटामिन डी की कमी के चलते लाखों लोगों के टाइप-2 डाइबिटीज़ की चपेट में आने का खतरा हो सकता है। विटामिन डी का सबसे अच्छा स्रोत है धूप। सर्दियों के दिनों में आप आसानी से धूप सेंक सकते हैं। लेकिन एशिया और भारतीय मूल के हम लोगों की त्वचा में मौजूद मिलेनोसाइट कोशिकाएँ धूप की सहायता से विटामिन डी के उत्पादन में बाधा डालते हैं।

विटामिन डी और मधुमेह

विटामिन डी की कमी से लोगों में इंस्युलिन-प्रतिरोधक क्षमता बढ़ती है, जिसका मतलब है कि वे खाद्य पदार्थों से ग्लूकोज़ को ऊर्जा में तब्दील करने के लिए इंस्युलिन का ठीक तरीके से प्रयोग नहीं कर सकते। टाइप-2 मधुमेह उस समय होता है, जब शरीर में पर्याप्त मात्रा मे इंस्युलिन नहीं बनता या जब कोशिकाओं में इंस्युलिन के प्रति प्रतिरोधक क्षमता विकसित हो जाती है।

मधुमेह में विटामिन डी

- मधुमेह में विटामिन डी लेने से इसके बढ़ने का खतरा कम हो जाता है।
- खून में विटामिन डी होने से डाइबिटीज़ की चपेट में आने का खतरा 24 फीसदी तक घट जाता है।
- विटामिन डी के स्रोत सूर्य के प्रकाश से मधुमेह रोग के ठीक होने की भी संभावना रहती है।
- विटामिन डी से रोगियों में ब्लड-शुगर का स्तर नियंत्रित रहता है।
- विटामिन डी से मधुमेह के अलावा हृदय-रोग, रक्तचाप जैसी बीमारियों से बचने में भी मदद मिलती है।
- मधुमेह-रोगियों में होने वाली कई समस्याओं का इलाज विटामिन डी के स्रोतों के जरिए किया जा सकता है।

➢ मधुमेह-रोगियों को सुबह की धूप में थोड़ी देर बैठना चाहिए।

➢ कई रिसर्चों में पाया गया है कि जो लोग नियमित रूप से विटामिन डी लेते हैं, उनमें मधुमेह का खतरा कम होता है।

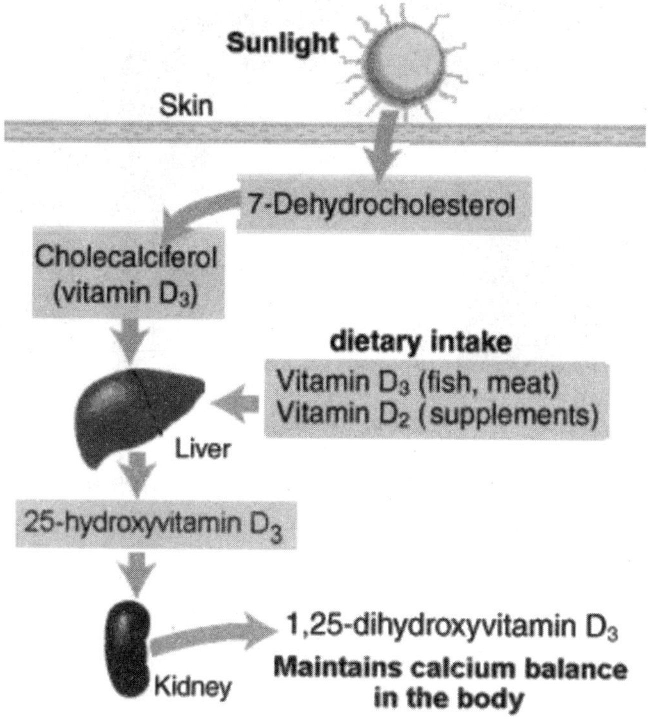

खराब है शराब!

मौका भी है और दस्तूर भी! शायद यही सोचकर मौके-बेमौके लोग दिल खोलकर शराब पीते-पिलाते हैं। लेकिन लोग अकसर लिमिट भूल जाते हैं। वैसे शराब न पीना हमेशा बेहतर है और अगर पीनी ही है तो लिमिट का ध्यान हमेशा रखें।

आम तौर पर वाइन, जिन, वोदका, बियर आदि ऐल्कॉहॉलिक ड्रिंक शराब की कैटिगरी में आते हैं। शराब में जो नशा पैदा करने वाली चीज है, उसे ऐल्कॉहॉल कहते हैं। इसकी मात्रा से ही तय होता है कि शराब में कितना नशा है। ज्वार, अंगूर और गन्ने आदि के रस में यीस्ट या बैक्टीरिया डालकर खमीर (फर्मेंटेशन) पैदा किया जाता है। इस प्रोसेस के दौरान जो शुगर निकलती है, उससे एथनॉल बनाई जाती है। वाइन और रेड वाइन में एथनॉल की मात्रा कम होती है, जबकि विस्की, जिन, स्प्रिट और दूसरी किस्मों में इसकी मात्रा ज्यादा होती है। विस्की, जिन आदि में 42 फीसदी तक ऐल्कॉहॉल होता है।

कितना पीना सही

अगर सेहतमंद रहना है तो किसी भी शख्स को एक घंटे में ज्यादा-से-ज्यादा 30 एम.एल. शराब (विस्की, जिन) पीनी चाहिए। अगर कोई शख्स 30 एम.एल. विस्की या 120 एम.एल. वाइन या 360 एम.एल. बियर पीता है, तो इसका मतलब है कि वह 13 ग्राम एथनॉल का सेवन कर रहा है। इतनी ज्यादा मात्रा में लगातार

ऐल्कॉहॉल का सेवन खतरनाक हो सकता है। बेहतर है कि एक घंटे में 20 एम. एल. तक शराब ही पीएं।

जानें लिमिट

विस्की / जिन 20 एम.एल. (चार छोटे चम्मच) एक घंटे में फायदेमंद

विस्की / जिन 30 एम.एल. (छह छोटे चम्मच) अपर लिमिट, इससे ज्यादा नुकसानदेह।

विस्की / जिन 80 एम.एल. एक दिन में अपर लिमिट

विस्की / जिन 2400 एम.एल. एक हफ्ते में अपर लिमिट

नोट : मैडिकल साइंस में महिलाओं के लिए पुरुषों के मुकाबले आधी मात्रा में शराब पीने की सलाह दी जाती है।

अलग-अलग किस्मों में ऐल्कॉहॉल की मात्रा

वैरायटी ऐल्कॉहॉल

विस्की 42 %

जिन 40 %

वोदका 42 %

रम 40 %

वाइन 7-15 %

बियर 5-7 %

रेड वाइन 7-15 %

रेड वाइन ज्यादा सेफ ?

रेड वाइन वाइट वाइन से बेहतर है, क्योंकि इसमें खमीर पैदा करने का लंबा प्रोसेस होता है, जिससे एथनॉल की मात्रा कम हो जाती है। साथ ही इसमें कुछ ऐसे एंजाइम्स होते हैं, जो बैड कॉलेस्ट्रॉल कम करने में मदद करते हैं। यह एसिडिटी भी कम बनाती है। यह दिल के लिए फायदेमंद है। रेड वाइन को ज्यादातर डॉक्टर अच्छा बताते हैं। जिस शराब में जितना कम ऐल्कॉहॉल हो, वह उतनी बढ़िया है। इस लिहाज से वाइन हमेशा विस्की से बेहतर होती है। अगर कॉकटेल ले रहे हैं, तो उसमें फ्रूट जूस मिला लें। इससे कम मात्रा में ऐल्कॉहॉल शरीर के अंदर जाएगी।

पीने का सही तरीका

ऐल्कॉहॉल सनसेट के बाद ज्यादा नुकसान कर सकती है। जब भी आप वाइन लें, तो साथ में हेल्दी स्नैक्स लें। हेवी स्नैक्स नुकसानदेह होते हैं। तली हुई चीजों के बजाय भुनी या अंकुरित चीजें खाना बेहतर है। बहुत कम मात्रा में अखरोट, बादाम, मूंगफली, भुना पनीर या सलाद भी ले सकते हैं। पिस्ता, काजू, पकौड़े, नॉनवेज आदि न लें, तो बेहतर है। ऐल्कॉहॉल लेने का सबसे अच्छा समय शाम 4 से 6 बजे के बीच है। खाली पेट ऐल्कॉहॉल लेंगे, तो नशा ज्यादा होगा। अगर पानी और सोडा डालेंगे, तो असर कम होगा। खाने के साथ लेने पर नशा और कम होगा। फैट के साथ लेने से नशा बढ़ जाएगा।

नशा ऐसे करें काफूर

शराब का नशा आम तौर पर 3-4 घंटे में उतर जाता है, जबकि नीचे दिए गए तरीके अपनाने से दो घंटों में आराम मिल जाता है।

क्या करें

- शराब पीने से पहले फल और सब्जियां खाएं, क्योंकि इनमें फाइबर और एंटी-ऑक्सिडेंट्स होते हैं, जो नशे को कम कर देंगे।
- शराब पीने से पहले खूब पानी पीएं। ड्रिंक्स के बीच में भी पानी पीते रहें। इससे हैंगओवर और डी-हाइड्रेशन नहीं होगा।
- नशे के बाद नींबू-पानी पिएं, क्योंकि नींबू में विटामिन-सी और एंटी–ऑक्सिडेंट्स होते हैं।
- मट्ठे, छाछ या दही का सेवन करें।
- गुलाब, चमेली या मोगरे से बनी हर्बल चाय पीने से नशे से पैदा हुए सिर-दर्द में राहत मिलती है। इस तरह की चाय में कैफीन कम होता है और वह एंटी-ऑक्सिडेंट से भरपूर होती है।
- खूब पानी पीते रहें। पानी नहीं पिएंगे तो डी-हाइड्रेशन की शिकायत हो सकती है। उलटी आने पर भी पानी पीना चाहिए। इससे शरीर के जहरीले पदार्थ बाहर निकलते हैं।
- फ्रक्टोस से भरपूर सेब या अनन्नास के रस में थोड़ा शहद मिलाकर उसे थोड़ा-थोड़ा सिप करें। फल न हों तो सादा पानी में 10 ग्राम शहद (दो छोटे चम्मच) मिलाकर भी सिप कर सकते हैं। शहद में भी फ्रक्टोस खूब होता है, जो नशा उतारने में मदद करता है।

- अगर उबकाई आ रही है, तो केले को मैश कर ठंडा करके खाएं। टमाटर और सब्जियों के सूप से भी उबकाई से राहत मिलेगी।
- गुनगुने पानी का स्नान करने से चक्कर आने और सिरदर्द से राहत मिलती है।
- हैंगओवर से निजात पाने का एक अच्छा तरीका है अंधेरा और शांत माहौल बनाकर सो जाना। सोने से शरीर और दिमाग को आराम मिलेगा और बढ़िया नींद लेने के बाद सिरदर्द से छुटकारा मिल जाएगा।
- खुले में वाक करना भी अच्छा है। जब आप लौटकर आएंगे तो ताजा महसूस करेंगे।

क्या न करें

- नशे में चाय-कॉफी न लें, क्योंकि इनमें कैफीन की मात्रा होने से नशा और बढ़ जाएगा।
- शराब का सेवन खाली पेट नहीं करना चाहिए, क्योंकि खाली पेट दोनों चीजें ज्यादा चढ़ती हैं।
- नशे में सिरदर्द के लिए एस्प्रिन और डिस्प्रिन जैसे पेन-किलर न लें, क्योंकि ऐसी दवाएं लेने से परेशानी बढ़ सकती है।
- नशे के दौरान सिगरेट न पीएं और न ही ऐसी जगह खड़े हों, जहां लोग खूब सिगरेट पी रहे हों।

पीकर ड्राइविंग न करें

शराब पीकर ड्राइविंग नहीं करनी चाहिए। यह आपके साथ-साथ दूसरों के लिए भी खतरा हो सकता है।

ऐल्कॉहॉल पीने के बाद सेफ ड्राइविंग के तरीके:

1 पेग पीने के बाद 1 घंटे तक ड्राइविंग न करें

2 पेग पीने के बाद 2 घंटे तक ड्राइविंग न करें

3 पेग पीने के बाद 3 घंटे तक ड्राइविंग न करें

4 पेग पीने के बाद 4 घंटे तक ड्राइविंग न करें

नोट : होस्ट को ध्यान रखना चाहिए कि शराब पिलाने के फौरन बाद गेस्ट को जाने न दें। ऐसे में किसी हादसे के लिए उसे ही कसूरवार कहा जा सकता है।

ऐल्कॉहॉल का सेहत पर असर

- ऐल्कॉहॉल की कम मात्रा जहां हार्ट और स्किन आदि के लिए फायदेमंद हो सकती है, वहीं ज्यादा ऐल्कॉहॉल के सेवन से लिवर को नुकसान पहुंच सकता है और कैंसर होने की आशंका बढ़ जाती है।
- ब्लड-प्रेशर, डाइबिटीज़, हार्ट या लिवर के मरीजों को ऐल्कॉहॉल लिमिट में लेनी चाहिए। ये लोग हफ्ते में दो बार एक-दो पेग ले सकते हैं। इतनी मात्रा में लेने से दिल के मरीजों में गुड कॉलेस्ट्रॉल की मात्रा बढ़ती है और शुगर के मरीजों में ऐल्कॉहॉल इंस्युलिन-सेंसिटिविटी बढ़ाती है। फिर भी डॉक्टर की राय लेकर ही शराब का सेवन करें।
- ऐल्कॉहॉल को पचाने का प्रॉसेस पेट के बजाय लिवर में होता है। लिवर एक घंटे में एक तय मात्रा ही डायजेस्ट कर पाता है। ज्यादा मात्रा में पीने से लिवर डैमेज हो सकता है और हार्ट चौड़ा हो सकता है। दिल के मरीज अगर पांच पेग एक घंटे में या छह पेग एक दिन में पीते हैं, तो उनकी अचानक मौत (हॉर्ट अटैक) भी हो सकती है।
- शराब पीनेवाली महिलाओं का लिवर पुरुषों के मुकाबले कहीं जल्दी डैमेज होने की आशंका होती है।

ज्यादा शराब पीने के तीन बुरे नतीजे

ज्यादा शराब पीने के सामाजिक, आर्थिक और मानसिक नुकसान तो होते ही हैं, यह शरीर को भी बर्बाद कर देती है। शराब के शरीर पर मुख्य रूप से तीन बुरे असर पड़ते हैं :

फैटी लिवर : पहली स्टेज में लिवर बड़ा हो जाता है और उसमें फैट बढ़ जाता है। इस स्टेज में सचेत हो जाएं, तो फैटी लिवर से बचा जा सकता है। डॉक्टर शराब छोड़ने या कम पीने की सलाह देते हैं। अगर मरीज ने शराब छोड़ दी, तो लिवर धीरे-धीरे नॉर्मल हो सकता है। फिर भी कोई शख्स शराब पीना जारी रखता है, तो दूसरी स्टेज शुरू हो जाती है।

ऐल्कॉहॉल हेपटाइटिस : इसमें फैट बढ़ने के साथ लिवर के सेल्स मरने लगते हैं। पेट के राइट साइड में, जहां लिवर होता है, बेचैनी होने लगती है। मरीज को बुखार, पीलिया या हल्का-हल्का दर्द हो सकता है। इस दूसरी स्टेज को अल्ट्रासाउंड करवाकर चेक किया जा सकता है। मरीज शराब छोड़ने पर छह महीने में नॉर्मल हो सकता है।

ऐल्कॉहॉलिक सिरोसिस : जब कोई लगातार पीता जाता है, तो तीसरी और सबसे घातक स्टेज शुरू हो जाती है, जिसे ऐल्कॉहॉलिक सिरोसिस कहते हैं।

इस स्टेज में आने के बाद लिवर कभी नॉर्मल नहीं हो सकता। इस स्टेज में पीलिया होने के साथ पैरों में सूजन आनी शुरू हो जाएगी। पेट फूल सकता है और उसमें पानी भर सकता है, खून की उलटी आ सकती है और कभी भी मरीज बेहोश हो सकता है।

लिवर ट्रांसप्लांट

लिवर ट्रासप्लांट की तीन वजहें हो सकती हैं :

– हेपटाइटिस बी और सी होने पर।

– लिवर-कैंसर होने पर।

– ऐल्कॉहॉलिक कारणों से।

अगर ऐल्कॉहॉल की वजह से लिवर खराब हुआ है, तो यह देखा जाता है कि क्या उस शख्स को शराब छोड़े हुए 90 दिन बीत चुके हैं। तभी उसका लिवर बदला जाता है। लिविंग डोनर लिवर ट्रांसप्लांटेशन (एलडीएलटी) में बीमार शख्स को उसके माता-पिता, भाई-बहन या रिश्तेदार अपने लिवर का 30-40 फीसदी डोनेट कर सकते हैं। इसके बाद भी पेशंट और डोनर, दोनों बिलकुल सामान्य तरीके से कामकाज कर सकते हैं।

आयुर्वेद में शराब

आयुर्वेद में शराब की तुलना सुरा से की गई है। इसकी कम डोज हमारे हार्ट, डाइजेशन और यूरिनरी सिस्टम को ठीक करती है और दिमाग को तनाव से मुक्त करती है। सुरा की थोड़ी मात्रा उत्तेजक (स्टिमुलेंट) और ज्यादा मात्रा शामक (डिप्रेसेंट) का काम करती है। यही कारण है कि शादी, पार्टी वगैरह में जो लोग कम मात्रा में शराब पीते हैं, वे अच्छी तरह डांस और मस्ती करते नजर आते हैं और जो लोग इसकी ज्यादा मात्रा ले लेते हैं, वे कोने में लुढ़के दिखाई देते हैं।

– शराब को वात, पित्त और कफ के साथ जोड़ा गया है। वात प्रकृति के पतले-दुबले लोगों को शराब जल्दी चढ़ जाती है। पित्त प्रकृति के लोगों को शराब पीने से उलटियां आने लगती हैं और कफ प्रकृति के लोगों को शराब पीने से खास नुकसान नहीं होता।

– आयुर्वेद में भी 10-11 फीसदी ऐल्कॉहॉल वाली शराब की मात्रा 20 एमएल तक ही लेना बताया गया है। इसकी तासीर गर्म और खुश्क होने के कारण कम मात्रा में पीने पर यह जुकाम और सर्दी में फायदा करती है। बड़ों को 20 एमएल और बच्चों को 5 एमएल (एक छोटा चम्मच) शराब दी जा सकती है।

सायकायट्रिस्ट की सलाह

कुछ घंटों या लम्हों के लिए शराब के अस्थायी और क्षणिक फायदे हो सकते हैं, लेकिन लत लगने पर यह जिंदगी बर्बाद कर देती है। हालांकि शराब के सेवन से 60-70 फीसदी जनता लत तक नहीं पहुंचती। मुश्किल यह है कि 100 लोगों में कौन-से 10 या 15 लोग लत के शिकार हो जाएंगे, यह बताना मुश्किल है। ऐसे में सभी को सलाह दी जाती है कि वे शराब के खतरों से सावधान रहें। लेकिन ऐसे लोग, जिन्हें मेडिकल या मानसिक कारणों से लत लगने की आशंका ज्यादा हो, वे ज्यादा सावधानी बरतें। मसलन अगर परिवार में किसी को शराब की लत है या अगर कोई शख्स हीनभावना या मानसिक बीमारी से पीड़ित है, तो ऐसे लोगों में शराब की लत लगने की आशंका ज्यादा होगी।

रखें ध्यान :

– जो शराब न पीते हों, वे बिलकुल न पीएं। जो पीते हों, वे कम मात्रा में पीएं और जिन्हें मेडिकली पीनी है, वे बिलकुल कम मात्रा में पीएं। अगर लत की स्थिति तक पहुंच चुके हैं, तो इलाज के लिए जाने में बिलकुल झिझक महसूस न करें।

– सेहतमंद शख्स एक घंटे में ज्यादा-से-ज्यादा 30 एमएल शराब (विस्की, जिन) पी सकता है, हालांकि 20 एमएल पीना बेहतर है।

– आम तौर पर एक स्मॉल पेग 30 एमएल का और बड़ा पेग 60 एमएल का होता है। वैसे दुनिया भर में 30 एमएल का पेग ही मान्य है, लेकिन अमेरिका में 45 एमएल के पेग का चलन है।

– कई बार लोग सस्ती शराब के चक्कर में मिथनॉल (कच्ची शराब) पी जाते हैं। यह सबसे ज्यादा खतरनाक है और इससे कई बार मौत तक हो जाती है। इसलिए कभी भी कच्ची शराब न पिएं।

– फैटी लिवर, दिल के मरीजों, डाइबिटीज़ और कॉलेस्ट्रोल के मरीजों को डॉक्टर से बिना पूछे शराब नहीं पीनी चाहिए।

शराब और सेक्स

सेक्सोलोजिस्ट डॉक्टर के मुताबिक शराब सेक्स के लिए जहर है। यह बात और है कि कुछ लोगों में थोड़ी मात्रा में शराब पीने के बाद चिंताएं थोड़ी कम हो जाती हैं और वे ज्यादा आत्मविश्वास से सहवास करते हैं। लेकिन अगर शराब की मात्रा बढ़ जाए, तो प्राइवेट पार्ट में तनाव आना ही बंद हो जाता है। लंबे

समय तक अगर कोई शख्स शराब का सेवन करता है तो उसकी ब्लड-वेसल्स, नर्व्स और लिवर पर उलटा असर होता है। नतीजा यह होता है कि वह शख्स नामर्दी का शिकार हो जाता है। ऐसी नामर्दी का कोई इलाज भी नहीं हो पाता। यह बात सौ फीसदी सच है। अगर लंबे समय तक शराब का सेवन किया जाए, तो उत्तेजना में कमी आ सकती है। शराब के ज्यादा सेवन से महिलाओं में पीरियड्स में गड़बड़ी हो सकती है। इसके अलावा उनके लिवर और नर्व्स में खराबी हो सकती है। सेक्सोलोजिस्ट डॉक्टर अपने मरीजों को हमेशा सलाह देते हैं कि अगर आपको बड़े **स** (सेक्स) को सही सलामत रखना हो, तो तीन छोटे **स** शराब, स्मोकिंग और स्ट्रेस से दूर रहें।

मधुमेही और उसके परिवारजन

मैं आपको डराना नहीं चाहता। मैं तो केवल अपने अनुभव आपके साथ बांटना चाहता हूँ। और उन पर से आपसे पूछना चाहता हूँ कि आप का कर्तव्य–मधुमेही के नाते या उसके परिवारजन के नाते क्या बनता है यदि आपने इस प्रकार कभी सोचा नहीं है, तो अब सोचिए। हम आपकी मदद करना चाहते है। और अवश्य करेंगे।

– हर रोगी के लिये, खासकर मधुमेही के लिये अपने परिवार का रोग संबंधी इतिहास उसकी बीमारी को समझने में मदद करता है। अतः पारिवारिक रोग संबंधी इतिहास जानना जरूरी है। इससे मधुमेह के रोग का निदान करने में मदद मिलती है।

– मरीजों के पारिवारिक इतिहास से यह भी स्पष्ट होता है कि–कुछ बीमारियाँ जैसे – मधुमेह, उच्च रक्तचाप (Hypertension), मोटापा और हृदय-रोग एक-दूसरे से संबंधित हैं और परिस्थिति-अनुसार परिवार के सदस्यों में प्रकट होते हैं। प्रकट होने का अंश एवं अनुपात हर-एक में अलग-अलग होता है। इनके आपसी संबंध को समझने से किसी रोगी के रोग की गम्भीरता का अंदाजा लगाकर उचित जाँच एवं उपचार में मदद मिलती है।

– किसी रोगी के इतिहास में दो भाइयों को हृदय-रोग हुआ, तो तीसरे को अति वसा (High cholesterol) की बीमारी निकली। इन दोनों परिस्थितियों को भी एक-दूसरे से संबंधित माना जाता है और अति वसा की स्थिति को हृदय-रोग का उत्तेजक गुणक माना जाता है।

– रोग होने के 20 वर्ष पश्चात् लगभग सभी टाइप-1 मधुमेह रोगियों में और 60% से अधिक टाइप-2 मधुमेह-रोगियों में आँख के पर्दे (रैटिना) में खराबी आ जाती है।

– अगर रोगी के परिवार में जो उनके पाँचवें भाई हैं, उन्हें भी मधुमेह नहीं हुआ है। यदि वे अपने मोटापे और हाई बी.पी.को नियंत्रित कर लें, तो वे निश्चित ही मधुमेह एवं हृदय-रोग से बच सकता है।

– रोगियो के परिवार के इतिहास बताते हैं कि मधुमेह, हृदय-रोग एवं उच्च रक्तचाप न केवल एक-दूसरे से सम्बन्धित हैं, अपितु काफी हद तक वंश-परम्परा से भी सम्बन्धित हैं।

– रोगी की बीमारियों को ठीक से निदान एवं उपचार से यह भी जाहिर होता है कि इन बीमारियों को आगे बढ़ने से एवं उनके दुष्परिणामों से बचा भी जा सकता है। अतः बीमारी मालूम होने पर लगन एवं मेहनत से इलाज करना चाहिए।

आजकल जब किसी रोगी में मोटापा, उच्च रक्तचाप (हाई बी.पी.) मधुमेह एवं अति वसा (खून में ज्यादा कोलेस्ट्राल) की स्थिति पाई जाती है, तो इस परिस्थिति को, यानी इस समूह की बीमारियों को हम सिंड्रॉम-एक्स (Syndrome-X) का नाम देते हैं। ऐसा माना गया है कि इनका कारण भी एक हो सकता है, जिसे इंस्युलिन-रेसिस्टेंस कहते है। उपर्युक्त बीमारियां अलग-अलग नाम से आगे-पीछे प्रकट होती हैं। अतः हमें यह समझना चाहिए कि यदि एक रूप, जैसे–मधुमेह, सामने आये तो हमें अन्य रूपों के बारे में भी निदान करके मरीज का व्यापक रूप से इलाज करना चाहिए। यह मरीज का भी कर्तव्य बनता है कि वह डाक्टर की बात समझे एवं माने। ज्यादातर मरीज ऐसा नही करते। उन्हें डाक्टर से सहयोग करना चाहिए।

अब हम अपने प्रथम एवं अन्तिम प्रश्न पर आते हैं। हमने पूछा था कि इन परिस्थितियों में मधुमेह-रोगी की और परिवारजनों की क्या भूमिका बनती है?

हमारे अनुसार मधुमेह के रोगी को, बीमारी मालूम होने पर घर के अन्य सदस्यों को इसके बारे में आगाह करना चाहिए, जिससे अन्य सदस्य इससे बचने का प्रयास करे। हम आपको भरोसा दिलाते हैं कि अन्य सदस्य थोड़ी जीवन-शैली में बदलाव लाकर मधुमेह से बच सकते हैं। फिर मधुमेही को घर के सदस्यों का सहारा लेकर अपनी बीमारी को सही ढंग से नियन्त्रित करना चाहिए। आम तौर पर होता यह है कि मधुमेही अकेले ही, बेमन से अपनी बीमारी से लड़ता है और ज्यादातर हारता है। मधुमेही चाहे तो घर के अन्य सदस्यों को मधुमेह से बचा सकता है।

मधुमेही को चाहिए कि वह मधुमेह से डरे नहीं, मधुमेह को छुपाये नहीं, और अपने परिवार का इतिहास ठीक से डाक्टर को बताये, शर्म या हीनता की भावना न रखे। जहां तक परिवार के सदस्यों की बात है, वे भी इसी प्रकार व्यवहार करें। मधुमेही को सहयोग करें। समय-समय पर मधुमेही के साथ डाक्टर के पास जायें

और उसकी जरूरतों को, जैसे उचित जांच एवं इलाज को समझें। वर्तमान में घर का कोई सदस्य मधुमेही की देखरेख में विशेष रुचि नही लेता।

इस प्रकार सजग होकर मधुमेही और उसका परिवार दुविधा के अन्धकार से बचकर स्वस्थ परिवार के रूप में रह सकते हैं।

अब जबकि विश्व में यह लगभग माना जाने लगा है कि भारत में मधुमेह एक महामारी का रूप ले रही है और कुछ लोग भारत को मधुमेह की राजधानी कहने लगे हैं, तो हमें इस विषय पर जागरूकता से सोचने की जरूरत है। अतः मधुमेही, उसका परिवार एवं प्रत्येक व्यक्ति इस चुनौती को स्वीकारें और इस दिशा में काम करें, तभी हमारा भला होगा और हम मधुमेह को नियन्त्रित कर पायेगें।

मधुमेह में महिलाओं की समस्याएँ

गर्भावस्था, स्तनपान, गर्भनिरोधन और हार्मोन रिप्लेसमेंट थेरेपी के दौरान मधुमेही महिलाओं में विशेष प्रबंधन की आवश्यकता होती है। महिलाओं को अपने मधुमेह की देखभाल करने के लिए शिक्षा से मदद मिल सकती है।

घर पर मधुमेही महिलाओं की घोर उपेक्षा

ललिता दो बच्चों, पति और "ससुराल" के साथ एक गर्व-गृहिणी है।

"मुझे शायद ही अपने रक्त-ग्लूकोज़-परीक्षण या चिकित्सक से जाँच करवाने के लिए भी समय है, दिन भर गृह-व्यवस्था-पर्यवेक्षण, "ससुराल" के लिए नाश्ता बनाना, पति को कार्यालय भेजने के लिए, तो बच्चों के लिए चाय और नाश्ता बनाना और फिर सभी के लिए दोपहर का भोजन तैयार करने का समय हो जाता है। चाय के समय पर भी बुजुर्गों का खयाल रखना है। बच्चों के होमवर्क के लिए उपस्थित होना है, पति भी एक लंबा दिन कार्यालय में काम के बाद कुछ शाम के नाश्ते की अपेक्षा करता है। जल्दी ही बुजुर्गों के डिनर की तैयारी और फिर हम सब के लिए रात का खाना, फिर ससुरजी के लिए इसबगोल के साथ दूध का एक कप, और बस दिन समाप्त। रविवार से पहले सामाजिक प्रतिबद्धता के प्रोग्राम आ जाते हैं। मुझे अपने मधुमेह-प्रबंधन के लिए समय और ऊर्जा ही नहीं बचती ?" वह अकसर शुगर की जांच करना भूल जाती है, कभी-कभी दवा ही भूल जाती है, 6 महीने में एक बार अपने डॉक्टर के क्लिनिक भी नहीं जा पाती। हमें यह कोशिश करनी होगी कि हमारी होममेकर महिलाएँ भी अपने स्वास्थ्य का खयाल रख सकें, तभी हमारी अगली पीढ़ी स्वस्थ होगी।

आप अकसर पूछते हैं

मैं 28 साल की हूँ, और पिछले 10 वर्षों से टाइप-1 मधुमेह से पीड़ित हूँ। मैं पिछले 3 वर्षों से गर्भवती होने की कोशिश कर रही हूँ, लेकिन सफल नहीं हो सकी। क्या मधुमेह, इंस्युलिन और प्रजनन के बीच कोई संबंध है?

नहीं, कोई सीधा संबंध नहीं है, तथापि, अन्य हार्मोनल असामान्यताएं जुड़ी हो सकती हैं। एक हार्मोन चक्र के लिए अग्रणी है। तो अगर आप अपने स्त्री रोग विशेषज्ञ की सलाह का पालन करें और मधुमेह पर सख्त नियंत्रण रखें, तो आप गर्भ धारण कर सकती हैं और गर्भावस्था सामान्य हो सकती है।

भोजन-योजना

गर्भावस्था के दौरान आहार-चिंताओं में आप और बच्चे दोनों को शामिल कर रहे हैं। रक्त-शर्करा के स्तर पर कुछ खाद्य पदार्थों के प्रभाव का पता लगाने के लिए सीखने की कोशिश करें, इंस्युलिन के साथ और कैसे स्नैक्स और भोजन का तालमेल स्थापित करने के लिए उचित रूप से अपने भोजन की मैचिंग करें।

मधुमेह की जटिलताएँ जो बिगड़ सकती हैं रेटिनोपैथी, न्यूरोपैथी या गर्भ की अपरिपक्वता, तो इस गर्भावस्था के दौरान स्थिति खराब हो सकती है। इसलिए इनका बारीकी से निरीक्षण किया जाना चाहिए।

निश्चित रूप से अपने बच्चे को प्रभावित होने से बचाने के लिए गर्भावस्था के दौरान धूम्रपान या शराब का सेवन सर्वथा निषिद्ध है।

गर्भावधि-मधुमेह (गर्भावस्था के दौरान पहली बार विकसित मधुमेह) (जीडीएम)

अगर आपका मधुमेह गर्भावस्था के दौरान पहली बार डायग्नोज हो, तो उसे हम गर्भावधि-मधुमेह (जीडीएम) कहते हैं। आपकी गर्भावस्था में 24 और 28 सप्ताह के बीच इसकी सबसे अधिक संभावना होती है। अगर आप अधिक से अधिक जोखिम में थे, तो आपकी जीडीएम के लिए अग्रणी हार्मोनल-परिवर्तन की 16 सप्ताह के आसपास जांच की गई होगी। यह सभी गर्भधारण के 3-5% में होता है। ज्यादातर मामलों में, जीडीएम आहार और अकेले व्यायाम के साथ कंट्रोल हो जाती है और बच्चे के जन्म के बाद दूर हो जाती है! जीडीएम के साथ बहुत महिलाओं को इंस्युलिन की जरूरत पड़ती है। जीडीएम को हलके से नहीं लिया जाना चाहिए। तत्काल मां के लिए जोखिम और भ्रूण पर बुरे असर की अधिक सम्भावना है, लेकिन इन जोखिमों को अच्छी तरह से देखभाल के साथ कम से कम किया जा सकता है। नियंत्रण और स्वीकार्य रक्त-शर्करा के स्तर का मापदंड गर्भवती बनने से पहले से मधुमेही महिलाओं के समान ही है।

स्तनपान और मधुमेह

मां का दूध सभी बच्चों के लिए पोषण का सबसे अच्छा स्रोत है। इसे पचाना सबसे आसान है और संक्रमण से कई प्रकार से सुरक्षा बच्चे को प्रदान करता है। मधुमेह के साथ महिलाएँ स्वस्थ गर्भधारण कर रही हैं और उम्मीद करते हैं स्वस्थ शिशुओं की।

"सामान्य या शल्यक्रिया" से जन्म बच्चे की स्तनपान करने की क्षमता को प्रभावित नहीं करता। लगातार स्तन-फीड से बच्चे की रक्त-शर्करा को सामान्य बनाने में मदद मिल सकती है।

अगर आप किसी कारण से स्तनपान कराने में सक्षम नहीं हैं, तो बच्चे के आहार के लिए आपके बाल-विशेषज्ञ आपको उचित निर्देश देंगे। अगर आप स्तनपान करा रही हैं, तब आपको अपनी भोजन कैलोरी में अपनी गर्भावस्था के दौरान 500 की वृद्धि करनी चाहिए।

स्तन-संक्रमण को रोकने के लिए अपना रक्त-ग्लूकोज़ कड़े नियंत्रण में रखें। उम्मीद है कि आप कम से कम 6 महीने के लिए स्तनपान जारी रखेंगी।

गर्भनिरोध और मधुमेह

जन्म-नियंत्रण हार्मोन की गोलियों के सेवन से रक्त-शर्करा का स्तर बढ़ सकता है। आप हार्मोन गर्भनिरोधक गोली के किसी भी ब्रैन्ड का उपयोग कर सकती हैं :

- अपने डॉक्टर को बताना सुनिश्चित करें।
- नियमित रूप से अपने रक्त-ग्लूकोज़ का परीक्षण करें। आपको दवाओं की खुराक में वृद्धि करने की आवश्यकता हो सकती है।
- अपने ग्लाइकोसिलेटेड हीमोग्लोबिन, ब्लड-प्रेशर, कोलेस्ट्रॉल हर 2-3 महीने पर चेक करवाएँ।
- गर्भ-विरोधी गोली से धूम्रपान करने वाली महिलाओं में विशेष रूप से दिल की समस्याओं का खतरा बढ़ सकता है।
- पिछले असामान्य बच्चे या गर्भपात या भारी बच्चे का होना।
- पिछली गर्भावस्था के उच्च रक्तचाप, मूत्र-संक्रमण।

मां के लिए जोखिम

- सिजेरियन डिलिवरी की संभावना
- अधिक मूत्र-संक्रमण
- उच्च रक्तचाप
- बच्चे को जोखिम
- अति वसा बच्चे

– जन्म-आघात

– जन्म के समय कम रक्त-शर्करा

– लम्बे समय तक नवजात शिशु को पीलिया

– निम्न रक्त-कैल्शियम

टाइप-2 मधुमेह के साथ महिलाओं में हृदय रोग का खतरा

दिल की बीमारी का जोखिम महिलाओं में पुरुषों के मुकाबले अधिक होता है। यह भी सिद्ध हुआ है कि मधुमेह से पीड़ित महिलाओं को हृदय का दौरा पड़ने के बाद पहले एक से दो सप्ताह में मृत्यु की संभावना भी पुरुषों से दो गुना अधिक होती है।

मधुमेह और गर्भावस्था

मधुमेह का गर्भावस्था पर काफी असर पड़ता है। इसकी तीन स्थितियां होती हैं। इन तीनों ही अवस्थाओं में इनकी देखरेख डॉक्टर की निगरानी में होनी चाहिये। कारण, मधुमेह मां तथा भ्रूण दोनों के स्वास्थ्य पर बुरा असर डाल सकती है।

– मधुमेह से ग्रस्त स्त्रियां जो गर्भधारण करना चाहती हैं
– मधुमेह से ग्रस्त स्त्रियां जो गर्भवती हैं
– स्त्रियां, जिन्हें गर्भावस्था (pregnancy) में मधुमेह हो जाता है

मधुमेह तब होता है, जब शरीर में इंसुलिन नहीं बन पाता या शरीर इंसुलिन का उपयोग नहीं कर पाता, क्योंकि इंसुलिन ऐसा हार्मोन है जो रक्त की शर्करा को कम करता है।

गर्भावस्था में, हार्मोन्स में होने वाले परिवर्तन इंसुलिन की कार्यविधि में हस्तक्षेप करते हैं तथा रक्त में शर्करा का स्तर बढ़ा देते हैं, जिससे स्थिति और खराब हो जाती है। कभी-कभी गर्भावस्था में की गई जांच में इसका पता नहीं चलता और यह गर्भधारण के बाद विकसित होता है, जो चौबीसवें या फिर अट्ठाइसवें हफ्ते बाद दिखाई पड़ने लगता है, परंतु समय के साथ-साथ कभी-कभी ठीक भी हो जाता है। इस पर ध्यान न दिया गया, तो मधुमेह की जटिलताएं प्रभावित करती हैं, जो मां के लिये खतरा पैदा कर सकती हैं। जैसे यूरिन-इनफेक्शन या उच्च रक्तचाप। यदि इस पर ध्यान नहीं दिया गया, तो गर्भावस्था के प्रथम तीन माह में, जब शिशु का विकास हो रहा होता है, तो शिशु के स्वास्थ को खतरा पैदा कर सकता है और जन्म के समय खराबी आ सकती है तथा इसकी चरम स्थिति में गर्भपात भी हो सकता है। प्रीमेच्योर (समय से पहले) डिलीवरी की स्थिति का सामना भी करना पड़ सकता है।

कैसे मधुमेह गर्भावस्था में बच्चा प्रभावित होता है!

गर्भवती मधुमेही महिलाओं के बच्चों (गर्भ) के बीच "मैकरोसोमिय" एक आम समस्या है। दूसरे शब्दों में, मधुमेही महिलाओं के बच्चे दूसरों की तुलना में काफी बड़े हो सकते हैं।

जब डाइबिटिक गर्भवती माताओं की रक्त-शर्करा उच्च स्तर की होती है, तो इन बच्चों को प्लेसेंटा के माध्यम से बहुत अधिक चीनी प्राप्त होती है। जब यह होता है, बच्चे का पैंक्रियाज उच्च शर्करा के स्तर और यह सब अतिरिक्त चीनी का उपयोग करने की कोशिश में अधिक इन्सुलिन पैदा करता है। यही कारण है कि अतिरिक्त चीनी एक गर्भ-शिशु में वसा (चर्बी) में बदल जाती है।

कभी-कभी बच्चा नॉर्मल डिलीवरी करने के लिए बहुत बड़ा हो जाता है, और एक सिजेरियन डिलीवरी आवश्यक हो जाती है। आपके डॉक्टर निरन्तर बच्चे के आकार की निगरानी करेंगे और आप और आपके बच्चे के लिए प्रसव के सबसे सुरक्षित तरीके के लिए योजना बनाएँगे।

अगर गर्भावस्था (विशेष रूप से प्रसव से पहले 24 घंटे में) के दौरान लगातार आपका उच्च रक्त-शर्करा का स्तर है, तो आपके बच्चे को सही वितरण के बाद गंभीर रूप से कम रक्त-शर्करा का भी अटैक हो सकता है। इस प्रकार, डॉक्टर जन्म के बाद आपके बच्चे की रक्त-शर्करा के स्तर की जाँच करेंगे। अगर यह कम है, तो बच्चे को नसों में ग्लूकोज़ दिया जाएगा। आपके बच्चे को भी कैल्शियम या मैग्नीशियम के रूप में खनिज असंतुलन हो सकता है।

युवा मधुमेही महिलाएँ, बच्चे के लिए कुछ तपस्या करें!

गर्भावस्था एक आश्चर्य और उत्साह का समय है। लेकिन अगर आपको मधुमेह है, तो आपको एक स्वस्थ बच्चा होने की चिंता हो सकती है। पिछले 20 वर्ष में डाइबिटिक प्रेगनेंसी की समझ ओर जागरूकता बढ़ी है और उचित सावधानी एवम् सही उपचार-विधि से ज्यादातर महिलाएं नॉर्मल गर्भ, सुरक्षित डिलीवरी और स्वस्थ बच्चे का सुख पाती हैं।

अच्छी खबर यह है कि अब, पूर्व योजना के साथ, अपने मधुमेह और अपने बच्चे की करीब से निगरानी और उन्नत प्रौद्योगिकी के साथ सावधान प्रबंधन संभव है, लेकिन अपनी सफलता की यह कहानी सच बनाने के लिए योजना और काम की अत्यन्त आवश्यकता है।

वास्तव में मधुमेह के साथ सभी महिलाओं को अपनी किशोरावस्था में रजोनिवृत्ति के लिए, गर्भावस्था के लिए सावधानी से योजना की जरूरत है।

यह अच्छी तरह से समझ लीजिए कि आपके बच्चे में जन्म-दोष को रोकने में मदद करने के लिए, गर्भावस्था के प्रथम कुछ हफ्ते के दौरान नियंत्रण किया जाना महत्वपूर्ण है। हृदय और मस्तिष्क, मांसपेशियों और नसों सहित एक बच्चे के अंग गर्भावस्था के पहले 6-8 सप्ताह में बनते हैं।

यदि आपको गर्भवती होने का पता देर से हुआ, और छह सप्ताह या उससे अधिक बीत चुके हैं, आप अपना HbA1c टेस्ट करवा कर यह जान सकती हैं कि जब गर्भ ठहर रहा था, तो आपकी डाइबिटीज का कंट्रोल अच्छा था या नहीं। अगर आपने जन्म-दोष के जोखिम को कम करने के लिए एक अवसर गंवा दिया है, तो भी आपके डाक्टर आपको मार्गदर्शन करेंगे कि कैसे अब बाकी महीनों में आप पूरी तरह से सुरक्षा कर सकती हैं। वास्तव में बेहतर ज्ञान और निगरानी से, जन्म-दोष के जोखिम को 17 % से घटा कर 3-5 % किया जा सकता है।

खराब नियंत्रित मधुमेह भी शुरुआती सप्ताह में गर्भपात की ओर ले जाता है।

अपने बच्चे की योजना : अपनी मधुमेह-टीम से मिलें और गर्भवती बनने से पहले गर्भावस्था के तीन से छह महीने के लिए अपनी योजनाओं पर चर्चा करें। टीम में इन सदस्यों को शामिल होना चाहिए :

– एक चिकित्सक या डाइबिटीज़-विशेषज्ञ
– एक आहार-विशेषज्ञ
– एक मधुमेह नर्स शिक्षक
– एक नेत्र-विशेषज्ञ और
– आपकी स्त्री-रोग विशेषज्ञ

गर्भावस्था के पहले

आकलन : विस्तृत इतिहास, ग्लूकोज़-नियंत्रण के अपने पिछले पैटर्न, कोई भी हाइपो, वज़न, रक्तचाप, मूत्र-परीक्षण, और सबसे महत्वपूर्ण HbA1c (एच.बी. ए.1 सी.) है।

गर्भावस्था के दौरान

आप खाने से पहले और बाद में दैनिक रक्त-ग्लूकोज़ की निगरानी करेंगी। यह आपको रोज 5-6 बार करना पड़ सकता है। प्रयोगशाला की सटीकता के साथ अपने परिणामों की तुलना करने के लिए एक स्वास्थ्य देखभाल केंद्र से अपने मीटर की काउन्टर-जाँच करवा लें।

गर्भावस्था के दौरान रक्त-ग्लूकोज़ की स्वीकार्य सीमा गर्भावस्था से पहले की तुलना में काफी कम है :

खाली पेट सुबह या भोजन से पहले 70 से 100 mg:

140 mg: या कम – खाने के एक घंटे बाद

120 mg: या कम – खाने के दो घंटे बाद

ग्लाइकोसिलेटेड हीमोग्लोबिन (HbA1c) 6.5% या कम। अगर निम्न रक्त-शर्करा (हाइपो) एपिसोड शुरू हो रहे हैं, तब इन लक्ष्यों को संशोधित करने की आवश्यकता हो सकती है।

गर्भावस्था में आहार तथा विहार की योजना कैसी हो :

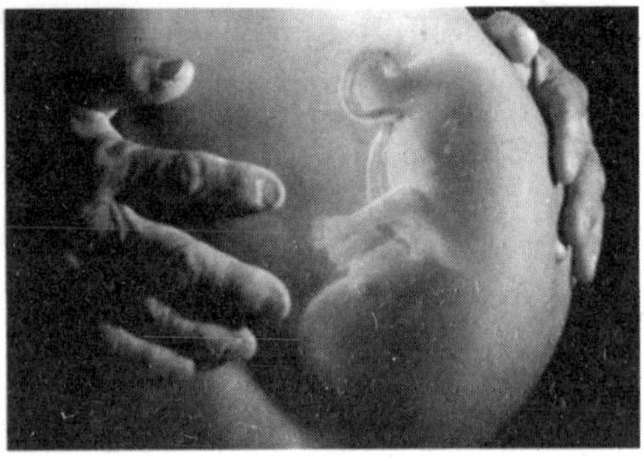

– आहार ऐसा होना चाहिये, जिससे कैलरी ठीक मात्रा में मिलती रहे, जो वज़न सही रखने में मदद करे, जिससे गर्भधारण के सही परिणाम प्राप्त हों।

– भोजन को चबा-चबाकर लें, वरना उदर में स्थित अंगों को अतिरिक्त मेहनत करनी पड़ सकती है। यही अनियमितता मधुमेह का कारण बन सकती है। भोज्य पदार्थ को बिना चबाए न निगलें।

– इसके लिये बिना पकी सब्जियों (सलाद), अंकुरित अनाज का अधिक सेवन करें।

– चपाती, ब्रेड, आलू, दलिया जैसे कार्बोहाईड्रेट-युक्त आहार लें। मौसमी फलों तथा सब्जियों (सलाद) का सेवन अवश्य करें। उपवास से बचें।

– अधिक चिकनाईयुक्त भोजन से बचें। भुना आहार लें।

– गुड़, चीनी, शहद, केक, चाकलेट के अधिक सेवन से बचें।

– बाहर के खाने से बचें।

व्यायाम तथा चिकित्सा

मधुमेह के उपचार में शामिल है सही खानपान, रेगुलर व्यायाम, खाने वाली दवाइयां (डाक्टरी जांच), इंसुलिन इंजेक्शन। इस प्रकार की सही देखभाल और उपचार से मधुमेह को नियंत्रित रखा जा सकता है। कारण, इसका कोई स्थायी उपचार नहीं है। इसका उपचार आपकी सही हालत, उम्र, वज़न तथा अन्य समस्याओं पर भी निर्भर करता है। व्यायाम से ब्लड-प्रेशर तथा वज़न नियंत्रित रहता है। व्यायाम शुरू करने से पहले डॉक्टरी सलाह लें। इंसुलिन लेने के तुरंत बाद व्यायाम न करें।

इस बीमारी से बचने के लिये मोटापा कम करें :

– हर भोजन के बाद पैदल चलें, चाहे घर ही में क्यों न हो, इससे रक्त में भोजन के बाद बनने वाली शर्करा के स्तर में सुधार होगा।

– धूम्रपान तथा शराब से दूर रहें।

– शुगर-लेवल बराबर चेक कराते रहें।

– दवाइयां आप वैसे ही लेते रहें, जैसे चल रही हैं।

– व्यायाम में टहलना, योग (सूर्य नमस्कार) करें, अति लाभदायक होगा, खाली पेट व्यायाम न करें। (हलका नाश्ता)

गर्भावस्था के दौरान समय-निर्देशित देखभाल

लेबर और डिलीवरी

महीनों की कड़ी मेहनत के बाद प्रसव के लिए आपकी डाक्टर आपकी डिलीवरी का प्रबन्ध किसी पूर्ण रूप से सुरक्षित अस्पताल में करेंगी। प्रसव के प्रकार (नॉर्मल या सिजेरियन) का फैसला, बच्चे के आकार, आपके रक्तचाप, मूत्र में प्रोटीन की मात्रा, किसी भी मधुमेह की जटिलताओं पर निर्भर होगा।

आपने मधुमेह अच्छी तरह से नियंत्रित किया है, तो आप सुरक्षित हैं और बच्चे का आकार स्वस्थ है, तो आपका सामान्य प्रसव हो सकता है।

बच्चा सामान्य से बड़ा होता है, या आप उच्च रक्तचाप, या आंखों की समस्या, गुर्दे की बीमारी से मजबूर हैं, तब एक "जल्दी डिलीवरी" शल्यक्रिया (सिजेरियन) करने के लिए बाध्य होना पड़ता है।

अगर अपने बच्चे को 38 सप्ताह से पूर्व डिलीवरी करने की आवश्यकता है, बच्चे के फेफड़ों की परिपक्वता के लिए परीक्षण और स्टिरॉइड का इन्जैक्शन लगाया जायेगा, जिसके फलस्वरूप आपकी ब्लड-शुगर बढ़ सकती है, इस वजह से आपके डाक्टर आपकी इन्स्युलिन की खुराक कुछ दिनों के लिए बढ़ा सकते हैं।

प्रसव के दौरान आपको हाइपो होने से रोकने के लिए तरल पदार्थ युक्त ग्लूकोज़ मिल जाएगा। आप टाइप-2 मधुमेही हैं, तो आप प्रसव के बाद पूरी तरह इंस्युलिन से दूर जा सकते हैं। लेकिन दवा की गोलियाँ शुरू करने के लिए थोड़ी देर इंतजार करना होगा। पर आपको 2-3 सप्ताह के लिए अपने रक्त-ग्लूकोज़ की कड़ी निगरानी करने की जरूरत है।

नवजात शिशु की उसके विकास, वज़न, सांस लेने की क्षमता, रंग, हाइपोग्लाइसीमिया (बहुत कम शुगर), पीलिया के लिए जाँच की जाएगी।

मधुमेह और सेक्स जीवन

मधुमेह (Blood Sugar) के रोगियों में सेक्स या जननेन्द्रिय सम्बन्धी समस्याओं की संभावना अधिक होती है। यह आश्चर्य का विषय है कि भारत ही नहीं, बल्कि विदेशों में भी मधुमेह के रोगियों में सेक्स सम्बन्धी समस्याओं पर न तो मरीजों ने और न ही चिकित्सकों ने विशेष ध्यान देने की जरूरत महसूस की है। मधुमेह के रोगियों में पुरुषों की समस्याएं अलग होती है और महिलाओं की अलग।

1 लिंग में पर्याप्त तनाव का न आना (Erectile Dysfunction) : सामान्य व्यक्तियों की तुलना में मधुमेह के रोगियों में यह स्थिति समस्या से 15 साल पहले आने की संभावना होती है। सामान्य व्यक्तियों में यह समस्या 15 फीसदी की होती है, जबकि मधुमेह के रोगियों में यह समस्या 45 से 55 प्रतिशत होती है।

2 लिंग में पर्याप्त तनाव न आने के मुख्यतः दो कारक होते हैं–एक स्नायु सम्बन्धी, दूसरा रक्त-नलिका सम्बन्धित।

3 मधुमेह के रोगियों में आम व्यक्ति की तुलना में उच्च रक्तचाप की संभावना 30 फीसदी अधिक होती है। लिंग में पर्याप्त कड़ापन न आने की वजह उच्च रक्तचाप भी हो सकती है।

4 कुछ दवाओं की वजह से भी लिंग में तनाव न आने की समस्या हो सकती है।

5 महिला मधुमेह-रोगियों की योनि में सेक्स के दौरान चिकने पदार्थ का स्राव न होने से समस्या हो सकती है, जिससे सेक्स (Inter Course) के दौरान दर्द हो सकता है।

सेक्स सम्बन्धी सावधानियां :

1 मधुमेह के रोगी अपने जननांगों की पर्याप्त सफाई रखें।

2 शारीरिक संबंध बनाने से पहले खासकर महिलायें मूत्र-त्याग जरूर कर लें।

3 सेक्स के दौरान एक-दूसरे का भरपूर सहयोग करें और प्रोत्साहन दें।

4 ऐसी औषधियां न लें, जो इस पर प्रभाव डाल सकती हैं।

5 रक्तचाप को नियंत्रण में रखें।

6 शराब एवं तम्बाकू का सेवन न करें।

7 अगर महिला मधुमेह-रोगी को सेक्स के दौरान योनि में सूखेपन की समस्या आ रही हो, तो चिकित्सक से परामर्श कर विशेष क्रीम का प्रयोग कर सकती हैं।

8 विशेष परिस्थितियों में लिंग का कलर डॉप्लर अल्ट्रासाउण्ड करायें।

मधुमेह और नपुंसकता

मरीजों को निराश होने की जरूरत नहीं है।

मधुमेह में नपुंसकता की समस्या

नपुंसकता मधुमेह का एक छिपा हुआ दुष्प्रभाव है। मगर यह बताता है कि ऐसे लोगों को हदयाघात या स्ट्रोक जैसी बीमारियों का खतरा ज्यादा रहता है।

मधुमेह-ग्रस्त पुरुषों में इसकी व्यापकता-दर 66% पाई गई है, यह चिन्ताजनक आंकड़ा है। इसमें से 64% को इरेक्टाईल डिसफंक्शन हो जाता है।

अन्य लक्षणों में में यौन क्रिया की इच्छा में कमी, प्रीमेच्योर इजैकुलेशन या रेट्रोग्रेड इजैकुलेशन आदि पाये जाते हैं। इस तरह की समस्याएँ समान्य लोगों की अपेक्षा मधुमेह के रोगियों में 10 से 15 साल पहले हो जाती हैं।

यह जानना जरूरी है कि ऐसे मरीजों को निराश होने की जरूरत नहीं है। आजकल बहुत-सी जाँचों की सुविधा बड़े शहरों में हो गई है। सही कारण का जायजा लेकर उचित इलाज संभव है। साथ में इस तथ्य को न भूलें कि यदि आप मधुमेह-नियंत्रण सही ढग से करते हैं, तो इस तरह की गंभीर समस्या से निजात पा सकते हैं।

सर्तक रहें, पूरी जाँच करवा लें।

क्लिनिकल इवैलुएशन।

टेस्टीकुलर संसेशन–एक सरल टेस्ट है, जो सायकोलॉजिकल एवं न्यूरोजेनिक कारण को अलग कर सकता है। नाँकचुनरल पेनाइल टुमेंससेनेम्स टेस्ट एवं स्टाम्प टेस्ट द्वारा भी मानसिक स्तर एवं नसों की खराबी के अन्तर को समझा जा सकता है।

वैस्कुलर कारणों को भी समझना जरूरी है। इसके लिए ए.बी. इंडेक्स एक सरल टेस्ट है। यह यदि 0.75 से ज्यादा है तो वैस्कुलर सिस्टम की खराबी को बताता है। पेनाइल प्लेथिसमोग्राफी भी एक महत्वपूर्ण टेस्ट है।

कुछ हारमोन्स की भी जाँच जरूरी है :

1 टेस्टोस्टिरोन

2 एफ. एस. एच

3 एल.एच.

4 प्रोलेक्टिन

5 टी-3, टी-4, टी. एस. एच.

6 कोरटीजोल

इलाज में क्या है

सिडानाफिल ग्रुप की दवा प्रभावकारी

नपुंसकता : इरेक्टाइल डिसफंक्शन एक वार्निंग सिगनल है। इसे पुरुषों के स्वास्थ्य का पोर्टल भी कहा गया है। वायग्रासिडानाफिल ग्रुप की ही दवा है। वरडेनाफिल इसी ग्रुप में हाइली सेलेक्टिव एवं पोटेंट फोसफोडायइस्टरेज 5 इन्हीबिटर दवा है।

कैसे काम करती है यह दवा

यौन इच्छा होते ही नाइट्रिक ऑक्साइड पेनिस के वासकुलेचर में प्रवाहित होने लगता है। इससे साइलिक जी.एम.पी. की मात्रा बढ़ जाती है। यह दवा इस जैव-रसायन को नष्ट नहीं होने देती। इसके प्रभाव में पेनिस में ज्यादा खून भर जाता है, जिससे प्रभावकारी इरेक्शन हो जाता है।

इस दवा को लगातार नहीं खाया जाता। जिस दिन यौन-क्रिया की इच्छा हो, उसी दिन इसकी एक गोली खाई जाती है। बिना डाक्टर की सलाह के दवा न लें, वरना लेने के देने पड़ जायेंगे।

टेस्टोसटेरोन– खुलते राज

टेस्टोसटेरोन हार्मोन का डाइबिटीज़ में भारी रोल है। करीब एक-तिहाई कम उम्र के रोगियों में इसकी मात्रा घटी रहती है। इसका उनकी सेक्सुवल लाइफ पर असर पड़ता ही है। यौन-इच्छा की कमी, इरेक्टाइल डिसफंक्शन के अलावा कारडियो-वैस्कुलर बीमारियों का खतरा भी बढ़ जाता है। प्रसिद्ध मेडिकल जरनल 'डाइबिटीज़ केयर' के एक अंक में इस तथ्य को उजागर किया गया है। ऐसे मरीजों में टेस्टोसटेरोन की दवा देने से फायदा होता है। इसको देने से इन्सुलीन की नाकामी भी सुधरने लगती है। इसके प्रभाव से कमर की नाप भी

कमी होती है। शरीर में फैट भी नियन्त्रित होने लगता है। यह हार्मोन न केवल यौन इच्छा को जगाता है, बल्कि पेनिस के इरेक्शन में भी इसकी भूमिका है। आजकल खून में टेस्टोसटेरोन हार्मोन की मात्रा देख लेनी चाहिए। टेस्टोसटेरोन की टेबलेट और इंजेक्शन उपलब्ध हैं।

वासोएक्टिव दवाएँ :

1 पापावेरीन का इंजेक्शन 25 से 30 मि.ग्रा.

2 फिनटोलामिल एंव प्रोस्टागलैन्डिन का इंजेक्शन

यौन शक्ति बढ़ाता है तरबूज

आजकल तरबूज की पूरे अमेरीका में धूम मची है। सभी बड़े होटलों में ब्रेकफास्ट के समय इसका उपलब्ध रहना लगभग अनिवार्य माना जा रहा है। इसका बड़ा कारण पिछले पांच वर्षों में कुछ नये शोधों द्वारा तरबूज के नये फायदों का खुलासा होना है। डॉ. भीमू पटेल, टेक्सास के फ्रूट एवं वेजिटेबल विभाग के डायरेक्टर हैं। उनका कहना है कि बेजोड़ चीज है तरबूज।

नये शोध ने दिखाया है कि तरबूज में वियाग्रा दवा जैसा गुण हैं

अगर यौन शक्ति में कमी है, इरेक्शन की समस्या है या यौन इच्छा का अभाव है, तो रोज पांच बार तरबूज खाने की सलाह दी गयी है। न्यूट्रीशन मेडिकल जरनल एवं साइंस डेली पत्रिका में छपे शोध के अनुसार तरबूज में सिटूलीन नामक जैव रसायन होता है, जो शरीर में जाकर अरजीनीन नामक एमीनो एसिड में परिवर्तित हो जाता है। अरजीनीन की सही मात्रा शरीर में रहे, तो नाइट्रिक ऑक्साइड प्रचुर मात्रा में बनता है। हमारी रक्त-वाहिनियों की आंतरिक सतह इंडोथेलियम से यह साबित होता है। यदि यह सही मात्रा में शरीर में रहे, तो हार्ट की बीमारी न हो, रक्तचाप ठीक रहे, अर्थराइटिस से निजात मिले और कई तरह के कैंसरों से बचाव हो। तरबूज खाने से नाइट्रिक एसिड की मात्रा संतुलित हो जाती है। यौन अंगों में नाइट्रिक एसिड बनने से वहां रक्त-प्रवाह सही हो जाता है, यही है वियाग्रा जैसा प्रभाव। सिटूलीन की अधिकता से शरीर की प्रतिरोधात्मक शक्ति बढ़ती है और शरीर का जहर बाहर निकल जाता है।

लाइकोपीन

लाइकोपीन अत्यंत महत्वपूर्ण जैव रसायन है, जो हमारे हृदय को स्वस्थ रखता है, प्रोस्टेट कैंसर से बचाता है और त्वचा को स्वस्थ करता है। टमाटर को अभी तक साइकोपीन का राजा कहा जाता है, मगर अब पाया गया है कि तरबूज

में ज्यादा लाइकोपीन रहता है। एक मीडियम साइज टमाटर में चार मि.ग्रा. लाइकोपीन होता है और यदि दो कप की मात्रा तरबूज लें, तो इसमें 18 मि.ग्रा.।

उच्च रक्तचाप में फायदा

जिनका रक्तचाप सामान्य से ज्यादा है, यदि वे नियमित तरबूज दिन में पांच बार (करीब एक प्लेट) खाएं, तो रक्तचाप सामान्य हो जाता है। ऐसा प्री-हाइपरटेंशन के लोगों में होता है। जो लोग दवाइयां खाते हैं, उन्हें भी तरबूज खाने से रक्तचाप सामान्य करने में मदद मिलती है।

अमेरिकन जरनल आफ हाइपरटेंशन के अनुसार

डाइबिटीज़ है, तो खाइए तरबूज

एक सामान्य धारणा है कि डाइबिटीज़ हुआ, तो तरबूज बंद कर दीजिए। मगर, नये शोधों के अनुसार जो जैव रसायन तरबूज में हैं, वे अंततः ब्लड-शुगर को नियंत्रित करने में मदद करते हैं और बीमारी के दुष्परिणामों से बचाते हैं। यह सही है कि तरबूज का ग्लायसिमिक इंडेक्स 72 है और इसके खाने से तेजी से ग्लूकोज़ रक्त में जाता है। मगर रहस्य यह है कि इसका ग्लायसिमिक लोड मात्र चार है। यदि यह 20 से ज्यादा रहता, तो डाइबिटीज़ में खाने लायक नहीं रहता। यदि 120 ग्राम तरबूज हम खाते हैं (करीब एक कप), तो इसमें मात्र 50 कैलोरी होती है। जितना आप खाते हैं, उसमें 92 प्रतिशत तो केवल पानी रहता है। मात्र आठ प्रतिशत कार्बोहाइड्रेड। इसका मतलब है कि यदि सीमित मात्रा में आप तरबूज खाते हैं, तो ब्लड-शुगर ज्यादा नहीं बढ़ सकती, डाइबिटीज़ के मरीज तरबूज खाएं, तो यह ब्लड-शुगर को नहीं बढ़ाता। इसका अरजीनीन, सिट्रूलीन एवं लाइकोपीन डाइबिटीज़ के मरीजों के लिए वरदान की तरह है। ब्रेकफास्ट के लिए यह आदर्श फूड है। इसमें खूब विटामिन सी है, इक्यून बूस्टर जैव रसायन है, जो वज़न कम करता है और एनर्जी देता है।

इंस्टेंट एनर्जी के लिए : गरमी के मौसम में थकान हो, तो तुरंत तरबूज लीजिए। बी कंप्लैक्स का यह नेचुरल भंडार है और इंस्टेंट एनर्जी देता है। इसमें बीटा-कैरोटीन भी है, जो कोशिकाओं को सेजिंग इफेक्ट से बचाता है। यह प्यास बुझाने का उत्तम स्रोत है, क्योकि इसमें 92 प्रतिशत पानी ही होता है।

अल्कोहल-उत्पादन

अमेरिका में तरबूज के कुल उत्पादन का करीब 20 प्रतिशत खेतों में छोड़ दिया जाता है। जो तरबूज पूर्णतः देखने में ठीक नहीं होते, उनकी मार्केटिंग नहीं

होती। अब ओकला यूनिवर्सिटी ने ऐसी तकनीक विकसित की है, जिससे इसको इथानॉल में परिणत किया जायेगा एवं बायो-फ्यूल के रूप में इस्तेमाल किया जायेगा। साइंस ने तरबूज के गुणों का रहस्य खोज निकाला है। तरबूज के बीजों का भी अपना महत्व है। यह सस्ता और गरमी के दिनों में सहजता से मिलने वाला फल है। यह हमारी हेल्थ का रक्षक है। यदि आपको अभी तक कोई भ्रम है, तो अब उस मिथक से बाहर निकल जाइए।

मधुमेह और योग

आधुनिक युग विज्ञान व तकनीक का युग है, जिसमें मनुष्य का निरंतर आगे बढ़ने की होड़ में अपकार हो जाता है। तनाव का असर हमारे मन व शारीरिक अवयवों पर पड़ता है, जिसके कारण मनोकायिक बीमारियों का उत्पन्न होना स्वाभाविक है। इन्हीं मनोकायिक बीमारियों में से एक है मधुमेह, जिसे शुगर की बीमारी भी कहा जाता है। ज्यादा तनाव के कारण यह बीमार आम होती जा रही है।

मधुमेह के लिए आज बाज़ार में अनेक प्रकार की दवाइयाँ उपलब्ध हैं। मधुमेह मनोकायिक बीमारी है, इसलिए इसको दवाइयों से नियंत्रित तो किया जा सकता है, लेकिन समूल दूर नहीं किया जा सकता। इस पर पूर्ण रूप से कंट्रोल पाने में योग पूर्ण सहायक व सार्थक है। आसनों द्वारा जहाँ शरीर के अवयवों को नियंत्रण में रखा जाता है, वहीं प्राणायाम, कपालभाति और ध्यान के द्वारा मन को संयमित, एकाग्र व स्थिरचित्त स्थिति में रखा जा सकता है।

कपालभाति का असर जहाँ कफ़ दोष निवारण पर होता है, वहीं पैंक्रियेटिक ग्लैंड्स व अन्य इन्डोक्राइन ग्लैंड्स पर भी पड़ता है, जिससे मधुमेह जैसी बीमारी में सुधार आता है तथा तनाव भी कम होता है।

यदि नियमित उत्तानपादासन, पवनमुक्तासन, त्रिकोणासन, धनुरासन, अर्धमत्स्येन्द्रासन, मण्डूकासन, पाद-हस्तासन, कपालभाति, अनुलोम-विलोम, प्राणायाम तथा ध्यान का अभ्यास किया जाए, तो तनाव का स्तर तथा मधुमेह जैसी बीमारियों पर नियंत्रण पाया जा सकता है, लेकिन इसका अभ्यास किसी योग जानकार के समक्ष ही करना चाहिए।

योग-क्रिया के दौरान यह भी ध्यान रखना आवश्यक है कि साँस का क्रम क्या है, इसके लिए एक सामान्य सिद्धांत है कि जब आसन में सामने यानी आगे की तरफ झुकते हैं, तब साँस निकालते हैं और जब पीछे की तरफ झुकते हैं, तब साँस को भरते हुए आसन की क्रिया पूरी की जाती है। बगल की तरफ झुकना हो तो सामान्य श्वास-क्रम रखा जाता है।

योग थैरेपी मानवीय व्यवहार, कार्य, खानपान, परिस्थिति को ध्यान में रखते हुए की जाती है और यदि इन बातों को ध्यान में रखकर इसे किया जाए, तो

निश्चित ही लाभ होगा क्योंकि मधुमेह व उससे सम्बन्धित बीमारियों से छुटकारा पाने के लिए दैनिक जीवनचर्या में बदलाव व योगाभ्यास आवश्यक है। यदि नियमित योगाभ्यास व संयमित जीवनचर्या का पालन किया जाए, तो स्वस्थ मानवता की कल्पना की जा सकती है :

सर्वे भवन्तु सुखिनः सर्वे सन्तु निरामया।

योग अत्यन्त जरूरी है मधुमेह में

योग के कुछ आसनों एवं प्राणायाम को रोज करना जहाँ स्वस्थ रहने की कुँजी है, वहीं मेडिकल साइन्स ने भी इनके अभूतपूर्व लाभ की पुष्टि करा दी है। वैज्ञानिक तौर पर किये गये शोधों ने बताया है कि कुछ खास आसनों के प्रभाव से पैंक्रियाज के बीटा सेल्स तक रक्त-प्रवाह बढ जाता है, ज्यादा आक्सीजन कोशिकाओं को मिलती है और मृतप्राय बीटा-सेल्स मे नयी ऊर्जा आती है, ताकि वहां से ज्यादा इन्सुलिन स्रावित हो सके। शारीरिक श्रम के अभाव में इन्सुलिन के रिसेप्टर आलसी होकर सोये रहते हैं, जिससे ग्लूकोज़ रक्त से कोशिकाओं में नहीं जा पाता। योग के आसनों से इन्सुलीन की संवेदनशीलता बढ़ जाती है।

डाइबिटीज़ के लिए जो महत्वपूर्ण आसन हैं, उनको यहाँ बताया जा रहा है। इन हिदायतों को अवश्य ध्यान में रखें:

– हमेशा खाली पेट ही योग-क्रिया करें।
– यदि शाम में आसन या प्राणायाम करना हो, तो करीब 4 घण्टे पहले से कुछ नहीं खाएँ।
– ढीले, हलके, आरामदायक वस्त्र पहनें।
– वायु यदि दूषित हो तो आसन ना करें।
– योगासन या प्राणायाम हमेशा योग्य प्रशिक्षक से शिक्षा लेकर ही करें। चिकित्सक से भी आकलन करवा लें कि आपके लिए क्या उपयुक्त है।
– कई लोग टी.वी. द्वारा ही योग सीखकर लाभान्वित हो रहे हैं। टी.वी. द्वारा सीखकर योग करने में कोई हर्ज नहीं है, मगर एक बार अपने चिकित्सक से अपनी शारीरिक क्षमता का आकलन अवश्य करवा लें।
– याद रखें, बिना सही ढंग से और अपर्याप्त समय तक किया गया योगासन और प्राणायम आपको वांछित लाभ नहीं देगा।

योगासन / प्राणायाम का पूरा लाभ मिले, इसके लिए :

- सही ढंग से करना जरूरी है
- पर्याप्त समय तक करना जरूरी है।
- इसे चन्द दिनों की चाँदनी न बनाइये।
- जीवन-पर्यन्त हमेशा करने की आदत डालिए
- ध्यान एवं मंत्रों के साथ पॉज़िटिव सोच से किया गया योगासन ज्यादा लाभकारी होगा।
- सही, सादे एवं शाकाहारी भोजन के साथ रहना उत्तम है।

मधुमेह-नियंत्रण / बचाव के लिए विशिष्ट योग-क्रियाएँ शुरू करें

नियमित योग-अभ्यास के कई फायदे हैं। ब्लड-शुगर-लेवल कम करने के साथ-साथ इससे रक्तचाप कम होता है, यह वज़न को नियंत्रण में रखता है, प्रतिरोधी क्षमता बढ़ाता है। इसके साथ ही यह आगे आने वाली समस्याओं की आशंका को कम करता है।

मधुमेह के सबसे बड़े कारणों में से एक है तनाव। इससे शरीर में ग्लुकागोन का स्राव बढ़ता है (ऐसा हार्मोन जो ब्लड-ग्लूकोज़ लेवल को बढ़ाता है)। योगासनों और प्राणायाम व कुछ मिनटों के नियमित ध्यान से तनाव कम करने में मदद मिलती है और शरीर पर इसके सकारात्मक प्रभाव पड़ने शुरू हो जाते हैं। योगाभ्यास वज़न कम करने में भी काफी सहायक होते हैं और फैट का सही अवशोषण करने में मदद करते हैं। सूर्य-नमस्कार और कपालभाति प्राणायाम कुछ बेहद असरदार योगासनों में से हैं।

1 प्राणायाम

गहरी सांस लेना और छोड़ना रक्त-संचार को दुरुस्त करता है। इससे दिमाग शांत होता है और नर्वस सिस्टम को आराम मिलता है।

आसन करने का तरीका : फर्श पर चटाई बिछाकर उस पर बैठ जाएं। या तो पद्मासन की मुद्रा में बैठ जाएं और पैर पर पैर चढ़ाकर। अब अपनी पीठ सीधी करें, अपनी ठुड्डी को फर्श के समानांतर रखें, अपने हाथ घुटनों पर ले जाएं, ध्यान रहे हथेली ऊपर की तरफ खुली हो, और

अपनी आँखें बंद करें। गहरी सांस लें और पांच की गिनती तक सांस रोककर रखें। अब धीरे-धीरे सांस छोड़ें। इस पूरी प्रक्रिया को कम से कम दस बार दोहराएं। ये सब कर लेने के बाद अपनी हथेलियों को एक-दूसरे से तब तक रगड़ें, जब तक वो गर्म न हो जाएं। अब उन हथेलियों को अपनी आँखों पर रखें और धीर-धीरे उन्हें हटाकर मुसकुराएं।

2 सेतुबंधासन

यह आसन न सिर्फ रक्तचाप को नियंत्रित रखता है, बल्कि मानसिक शान्ति देता है और पाचनतंत्र को ठीक करता है। गर्दन और रीढ़ की स्ट्रेचिंग के साथ-साथ यह आसन मासिक धर्म के सिम्पटम से भी निजात दिलाता है।

आसन करने का तरीका

चटाई पर चित होकर लेट जाएं। अब सांस छोड़ते हुए पैरों के बल ऊपर की ओर उठें। अपने शरीर को इस तरह उठाएं कि आपकी गर्दन और सर फर्श पर ही रहे और शरीर का बाकी हिस्सा हवा में। ज्यादा सपोर्ट के लिए आप हाथों का इस्तेमाल भी कर सकते हैं। अगर आपमें लचीलापन है तो अतिरिक्त स्ट्रेचिंग के लिए आप अपनी उँगलियों को ऊपर उठी पीठ के पीछे भी ले जा सकते हैं। अपने कम्फर्ट का ध्यान रखते हुए इस आसन को पूरा करें।

ध्यान दें : अगर आपकी गर्दन या पीठ में चोट लगी हो तो यह आसन न करें।

3 बालासन

बच्चों की मुद्रा के नाम से जाना जाने वाला यह आसन तनावमुक्ति का बहुत अहम साधन है। यह पुष्टिका, जंघा और टखनों की स्ट्रेचिंग करता है। इससे तनाव और थकान से राहत मिलाती है। यह ज्यादा देर तक बैठे रहने से होने वाले लोअर बैक पेन में भी काफी मददगार साबित होता है।

आसन करने का तरीका : फर्श पर घुटनों के बल बैठ जाएं। अब अपने पैर को फ्लैट करते हुए अपनी एड़ी पर बैठ जाएं। दोनों जांघों के बीच थोड़ी दूरी बनाएं।

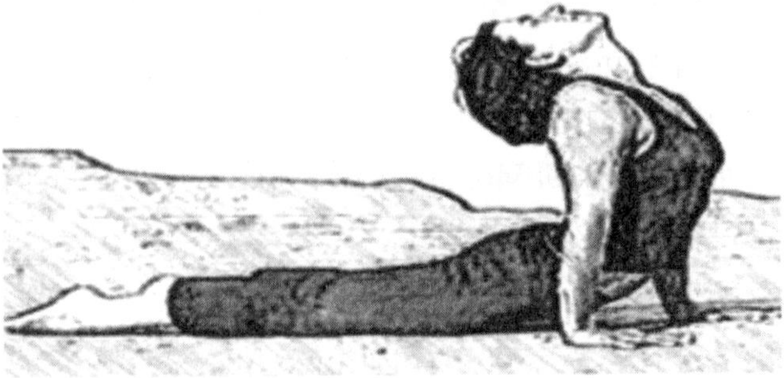

सांस छोड़ें और कमर से नीचे की और झुकें। अपने पेट को जाँघों पर टिके रहने दें और पीठ को आगे की और स्ट्रेच करें। अब अपनी बांहों को सामने की तरफ ले जाएं, ताकि पीठ में खिंचाव हो। आप अपने माथे को फर्श पर टिका सकते हैं, बशर्ते आपमें उतना लचीलापन हो। पर शरीर के साथ जबरदस्ती न करें। वक्त के साथ आप ऐसा करने में कामयाब होंगे।

चूंकि यह तनाव-मुक्ति आसन है, इसलिए सामान्य गति से सांस लें। ज्यादा से ज्यादा तीन मिनट और कम से कम पांच की गिनती तक इस मुद्रा में रहें।

ध्यान दें : यदि आप गर्भवती हैं या घुटनों में चोट है अथवा डायरिया से पीड़ित हैं, तो यह आसन न करें।

4 वज्रासन

यह एक बेहद सामान्य आसन है जो मानसिक शान्ति देने के साथ पाचन-तंत्र को ठीक रखता है और 'कंद' का मसाज करता है। आयुर्वेद के अनुसार कंद गुदाद्वार से बारह इंच ऊपर स्थित एक ऐसी जगह है, जहां से 72,000 तंत्रिकाएं संचालित होती हैं।

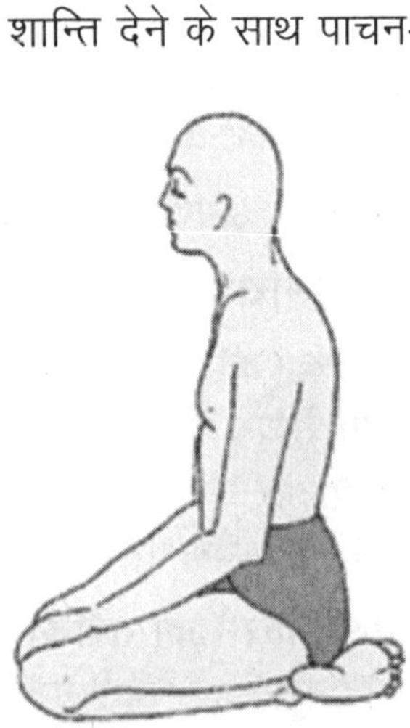

आसन करने का तरीका : फर्श पर चटाई बिछाएं। घुटने टेककर बैठ जाएं और अपने पैर की ऊपरी सतह को चटाई के संपर्क में इस तरह रखें कि आपकी एड़ी ऊपर की तरफ हो। अब आराम से अपनी पुष्टिका को एड़ी पर टिका दें। यह ध्यान देना जरूरी है कि आपका गुदाद्वार आपकी दोनों

एड़ी के ठीक बीच में हो। अब अपनी दोनों हथेलियों को नीचे की ओर घुटनों पर ले जाएं। अपनी आँखें बंद करें और एक गति में गहरी साँस लें।

5 सर्वांगासन

यह आसन मूल रूप से थायराइड ग्रंथि के संचालन को सही करने के लिए जाना जाता है। ये ग्रंथियां पूरे शरीर के सही संचालन के लिए जिम्मेदार होती हैं जिसमें पाचनतंत्र, नर्वस सिस्टम, उत्पादन सिस्टम, चयापचय संचालन और श्वास तंत्र शामिल हैं। इसके अलावा यह रीढ़ में रक्त और ऑक्सीजन की पर्याप्त मात्रा पहुंचाकर उसे भी मजबूत करता है।

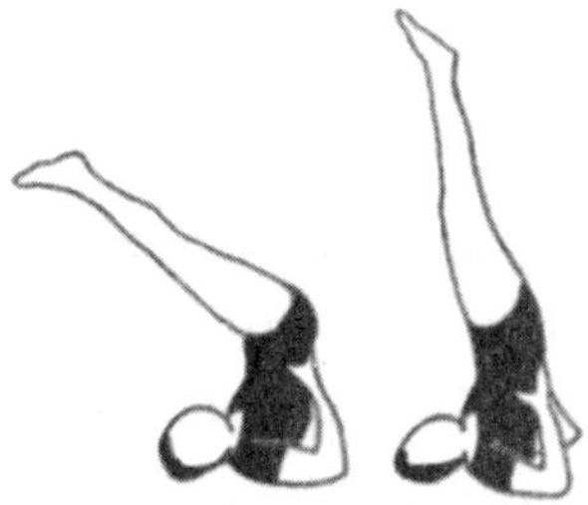

आसन करने का तरीका : चटाई पर पैर फैलाकर लेट जाइए। अब धीरे-धीरे घुटनों को मोड़कर या सीधे ही पैरों को ऊपर उठाइए। अब अपनी हथेली को अपनी पीठ और पुष्टिका पर रखकर इस आसन को सपोर्ट कीजिए। अपने शरीर को इस तरह ऊपर उठाइए कि आपके पंजे छत की दिशा में इंगित हों। समूचा भार आपके कंधों पर होना चाहिए। सुनिश्चित करें कि आप धीरे-धीरे सांस ले रहे हैं और अपनी ठुड्डी को सीने पर टिका लें। आपकी कोहनी फर्श पर टिकी होनी चाहिए और आपकी पीठ को हथेली का साथ मिला होना चाहिए। इस आसन में तब तक रहें, जब तक आप इसके साथ सहज हैं। लेटने वाली मुद्रा में वापस आने के लिए धीरे-धीरे पैरों को नीचे लाएं, सीधा तेजी से नीचे न आएं।

ध्यान रखें : अगर आपकी गर्दन और रीढ़ चोटिल है, तो यह आसन न करें। अगर आप उच्च रक्तचाप वाले व्यक्ति हैं, तो यह आसन किसी प्रशिक्षक के निरीक्षण में ही करें।

6 हलासन

यह आसन उनके लिए बहुत कारगर है, जो लम्बे समय तक बैठते हैं और जिन्हें पोश्चर संबंधी समस्या है। यह थायराइड ग्रंथि, पैराथायराइड ग्रंथि, फेफड़ों और पेट के अंगों को उत्तेजित करता है, जिससे रक्त का प्रवाह सर और चेहरों की ओर तेज हो जाता है। इससे पाचन-प्रक्रिया में सुधार होता है और हार्मोन का स्तर नियंत्रण में रहता है।

आसन करने का तरीका : फर्श पर चित होकर लेट जाएं। अपनी बांहों को बगल में रखें और घुटनों को मोड़ लें, ताकि आपका तलवा फर्श को छुए। अब

धीरे-धीरे अपनी पुष्टिका से पैरों को उठाएं। पैर उठाते वक्त अपने हाथों को पुष्टिका पर रखकर शरीर को सपोर्ट करें। अब धीरे-धीरे अपने पैरों को पुष्टिका के पास से मोड़ें और सर के पीछे ले जाकर पंजों को फर्श तक ले जाने की कोशिश करें। हाथों को बिलकुल सीधा रखें, ताकि वे फर्श के संपर्क में रहे। ऊपर जाते हुए सांस छोड़ें। लेटने वाली मुद्रा में वापस लौटने के लिए पैरों को वापस लाते हुए सांस लें। एकदम से नीचे न आएं।

ध्यान रखें : यदि आप लिवर, उच्च रक्तचाप, डायरिया संबंधी समस्याओं से गुजर रहे हों, मासिक धर्म चल रहा हो या गर्दन में चोट लगी हो, तो यह आसन न करें।

7 धनुरासन

यह आसन आपकी पीठ और रीढ़ के लिए बेहतरीन है। यह आपके प्रजनन संबंधी अंगों को ठीक रखता है, तनावमुक्त करता है, मासिक धर्म से होने वाले दर्द और कब्ज से राहत दिलाता है।

आसन करने का तरीका : पेट के बल लेट जाएं और पैरों को पुष्टिका की दूरी के हिसाब से फैलाए रखें। अपनी बांहों को शरीर की बगल में रखें। घुटनों को मोड़ें और एड़ी को जस का तस रखें। अन्दर सांस लेते हुए सीने को ऊपर की ओर खींचें और पैरों को भी ऊपर करते हुए वापस अपनी तरफ लाएं। सामने की ओर देखें और चेहरे पर मुसकराहट रखें। आसन को यथासंभव स्थिर रखें और अपनी साँसों पर ध्यान केन्द्रित करें। जब तक आप इस आसन में हैं, तब तक लम्बी गहरी साँसें लेना जारी रखें। ज्यादा लम्बे समय तक यह आसन न करें। 15-20 सेकेंड के बाद सांस छोड़ें और आराम से अपने पैर और छाती को फर्श पर लाएं।

ध्यान दें : यह आसन उच्च या निम्न रक्तचाप, हर्निया, चोटिल गर्दन, चोटिल लोअर बैक, सरदर्द, माइग्रेन या हाल ही में सर्जरी से गुजरने वालों और गर्भवतियों के लिए वर्जित है।

8 चक्रासन

यह आसन रीढ़ की स्ट्रेचिंग और पीठ की मांसपेशियों को रिलैक्स करने में कारगर है। इसके अलावा यह दिमाग को सुकून और तनाव-मुक्त करता है। आसन करने का तरीका : यह आसन करने के लिए पीठ के बल लेट जाएं और दोनों हाथों को कन्धों की सीध में बाहर की ओर स्ट्रेच करें। घुटनों को मोड़ें और पैरों को पुष्टिका के पास लाएं। पैरों के तलवे पूरी तरह से जमीन पर होने चाहिए। अपने घुटनों को तब तक बाईं ओर ले जाएं, जब तक कि बायाँ घुटना जमीन को न छू ले। इस दौरान दायाँ घुटना और जांघ बाएँ घुटने और जांघ पर टिके होने चाहिए। इसके साथ-साथ अपने सर को दाईं ओर घुमाएं और दाईं हथेली को देखें। सुनिश्चित करें कि आपके कंधे जमीन को छू रहे हों। चूंकि शरीर चक्रवत् होता है, ऐसे में आपके कंधे जमीन से उठा सकते हैं, ध्यान दें कि ऐसा न हो। इसी प्रक्रिया को एक बार बाईं, एक बार दाईं ओर करते रहें। इस आसन में आपको बांह, गर्दन, पेट और पीठ में तनाव महसूस होगा।

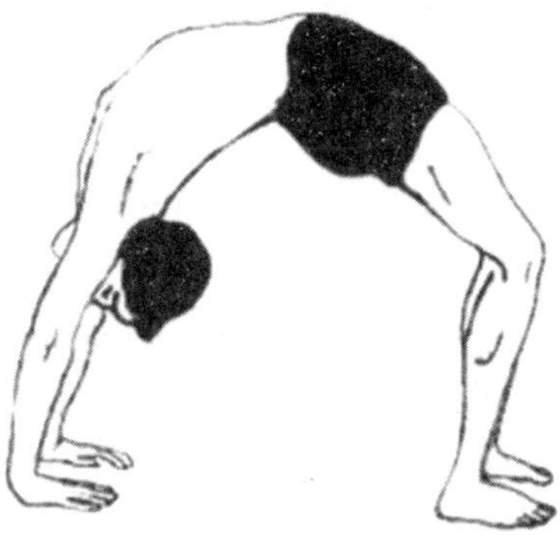

ध्यान दें : अगर आपकी रीढ़ चोटिल है, तो यह आसन न करें।

9 पश्चिमोत्तानासन

इसमें शरीर को आगे की ओर मोड़ा जाता है, जिससे रक्त का प्रवाह चेहरे की तरफ हो जाता है। इससे पेट बेहतर तरीके से काम करता है और जांघ की पेशियों के साथ पीठ और बांह की पेशियों को मजबूत करता है।

आसन करने का तरीका : पैरों को फर्श पर स्ट्रेच करके बैठ जाएं। अपनी उँगली और अंगूठे से पैरों के अंगूठे को पकड़ें। अब धीरे-धीरे सांस छोड़ें और शरीर को आगे की तरफ मोड़ते हुए कोशिश करें कि आपका माथा आपके घुटनों को छू रहा हो। ध्यान रहे, आपकी कोहनी फर्श के संपर्क में रहे। पांच गिनने तक इसी स्थिति में रहें और बैठने वाली मुद्रा में वापस जाते हुए सांस अन्दर लें।

ध्यान रखें : यदि आपकी पीठ या रीढ़ में किसी भी तरह की समस्या है, तो यह आसन न करें। और आसन करते हुए माथे को घुटनों तक पहुंचाने में कोई जबरदस्ती न करें, माथा जहां तक सहजता से पहुंचे वहीं तक रहने दें।

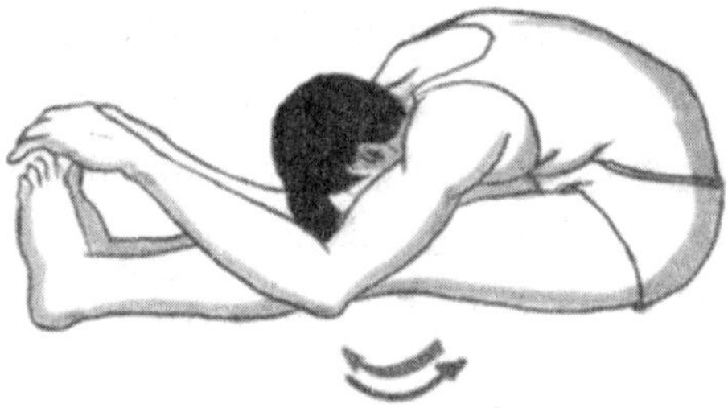

10 अर्ध मत्स्येन्द्रासन

यह आसन विशेष रूप से आपके फेफड़ों की सांस लेने और ऑक्सीजन को अधिक समय तक रोकने की क्षमता बढ़ाने का काम करता है। साथ ही यह रीढ़ को आराम देता है और पीठ-दर्द या पीठ संबंधी अन्य परेशानियों से निजात दिलाता है।

आसन करने का तरीका : पैरों को सामने की तरफ फैलाकर बैठ जाएं, रीढ़ तनी हो और दोनों पैर एक-दूसरे से लगे हों। अपने बाएँ पैर को मोड़ें और उसकी एड़ी को पुष्टिका के दाएं हिस्से की ओर ले जाएं। अब दाएं पैर को बाएँ पैर की

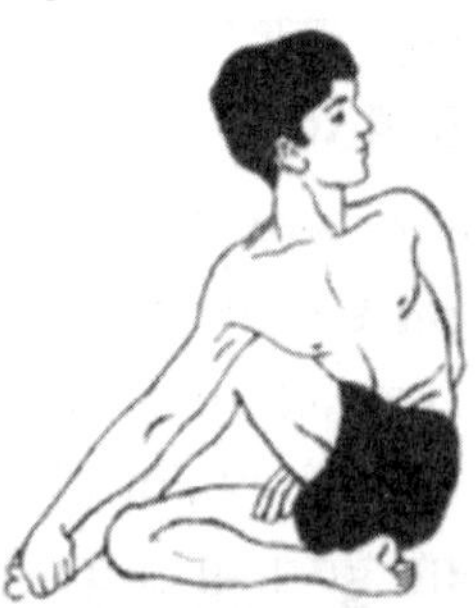

ओर लाएं और बायाँ हाथ दाएं घुटनों पर और दायाँ हाथ पीछे ले जाएं। कमर, कन्धों और गर्दन को इस क्रम में दाईं और मोड़ें। लम्बी साँसे लें और छोड़ें। शुरुआती मुद्रा में आने के लिए सांस छोड़ना जारी रखें, पहले पीछे स्थित दाएं हाथ को यथावत लाएं, फिर कमर सीधी करें, फिर छाती और अंत में गर्दन। अब इसी प्रक्रिया को दूसरी दिशा में करें।

ध्यान दें : यदि आपकी पीठ में चोट हो तो यह आसन किसी सत्यापित प्रशिक्षक के सामने ही करें।

मधुमेह और तोंद को कंट्रोल करे कूर्मासन योग

कूर्म का अर्थ होता है कछुआ। इस आसन को करते वक्त व्यक्ति की आकृति कछुए के समान बन जाती है, इसीलिए इसे कूर्मासन कहते हैं।

कूर्मासन की विधि : सबसे पहले आप वज्रासन में बैठ जाएं। फिर अपनी कोहनियों को नाभि के दोनों ओर लगाकर हथेलियों को मिलाकर ऊपर की ओर सीधा रखें।

इसके बाद श्वास बाहर निकालते हुए सामने झुकिए और ठोड़ी को भूमि पर टिका दें। इस दौरान दृष्टि सामने रखें और हथेलियों को ठोड़ी या गालों से स्पर्श करके रखें। कुछ देर इसी स्थिति में रहने के बाद श्वास लेते हुए वापस आएं।

यह आसन और भी कई तरीकों से किया जाता है, लेकिन सबसे सरल तरीका यही है।

दूसरी विधि : सबसे पहले दंडासन की स्थिति में बैठ जाएं। फिर दोनों घुटनों को थोड़ा-सा ऊपर करके कमर के बल झुकते हुए दोनों हाथों को घुटनों के नीचे रखते हुए उन्हें पीछे की ओर कर दें। इस स्थिति में हाथों की बांहें घुटनों को स्पर्श करती हुई और हथेलियां पीछे की ओर भूमि पर टिकी हुई रहेंगी।

इसके पश्चात् धीरे-धीरे ठोड़ी को भूमि पर टिका दें। यह स्थिति कूर्मासन की है। सुविधा-अनुसार कुछ देर तक रहने के बाद वापस लौट आएं।

कूर्मासन का लाभ : यह आसन डाइबिटीज़ से मुक्ति दिलाता है, क्योंकि इससे पैंक्रियाज को सक्रिय करने में मदद मिलती है। यह आसन उदर के रोगों में भी लाभदायक है।

डाइबिटिज़ कंट्रोल करने के लिए आप ये आसन-प्राणायाम भी कर सकते हैं :

1 शवासन

2 हलासन

3 पवनमुक्तासन

4 शलभासन

5 धनुरासन

6 वक्रासन

7 उष्ट्रासन

8 योगमुद्रा

9 ताड़ासन और अनुलोम-विलोम।

डाइबिटीज की एक बहुत महत्वपूर्ण समस्या

फ्रोजेन शोल्डर : मिल सकती है राहत

फ्रोजेन शोल्डर सिंड्रोम तब होता है, जब कंधे के जोड़ के चारों ओर स्थित "कैप्सूल" और लिगामेंट में सूजन आ जाती है। कंधे इस कदर अकड़ जाते हैं कि रोगी को कंधे को सामान्य ढंग से हिलाने-डुलाने में भी दिक्कत होती है। मेडिकल शब्दावली में इसे एडहिसिव कैप्सूलाइटिस भी कहा जाता है। करीब तीन प्रतिशत वयस्क अपने जीवन में कभी न कभी इस रोग से प्रभावित होते हैं। यह रोग 40 से 56 वर्ष के डाइबिटीज-मरीजों में सबसे अधिक होता है।

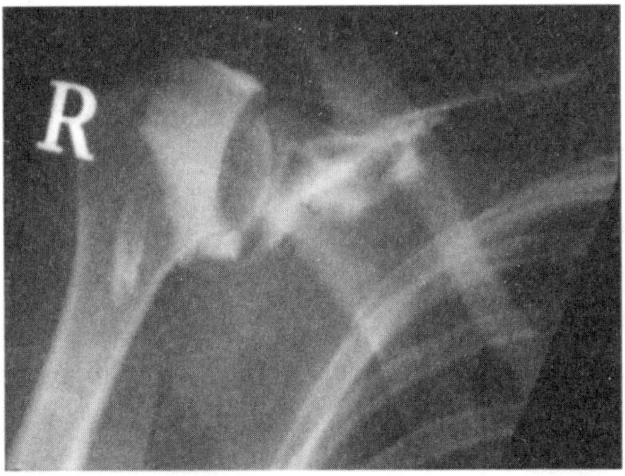

लक्षण :

- पीड़ित व्यक्ति को कंधे को हिलाने-डुलाने में परेशानी होती है।
- उन्हें कपड़े पहनने या किचेन में कप को उठाने जैसी दैनिक गतिविधियों में भी कंधे में दर्द होता है।
- रात में दर्द बढ़ जाता है।
- जैसे-जैसे बीमारी बढ़ती जाती है, कंधे में जकड़न इतनी अधिक बढ़ सकती है कि हाथ का हिलाना-डुलाना बिलकुल मुश्किल हो जाता है।

उपचार :

- फ्रोजेन शोल्डर का इलाज रोग की अवस्था, दर्द की गंभीरता और इसकी जकड़न पर निर्भर करता है।
- दर्द का इलाज नॉन स्टेरॉयडल एंटी-इनफ्लेटेनरी दवाओं और कंधे के जोड़ में स्टेरॉयड के इंजेक्शन से किया जाता है। स्टेरॉयड के इंजेक्शन के साथ-साथ फिजियोथेरेपी से रोगी की बांह और कंधे की गतिशीलता में सुधार आ सकता है।

कंधे के व्यायाम

रोगी को आम तौर पर कंधे के व्यायाम करने की सलाह दी जाती है। इसका उद्देश्य जितना संभव हो, कंधे को जकड़ने से मुक्त करना और गतिशीलता को बनाये रखना है। अधिकतम फायदे के लिए, डॉक्टर या फिजियोथेरेपिस्ट के निर्देश के अनुसार नियमित रूप से व्यायाम करना महत्वपूर्ण है।

यदि इन सबसे फायदा नहीं होता, तब डॉक्टर सर्जरी की सलाह दे सकते हैं। हालाकि सर्जरी की सलाह सिर्फ गंभीर मामलों में ही दी जाती है। करेक्टिव सर्जरी जोड़ के आसपास के टिश्यूज को ढीला करने का कार्य करती है।

नवीनतम सर्जरी

इस रोग की नवीनतम सर्जरी को आर्थोस्कोपिक कैप्सूलर रिलीज सर्जरी कहते हैं। यह एक प्रकार की कीहोल या मिनिमली इन्वेसिव सर्जरी है। इस प्रक्रिया के तहत सर्जन सबसे पहले एक छोटा चीरा लगाता है, जो एक सेंटीमीटर से भी कम लंबा होता है। कंधे के संकुचित कैप्सूल को खोलने के लिए सर्जन आर्थोस्कोप डालकर चेकिंग करते हैं और कंधे का जो चिपका हुआ मास होता है, उसे सर्जरी के जरिये दूर कर देते हैं।

इसके बाद वे कंधे के कैप्सूल में बने स्कॉर टिश्यू के बैंड को हटाते हैं। आर्थोस्कोपिक कैप्सूलर रिलीज़ सर्जरी के बाद व्यक्ति को फिजियोथेरेपी की आवश्यकता पड़ती है।

डाइबिटीज़ अन्धेपन का एक मुख्य कारण है!

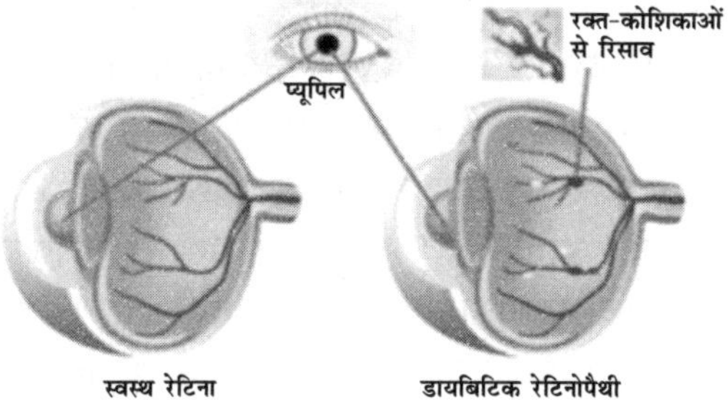

डाइबिटीज़ में आंख की बीमारियां अन्य लोगों की अपेक्षा दो गुना अधिक होती हैं और डाइबिटीज़-रेटिनोपैथी के अलावा मोतियाबिन्द होने की सम्भावना सामान्य से अधिक होती है। डाइबिटीज़ आज भारतवर्ष में पूर्ण अन्धता के छः मुख्य कारणों में से एक बन गई है।

डाइबिटीज़-रेटिनोपैथी

डाइबिटीज़ के मरीजों में पूर्ण अन्धता की संभावना सामान्य लोगों से 25 गुना अधिक होती है। टाइप-1 और टाइप-2, किसी भी तरह की डाइबिटीज़ में होने वाली प्रमुख बीमारी डाइबिटीज़-रेटिनोपैथी होती है और यह बीमारी डाइबिटीज़ होने के 25 वर्ष के अन्दर 70 से 80% रोगियों को हो जाती है और इसका होना इस बात पर निर्भर करता है कि डाइबिटीज़ कितने लम्बे समय से है और इस बात पर कि डाइबिटीज़ कन्ट्रोल में है भी कि नहीं।

पर यह सत्य है कि डाइबिटीज़ के कन्ट्रोल में रहने पर रेटिनोपैथी धीरे-धीरे पनपती है और इसकी भयावहता भी कम हो जाती है, अन्यथा बहुत ही तेजी से बढ़कर रेटिनोपैथी अन्तिम चरण में पहुँच जाती है और रोगी पूर्ण अन्धता का शिकार हो जाता है। टाइप-1 डाइबिटीज़ के मरीजों में रोग जल्दी एवं तेजी से पनपता है, अतः उन्हें अत्यधिक सतर्कता बरतने की आवश्यकता होती है। अगर डाइबिटीज़-रेटिनोपैथी के साथ-साथ मरीज को उच्च रक्तचाप, एनिमिया एवं गुर्दे की परेशानी होती है, तो बीमारी के लक्षण तेजी से बढ़ते है और भयावह हो सकते हैं। अतः इन अन्य रोगों का इलाज अत्यन्त आवश्यक है।

डाइबिटीज़-रेटिनोपैथी में आँख के पर्दे अर्थात् रेटिना को रक्त पहुँचाने वाली सूक्ष्म नलिकाओं की दीवारों में सूजन आ जाती है, जिससे वे संकरी हो जाती हैं तथा रक्त-कण आपस में चिपककर इन संकरी नलिकाओं को बन्द कर देते हैं, जिससे अवरुद्ध नलिकायें फूल जाती है और फूल-फूल कर फट जाती हैं और रेटिना पर खून के धब्बे बिखर जाते हैं।

रेटिना के प्रमुख क्षेत्र, जहां से दिखाई देता है, जिसे मैकुला कहते हैं, डायबेटिक रेटिनोपैथी में नजर के गिर जाने के तीन मुख्य कारणों में से एक है। मैकुला पर सूजन आ जाना बहुत लम्बे समय तक रेटिना के खाद्य पदार्थों और ऑक्सीजन की कमी के कारण इसकी आपूर्ति हेतु नई परन्तु अत्यन्त कमजोर खून की नलियां कई स्थानों पर पनपना शुरू कर देती हैं, जिसे वैसकुलराइजेशन कहते हैं। इन नलियों के थोड़े-से जोर पड़ जाने से आंख के गोलक के अन्दर भीषण रक्तस्राव होने लगता है, इसे विट्रीयस-हेमरेज कहते हैं और यह डायबेटिक रेटिनोपैथी में नेत्र-ज्योति के कम होने का दूसरा प्रमुख कारण है। अन्ततः आंख के गोलक में भरा रक्त सूखने लगता है और झिल्लियों में परिवर्तित होने लगता है और इन झिल्लियों के द्वारा रेटिना पर पड़ने वाले खिंचाव से पर्दा उखड़ जाता है, जिसे ट्रेक्सनल रेटिनल डिटैचमेन्ट कहते हैं, यह नजर गिरने का तीसरा प्रमुख कारण होता है। चूँकि डायबेटिक रेटिनोपैथी में नेत्र-ज्योति अधिकतर बीमारी के अन्तिम एवं काफी गम्भीर होने पर गिरती है और तब तक इलाज के लिए काफी देर हो चुकी होती है, अतः प्रत्येक मधुमेह-रोगी को रेटिना की जाँच मधुमेह का पता लगते ही करानी चाहिए और तदुपरान्त किसी लक्षण के न रहने पर भी वर्ष में एक से दो बार आंख की पुतली को फैलाकर रेटिना-विशेषज्ञ द्वारा जांच कराते रहना चाहिए। डायबेटिक रेटिनोपैथी के इलाज में समय रहते बीमारी की पहचान एवं रोकथाम का प्रमुख स्थान है।

इसके उपचार हेतु रेटिना की फ्लोरसिन एन्जियोग्राफी की जाती है, जो कि आउटडोर जांच है और इसमें एक दवा का इन्जेक्शन लगाकर मशीन द्वारा पर्दे की फोटोग्राफी की जाती है। इस जांच के द्वारा बीमारी की स्टेजिंग की जाती है तथा कहां कितनी सूजन है अथवा कितना लेजर-उपचार देना है, इसका आकलन किया जाता है। साथ ही लेजर द्वारा उपचार के बाद की स्थिति का आकलन भी फ्लोरसिन एन्जियोग्राफी के द्वारा ही किया जाता है।

डायबेटिक रेटिनोपैथी का उपचार प्रमुख रूप से तीन तरह से किया जाता है :

- लेजर द्वारा पर्दे की सिंकाई।
- विट्रेक्टामी सर्जरी एवं कुछ खास स्थितियों में।
- इन्ट्रा-विट्रियल स्टेरायड इन्जेक्शन।

मोतियाबिन्द

यह प्रौढ़ावस्था में कम दिखाई देने के कारणों में से सबसे बड़ा कारण है, जिससे कि मरीज को कम या धुंधला दिखाई देने लगता है। कभी-कभी देर कर देने के कारण रोशनी समाप्त होने या दर्द होने का खतरा बढ़ जाता है। चूंकि मोतियाबिन्द का ऑपरेशन अनिवार्य है, इसलिए अधिक समय तक बढ़ने-पकने का इन्तजार न करके सही समय पर ऑपरेशन करवाना चाहिए। मोतियाबिन्द आपरेशन की आधुनिक व सुरक्षित तकनीकी है

'फेको सर्जरी'।

ध्यान देने योग्य बातें :

- आंखों को कभी छूना नहीं चाहिए, बहुत आवश्यक होने पर हाथ धोकर छूना चाहिए।
- आंख में डालने की दवा का टिप हाथ या आंख से छूना नहीं चाहिए।
- धूम्रपान व तम्बाकू आंखों के लिए बहुत हानिकारक है।
- हरी साग-सब्जी व पानी प्रचुर मात्रा में लेना चाहिए।
- लगभग प्रतिवर्ष नेत्र-चिकित्सक से आंखों की पूर्ण जांच करानी चाहिए और समलबाई, डायबिटिक रेटिनोपैथी व अन्य रेटिनोपैथी है या नहीं, अवश्य पूछना चाहिए।

मोतियाबिन्द के लिए फेको सर्जरी

फेको सर्जरी से मशीन की एक पतली निडिल आँख में जाती है और मोतियाबिन्द को तोड़कर व घोलकर साफ कर देती है। इसमें निडिल जाने का छोटा-सा सुराख करना पड़ता है, इसलिए इसमें आराम व सुरक्षा बढ़ जाती है। टाँका नहीं लगाना पड़ता। इसलिए टाँका चुभने व निकालने की समस्या नहीं रहती।

प्राकृतिक धुंधले लेन्स को निकालने के बाद कृत्रिम लेन्स (उपयुक्त पॉवर अल्ट्रा साउण्ड बायोमेट्री की सहायता से ज्ञात करते हैं) लगाना आवश्यक है। कृत्रिम लेन्स कई प्रकार के होते हैं। पहला नॉन फेको (हार्ड लेन्स), दूसरा फेको (हार्ड लेन्स), तीसरा फेको सॉफ्ट (फोल्डेबल) लेन्स अच्छा रहता है, क्योंकि इसे आंख में डालने के लिए बड़े चीरे की आवश्यकता नहीं होती, बल्कि लेन्स मुड़कर (फोल्ड होकर) अन्दर जाता है और वहां खुलकर (अनफोल्ड होकर) नॉर्मल साइज में आ जाता है। इन सभी लेन्सों में एक ही दूरी का पॉवर होता है। इस कमी को पूरा करने के लिए और अन्य दूरियों पर बिलकुल स्पष्ट देखने के लिए हल्के पॉवर का चश्मा लगाना होता है।

मल्टी-फोकल फोल्डेबल लेन्स में 5 अलग-अलग दूरियों के लिए 5 पॉवर होती हैं। दो पास के लिए, दो दूर के लिए तथा एक बीच के लिए। इस तरह सभी दूरियां स्पष्ट नहीं होतीं। किन्तु एक पॉवर वाले लेन्स की तुलना में पांच पावर वाले लेंस से काफी काम आसानी से हो जाता है। कुछ लोगों को हलकी पॉवर का चश्मा भी लगाना पड़ता है, तो भी सिंगल पॉवर लेन्स की तुलना में यह काफी आरामदायक होता है। मल्टी-फोकल लेंस में शुरू के तीन-चार माह तक रात में स्वयं ड्राइविंग करना मना होता है।

एकोमोडेटिव लेंस में पॉवर एक ही होता है, किन्तु उसके लूप में एकोमोडेशन का गुण होता है, जिसके कारण 90 प्रतिशत व्यक्तियों में लगभग 90% काम बिना चश्मे के हो जाता है।

आधुनिक तकनीक के कारण मोतियाबिन्द ऑपरेशन बहुत आसान व सुरक्षित हो गया है।

मधुमेह के रोगी के लिए रोज़ा रखने का हुक्म और रोज़ा तोड़ना कब जायज़ है

"मैं 14 महीने से द्वितीय श्रेणी के मधुमेह के रोग से पीड़ित हूँ और वह ऐसी शुगर की बीमारी से परिचित है, जिसमें इंस्युलिन लेने की आवश्यकता नहीं होती। मैं कोई भी दवा नहीं ले रहा हूँ, किंतु मैं आहार के परहेज़ का पालन करता हूँ और कुछ व्यायाम करता हूँ ताकि शुगर के स्तर को उचित सीमा में रख सकूँ।

मैंने पिछले रमज़ान में कुछ दिनों का रोज़ा रखा था, किंतु शुगर के दर (स्तर) के कम होने के कारण मैं रोज़ों को पूरा करने में सक्षम नहीं था। अब मैं (अल्लाह का शुक्र है कि) पहले से अच्छा महसूस करता हूँ, किंतु रोज़ा रखने के समय सिर में दर्द महसूस करता हूँ।

"तो क्या मेरे लिए ज़रूरी है कि अपनी बीमारी की परवाह किए बिना रोज़ा रखूँ?"

"क्या मैं रोज़ा रखते हुए खून में शक्कर की दर की जाँच करा सकता हूँ (क्योंकि इसके लिए अंगुली से खून लेने की ज़रूरत पड़ती है) ?"

हर प्रकार की प्रशंसा और गुणगान केवल अल्लाह के लिए योग्य है।

बीमार व्यक्ति के लिए रमज़ान के महीने में रोज़ा तोड़ना धर्मसंगत है। यदि रोज़ा उसे नुकसान पहुँचाता है या उसके लिए रोज़ा रखना कष्ट और कठिनाई का कारण है, या वह दिन में उसे विभिन्न प्रकार की गोलियाँ या पीने की चीज़ों का उपचार लेने की ज़रूरत होती है, क्योंकि अल्लाह सर्वशक्तिमान का फरमान है : 185, "और जो बीमार हो या यात्रा पर हो तो वह दूसरे दिनों में उसकी गिनती पूरी करे।" (सूरतुल बरा : 185)

तथा नबी सल्लल्लाहु अलैहि व सल्लम का फरमान है : "अल्लाह तआला इस बात को पसंद करता है कि उसकी प्रदान की हुई रुख्सतों को अपनाया जाये, जिस तरह कि वह इस बात को नापसंद करता है कि उसकी अवज्ञा के कामों को किया जाये।" तथा एक दूसरी रिवायत के शब्द ये हैं कि : "जिस तरह कि वह इस बात को पसंद करता है कि उसके निश्चित और अनिवार्य आदेशों का पालन किया जाये।"

जहाँ तक नसों से जाँच आदि के लिए खून लेने का प्रश्न है, तो सही बात यह है कि यह रोज़ा नहीं तोड़ता है, किंतु यदि वह अधिक मात्रा में हो तो उसे रात तक विलंब करना बेहतर है। यदि वह दिन ही में ऐसा करता है तो सावधानी का पक्ष, उसे सिंघी के समान ठहराते हुए, उस दिन के रोज़े की क़ज़ा करना है।" शैख इब्ने बाज़ रहिमहुल्लाह का फत्वा, किताब फतावा इस्लामिय्या 2/139 से।

बीमार व्यक्ति की कई स्थितियाँ हैं :

प्रथम : वह जो रोज़ों से प्रभावित नहीं होता, उदाहरण के तौर पर साधारण जुकाम, या साधारण सिर-दर्द, दाँत का दर्द और इसके समान अन्य बीमारियाँ, तो ऐसे व्यक्ति के लिए रोज़ा तोड़ना जायज़ नहीं है। यद्यपि कुछ विद्वानों का कहना है कि कुर्आन की आयत : 185, "और जो बीमार हो।" (सूरतुल बरा : 185) के आधार पर उसके लिए रोज़ा तोड़ना जायज़ है। किंतु हम कहेंगे कि : यह आदेश एक कारण के साथ संबंधित है और वह यह कि रोज़ा तोड़ देना उसके लिए अधिक आसानी का पात्र हो, परंतु अगर वह रोज़ा से प्रभावित नहीं होता तो उसके लिए रोज़ा तोड़ना जायज़ नहीं है, बल्कि उसके ऊपर रोज़ा रखना अनिवार्य है।

दूसरी स्थिति : जब उसके लिए रोज़ा रखना कठिन और मुश्किल हो, लेकिन उसके लिए नुकसान का कारण न हो, तो ऐसी हालत में उसके लिए रोज़ा रखना मक्रूह है, और रोज़ा तोड़ देना मस्नून है।

तीसरी स्थिति : जब उसके लिए रोज़ा रखना कष्ट और कठिनाई का कारण हो और उसे नुकसान पहुँचाता हो, जैसे गुर्दे की बीमारी या मधुमेह की बीमारी और इसके समान अन्य बीमारियों से पीड़ित आदमी, तथा रोज़ा उसे नुकसान पहुँचाता हो तो उसके ऊपर रोज़ा रखना हराम है। इसी से हमें उन मुजतहिदीन और बीमारों की त्रुटि का पता चलता है, जिनके ऊपर रोज़ा कठिन होता है और कभी-कभार उन्हें नुकसान पहुँचाता है, किंतु वे रोज़ा तोड़ना स्वीकार नहीं करते हैं, तो हम ऐसे लोगों से कहेंगे कि इन लोगों ने गलत किया है कि इन्हों ने अल्लाह सर्वशक्तिमान की दानशीलता को स्वीकार नहीं किया और उसकी रुख्सत (छूट) को कबूल नहीं किया और अपने आपको नुकसान पहुँचाया, जबकि अल्लाह सर्वशक्तिमान का फरमान है :

अकसर आप जब रोज़े रखते हैं, आपके डाक्टर आपको सलाह देंगे कि :

1 सुबह की सहरी पर अपने साधारण नाश्ते के बराबर ही खाएँ

2 अपनी रेगुलर सुबह की डाइबिटीज़ की दवा या इन्सुलिन की तीन-चौथाई मात्रा ही लें

3 दिन भर के काम में अधिक व्यायाम न करें

4 अत्यधिक घबराहट या पसीना आने पर बेशक अपनी ब्लड-शुगर चेक करें और 90 मिलीग्राम से कम होने पर रोजा समय से पहले ही समाप्त करें और शुगर वाला पेय ले लें।

5 रात का खाना सामान्य और दवा की खुराक भी सामान्य ही लें।

6 अगर आपकी उम्र 60 से अधिक है या फिर आप दिल के मरीज भी हैं, तब आपके डाक्टर आपको रोजे शुरू होने से पहले ही शॉर्ट एक्टिंग (4-5 घंटे तक असर करने वाली) दवा या इन्सुलिन ही देंगे।

त्यौहार और पार्टी में खानपान

पार्टी इंजॉय करनी हो या घर पर संडे स्पेशल हो, मिठाई का ख्याल सबसे पहले आता है। कई बार लोग 'लो' फील होने पर भी मीठा खाना पसंद करते हैं, क्योंकि मिठाई से शरीर को तुंरत ऊर्जा मिलती है। मीठी चीज में ग्लूकोज़ की मात्रा ज्यादा होने पर ऐसा होता है। मीठा खाने का मन कभी भी और कहीं भी हो सकता है, खास उस वक्त, जब आपके घर में कुछ नहीं होता और आप गुड़ या चीनी खाकर ही काम चला लेते हैं। हर समय चॉकलेट, आइसक्रीम, चीनी और कैंडी खाने के शौकीन लोगों को डाइबिटीज़ की दिक्कत भी हो सकती है, लेकिन वे अपनी आदत के आगे लाचार होते हैं। कई बार सोचते हैं कि ज्यादा मीठा खाना छोड़ दें, लेकिन छोड़ नहीं पाते। चीनी या कोई मीठी चीज खाने से शरीर में सेरोटेनिन हार्मोन स्रावित होता है, जो बॉडी को ऊर्जा देता है लेकिन धीरे-धीरे शरीर और जुबान को इसकी आदत पड़ जाती है और बाद में शरीर में इंस्युलिन की मात्रा कम हो जाती है, जिससे डाइबिटीज़ की समस्या हो जाती है।

अगर आप चीनी खाने की गंदी आदत को छोड़ना चाहते हैं, तो इन टिप्स को फॉलो करें :

– लो-जीआई फूड को चुनें (जीआई अर्थात् ग्लाइसीमिक इंडेक्स)। चीनी खाने की आदत को कंट्रोल करने के लिए जीआई फूड खाएं। इससे शरीर को ऊर्जा मिलेगी और आपकी हर टाइम मीठा खाने की इच्छा भी पूरी हो जाएगी। जीआई फूड में नट्स, ब्राउन राइस, नॉन स्टार्ची सब्जियां, फलियां और दलिया शामिल होते हैं।

– वनिला की खूशबू वाले उत्पाद : हर समय कुछ मीठा खाने की गंदी आदत होने पर आप यह तरीका आजमाकर देखें। आइसक्रीम, चॉकलेट या केक को वनीला फ्लेवर का खरीदकर खाएं। अपने कमरे में वनिला की खुशबु वाला एयरफ्रेशनर इस्तेमाल करें और वनिला एरोमा वाली कैंडल का यूज करें। इससे आपको चीनी आदि खाने की आदत कम होगी।

– खुश रहें, अगर आप खुश रहेंगे तो भावनात्मक रूप से कमजोर नहीं पड़ेंगे और इस तरह शारीरिक रूप से तंदुरुस्त रहेगें। आप चाहें तो नींबू-पानी भी समय-समय पर पीकर शुगर खाने की आदत से छुटकारा पा सकते हैं। कुछ मजाकिया काम करके भी आप खुश रह सकते हैं।

- शुगर खाने की लत छुड़वाने के लिए आप ध्यान दें कि आपको चीनी खाने या कुछ भी मीठा खाने की लत कब लगती है। आप उसी टाइम कुछ और खा लें, जैसे – इलायची, ड्राई फ्रूट्स आदि। इससे आपका मुंह चलता रहेगा व कुछ और खाने का मन नहीं करेगा।
- च्वींगम चबाएँ, च्वींगम खाने से आपकी यह गंदी आदत छूट सकती है। च्वींगम मीठी भी होती है और इससे मुंह लगातार चलता रहता है।

मधुमेह के रोगियों को हृदय-रोग

1 हृदय-रोग की संभावना सामान्य व्यक्ति की तुलना में दो से चार गुना ज्यादा।

2 पक्षाघात (लकवा) की संभावना सामान्य व्यक्ति की तुलना में पांच गुना ज्यादा।

3 100 मधुमेह के रोगियों में से 80 के मरने का कारण हृदय-रोग।

4 मधुमेह के रोगियों में धमनियों में रक्त का थक्का बनने की संभावना काफी अधिक।

5 अस्पतालों में भर्ती होने वाले मधुमेह-रोगियों में से 75 प्रतिशत के भर्ती होने का कारण हृदय-रोग।

6 मधुमेह-रोगियों में सामान्य व्यक्ति की तुलना में पुरुषों में मृत्यु-दर दो गुना एवं महिलाओं में चार गुना अधिक।

7 हार्ट-फेल्योर की संभावना पुरुषों में छः गुना ज्यादा और महिलाओं में नौ गुना ज्यादा।

8 हृदय को रक्त पहुँचाने वाली धमनियों में हानिकारक कोलेस्ट्रॉल का जमाव ज्यादा एवं कई स्थानों पर तेजी से बढ़ोतरी।

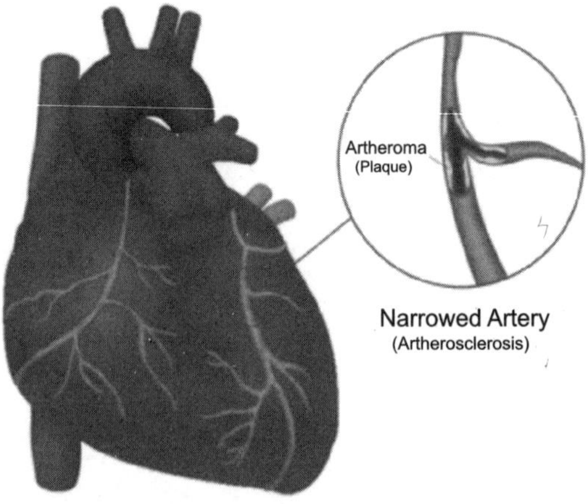

मधुमेह-रोगियों में हार्ट-अटैक के लक्षण :

1 मधुमेह-रोगियों में सामान्य व्यक्तियों की तुलना में हार्ट-अटैक के लक्षण न्यूनतम होते हैं।

2 मधुमेह-रोगियों में दिल के दौरे या एंजाइना की वजह से छाती में दर्द या भारीपन सामान्य व्यक्तियों की तुलना में काफी कम होता है या बगैर किसी तकलीफ के हार्ट-अटैक (साइलेंट हार्ट-अटैक) हो जाता है।

3 हलका सांस फूलना हार्ट-फेल्योर का प्रारम्भिक लक्षण हो सकता है।

4 सामान्य व्यक्तियों में, जिन्हें मधुमेह नहीं है, एंजाइना अथवा हार्ट-अटैक के दौरान सीने के बीच में या बायीं तरफ दर्द होता है, दर्द बायें हाथ या जबड़ों में आ जाता है। पसीना आता है, उलटी जैसा महसूस होता है। घबराहट के साथ सांस भी फूलता है।

मधुमेह आतंक नहीं—मुकाबला संभव :

1 मधुमेह एवं हृदय-रोग से सम्बन्धित जिज्ञासा एवं जागरूकता को बनाए रखें।

2 नियमित रूप से चिकित्सकीय सलाह लें।

3 मधुमेह को किसी भी तरह से नियंत्रित रखें।

4 शारीरिक व्यायाम करें। सप्ताह के सातों दिन यानी कि साल के पूरे तीन सौ पैंसठ दिन सुबह या शाम को कुछ देर के लिए पैदल चलने के लिए जरूर समय निकालें। हृदय-रोग के मरीज चिकित्सक की सलाह के अनुसार व्यायाम करें। हृदय-रोगी भोजन के पश्चात् तीस से साठ मिनट तक आराम करने के बाद ही कोई शारीरिक श्रम करें।

5 रक्तचाप 130 / 80 या उससे कम रखें।

6 कोलेस्ट्रॉल को नियंत्रण में रखें।

7 वज़न नियंत्रित रखें।

8 खानपान डॉक्टर की सलाह या चार्ट (इसी पुस्तक में उपलब्ध) के अनुसार लें।

9 तम्बाकू या धूम्रपान पूर्णतया वर्जित।

मधुमेह विशेष जांच-पड़ताल :

1 मूत्र में माइक्रो-एल्ब्यूमिन की जांच साल में एक बार अवश्य करायें। मूत्र में इसकी उपस्थिति गुर्दे की खराबी एवं हृदय से संबंधित रोगों की भविष्यवाणी है।

2 दिल का आकार जानने के लिए छाती का एक्स-रे जरूर करायें।

3 ई. सी. जी.–हृदय-रोग की आरम्भिक जांच के लिए ई. सी. जी. जरूरी।

4 टी. एम. टी. या स्ट्रेस-इको–इस जांच से 80 से 90 फीसदी मधुमेह-रोगियों में यह जाना जा सकता है कि उनमें हृदय-रोग है अथवा नहीं या भविष्य में इसकी क्या संभावना है। यह जांच एक या दो वर्ष में एक बार जरूरी।

5 इकोटेस्ट–इस जांच के द्वारा हृदय की कार्यक्षमता यानी कि वाल्वों में रक्त-प्रवाह, हृदय की मांसपेशियों का मोटा या पतला होना, हृदय की झिल्ली में पानी आना तथा हार्ट-फेल्योर की स्थिति का पता लगाया जाता है। यह जांच भी साल में एक बार ज़रूरी।

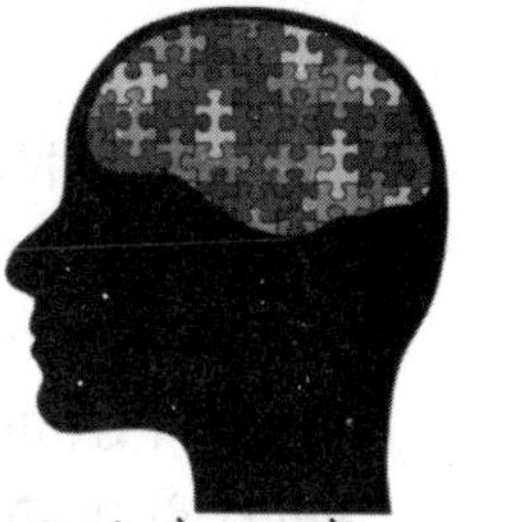

मधुमेह – मनोवैज्ञानिक पहलू

कोई भी लम्बे समय तक चलने वाला रोग एक तनाव (Stress) के रूप में कार्य करता है। मधुमेह एक दीर्घकालिक रोग है, अतः यह भी एक तनाव के रूप में रोगी के मनोविज्ञान को प्रभावित करता है। रोग ज्ञात होने के क्षण से लेकर आजीवन वह विभिन्न मनःस्थितियों से गुजरता है। आप सभी इस सत्य से भली-भांति परिचित होंगे। मैं जो कुछ भी कहने जा रहा हूँ, आप पायेंगे कि जैसे आप के विषय में ही बात की जा रही है।

रोग-निदान पर प्रारम्भिक प्रतिक्रिया :

1 अस्वीकृति (Denial)

2 क्रोध (Anger)

3 अपराध-बोध (Guilt)

4 नैराश्य (Depression)

5 स्वीकारोक्ति (Acceptance)

प्रथम बार संज्ञान में आने पर रोगी की सामान्य प्रतिक्रिया नकारात्मक होती है। नहीं, नहीं, मुझे यह रोग नहीं हो सकता, अवश्य ही रिपोर्ट बदल गयी होगी, यह पैथालोजी क्लिनिक विश्वसनीय नहीं है, इस प्रकार की प्रतिक्रिया आम है। अधिकांशतः व्यक्ति किसी दूसरे क्लिनिक से पुनः जांच कराता है। कई बार इस कडुए सत्य को स्वीकार करने में काफी वक्त लगता है। एक बार व्यक्ति इस तथ्य को स्वीकारने के लिए जब बाध्य हो जाता है, तो उसकी अगली प्रतिक्रिया क्रोध की होती है, और यह एक स्वस्थ और स्वाभाविक प्रतिक्रिया है, क्योंकि उसे अपनी जीवन-शैली में आजीवन व्यापक परिवर्तन करने होते हैं। व्यक्ति चिड़चिड़ा हो जाता है, बात-बात में झल्लाना, तुनकमिजाज हो जाना उसका स्वभाव बन जाता है।

हे भगवान! यह तूने किस बात का दण्ड दिया? ऐसे कौन-से पाप-कर्म मैंने किये थे कि यह रोग मुझे हो गया? मैं ही क्यों? इस प्रकार के प्रश्न मन में घुमड़ने लगते हैं। सभी मनुष्य कुछ न कुछ गलत कार्य अवश्य करते हैं। इन्हीं को सोचकर व्यक्ति के अन्दर अपराध-बोध घर करने लगता है कि अवश्य ही मेरे उन कर्मों का दण्ड मुझे मिला है।

अन्ततः व्यक्ति अवसाद (डिप्रेशन) या नैराश्य की अवस्था में आ जाता है। सामाजिक रूप से अपने को काट लेता है, हर वक्त सोचता रहता है। इन सारी स्थितियों से होते हुए व्यक्ति धीरे-धीरे इस बीमारी होने के सत्य को स्वीकारने लगता है। उसकी मुलाकात अन्य रोगियों से भी होती है, उसे लगता है कि वह अकेला ही पीड़त नहीं है। यदि उसे उचित मार्गदर्शन करने वाला चिकित्सक, सलाहकार या ऐसी संस्था जो इस कार्य में लगी हुई है, का सहयोग प्राप्त हो जाता है तो वह शीघ्र ही इस निराशा की स्थिति से निकलकर इस चुनौती से मुकाबला करने के लिए तैयार हो जाता है।

इस पूरे चक्र में कभी-कभी एक वर्ष तक का समय लग जाता है। यह समय इस बात पर निर्भर करता है कि रोगी को इस रोग के होने के पश्चात् कंट्रोल करने के उपाय आदि के बारे में उचित जानकारी कितनी जल्दी मिल जाती है।

टाइप-1 मधुमेह-रोगी बच्चे इस मामले में अधिक मनोवैज्ञानिक लचीलापन रखते हैं। एक अध्ययन के अनुसार 36% बच्चों ने रोग-निदान के 3 माह के भीतर मानसिक तनाव के लक्षणों का प्रदर्शन किया, अधिकतर के साथ ''सामंजस्य'' की समस्या आई। बच्चों को इसे स्वीकार करने, अपने गतिशील बाल्यकाल के साथ पटरी बैठाने एवं नियमित इन्सुलिन-इन्जेक्शन लेने के बीच सामंजस्य स्थापित करने में वक्त लगता है। ऐसे में परिवारजन, स्कूल के अध्यापक एवं सहपाठियों का सहयोग एवं रवैया काफी अहमियत रखता है। जिस परिवार में कोई बच्चा मधुमेह-रोगी हो जाता है, उस परिवार के सदस्यों में भी तनाव के लक्षण उत्पन्न होने लगते हैं, विशेष कर माँ-बाप में। इस बच्चे का भविष्य क्या होगा, यदि लड़की है तो शादी का क्या होगा, भगवान ने मेरे बच्चे को ही यह रोग क्यों दिया आदि प्रश्न मन-मस्तिष्क को मथने लगते हैं। बच्चे के साथ माता-पिता को भी इसे स्वीकारने एवं सामंजस्य स्थापित करने में वक्त लगता है।

एक बार स्वीकारोक्ति हो जाने के बाद चिकित्सा की जाती है। बिना शारीरिक श्रम किये, जीवन-शैली में व्यापक बदलाव किये यदि यह रोग समाप्त हो जाये तो क्या कहने! बार-बार इस रोग के कारण बताने एवं समझाने पर भी फिलहाल व्यक्ति किसी चमत्कार की आशा में रहता है। जैसे ही उसे कोई बताता है कि अमुक स्थान पर अमुक व्यक्ति इसका शर्तिया इलाज करता है, वह वहां भागा हुआ जाता है। यह भाग-दौड़ कई बार जीवनपर्यन्त बनी रहती है। कुछ लोग दो-चार बार धोखा खाकर संभल जाते हैं। किसी चिकित्सा-पद्धति में इस

रोग को समाप्त करने की औषधि नहीं है, और जीवन भर नियमित चिकित्सा में रहना होगा।

दूसरी मानसिकता जो इसके इलाज में बाधक होती है, वह है दवाओं का अंग्रेजी और देशी होना। रोगी भले ही आधी गोली पर नियंत्रित क्यों न हो, वह देशी के चक्कर में कितनी भी दवा खाना पसन्द करता है, और बार-बार अपनी चिकित्सा से छेड़छाड़ करता है। यदि खाने की दवाओं से रोग पर समुचित नियंत्रण नहीं हो पा रहा, और रोगी को इन्सुलिन लेने की सलाह दी गई, तब वह एक बार पुनः तनाव में आ जाता है। इन्सुलिन न लेनी पड़े, इसके लिए वह तमाम तरह के तर्क गढ़ लेता है। एक बार लगा लूँगा तो फिर कोई दवा काम नहीं करेगी, इन्सुलिन लेने से आयु घट जाती है, जिसने भी इन्सुलिन लिया शीघ्र ही मर गया, यह चरस है, एक बार लगी तो छूटती नहीं है, इत्यादि धारणायें आम हैं। कई बार चिकित्सक भी रोगी कहीं और न चला जाए, इस डर से इन्सुलिन लगाने की सलाह देने से घबराते हैं। अधिकतर रोगी तब तक इन्सुलिन टालते रहते हैं, जब तक कोई जटिलता सामने आ खड़ी नहीं होती और तब ''मरता क्या न करता'' वाली मनःस्थिति में इन्सुलिन लेते हैं, और एक बार थोड़ा स्वस्थ होने पर बिना चिकित्सीय सलाह से इन्सुलिन छोड़ देते हैं।

चूँकि यह दीर्घकालिक रोग है और पूरे शरीर को प्रभावित करता है, अतः भविष्य में होने वाली जटिलताएं पुनः एक बार तनाव का कार्य करती हैं और व्यक्ति पहले बताई गई अवस्थाओं से गुजरने लगता है।

रोग के इस मनोवैज्ञानिक पहलू से निपटने के लिए योग्य मनोवैज्ञानिक सलाहकार की मदद मिलनी चाहिए, जिसे 'काउन्सलर'' कहा जाता है। भारत में मनोवैज्ञानिक सलाहकारों की अवधारणा की सामाजिक स्वीकारोक्ति अभी नहीं हो पायी है, और यह सारे कार्य चिकित्सक को ही करने पड़ते हैं, जो रोगियों की संख्या के कारण इसे सक्षम रूप से सम्पादित नहीं कर पाता।

वरिष्ठ सदस्य जो इस अवस्थाओं से गुजर चुके हैं, नये रोगियों के लिए मनोवैज्ञानिक सलाहकार का कार्य कर सकते हैं, ताकि रोगी नैराश्य से निकलकर शीघ्रतिशीघ्र इस चुनौती का मुकाबला करने में सक्षम हो सके।

त्वचा की देख-भाल

मधुमेह के मरीजों को त्वचा की देखभाल करना अत्यावश्यक है। भारी मात्रा में ग्लूकोज़ से उनमें कीटाणु और फफूंदी लगने की संभावना बढ़ जाती है। चूंकि रक्त-संचार बहुत कम होता है, अतः शरीर में हानिकारक कीटाणुओं से बचने की क्षमता न के बराबर होती है। शरीर की सुरक्षात्मक कोशिकाएं हानिकारक कीटाणुओं को खत्म करने में असमर्थ होती हैं। उच्च ग्लूकोज़ की मात्रा से निर्जलीकरण (डी-हाइड्रेशन) होता है, जिससे त्वचा सूखी हो जाती है तथा खुजली होने लगती है।

सामयिक खुजली

मधुमेह में आम तौर पर, विशेष रूप से पैरों के नीचे खुजली मरीजों को सूखेपन, या खून के दौरे की कमी, या फंगल संक्रमण से उत्पन्न होती हैं। मधुमेह में नसों की सुन्नाहट से पसीने की प्रक्रिया है, जो त्वचा की प्राकृतिक नमी की सीमा में बाधा हो सकती है। इस प्रकार दरारें, सूखापन और खुजली बैक्टीरिया और संक्रमण के लिए एक प्रजनन-भूमि बनाने के कारण त्वचा की सतह पर दिखाई देते हैं। मॉइस्चराइजिंग क्रीम से पैरों की मालिश फायदा करती है।

डायबिटीज़ में त्वचा रोग दो तरीके के हो सकते हैं :

➢ अगर आपकी ब्लड-शुगर लगातार अधिक बनी रहती है, आपकी त्वचा से पानी सूखता है और खुश्क त्वचा में खुजली होती है। सूखी त्वचा में क्रैक हो सकते हैं, जिनसे होकर इन्फैक्शन पैरों और अन्य अंगों में हो सकता है।

➢ नसों की शिथिलता के चलते, आपकी त्वचा को रक्त की कमी हो सकती है और यह भी विभिन्न प्रकार के त्वचा-रोगों को जन्म देती है।

बचाव कैसे किया जाए ?

- जब आप साबुन-पानी से त्वचा को धोएं, अच्छी तरह से सुखाना न भूलें, विशेष रूप से बगलों में, ब्रेस्ट के नीचे और जाँघों व पैरों की उँगलियों के बीच।
- रोजाना मॉइस्चराइजर की मालिश सारे शरीर पर करें।
- पानी का पर्याप्त सेवन अवश्य करें।

- यथासम्भव कॉटन के नरम कपड़े ही पहनें, इनसे हवा का दौरा बना रहता है।
- बगलों की त्वचा का रोग।
- पैरों पर फंगस।

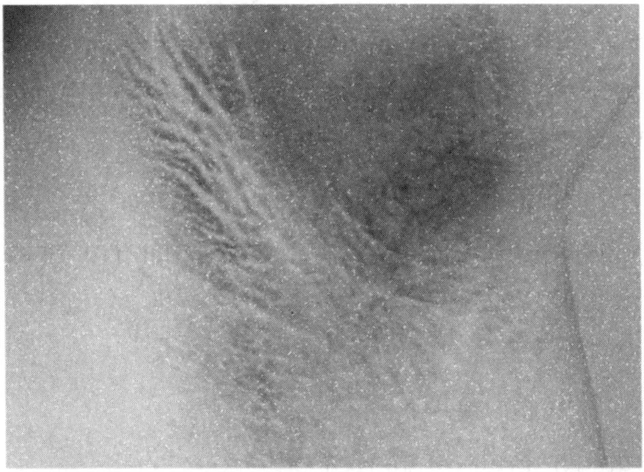

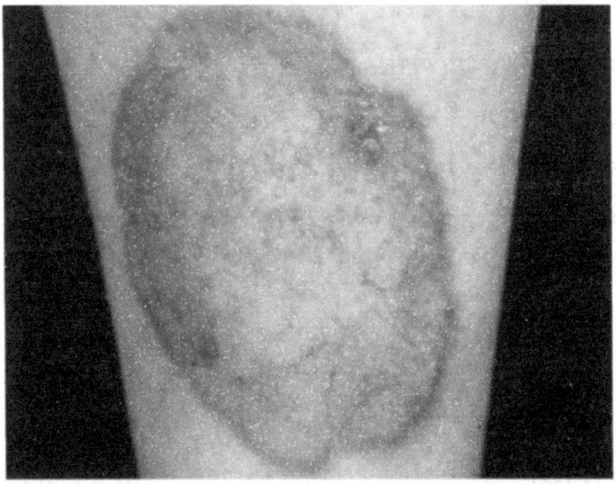

मधुमेह में मस्तिष्क-आघात (ब्रेन-स्ट्रोक) और तंत्रिका-क्षति (न्यूरोपैथी)

मधुमेह तंत्रिका-क्षति अंततः मधुमेह-रोगियों के 65% से अधिक को प्रभावित करती है। खराब ब्लड-शुगर-नियंत्रण न्यूरोपैथी का सबसे महत्वपूर्ण मूल कारण है। लक्षण मधुमेह तंत्रिका नुकसान के प्रकार पर निर्भर करते हैं :

डाइबिटिक न्यूरोपैथी के लक्षण :

- अकड़न, उत्तेजना (हाथ, पैर और पैर के तले) झुनझुनी या जलन, दस्त या कब्ज के रूप में
- पाचन-समस्यायें
- मूत्र-प्रवाह की परेशानियाँ
- मांसपेशियों, पैरों में तेज दर्द की तरंगें
- सामान्य कमजोरी
- खड़े होने पर बेहोशी या चक्कर आना
- त्वचा बेहद संवेदनशील होना
- अत्यधिक गर्मी या ठंड महसूस न कर सकना
- अनियमित दिल की धड़कन
- रक्तचाप की समस्याएं
- संतुलन और समन्वय सम्बन्धी समस्याएँ

आप इन डायबिटिक न्यूरोपैथी में से कोई भी लक्षण महसूस कर रहे हों, तो अपने चिकित्सक के साथ परामर्श जरूरी है

परिधीय न्युरोपैथी : यह हाथ और पैर को प्रभावित करता है। आप लंबे हैं और कई वर्षों से अनियंत्रित मधुमेह है, तो विशेष रूप से पुरुषों में इसके विकसित होने की संभावना है। दर्द, झुनझुनी, सुन्नाहट, पैरों में जलन, अल्सर। उपचार लक्षणों पर निर्भर करके ही किया जाता है। मधुमेह के नियंत्रण से लक्षणों की तीव्रता कम कर सकते हैं, और आगे की प्रगति धीमी हो सकती है।

कार्पल टनल सिंड्रोम : कलाई में तंत्रिका-क्षति की वजह से यह झुनझुनी, दर्द, स्तब्ध हो जाना और हाथ में कमजोरी का कारण बनता है। इसके मोटापे से ग्रस्त महिलाओं में विकसित होने की अधिक संभावना है। उपचार कलाई के ऑपरेशन द्वारा होता है।

ऑटोनोमिक न्यूरोपैथी : पाचन, पेशाब, दिल की धड़कन, यौन कार्य की तरह शरीर के कार्यों को नियंत्रित करता है और पेशाब की समस्याओं, कब्ज या नकली दस्त, नपुंसकता या बेहोशी का कारण बन सकता है। उपचार आहार में परिवर्तन, दवाओं, प्रशिक्षण के द्वारा होता है।

डाइबिटिक न्यूरोपैथी का उपचार : कुछ दवाएं आपके दर्द, झनझनाहट, सुन्नाहट को आराम दिलाती हैं, परन्तु अगर आपकी ब्लड-शुगर कंट्रोल में नहीं है, तो स्थायी आराम आना कठिन है।

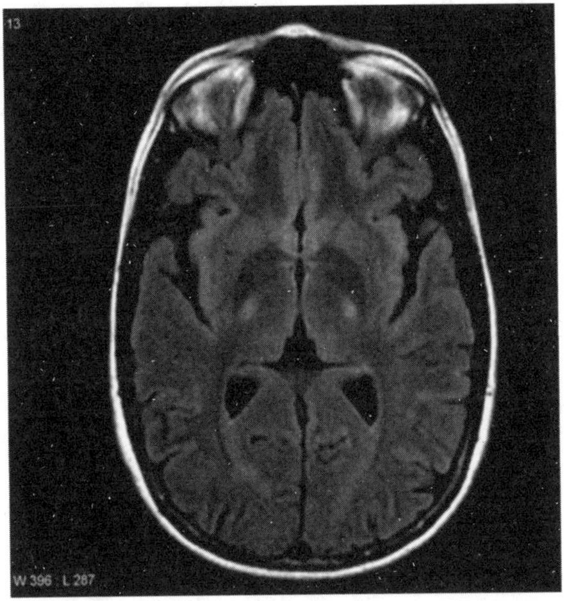

ब्रेन-स्ट्रोक

गैर-मधुमेह-रोगियों की तुलना में, मधुमेह-रोगियों को लकवा या स्ट्रोक 5 गुना अधिक होने की संभावना है।

स्ट्रोक हैमरेज और इस्कीमिक, दो प्रकार के हो सकते हैं। स्ट्रोक पक्षाघात (लकवा) का कारण बनता है, लेकिन समय पर उपचार से ठीक हो जाता है।

मधुमेह-रोगियों में स्ट्रोक के लिए महत्वपूर्ण जोखिम कारक उच्च रक्तचाप है। हाल ही में हार्वर्ड के शोधकर्ताओं ने दिखा दिया है कि फल और सब्जियों की ख़पत बढ़ाने से स्ट्रोक की सम्भावना कम हो जाती है। स्ट्रोक का खतरा कम करने के लिए अन्य तरीकों में धूम्रपान बंद करना, कोलेस्ट्रॉल कम करना और रक्त-शर्करा का नियंत्रण शामिल हैं।

स्ट्रोक मस्तिष्क पर एक हमला है। यह तेजी से मस्तिष्क की कोशिकाओं को नुकसान पहुँचाता है। यह तेजी से फैलता है, आग की तरह। स्ट्रोक को एक आपात स्थिति के रूप में देखा जाना चाहिए।

स्ट्रोक-उपचार

यह कारणों पर निर्भर करता है, क्योंकि एक स्ट्रोक का प्रारंभिक उपचार इस पर निर्भर करता है कि वह मस्तिष्क में खून के थक्के (इस्कीमिक स्ट्रोक) की वजह से हुआ है या हैमरेज (रक्तस्रावी स्ट्रोक) की वजह से। उपचार एक कंप्यूटरीकृत टोमोग्राफी (सी.टी. स्कैन), या स्ट्रोक के प्रकार को देखने के लिए एक चुंबकीय अनुनाद इमेजिंग (एम आर आई) के बाद ही किया जाता है।

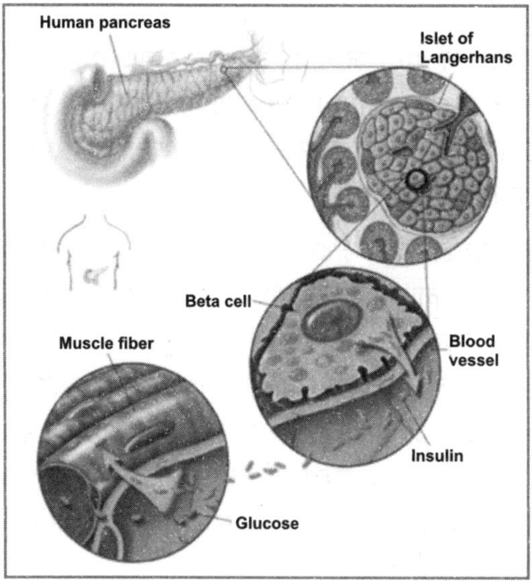

मधुमेह से मुक्ति दिला रहा है स्टेम-सेल

मधुमेह के इलाज के क्षेत्र में वैज्ञानिकों को अब नई सफलता मिली है। मधुमेह की बीमारी में स्टेम-सेल का इस्तेमाल करके अब इंस्युलिन के दर्द भरे इंजेक्शनों से मुक्ति दिलाने की शुरुआत हुई है। इस सफलता ने टाइप-वन डाइबिटीज़ के इलाज में क्रांति-सी ला दी है।

रोगियों के लिए वरदान है स्टेम-सेल थेरेपी

स्टेम-सेल थेरेपी से क्षतिग्रस्त अंगों को पुनः पहले की तरह स्वस्थ बनाया जा सकता है। जब दवाइयों का असर रोग पर न पड़े, तब स्टेम-सेल थेरेपी की मदद ली जा सकती है। इससे मेरुदंड क्षति, मांसपेशी, डिस्ट्रोफी, सेरेब्रल पाल्सी, पार्किसंस, मल्टिपल स्किलरोसिस, लीवर सिरोसिस, मधुमेह, बोन डिसऑर्डर, किडनी सहित अन्य बीमारियों का उपचार संभव है।

इलाज के दौरान मरीज के बोन मेरो से स्टेम-सेल लिया जाता है। इसलिए इससे किसी भी प्रकार के वायरल, बैक्टेरियल तथा बाहरी तत्वों से संक्रमण का खतरा नहीं रहता। विशेष प्रकार के उपकरण से इसे निकालकर लैब में प्रोसेसिंग

के लिए भेज दिया जाता है। कुछ दिनों के बाद इसे दोबारा संबंधित जगह पर प्रत्यारोपित कर दिया जाता है, जहां इसकी जरूरत होती है।

क्या है स्टेम-सेल?

स्टेम-सेल शरीर में पायी जाने वाली विशेष कोशिकाएं हैं, जो शरीर के किसी भी अंग को बनाने के लिए आवश्यक कोशिकाएं बनाने में सक्षम हैं। इससे हड्डी, कार्टिलेज और नसें, जो किसी कारणवश क्षतिग्रस्त हो गए हैं, उन्हें पुनः बनाकर शरीर में प्रत्यारोपित किया जाता है।

हालांकि कुछ साल पहले तक इसे सिर्फ अमीरों की बीमारी माना जाता था, मगर आज इसका शिकार आम आदमी भी बहुत तेजी से हो रहा है। मधुमेह अब दुनिया की पांचवां सबसे मारक बीमारी बन चुकी है। गौरतलब है कि मधुमेह ऐसी बीमारी है, जिसकी अनदेखी नहीं की जा सकती। लेकिन, अचरज इस बात का है कि भारत में इसे आज भी गंभीरता से नहीं लिया जा रहा। उल्लेखनीय है कि पांच साल से कम आयु के बच्चों में भी मधुमेह की बीमारी काफी तेजी से बढ़ रही है। शोध के मुताबिक पिछले बीस सालों में ऐसे मामलों में पांच गुना से अधिक की बढ़ोतरी हुई है।

वास्तव में हमारे शरीर में पैंक्रियास ग्रंथि पाचन-तंत्र का एक ऐसा हिस्सा होता है, जो छः इंच लंबा और पत्ते के आकार जैसा होता है। इस पाचक-तंत्र में तरल पदार्थ और इंस्युलिन उत्पन्न होता है। यह इंस्युलिन के अतिरिक्त अग्न्याशयी तरल पदार्थ उत्पन्न करता है और पाचन के लिए अन्य हार्मोन्स की जरूरत होती है तथा इंस्युलिन को उत्पन्न और मुक्त करने का कार्य बीटा सेल करता है।

मधुमेह तब प्रकट होता है, जब हमारा शरीर ग्लूकोज़ को ऊर्जा के लिए संचित और उसका इस्तेमाल नहीं कर पाता। दोनों प्रकार के मधुमेह टाइप-वन और टू होने का कारण है बीटा सेलों का खत्म हो जाना। यह एक लंबे समय तक रहने वाला रोग है, जिसमें रक्त में शुगर का स्तर बढ़ जाता है। पहले प्रकार के मधुमेह-रोगी इंस्युलिन नहीं बना पाते, जबकि दूसरे प्रकार (टाइप-दो) के ऐसे रोगी उतना इंस्युलिन नहीं पैदा कर पाते, जितना कि शरीर के लिए जरूरी है। इंस्युलिन एक प्रकार का हार्मोन है, जो कि शर्करा (ग्लूकोस) और स्टार्च को ऊर्जा में परिवर्तित कर देता है और शरीर के अंदर के रक्त-स्राव को व्यवस्थित करता है।

स्टेम-सेल से मधुमेह का इलाज कैसे होता है?

आखिर स्टेम-सेल से मधुमेह का इलाज कैसे होता है? स्टेम-सेल कोशिकाएं अपनी पुर्नरचना खुद ही कर लेने के साथ ही दो या दो से ज्यादा कुछ विशेष प्रकार की कोशिकाओं का निर्माण भी खुद ही कर लेती हैं और इन कोशिकाओं के भी अपने-अपने काम होते हैं। वास्तव में ऊतकों से निकाली गई वयस्क कोशिकाओं में इस ऊतक के भीतर विकसित होने की क्षमता होती है। हाल ही में किये गये अध्ययनों से पता चला है कि एक प्रकार की कोशिका में दूसरे प्रकार के ऊतकों में विकसित होने और परिवर्तित होने की क्षमता होती है।

अब सवाल यह है कि इनका प्रत्यारोपण कैसे किया जाता है? प्रयोगशाला में विकसित करके स्टेम-सेल को शरीर में प्रत्यारोपित कर दिया जाता है। जो शरीर में खराब या काम न कर रहे ऑर्गन को अंदर जाकर ठीक कर देते हैं। ये धीरे-धीरे काम करते हैं। शुरुआत में पहले वर्ष इसे 2 से 4 बार तक स्टेम से प्रत्यारोपित करते हैं। ये स्टेम-सेल बैरंग (खाली सेल) होते हैं और बाहर प्रयोगशाला में ही एक कार्यक्रम तैयार करके इन्हें अंदर शरीर में प्रविष्ट कराया जाता है। अंदर जाकर ये अपने तैयार कार्यक्रम के अनुसार कार्य करते हैं।

मधुमेह को नियंत्रित करने के लिए भोजन संबंधी नियंत्रण वास्तव में बहुत जरूरी है। अपने वज़न पर नियंत्रण रखें, शक्कर या मिठाई न खाएं, तेल-घी से परहेज करें। रैड मीट न खाएं। अपने भोजन एवं व्यायाम के अनुसार अपनी इंस्युलिन की खुराक निश्चित करें। अपने डॉक्टर द्वारा बताया गया व्यायाम करें। इससे आप के रक्त में शक्कर का स्तर भी नियंत्रित रहेगा और आप खुद को चुस्त-तंदुरुस्त भी महसूस करेंगे। सही-संतुलित भोजन और नियमित व्यायाम डाइबिटीज़-मरीज के लिए जितना जरूरी है, उतना ही एक सामान्य व्यक्ति के लिए भी जरूरी है।

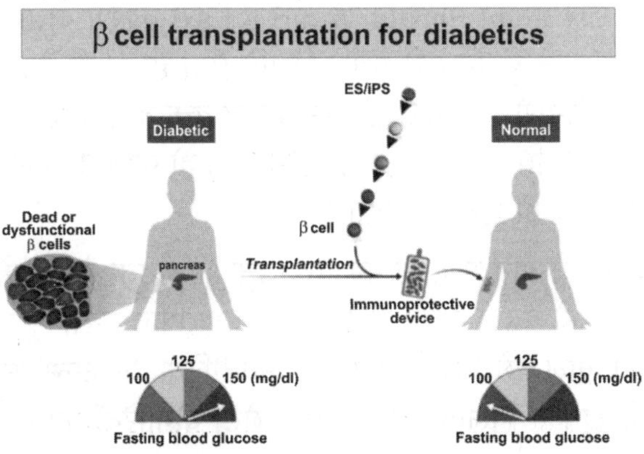

मधुमेह है तो दांतों का रखें विशेष खयाल

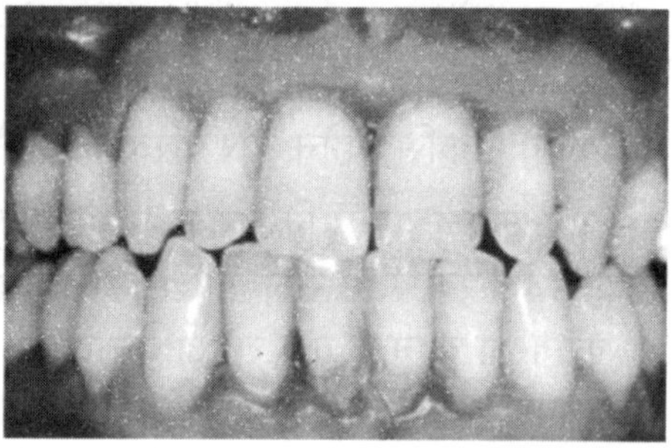

दांतों की तकलीफ अपने आपमें परेशान करने वाली होती है। अगर आप डाइबिटीज़ से परेशान हैं, तो यह तकलीफ और अधिक बढ़ जाती है। ऐसे में आप क्या करें, क्या नहीं!

आजकल लोग अपने चेहरे की खूबसूरती को लेकर काफी सजग हो गए हैं। ऐसे में मधुमेह जैसी बीमारी से पीड़ित लोगों के लिए अपने दांतों की सुरक्षा एक समस्या बन जाती है। मधुमेह से पीड़ित लोगों को मुंह के कई रोग होने की आशंका बढ़ जाती है। ऐसी स्थिति में दांत भी इससे बुरी तरह प्रभावित होते हैं। यदि दिनचर्या को नियंत्रित कर खानपान में थोड़ी-सी सावधानी बरती जाए, तो मधुमेह की बीमारी के साथ ही दांतों की समस्या को भी नियंत्रित किया जा सकता है।

हमारे दांत एलविओलर हड्डी तथा पीरियाडेंटल लिगामेंट्स मांसपेशियों से एक-दूसरे से जुड़े रहते हैं। ऐसे व्यक्ति, जिनका मधुमेह नियंत्रित नहीं हो पा रहा है, उनके पीरियाडेंटल लिगामेंट्स कमजोर होने लगते हैं। इससे दांतों के बीच एक खाली जगह बन जाती है और खाने के पश्चात् खाने के कुछ अंश इन दांतों में रह जाते हैं और इनको नुकसान पहुंचाते हैं। इस कारण दांतों और मसूड़ों में जीवाणु पैदा हो जाते हैं, जिससे गंभीर स्थिति पैदा हो जाती है। ऐसे व्यक्ति को पाइरिया नामक बीमारी हो सकती है और बोलते वक्त दांतों तथा मुंह से दुर्गंध आ सकती है। ऐसी स्थिति में दांत कमजोर होने शुरू हो जाते हैं। कई बार मसूड़ों में सूजन और तेज दर्द भी शुरू हो जाता है।

इसकी वजह से बाद में दांतों को उखाड़ना भी पड़ता है। मधुमेह के रोगियों के दांतों का रंग भी बदल जाता है, जो काला या फिर गहरा भूरा हो जाता है। मसूड़ों में होने वाले छोटे-छोटे छिद्रों से बैक्टीरिया या अन्य संक्रमण भी हो सकता है, जो खून में मिलकर अन्य छोटी-छोटी बीमारियों का कारण बनते हैं।

मधुमेह के रोगियों में मधुमेह से होने वाले अन्य रोग कितनी जल्दी घर करते हैं, यह बात मधुमेह के रोगियों के खून में उपस्थित शुगर की मात्रा पर निर्भर करती है। इस बात का ध्यान रहे कि सिर्फ मुंह की ही देखभाल से मधुमेह की बीमारी पर नियंत्रण नहीं पाया जा सकता। इसके लिए अनुशासित व नियंत्रित दिनचर्या एवं खानपान का ध्यान रखना जरूरी है।

इन बातों का ध्यान रखें :

- सुपारी, जर्दा, खैनी इत्यादि छोड़ दें।
- दांतों को साफ करने के लिए कोयले, राख या ऐसे दंत-मंजन, जिसमें तंबाकू हो, का प्रयोग बंद कर दें।
- मसालेदार तथा गरम चीजें कम खाएं। मसूड़ों में हुए छिद्रों को साफ करने के लिए हमेशा दांत साफ करने वाली पतली व मुलायम डेंटल फ्लॉस का इस्तेमाल करना चाहिए।
- दांतों को साफ करने के लिए किसी प्रकार की लकड़ी, बबूल की दातून या किसी अन्य धातु से बनी चीज का इस्तेमाल नहीं करना चाहिए।
- सुबह का नाश्ता करने के बाद तथा रात को सोने से पहले ब्रश अवश्य करना चाहिए।
- दांत साफ करने के लिए हमेशा अपने दांतों की बनावट के अनुसार अच्छे ब्रश तथा अच्छे दंत-मंजन का इस्तेमाल करना चाहिए।
- साल में दो बार अपने दांतों की जांच अच्छे दंत-विशेषज्ञ से करवाएं।

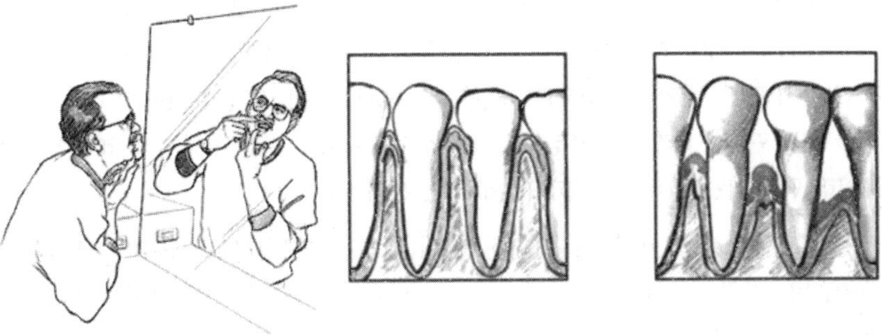

कम व अधिक नींद : बना सकती है शुगर का मरीज

जो भी व्यक्ति अपनी जीवन-शैली में कम अथवा अधिक सोने पर जोर दे रहे हैं, वे अपने आपको मधुमेह से ग्रस्त कर रहे हैं। इसलिए भागदौड़ भरी जिंदगी में किसी भी व्यक्ति को सोने का समय निश्चित करना चाहिए, ताकि उम्र भर शुगर-निरोधक दवा खाने से बचा जा सके।

भारतीय सुस्त व मौजी जीवन व्यतीत करते हैं, क्योंकि भारतीय विशेषकर तले और मीठे खाने पर बहुत जोर देते हैं। शारीरिक व्यायाम बहुत कम या बिलकुल नहीं करते। वे बहुत कम या फिर अधिक सोते हैं। इससे वे मधुमेह के मरीज बन रहे हैं।

भारतीयों के मधुमेह रोग के मामले में विश्व में दूसरे नंबर पर आने पर चिंता स्वभाविक है। जून 2012 व जून 2013 तक मुंबई के 2800 कामकाजी व गैर-कामकाजी व्यक्तियों पर सर्वे करवाया गया, सर्वेक्षण की रिपोर्ट लुधियाना में आयोजित हुई एपिकॉन 2014 के दौरान प्रस्तुत की गयी! वर्किंग लोगों में मधुमेह अधिक पाया गया है, जो कि चिंता का विषय है। उन्होंने बताया कि भारतीय देर रात तक काम करते हैं और दो-चार घंटे की नींद लेते हैं और यदि पूरी रात जागें तो सारा दिन सोए रहते हैं। ऐसे में वे मधुमेह से ग्रस्त हो जाते हैं, क्योंकि सोने के समय उनकी नाड़ियों को मिलने वाली पूरी ऊर्जा नहीं मिलती। लोगों को कम से कम सात से नौ घंटे की नींद बहुत जरूरी है। पांच घंटे से कम व दस घंटे से अधिक सोने पर मधुमेह 30 फीसद की दर से बढ़ता है।

मधुमेह से बचने के लिए अधिक से अधिक व्यायाम करना चाहिए। जंक फूड, मिठाइयों, तली चीजों तथा ड्राई फ्रूट का सेवन बंद करना होगा। नींद 6-7 घंटे की लेनी चाहिए।

पुस्तक-सारांश

हॉर्मोन या शरीर की अन्तःस्रावी ग्रंथियों द्वारा निर्मित स्राव की कमी या अधिकता से अनेक रोग उत्पन्न हो जाते हैं, जैसे मधुमेह, थायरॉइड रोग, मोटापा, कद संबंधी समस्या, अवांछित बाल आना आदि। इंसुलिन नामक हॉर्मोन की कमी या इसकी कार्यक्षमता में कमी आने से मधुमेह रोग या डाइबिटीज़ मैलीट्स रोग होता है।

तेजी से बढ़ते शहरीकरण, आधुनिक युग की समस्याएँ व तनाव, अचानक खानपान व रहन-सहन में आये परिवर्तन एवं पाश्त्यीकरण (फास्ट फूड, कोकाकोला इंजेक्शन) प्रचुर मात्रा में भोजन की उपलब्धता व शारीरिक श्रम की कमी के कारण मधुमेह हमारे देश में आजकल तेजी से बढ़ रहा है। मधुमेह या शुगर रोग में रक्त में ग्लूकोस सामान्य से अधिक हो जाता है और ग्लूकोस के अलावा वसा एवं प्रोटीन्स के उपापचन भी प्रभावित होते हैं। यह रोग किसी भी उम्र में हो सकता है। भारत में 95 प्रतिशत से ज्यादा रोगी वयस्क हैं।

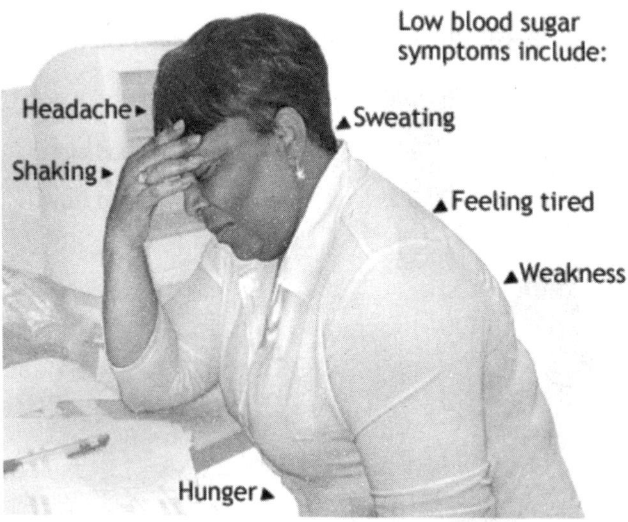

प्रमुख लक्षण :

- वजन में कमी आना।
- अधिक भूख-प्यास व मूत्र लगना।
- थकान, पिडंलियों में दर्द।
- बार-बार संक्रमण होना या देरी से घाव भरना।
- हाथ-पैरों में झुनझुनाहट, सूनापन या जलन रहना।
- नपुंसकता।

कुछ लोगों में मधुमेह अधिक होने की संभावना रहती है, जैसे—मोटे व्यक्ति, परिवार या वंश में मधुमेह होना, उच्च रक्तचाप के रोगी, जो लोग व्यायाम या शारीरिक श्रम कम करते हैं या नहीं करते। शहरी व्यक्तियों को ग्रामीणों की अपेक्षा मधुमेह रोग होने की अधिक संभावना रहती है।

मधुमेह-रोगियों में हार्ट-अटैक के लक्षण :

1. मधुमेह-रोगियों में सामान्य व्यक्तियों की तुलना में हार्ट-अटैक के लक्षण न्यूनतम दिखते हैं।
2. मधुमेह-रोगियों में दिल के दौरे या एंजाइना की वजह से छाती में दर्द या भारीपन सामान्य व्यक्तियों की तुलना में काफी कम होता है या बगैर किसी तकलीफ के हार्ट-अटैक (साइलेंट हार्ट-अटैक) हो जाता है।
3. हलका सांस फूलना हार्ट-फेल्योर का प्रारम्भिक लक्षण हो सकता है।

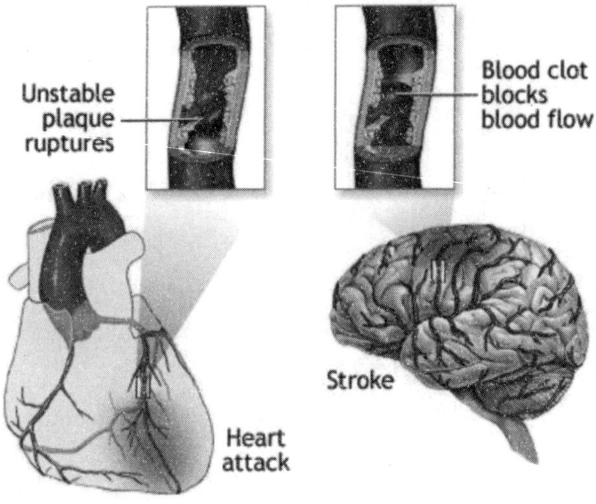

4. सामान्य व्यक्तियों में, जिन्हें मधुमेह नहीं है, एंजाइना अथवा हार्ट-अटैक के दौरान सीने के बीच में या बायीं तरफ दर्द होता है, दर्द बायें हाथ या जबड़ों में आ जाता है। पसीना आता है, उलटी जैसा महसूस होता है। घबराहट के साथ सांस भी फूलता है।

आइये, अब हम यह देखते हैं कि मधुमेह किस प्रकार हमारे चिकित्सीय संसाधनों को चुनौती देगी :

- मधुमेह-रोगियों में मृत्यु-दर दो गुनी अधिक है।
- हृदय-आघात की संभावना दो से चार गुनी अधिक है।
- 17-20% रोगियों की मृत्यु 50 वर्ष से कम आयु में।
- रोग होने के 20 वर्ष पश्चात लगभग सभी टाइप-1 मधुमेह-रोगियो में और 60% से अधिक टाइप-2 मधुमेह-रोगियों में आँख के पर्दे (रैटिना) में खराबी आ जाती है।
- 86% टाइप-1 एवं 33% टाइप-2 मधुमेह-रोगियों की अंधता का कारण रैटिनोपैथी होती है।
- टाइप-2 मधुमेह-रोगियों में 21% रोगियों को रोग का संज्ञान होने तक रैटिनोपैथी हो चुकी होती है।
- पैरों में सूनापन आने के कारण, पैरों में घाव, गैंग्रीन एवं पैरों को कटने (Amputation) की दर में वृद्धि।

इलाज के लिए नुक्से :

1. **वेट-मैनेजमेंट यानी अपने शरीर को संतुलित रखना :** मधुमेह जैसी बीमारी में अपने वजन को कंट्रोल में रखना बहुत जरूरी है, क्योंकि डाइबिटीज़ ज्यादातर मोटापे की वजह से ही होती है।
2. **एक्सरसाइज :** उचित व्यायाम अच्छे स्वास्थ्य को बनाए रखने में मदद करता है। अध्ययन बताते हैं कि रोज एक्सरसाइज करने से हमारा मेटाबॉलिजम भी अच्छा रहता है, जो कि डाइबिटीज़ के रिस्क को भी कम करता है।
3. ट्रांस-फैट शरीर में प्रोटीन को ग्रहण करने की क्षमता कम करता है, जिसकी वजह से शरीर में इन्सुलिन की कमी हो जाती है, और हमारे शरीर में ब्लड-शुगर-लेवल बढ़ जाता है।

4. अपने खाने में शुगर यानी चीनी का कम से कम इस्तमाल करें, इससे शरीर में इन्सुलिन को संतुलित करना आसान है।

5. **रिफाइंड कार्बोहाइड्रेट ना खाएं** : यदि आप अपनी ब्लड-शुगर को नियंत्रित करना चाहते हैं, तो सफेद चावल, पास्ता, पॉपकॉर्न, राइस पफ और वाइट फ्लौर से बचें। मधुमेह के दौरान शरीर कार्बोहाइड्रेट्स को पचा नहीं पाता, जिसकी वजह से शुगर आपके शरीर में तेजी से जमा होने लगती है।

6. फाइबर-युक्त आहार ब्लड-शुगर को कंट्रोल करता है। अवशोषित फाइबर ब्लड में शुगर की अधिक मात्रा को एब्जॉर्ब कर लेता है और इन्सुलिन को नॉर्मल करके मधुमेह को नियंत्रित करता है।

7. **धूम्रपान ना करें** : लम्बे समय तक धूम्रपान करने से हृदय-रोग और हार्मोन प्रभावित होने शुरू हो जाते हैं। धूम्रपान की आदत छोड़ देने से आपका स्वास्थ्य तो अच्छा रहेगा ही, साथ ही डाइबिटीज़ भी कंट्रोल रहेगी।

8. **ताजे फल** : फलों में प्राकृतिक चीनी बहुत अच्छी मात्रा में पाई जाती है, जो कि आपकी मिनरल्स और विटामिंस की कमी पूरी करेंगे, साथ ही वे आपकी शुगर को भी कंट्रोल करते हैं।

9. **ताजी सब्जियां खाएं** : ताजा सब्जियों में आयरन, जिंक, पोटेशियम, कैल्शियम और अन्य आवश्यक पोषक तत्व पाए जाते हैं, जो हमारे शरीर को पोषक तत्व प्रदान करते हैं। इससे हमारा हृदय और नर्वस सिस्टम भी स्वस्थ रहता है। इससे शरीर आवश्यक इंसुलिन बनाता है।

10. **ग्रीन टी** : रोजाना एक कप बिना शक्कर की हरी चाय पीने से शरीर की गंदगी साफ होती है और इसमें मौजूद एंटीऑक्सीडेंट आपकी ब्लड-शुगर को भी नॉर्मल रखता है।

11. **कॉफी** : कैफीन हृदय-रोगों की संभावना बढ़ाने के लिए जानी जाती है। लेकिन अगर इसका कम प्रयोग करें, तो इससे हमारी ब्लड-शुगर भी कंट्रोल होगी, क्योंकि कैफीन भूख कम करने में भी मदद करती है, जिसकी वजह से अनचाहा फैट शरीर में जमा नहीं हो पाता।

12. **छोटे-छोटे अन्तराल में भोजन लें** : अध्ययन बताते है कि थोड़े-थोड़े अन्तराल में भोजन करने से पोषक तत्व ज्यादा एब्जॉर्ब होते हैं और फैट शरीर में कम जमा होता है जिससे इन्सुलिन नॉर्मल हो जाती है।

13. मधुमेह की शुरुआत के साथ सबसे पहले हृदय पर बुरा प्रभाव पड़ता है। इसलिए डाइबिटीज़ को चेक करने के साथ-साथ अपने कोलेस्ट्रॉल के स्तर पर नजर रखने की जरूरत है।

14. **लाल मांस से बचें** : लाल मांस (रेड मीट) में फोलिफेनोल्स पाया जाता है, जो कि ब्लड में कोलेस्ट्रॉल के स्तर को बढ़ा देता है। लाल मांस में जटिल प्रोटीन पाया जाता है, जो बहुत धीरे पचता है, इसलिए लाल मांस मेटाबॉलिजिम को धीमा करता है जिसकी वजह से इंसुलिन के बहाव पर असर पड़ता है।

15. **दालचीनी पाउडर** : खाने को स्वादिष्ट बनाने के अलावा दालचीनी पाउडर आपकी ब्लड-शुगर भी कंट्रोल करता है।

16. **स्ट्रेस मैनेजमेंट** : अच्छे नर्व्स के काम करने के लिए ऑक्सीटोसिन और सेरोटोनिन जिम्मेदार होते है। एड्रेनलन के शरीर में रिलिज होने से बहुत अधिक तनाव में भी इंसुलिन के बहाव में फर्क नहीं पड़ता। हाई ब्लड-शुगर को नियंत्रित करने का सबसे शक्तिशाली तरीका है कि आप स्ट्रेस से दूर रहें।

17. **हाई प्रोटीन डाइट** : जिन लोगों को मधुमेह है, उन्हें हाई प्रोटीन डाइट खानी चाहिए, क्योंकि वह शरीर के एनर्जी लेवल को कंट्रोल करती है।

18. **फास्ट फूड्स से बचें** : मधुमेह के मरीजों को न केवल नमक, चीनी और कार्बोहाइड्रेट से दूर रहना चाहिए, बल्कि उनको ट्रांस-फैट से बनी चीजें भी नहीं खानी चाहिए। ब्लड-शुगर को कंट्रोल करने के लिए उन्हें फास्ट फूड से दूर रहना चाहिए।

19. **नियमित ब्लड-शुगर चेक करें** : एक ब्लड ग्लूकोस मॉनिटर खरीद लें, जिससे आप घर पर ही अपने शुगर-लेवल को जान सकते हैं। इसमें आपके रक्त की कुछ बूंदें चाहिए होती है, जिससे आप ये जान सकते हैं कि आपकी ब्लड-शुगर नॉर्मल है या नहीं।

20. **रेगुलर चेक** : मधुमेह के रोगियों को रोजाना चेकअप की जरूरत होती है। रोज चेक-अप होने से ब्लड-शुगर-लेवल पता चलता रहता है।

21. **अच्छी नींद लें** : अध्ययनों से पता चला है कि एक वयस्क इंसान को हर रात 6-7 घंटे की नींद लेनी चाहिए। इससे उनमें डाइबिटीज़ होने का खतरा कम रहता है उन लोगों से जो कम सोते हैं। इसके पीछे का विज्ञान यह है कि नींद मस्तिष्क को शांत और हार्मोंस को बैलेंस रखता है। कम नींद से हार्मोनल बैलेंस बिगड़ जाता है।

22. **नमक कम खाएँ** : मधुमेह को नियंत्रित रखने के लिए नमक कम खाएँ। नमक शरीर में ऑसमैटिक बैलेंस बनाये रखता है। अगर यह बैलेंस बिगड़ जाये, तो हार्मोनल डिसऑर्डर पैदा करने लग जाता है।

23. **चोट की देखभाल करें** : मधुमेह में प्रतिरक्षा-प्रणाली यानी इम्यून-सिस्टम कमजोर हो जाता है, जिसकी वजह से चोट जल्दी ठीक नहीं होती। इसलिए चोट या घाव हो जाये, तो उसका तुरंत इलाज करें।

24. **ज्यादा कैल्शियम खाएं** : अगर हम रोज अपने भोजन में कैल्शियम के सप्लीमेंट लें, तो हम काफी हद तक मधुमेह होने की संभावना कम कर सकते हैं।

25. **कोल्ड ड्रिंक या मिलावटी ड्रिंक से दूर रहें** : कोला और कोल्ड ड्रिंक्स से दूर रहें, क्योंकि ये ब्लड में शुगर-लेवल को बढ़ा देती हैं। इनमें जो शुगर पाई जाती है, उनमें सिर्फ कैलोरीज होती हैं जो डाइबिटीज़ के रोगियों के लिए खतरनाक साबित होती हैं।